红楼故事犹温热

李国文 著

作家出版社

图书在版编目（CIP）数据

红楼故事犹温热 / 李国文著. -- 北京 ：作家出版社，
2018. 10
　　ISBN 978-7-5063-9882-4

　　Ⅰ . ①红… Ⅱ . ①李… Ⅲ . ①《红楼梦》研究 Ⅳ.
①I207.411

中国版本图书馆CIP数据核字（2018）第016717号

红楼故事犹温热

作　　　者：李国文
责任编辑：韩　星　杨新月
封面设计：孙惟静
版式设计：刘　璐
出版发行：作家出版社
社　　址：北京农展馆南里10号　　邮　　编：100125
电话传真：86-10-65930756（出版发行部）
　　　　　86-10-65004079（总编室）
　　　　　86-10-65015116（邮购部）
E-mail:zuojia@zuojia.net.cn
http://www.haozuojia.com（作家在线）
印　　刷：北京中科印刷有限公司
成品尺寸：142×210
字　　数：302千
印　　张：15.125
版　　次：2018年10月第1版
印　　次：2018年10月第1次印刷
ISBN　978-7-5063-9882-4
定　　价：42.00元

目　录

第三辑 | 枉凝眉

第四辑 ｜ 聪明累

第五辑　｜　虚花悟

第六辑 ｜ 好事终

自 序

　　《红楼梦》是一部很好的白话文小说，是部值得一读再读的书。

　　我们这部书的书名，"红楼故事犹温热"，说明凡是一部精彩的文学作品，都有它自己的温度。书的温度，决定书的生命，有的书很热过，但很快就退烧了，有的书大红大紫过，不久就冷却得无人问津，有的书，不冷不热，读过以后，人们不会产生再读的兴趣。独有这部《红楼梦》，二百多年来，始终在一代一代中国读者的手中被捧读着。手不释卷，有之；众口议论，家喻户晓，有之。

　　三国英雄，离我们太远，厮杀终生，血雨腥风，令我们敬服，却不能让我们亲近，水浒好汉，离我们不远，但白刀子进，红刀子出，杀人越货，聚义江湖，这些古老的话题，老调重弹，也相当缺乏时代新意。只有这部《红楼梦》，亲切、亲近，娓娓道来，好一似亲历亲闻的人世沧桑，那切骨之痛，那滴血之情，由此而从胸臆间生出来的贴近感，才是了不起的中国文学奇迹。二百多年来，它与读者始终保持着同样的体温，跳动着同样的脉息，而永葆青春。原因很简单，曹雪芹写的是三百年前的事，但我们却从中看到自己，看穿别人，懂得生活，了解世界，这就是文学的力量。

　　评价《红楼梦》为中国近代社会的百科全书，绝非过誉。你想了解什么，你还想知道为什么，这部小说都能给你答案。老实说，中国有许多的书，有无数的书，但不是随便一本书让人拿起来，读到其中文字，马上就能产生这种亲切感、信任感、入戏感，这种由衷而来的老朋友式的心心相印。每读每新的点滴收获，相见恨晚的难免遗憾，就是这部杰作不朽的艺术价值。

读《红楼梦》，要读故事，要读人物。当下的《红楼梦》被所谓的红学家弄得支离破碎，自从程高合璧本问世以后，所有一切关于《红楼梦》的研究发现，都是无意义的重复。好在半个世纪的糟蹋后，此书的故事、人物大体还算完整，所以，能把故事、人物读通读懂也就够了，千万别做《红楼梦》虫子，钻进去，出不来，中了蛊，那就要毁了你的一生。

二百多年来，中国的政治生态发生翻天覆地的变化，但中国人的社会众生相——也就是所谓的故事和人物构成的文学内核，再具体到每个人的感觉认知、思想方法、情怀抱负、奋斗目标，有所变化和有所不同的同时，也还是有所不变和有所相同。因此，每个人的生老病死、苦痛快乐、得失悲欢、喜怒哀乐，以至于爱恨情仇、悲欢离合、往事已矣、遗憾绵长……这些变中的不变、同中的不同，都可以在这部《红楼梦》中得到回音、反响，乃至共鸣、启迪。无论从它的哪一页翻起，阅读下去，都如同见了老朋友，尽管听它讲了一遍又一遍，不知听了多少回，可从来没有重复感、腻味感，正如"红楼故事犹温热"这个书名，其温度，其脉动，与我们相通相融，生成绵延的美学效应，才使这本书有如此永恒的价值。

日日新，又日新，这就是《红楼梦》的生命力所在。

第一辑 | 乐中悲

永远的《红楼梦》

　　读书，是文人的职业使命，读万卷书，行万里路，也是古往今来的作家们的自我期许。但实际上，一个人，终其一生，即使才高八斗、学富五车者，在浩瀚的知识海洋里，说实在的，也是"弱水三千，取一瓢饮"而已。但有一条，几乎绝大多数作家，都有他特别心仪的一个作家，都有他格外钟情的一部作品，是他进行文学创作时，能起到磁场作用、坐标作用、校准作用、激发作用的重要参考物。《红楼梦》给我所带来的阅读愉悦：一、不论从哪一页翻开来阅读，不论从前往后读，还是从后往前读，都能很快进入角色；二、不论读过多少遍以后，再捧起来读下去，都能找到与前不同的、每读每新的体会；三、不论时间和空间发生什么样的变革、变迁、变化，甚至变异，这部书之不朽，就在于永远有话好说的强大生命力。不管如何，《红楼梦》这部不朽之作，是值得每个人认真一读的。这部书的伟大之处，便是你投入多少功夫，也必将获得多少教益，如入宝山，满载而归，不会落空的。我还记得我用最笨拙的统计学方法，将《红楼梦》中词汇的出现次数，抄成一大厚册，这些最原始的训练，也许并无实际意义，但让我多少懂得大师如何操控语言，如何遣字用词，如何驾驭生活中的白话，用在文字上。后来，我渐渐地悟到，读书读书，重点是读，多读了，读多了，你会从中体会到更多的东西。

我是赞成不必抱着太高远的目的，去读这部不朽之作。当然，从政治经济学的角度读，从封建社会由盛而衰的教科书角度读，从追求人性、爱情和自由的角度读，从护官符、四大家族、贵族与奴隶的阶级斗争角度读，从"红学"诸家考证的角度读，也不是不可以。若从文学创作的角度读，我倒偏向晋代陶渊明"好读书，不求甚解"的阅读方式。像《红楼梦》这样的不朽之作，只有不断地读，经常地读，才能自然而然地熟悉它，了解它，然后，再读，而且多读，积累到一定程度，可能有更深入的体味，对于自己的历练、见识、理解、感悟，当然也包括写作，一定是有所助益的。中国有句俗话，叫作"熟读唐诗三百首，不会作诗也会吟"，这是很有道理的。有志文学的年轻朋友，不妨这样试试。

　　尤其，当你，当我，当他，在人生路程上，碰到了碧落黄泉的反差时刻，碰到了迂回曲折的艰难关头，碰到了悲欢离合的感情波澜，碰到了意兴阑珊的怅惘一霎，这部"满纸荒唐言，一把辛酸泪，都云作者痴，谁解其中味"的书，那些你再熟悉不过的人物、面孔、性格、遭遇、情节、故事，也许会从正面、反面给我们一些启示、一些教益、一些道理、一些思考，而豁然开朗，而幡然醒悟。

　　这也是《红楼梦》永远能够具有青春活力的最根本的原因。

　　曹雪芹，他是昨天的，但也是今天的。他和他的书，将同我们，同这个现实中进展的世界，一路同行地走下去。

曹雪芹写性之一

在中国漫长的封建社会中，道学家特别的多。我一直认为，道学家在《红楼梦》里看到淫，其实也还是看对了的。清人陈其元《庸闲斋笔记》里说："淫书以《红楼梦》为最，盖描摹痴男女情性，其字面绝不露一淫字，令人目想神游，而意为之移，所谓大盗不操戈矛也。"道学家所说的淫，是非常广义的，不但指性意识、性心理、性行为、性变态，乃至一切与男女情爱有关联的事物和现象，统统视之为淫。而且，在"万恶淫为首"的定性下，性等于淫，淫也就等于恶，他理直气壮，他大义凛然，你晓得他是王八蛋，是在装孙子，但红旗在他手，东风为他刮，曹雪芹要不是死得早，右派当不上，坏分子是跑不掉的。

《红楼梦》第一回，曹雪芹开宗明义，就写道："……况且那野史中，或讪谤君相，或贬人妻女，奸淫凶恶，不可胜数。更有一种风月笔墨，其淫秽污臭，最易坏人子弟，至于才子佳人等书，则又开口文君，满篇子建，千部一腔，千人一面，且终不能不涉淫滥。在作者不过要写出自己的两首情诗艳赋来，故假捏出男女二人名姓，又必旁添一小人拨乱其间，如戏中小丑一般。更可厌者，'之乎者也'，非理即文，大不近情，自相矛盾。"

曹雪芹认为放肆写淫秽文字的"编书的"，不外下列三种作家：一是"妒人家富贵的"，二是"有求不遂心的"，三是"自己看了这些书，看邪了"的。其实，《金瓶梅》式的淫秽文字，只要无耻，不学自会。鲁迅在《中国小说史略》中说："然《金瓶梅》作者能文，故虽间杂猥词，而其他佳处自在，至于末流，则着意所写，专在性交，又越常情，如有狂疾……其尤下者，则意欲媟语，而未能文，乃作小书，刊布于世，中经禁断，今多不传。"

虽然，《金瓶梅》的模仿者皆得到了实惠，兰陵笑笑生为后来许多无聊文人，提供了一个保证赚钱的饭碗，裤裆文学，永远能卖出好价钱的。可到今日为止，淫书无数，有社会价值、有文学价值者，找不到一部。而沿袭《红楼梦》写性心理写性意识的文字，二百多年来，中国文坛空谷回音，无人堪与响应。别说过去和现在的狗尾续貂者，无不被人臭得无地自容而悄然退场，《红楼梦》的模仿者，可以说没有一个得到好果子吃。学《金瓶梅》不成，尚可靠性器官的活塞动作，骗两个钱花花，而希望像《红楼梦》能够写出一些新意，在性文学的拓展上有所创造者，第一，不具备曹雪芹的满腹经纶的真功夫；第二，不具备曹雪芹的"十年辛苦不寻常"的时间，连"望穿秋水"的一望，也达不到，焉谈其他。

作家写性，无论中外古今，为性而性者，少；为钱而性者，多。什么时候中国作家真正把钱置之度外，哪怕像曹雪芹那样聪明的作家，喝粥也不辍笔地写下去，也许文学倒有了希望。

曹雪芹写性之二

《红楼梦》自问世以后，在很长一段时期内，被道学家视作淫书。

鲁迅在一篇文章里讲到《红楼梦》的命意时说："就因读者的眼光而有种种（见解）：经学家看见《易》，道学家看见淫，才子看见缠绵，革命家看见排满，流言家看见宫闱秘事……"一部书，读者毫无歧异，不一定就是好书。相反，你说你的，我道我的，观点抵牾，形同水火，不一定就是坏书。其中"道学家看见淫"，最令人头疼，曹雪芹死了，他不头疼，但活着的作家和读者，却因这些捍卫纯洁精神世界的穿马褂、踱方步的道学先生，而坐卧不安。

其实，性乃人之本能，是再自然不过的事情，不必讳言，也不必将那生殖器官整天挂在嘴边。但人类与动物的区别，正是在于这种原始本能的掌控上。在中国，唐，与唐以前，从《诗经》里的《蒹葭》《溱洧》《静女》起，文学中涉及男女的笔墨，第一着重于情，第二着重于爱，第三才着重于性。而着重于性者，其表现手法，也着重于隐约、含蓄、委婉、朦胧。因为，中国文人对于男女性爱的研究探讨，很长时期中，一直不把它视为文学应该关注的范畴。因为在中国古老文化中，它被称为"房中术"，作为一门正经八百的学问，与天文、地理、历算、星象、图谶、卜卦、方技、医药并列，是一种术，是一种技术，研究者是从其实用价值来考量、来对待的。因此，无论以道教、密宗，还是以医学、阴阳五行名义出现的《素女经》《玉房秘诀》《医心方》之类的房中术，无不打着养生摄护、延年益寿、调和阴阳、长生不老的旗号，与文学根本不搭界的。

尽管，《红楼梦》写性，干净得不得了，但在中国，无论是活着的道学家，还是死去的道学家，除极少数为真道学外，大部分皆为假道学。他们与西方社会里的神父、牧师、修女、救世军不同，人家有宗教信仰，无论做好事、做坏事，都做得虔诚。而我们这里的国货教父，狗屁信仰也没有，善是绝对的伪善，恶却是百分百的真恶，总是找别人的麻烦，在惹人不痛快中得到精神的满足；这些假道学，更接近于红灯区里的风化警察，揩妓女的油，要妓女的钱，然后又将妓女关进班房。

封建社会是一个最容易出道学家、出伪君子的地方，他们之所以适宜生存，而且如鱼得水般的快活，就因为数千年压在中国人头上的吃人礼教，给了他们这种以道德的名义来审判你的自由。这个不行，那个不准，这样犯规，那样禁止，无数的条条框框裹住了你，如茧之于蚕。皇上可以烧火，百姓不许点灯。有一位叫刘铭传的安徽巡抚，下令将《红楼梦》禁了，还毁了书板。可在卧室里的道学家们，嫌《红楼梦》肉欲描写不过瘾、不精彩，枕头底下压着的却是《金瓶梅》，这就是旧日中国的写照。

实际上，《红楼梦》是禁不绝的，红学家视作瑰宝的手抄本出现那么多，就是愈禁愈烈而地下广泛传抄的结果。

曹雪芹写性之三

《红楼梦》第五十四回"史太君破陈腐旧套"，曹雪芹借老太太那张嘴，发表他的观点："这些书就是一套子。左不过是佳人才子……编的连影儿都没有了，开口都是乡绅门第……一个小姐必是爱若珍宝……只是见了一个清俊男人，不管是亲是友，想起他的终身大事来，父母也忘了，书也忘了，鬼不成鬼，贼不成贼……可知那编书的是自己堵自己的嘴……可是前言不搭后语不是？……有个缘故，编这样书的人，有一等妒人家富贵的，或者有求不遂心的，所以编出来糟蹋人家，再有一等人，自己看了这些书，看邪了，想着得一个佳人才好，所以编出来取乐儿。"我是这样揣度大师的：他伏案北京西郊黄叶村，连大饼油条都吃不上，只能靠一碗薄粥来写《红楼梦》，最害怕、最担心的，是政治上会给他带来什么麻烦。他们曹家受政治迫害，到他已经是第三代，唯恐卷到政治漩涡中去，在心理上形成被迫害狂的病态。如果幸而得到一个淫书的结论，他内心窃喜，也说不定的。因为在中国，写淫书是杀不了头的，而关在文字狱里的，大都是不写淫书的思想犯。

曹雪芹在《红楼梦》里，短不了来两句敬服圣上英明、感激皇恩浩荡的肉麻语言，也有一点阳痿之嫌，不过，我们可以理解。他不议时弊，不谈国是，不论当道，不贬朝臣，尽可能地远离政治，尽可能谈情说爱、风花雪月，也是他狡猾的为文之道。要不然，权相和珅为何将这部地下流通的书叫人抄了，送呈乾隆御览？若是内中有什么含沙射影、皮里阳秋的春秋笔法，岂不是讨大不敬的罪名吗？和珅不那么傻。

这就是曹雪芹的聪明：我就让你往淫书上看。正是在歧见的夹缝中，《红楼梦》得以存活下来。

曹雪芹写吃之一

　　北宋时期宰相吕蒙正独嗜鸡舌汤，无独有偶，还有一位爱吃舌头的，那就是《红楼梦》中的贾宝玉了。不过，他要吃的是鸭舌头。第八回，他在薛姨妈处谈配冷香丸后吃便饭，因夸前日在那府里珍大嫂子的好鹅掌、鸭信，薛姨妈听了，忙也把自己糟的取了些来与他尝。宝玉笑道："这个须得就酒才好。"鸭信，即鸭舌，煮熟，用香糟卤汁浸泡，入味后，便是一道美味冷盘。吃的时候，喝两口绍兴花雕，而且是加过温的，那就更得香醇佳妙了。看来，贾宝玉是一个懂得欣赏美味的人。其实，不是贾宝玉懂，而是写《红楼梦》的曹雪芹懂。那是一位写吃的文学大师。

　　老百姓也有以动物的舌为菜肴的，例如北京小饭馆的"卤口条"，例如广东路边档的"烧腊猪脷"，都属于大快朵颐、淋漓酣畅的享受。虽然，吃惯大众食品的那张嘴，吃贵族阶层的美味佳肴，应该不会有障碍，但是，吃过"鸡舌汤"的吕蒙正，要他在前门外的小胡同口的一家小饭铺，坐在油脂麻花的桌子板凳上，夹一大筷子"卤口条"塞满嘴，喝那种又辣又呛人的二锅头，我想他会敬谢不敏的。同样，让吃过"酒糟鸭信"、颇讲究精致吃食的贾宝玉，在上九下九哪条小马路的摊档食肆，满嘴流油地品尝"烧腊猪脷"，饮那种一股中药味的五加皮，肯定大摇其头，会对他的小厮茗烟说："你把马牵过来，咱们还是回府里去吧！"

什么人吃什么，不吃什么，也许没有绝对的界限，但什么阶层吃什么，不吃什么，还是有一定的规矩章法可循的。

吕蒙正贫寒出身，穷到叮当响，只好到寺庙里赶斋蹭饭，发达以后，口味就渐渐讲究起来，尤其这一盏鸡舌汤，必不可少。据说，一天下朝回府，他发现他家院子围墙里冒出一座山，大惊讶，下轿一看，才看出竟是他那盏汤所杀的鸡堆积起来的鸡毛山，看来这盏汤就不是老百姓吃得起的了。第十九回，贾宝玉被他的小厮茗烟带着，偷偷地跑到袭人的家里去玩。花自芳母子两个恐怕宝玉冷，又让他上炕，又忙另摆果桌，又忙倒好茶。袭人笑道："你们不用白忙，我自然知道，不敢乱给他东西吃的。"这两个人的饮食好恶的标准，就反映了中国饮食文化两个层次的区别所在。

曹雪芹接着这样写："彼时他母兄已是忙着齐齐整整的，摆上一桌子果品来，袭人见总无可吃之物，因笑道：'既来了，没有空回去的理，好歹尝一点儿，也是来我家一趟。'说着，拈了几个松瓤，吹去细皮，用手帕托着给他。"这个细节挺传神，贵族和平民在饮食文化上那种能感觉得出来，却很难条理化、具体化的差别，虽然着墨不多，却表现充分，寥寥数笔，令人印象深刻。老北京有句谚语，说得有点刻薄，然而却是一种历史、一种沿革、一种很具沧桑感的总结："三代为宦，方知穿衣吃饭。"

曹雪芹写吃之二

在《红楼梦》中，哪怕吃个茄子，吃个莲叶羹，也要变着法儿，折腾得比吃荤食腥还要费事费钱。我一直想，这其中既有作家食心理的情不自禁的表露，也有作家食文化的自我慰藉的满足。在大师笔下，这种复杂过程被升华为一段美丽文字。刘姥姥进大观园，贾母请客，有一道菜，叫茄鲞。那位在村子里长年吃茄子的老妇说："别哄我了，茄子跑出这个味儿来了，我们也不用种粮食，只种茄子了。"众人告诉她，千真万确是茄子。她再尝了尝，也果然有一点茄子香。然后她请教做法，凤姐说："这也不难，你把才下来的茄子，把皮刨了，只要净肉，切成碎丁子，用鸡油炸了，再用鸡脯子肉并香菌、新笋、蘑菇、五香豆腐干子、各色干果子，都切成丁儿，拿鸡汤煨干了，拿香油一收，外加糟油一拌，盛在瓷罐子里封严了。要吃的时候，拿出来用炒的鸡瓜子一拌就是了。"刘姥姥听了，摇头吐舌说："我的佛祖，倒得多少只鸡配他，怪道这个味儿！"仅仅一道茄子菜，就费这么大的功夫，不得不叹服中国人的讲究口福。

而贾宝玉点名要吃的莲叶羹，就更麻烦了。"薛姨妈先接过来瞧瞧，原来是个小匣子，里面装着四副银模子，都有一尺多长，一寸见方，上面凿着有豆子大小，也有菊花的，也有梅花的，也有莲蓬的，也有菱角的，共有三四十样，打的十分精巧。

因笑向贾母王夫人道：'你们府上也都想绝了，吃碗汤还要这些样子。'"其实中国人不是一个特别具有独创性的民族，都是在棍子敲在脑袋上、板子打在屁股上时，才肯变一变祖宗之法的。单单在烹调上、我们完全可以扬眉吐气时，全世界的人不能不膺服于我们中国饮食男女之能吃、会吃、善吃、敢吃，以及殚精竭虑、想尽一切办法、变出种种花样的吃。

曹雪芹是吃过来的人，不过他在写怎么吃茄鲞、喝莲叶羹的时候，只有精神上满足了。敦诚有两句关于曹雪芹的诗是这样写的："满径蓬蒿老不华，举家食粥酒常赊。"仔细琢磨，举家食粥，固然使他营养不良，造成英年早逝的不幸悲剧，乃粥之罪也，但又不能不归功于粥，要没有这点卡路里，也许我们今天，连那八十回也看不到的。

曹雪芹写吃之三

　　在一部文学史上，凡大家巨匠，多半都是美食主义者，或曾经是美食主义者。休看曹雪芹最后沦落到北京西郊黄叶村，穷得只能喝粥就咸菜，并不妨碍他在《红楼梦》里写出那么多精致刁钻的吃食来。说实在的，我非常佩服曹雪芹，其中有一点尤其令我惭愧——假如我在又穷又饿只能食粥的情况下，绝对写不来《红楼梦》中的吃，因为我没有那份经受得住自虐的定力。那天，当我入席，还未举杯拿筷，光看到那陈设、那杯盘、那酒具、那些已经放置在转盘上的看盘和冷盘，我就忍不住对一位现已故去的前辈讲，一个饥饿的作家，要他在自己的作品中写这一桌珍馐佳肴，他的嘴里会是什么滋味？他的肚中会是什么动静？他那脑下丘部的饥饿反射神经，会是什么反应？我想那准是一件非常痛苦的事情。前辈对我莞尔一笑："所以，你成不了曹雪芹。"

　　有幸列席那次"红楼宴"的我，一直念念不忘的"茄鲞"，酒阑人散，也没有出现。可能这家饭店考虑制作上的麻烦、琐碎，以及成本和效益的不划算，而故意忽略了。如果按凤姐所说的做法，投入手工人力太多，而价格无论如何不能定得太高，就不列入菜单了。

　　我从年轻时读这部名著，一直到垂垂老矣的今天，每读到"茄鲞"这一节，总是忍不住要生出亵渎圣人的冲动。曹雪芹固然是一个伟大作家，曹雪芹的《红楼梦》固然是一部无与伦比的伟大作品，曹雪芹在这部小说中写吃，固然也是中国文学史上空前绝后的巅峰，但是，大师近乎偏执地写吃，一定写到这样臻于极致的做法，似乎值得商榷了。

他是大师，不错，可他，我们更能够体谅，也是一个具有喜怒哀乐，而且还是感情丰富的人。他在京郊，一碟咸菜，一碗薄粥，呵开冻墨，守着孤灯，于辘辘饥肠中，呕心沥血地撰写那一部《红楼梦》。无边无涯的悔恨、嗟怨，永无止境的痛苦、忏悔，繁华岁月、锦衣饫食的往事回忆，"茅椽蓬牖，瓦灶绳床"的冰冷现实，在这样煎熬的日子里，有点病态的自恋，近乎癖嗜的自慰，也许是应该寄予同情、加以理解的。所以，他的笔下，哪怕吃个茄子、喝盏莲叶羹，也会忍不住一步三回首，细细玩味，一直迁延到"不止于当止"的地步，读者也就不好多说什么了。

不过，曹雪芹对于写吃的执着，只是他们这个阶层，在饮食文化消费中的冰山一角。

曹雪芹写吃之四

　　若是我们从清人梁章钜的《归田琐记》看年羹尧："由大将军贬为杭州将军后，姬妾皆星散。有杭州秀才，适得其姬，闻系年府专司饮馔者，自云但专管小炒肉一味，凡将军每饭，必于前一日呈进食单，若点到小炒肉，则我须忙得半日，但数月不过一二次，他手所不能办，他事亦不相关也。秀才曰：'何不为我一试之？'姬哂曰：'酸秀才，谈何容易，府中一盘肉，须一只肥猪，任我择其最精处一块用之。今君家每市肉，率以斤计，从何下手？'秀才为之嗒然。一日，秀才喜，告姬曰：'此村中每年有赛神会，每会例用一猪，今年系我值首，此一猪应归我处分，卿可以奏技矣。'姬诺之。届期，果抬一全猪回，姬诧曰：'我在府中所用系活猪，若已死者，则味当大减。今无奈何，姑试之。'乃勉强割取一块，自入厨下，令秀才先在房中煮酒以待。久之，捧进一碟，嘱秀才先尝之，而仍至厨下，摒挡杂物，少顷入房，见秀才委顿于地，仅一息奄奄，细察之，肉已入喉，并舌皆吞下矣。"由此一端，便可知道他们这个为官阶层，对于那张永远填不满的嘴，精细精致到难以想象，刁钻促狭到不近人情，铺张靡费到不可理喻，恣肆奢侈到欲望横流，那绝对是无可挽救地堕落了。因此，《红楼梦》第五十三回，那份关外黑山村乌庄头的账单上，所缴纳的物品，几乎全都是要被这个阶层的嘴吃掉，想到这里，你就不寒而栗了。"大鹿三十只，獐子五十只，狍子五十只，暹猪二十个，汤猪二十个，龙猪二十个，野猪二十个，家腊猪二十个，野羊二十个，青羊二十个，家汤羊二十个，家风羊二十个，鲟鳇鱼二百个，各式杂鱼二百斤，活鸡、鸭、鹅，各二百只，风鸡、鸭、鹅，二百只，野鸡、兔子，各二百对，熊掌二十对，鹿筋二十斤，海参五十斤，鹿舌五十条，牛舌五十条，蛏干二十斤，榛、松、桃、杏瓤各两口袋，大对虾五十对，干虾二百斤……御田胭脂米二石，碧糯五十斛，白糯五十斛，粉粳五十斛，杂色粱谷各五十斛，下用常米一千石……"

我们固然服膺曹雪芹高超的艺术真实，但这个可怕的真实背后，也使我们对这个懂得穿衣吃饭的三代为官阶层，那坐吃山空，最后必然连民族、连国家都跟着山穷水尽的前景，忍不住要惊讶、要恐惧、要骇异、要抗争了。

因为，一个社会，张着嘴吃的人太多，绝不会有什么希望的。

曹雪芹写死之一

　　大江大湖，也许相隔，大洋大海，总是相通。作家与作家，也许水平各异，但大师与大师，由于心有灵犀的原因，总能不约而同地在作品中相互呼应，而产生共鸣成趣的现象。我读曹雪芹的《红楼梦》在先，读托尔斯泰的《战争与和平》在后，我惊讶地发现，开卷之初，两位大师都是先声夺人地写死亡场面，不惜笔墨，极其渲染之能事，铺开全景场面，大撒手放开写去。曹写秦可卿之死，是从第五回写她出现起，"因东边宁府花园内梅花盛开"，显然是早春季节，到第十七回"大观园试才题对额"时，"墙上皆用稻茎掩护，有几百枝杏花，如喷火蒸霞一般"，应该是下一年的春暖花开时节。在小说故事的时序上，正是一年工夫。脚本过渡时间的长短，还不足以说明作家的投入程度，只有从小说篇幅上，约占曹雪芹所写八十回的四分之一弱，才能体念到大师的用心之重、关注之重。

　　托尔斯泰同样，在全书的第一卷第一章，就开宗明义地写了安娜·舍雷尔的晚会，随后是劳斯托夫家的命名日庆祝活动、宴会、舞会。接着，便是别竺豪夫伯爵之死。真是让人难以置信，两位大师竟同样通过一个人物的死去，使整个小说故事的进展起了转折性的变化。要说巧合，还毋宁认为是腐朽的贵族社会中的必然现象。这两个人物——秦可卿和别竺豪夫——虽然一为娇艳的少妇，一为垂暮的老人，但都是极其重要而且受到尊敬，可多少又有些不佳的声名，但人们仍旧不得不执礼甚恭的角色。

这种巧合也太奇妙了。

秦可卿的公公贾珍，"哭得泪人儿一般"，这公公与儿媳的关系，多少写得暧昧。而彼尔是别竺豪夫的私生子，则毫无遮拦地全盘托出，一点也无顾忌。两位大师不约而同地写了死亡，但着眼点不同，虽然都无意去历数死者的行状，把笔触指向围绕死人的活人，但托尔斯泰意在遗产的争夺、彼尔命运的转变、伐西里王爵和那个安娜·米哈伊罗夫娜对财产的染指之心，而曹雪芹则通过秦可卿之死、王熙凤办理丧事，直到弄权铁槛寺，把荣宁二府上下左右的利害复杂关系全面呈现在读者眼前。

在《红楼梦》的第五回"贾宝玉神游太虚境"里，一下子推出那么多的梦幻中的华丽仙境，正册、副册、又副册那么多的人物命运的谶词；《战争与和平》开场娜塔莎参加的舞会，一下子涌出那么众多的人物、那么精彩的场面。这两位大师不约而同，决不考虑读者的承受能力，也绝对不怕读者的埋怨或者厌倦，一定要以这种震撼的、强烈的、绚丽的、广角镜式的手法，铺天盖地而来，给你留下终生难忘的印象。

大师们有相似之处，但由于相似中的不似，构成自己的艺术风格。谁也不能替代谁，自然，谁也不能逾越谁。有时候，会不胜诧异，好像两位大师商量好的，这两部不朽长篇小说所出现的人物总数，也是很接近的，你说怪也不怪？

曹雪芹写死之二

　　如果说《红楼梦》是一部写死亡的书，肯定不会被认同的。但这部小说中人物死亡个例之众多、之频密，不仅是中国文学之最，在世界文学史上，也是少见的。如果有"死亡文学"这样一个概念的话，那么，《红楼梦》就是此中示范的经典之作。不论是好死，还是坏死；不论是该死，还是不该死；不论是人生辉煌的结束，还是一辈子庸碌的终点；不论是过客匆匆的结束，还是恶贯满盈的下场，所有这些各式各样的死亡，都是作家笔下考量的着力点，也是作家才能表现的竞技场。死亡，是小说创作中制造震撼的杀手锏，凡大师，无不精于此道。应该说，死不难写，但要写好，确也不易。道理很简单，既然有千千万万的生，必然也就有千千万万的死。想写得与人不雷同、不重复、不撞车，不蹈他人或自己的覆辙，那是很难的，而要在这个基础上写出新意、翻出新声，别辟蹊径，创出前所未有的生面，那就是更难更难的事了。西方文学名著中那些经典的死亡场面，总是让我们难以忘怀。安娜·卡列尼娜的死，包法利夫人的死，苔丝之死，《卡门》里茨冈女子的死，《茶花女》中那位交际花玛格丽特的死……所有这些文学中的死亡，只有雨果笔下的《巴黎圣母院》里那个极美丽女子和那个极丑陋男人的结局，是有文学以来，将死亡写到极致地步的精彩一笔。"在地窖里，人们发现了两具尸骨，一具把另一具抱得很紧。一具尸骨是女的，紧抱着她的那具尸骨是个男人。人们想把他同他紧抱着的那具尸骨分开，他就倒下去化成了灰尘。"将死亡写到如此刻骨铭心的程度，也许《红楼梦》中黛玉之死给读者带来的灵魂上极大震撼，堪与比拟。

绝大多数中国人，掩卷以后，激动的心情，总是久久不能静下来。因为九十八回"苦绛珠魂归离恨天"与九十七回"薛宝钗出阁成大礼"，一个走向死亡地狱，一个走向婚姻殿堂，几乎是并行不悖地同时进行着。很多红学家对高鹗续书持否定观点，独对西谚所云"魔鬼在于细节"的这个惊人之笔，噤若寒蝉。因为这个精彩绝伦的细节，在曹雪芹未曾做出一点点暗示的情况下，平地惊雷，制造出超级震撼。

我始终认为，倘没有高鹗敢于违背中国人阅读习惯，反其道而行之，让林黛玉一定死在薛宝钗出阁的那刻，将小说推向高潮，使小说达到无可置疑的不朽，大概也就没有《红楼梦》的今天。这就不能简单归之为高鹗的勇气和胆识，而是他绝不弱于曹雪芹的睿智才华的超人表现。

有识者认为："正是要由这个结局来回顾整个故事，才会显出它是一首凄丽的长诗，一阕悲怆的交响乐。否则，如果像专家所论证的，说曹雪芹原意只是要写黛玉因病早死，宝钗于是自然而然地与宝玉结了婚，如果结局真是这样，读起来真不知道整个故事有什么意义，干什么要写这一大篇故事了。"这是高明之见。

曹雪芹写死之三

　　曹雪芹在构思这个大家族瓦解过程的长篇小说时，势所必然的死亡，也就是那些妙龄女子的香消玉殒，是作为他这部作品的故事中轴。落笔之初，开宗明义，他即清清楚楚地表白了："今风尘碌碌，一事无成，忽念及当日所有之女子，一一细考较去，觉其行止见识皆出我之上，我堂堂须眉，诚不若彼裙钗，我实愧则有余，悔又无益，大无可如何之日也。编述一集，以告天下，知我之负罪固多，然闺阁中历历有人，万不可因我之不肖自护己短，一并使其泯灭也。"生老病死，爱恨情仇，美丑善恶，歌哭笑唱，为地球上人类的基本状态，也是这个世界上的一切文学的来源。中外古今，所有作家，无不从这个源头，敷陈演义出来自己的作品。因此，他"茅椽蓬牖，瓦灶绳床"，守着贫穷，用生命来写作的动力，正是这些美丽女子的悲剧死亡，美丽成了她们的宿命，爱情成为她们的苦难和血泪，是他无法任其泯灭而置之度外的。而我相信，这三个女子，秦可卿、晴雯、林黛玉，之所以是这个故事轴线上的重中之重，因为，她们恰好代表着一个男人性的启蒙期、情的萌芽期、爱的发生期，相继而至的青春阶段全过程，可想而知，她们的死亡，是如何牵动着作者的心，也就必然成为书中的精彩篇章。

　　在《红楼梦》中，最深刻、最感人，也最是构成这部著作不朽者，莫过于晴雯和黛玉的美丽死亡了。

曹雪芹写晴雯之死，从第五十一回"胡庸医乱用虎狼药"起，到第五十二回"勇晴雯病补雀金裘"，时为冬天，第七十三回晴雯生计，让宝玉装病，应该是转过年的秋末。接下来的第七十四回"惑奸谗抄检大观园"，至第七十七回"俏丫鬟抱屈夭风流"，至第七十八回"痴公子杜撰芙蓉诔"，一步一步使这个某种程度上是林黛玉影子的美少女，死不甘心地走向生命的终点。

高鹗写的黛玉之死，从第九十四回"宴海棠贾母赏花妖"起，其中贾母说："这花儿应在三月里开的，如今虽是十一月……"时已入冬。至第九十六回"瞒消息凤姐设奇谋，泄机关颦儿迷本性"，第九十七回"薛宝钗出阁成大礼"，第九十八回"苦绛珠魂归离恨天"，一气呵成，贯穿直下，波澜起伏，扣人心弦。死亡的阴影，徘徊不去；生命的挣扎，难以放弃；情爱的幻灭，撕肝裂肺；决绝的别离，无法割舍……至此，我想高鹗会掷笔一呼：庶不至辜负芹溪先生了。

死亡这个大题目，从来都是作家笔下考量的着力点，也是作家才能表现的竞技场。死是情节中最高的悬念，死是故事中必然的高潮，死是任何人都不能承受的强刺激。死，对这个死者来说，既是否定，也是否定之否定，这个存在着变数的结局，自然也是永远的话题。因此，死亡常常是中外古今作家使用的最重要的杀手锏。而晴雯之死和黛玉之死，让我们领略到大师之为大师，就是明白笔下着力的所在。

曹雪芹写骂之一

骂人，是一门语言艺术，而挨骂，则是一门行为艺术，《红楼梦》中几乎写尽了中国人的骂和被骂。《红楼梦》一书，真不愧为一部中国封建社会的百科全书，无不应有尽有，仅就骂人和挨骂来看，也是中国其他的古典文学作品所不能比拟的。很难再找到比《红楼梦》更丰富、更生动、更精彩、更深刻的骂人语言了。有真骂，有假骂，有狠骂，有毒骂，有的骂的骂，没的骂的也骂，打鸡骂狗、指桑骂槐是骂，不分好歹、满口胡吣也是骂。《红楼梦》中这种最典型地表现中国人文化心态的骂和挨骂，即使世界文学名著，恐怕也是望尘莫及的。

在《红楼梦》中，最有名的一骂，便是焦大借酒撒疯那一回了。

秦钟要回家，宁国府用车送，派的是焦大。黑灯下火，也不是什么有赏钱的好差事，估计拿不着红包的这位老人家，刚刚又喝了两口，酒劲儿正往上拱，碰上贾蓉说了几句，他自然倚老卖老地骂开了。

贾宝玉算不算挨骂的，姑且不论，但他向凤姐求教何谓"爬灰"时，却被正经八百的这位挨骂者骂了一顿。

焦大那一通骂，可谓精彩绝伦、掷地有声："那里承望到如今生下这些畜生来！每日偷鸡戏狗，爬灰的爬灰，养小叔子的养小叔子，我什么不知道，咱们胳膊折了，往袖子里藏！"简直把贾府的阴暗面暴露无遗。我书读得甚少，不敢轻易下结论，在中外古今的文学作品中，能令人留下如此深刻印象的骂人和挨骂的情节似乎不多。

所以众多有识之士总是大声疾呼，不要对阴暗面感兴趣。细细品味，那用心之良苦，也真是难能可贵。试想，焦大这通开骂，把诗书簪缨、钟鸣鼎食之家的那一层令人羡慕的帷幕拉开，让人看到其中许多见不得天日的污秽，倒胃口不说，一个表面的美的完整性也给破坏了。多糟糕，多败兴啊！真是可恶之至。所以那些挨骂的人，要赏骂人的焦大一嘴马粪，以示惩罚，也是正常的。爬灰就爬去好了，总不是所有的人都爬灰，你干吗不写不爬灰的人，偏写爬灰的人呢？若焦大将这番意思写成小说的话，我敢肯定，贾珍在厅柱下石阶上太阳中，铺上一个大狼皮褥子负暄时，准会这样对他进行大批判的：不要以偏概全嘛！纯系个别现象嘛！生活是这个样子的吗？应该看到，不爬灰的好同志还是大多数嘛！

骂人是艺术，骂得淋漓尽致，骂得入骨三分，不容易，是一门功夫。同样，挨骂也是艺术，挨骂得脸如城墙、心如古井，酒饭不误，照当丧家之犬，抽冷子还能反咬一嘴，也是一门功夫。君不见焦大所骂的偷鸡摸狗、爬灰的爬灰、养小叔子的养小叔子那一群吗？您若是碰到本质上就是这样的一伙，您就光看不骂好了。因为骂，多少还是抱一点希望，但这些人，我劝您就免了吧！

曹雪芹写骂之二

《红楼梦》的骂，堪称一绝。第一，词汇丰富；第二，形象生动；第三，掷地有声；第四，命中率高。凤姐骂尤氏："你尤家的丫头没人要了，偷着只往贾家送！你痰迷了心，脂油蒙了窍！"又转过脸去骂贾蓉："天打雷劈，五鬼分尸的没良心的东西！"贾政骂宝玉："出去！""你这畜生！"贾赦骂贾琏："混账，没天理的囚攮的！"芳官的干娘骂芳官："不识抬举的东西！怪不得人人都说，戏子没一个好缠的。"接着又骂她女儿春燕："小娼妇，你能上了几年台盘？你也跟着那起轻薄小浪妇学！"秋纹骂小红："没脸面的下流东西！你也拿镜子照照，配递茶递水不配！"彩霞骂贾环："没良心的，狗咬吕洞宾，不识好歹。"王夫人骂赵姨娘："养出这样黑心种子来，也不教训教训，一发得了意了！"鸳鸯骂她嫂子："这个娼妇，专管是个六国贩骆驼的！""你快夹着你那屁嘴，离了这里，好多着呢！"茗烟骂金荣："我们肏屁股不肏，管你鸡巴相干？横竖没肏你爹罢了！"

骂分两路，当面骂和背后骂。关起门来骂皇上，属于怯懦的骂，除了自慰外，不产生任何效果。当面骂，就不同了。有骂的人，就有挨骂的人；有挨骂的人，就有不同反应。这反应中，以虽挨骂而根本不像是挨过骂似的泰然自若，最为上乘，也就是艺术了。

一种是泛骂，如柳湘莲说的："你们东府里，除了那两个石头狮子干净罢了!"你可以装作不介意，不干净的人多了去了，又未曾单挑你出来，你抻那头干什么? 还不妨附和两句："是太不像话了!"一种是指名道姓的骂，如贾母啐贾琏："下流东西，灌了黄汤，不说安分守己的挺尸去，倒打起老婆来了。"你可以狡赖，可以不认账，可以推卸责任，既可以嬉皮笑脸、打马虎眼，也可以耍流氓腔："我就这样一个狗屎德性，你怎么办吧?"一种是让挨骂的人明白是在骂他，骂人的人却做出并不是骂谁的样子，可谁听了，谁心里有数。如凤姐说："糊涂油蒙了心，烂了舌头，不得好死的下作娼妇们，别做娘的春梦了! 明儿一股脑子扣的日子还有呢。"那你完全用不着自作多情、自领没趣，做出不动声色的样子，甚至还向人打听："骂谁哪? 骂谁哪?"一种骂，便是宝钗对靓儿那番言语了："你要仔细，你见我和谁玩过? 有和你素日嬉皮笑脸的那些姑娘们，你该问他们去!"

金荣挨骂，因他狗仗人势，欺压无辜。赵姨娘挨骂，因她居心险恶，置人死地。鸳鸯嫂子挨骂，因她为虎作伥，卖亲求荣。贾蓉挨骂，因他当着凤姐捧凤姐，背着凤姐整凤姐，纯粹一个要两面派的小人。

丫鬟心态之一

"丫鬟"的叫法，显然源自"丫头"的"丫"。因为旧时女孩多梳"丫"形发髻，所以，就用"丫"代称女孩。唐代刘禹锡《寄赠小樊》诗："花面丫头十三四，春来绰约向人时。"就是指梳"丫"形发式的青春少女。唐代李商隐《柳枝诗序》冯浩笺注引陈启源曰："丫鬟谓头上梳双髻，未适人之妆也。"这就告诉我们作为丫鬟的基本条件：一、年轻；二、未婚；三、大概就是伶俐了。正因为如此，丫鬟有可能成为小姐的闺中知己，太太或老太太的亲信耳目；而侍候像怡红公子这样的少爷，像袭人、晴雯、麝月等几位大丫头，则更是出类拔萃、非同小可。晴雯有一次生了点小病，无非伤风感冒，来了位医生，步入闺房，只见红绣幔里，伸出一只涂着鲜红蔻丹的纤纤玉手，还以为是府里哪位小姐呢！及至开罢方子，告辞出来，知道不过是一位丫鬟时，我们可以想象他的面部表情了。然后，打发这位医生的出诊费，麝月更是所谓"不当家花拉"的，婆子已经提示她那是个二两的银锭，另拣一块小点儿的就行，她关了柜子出来说："多少你拿了去就完了！"还有一个司棋，为了厨房未给她做一碗她想吃的鸡蛋羹，竟能像红卫兵似的杀将过来。可见这些名曰丫鬟的女孩子，其地位和状况，远比当时那些仕宦乡绅家庭里的千金要宽裕优越、高贵骄纵得多。所以，那厨娘的女儿柳五儿，才想方设法托门子，要到怡红院来当丫头。并不是在乎那点月钱，而是能靠一个门头、一个主子，那才腰杆硬得起来的。像鸳鸯，是老太太的心腹；像平儿，是王熙凤的左膀右臂；像袭人，是怡红院的总管。只要是实权派主子的丫鬟，谁敢不刮目相看呢？

这几个顶尖儿的丫鬟，便是那些等而下之的同类可望而不可企及的最高境界。毕生要熬到这一步，也不枉白当丫鬟一场。若是比肩儿高矮、差不离等级、月钱也同样标准的丫鬟，那种明里暗里所表现出来的争斗、较劲、嫉妒、使坏、作祟、嫁祸、奚落、侮弄等等，不能不说是十分激烈的。就在怡红院里，这类的好戏发生过多少啊！晴雯是所有《红楼梦》读者欣赏、同情，并为之不平的女孩，可她用那种叫作"一丈青"的细长簪子向坠儿手上乱戳的时候，会不感觉到她的凶残和歇斯底里吗？说穿了，如果不是骨子里的丫鬟心态作怪，不是根本上的实力虚弱、信心不足，别人的好好歹歹、长长短短，用得着像她那样不依不饶吗？袭人说了一句"原是我们的不是"，她好一个不痛快，马上做出酸溜溜的反应。宝玉给麝月梳一下头，她也受不了，立刻做出短兵相接的回击。碧痕陪宝玉洗澡的时间长了一点，她也觉得不是味儿……

虽然她们过着锦衣饫食的生活，但终于还是奴才，而大多数人，并没意识到这一点，甚至为做一个受宠的奴才，不惜作践同类，互相残杀，这种麻木的奴隶要比不麻木的奴隶更为可悲。

丫鬟心态之二

　　一面紧紧抓牢主子，一面狠狠排斥同类，这就是丫鬟心态所表现出来的行止。曹丕所说的"文人相轻"，对某些文人来讲，也难免是丫鬟心态作怪。现在当然没有丫鬟了，但并不等于没有怀有丫鬟心态的人。于是我们在生活里，短不了见识和领教谁踢谁一脚、谁咬谁一口的精彩表演。如果，一个主子，只由一个丫鬟侍奉，这位丫鬟大概用不着如临大敌，心态自然能平衡得多。清河崔氏相国夫人，晚景凄凉，羁留蒲东。唯有红娘一个人，陪伴着莺莺小姐，无人和她争主子的宠，所以她心地坦荡，率直自然。如果红娘之外，再有一位绿娘的话，恐怕她不会如此坦诚、任性、公道、热心了。可怡红院里有那么多的丫鬟，如何能风平浪静呢？因此，袭人得想方设法把晴雯从怡红院里弄出去，反过来，晴雯也片刻不停地巩固她在宝玉心中的地位。如果晴雯赢了，她也未必太平，麝月、秋纹、碧痕、芳官，仍然会是她的强劲对手。所以，排他性便成了她们这些做丫鬟的最典型、最永恒的心态。于是，就可以找到一些作家、评论家在文坛上一个劲地捧、拉、打、杀的根源了。

　　这种竞争本身，有他无我，有我无他，是毫无退路的，一败就败到底。撵了的茜雪，不就这样永远淘汰出局了吗？天地如此之大，可谓海阔天空；周围如此之小，连转身都嫌狭窄。于是，觉得她们打得不可开交，或许多少有值得体谅之处。可在现实生活里，离有丫鬟的年代如此遥远，这种感情过甚的排他性，这种莫名其妙的嫉妒心，这种气人有笑人无的情绪化，这种卑微和丑陋的丫鬟心态，就大可不必了。

文坛是一个比怡红院不知要大多少的所在，天高地远，任君驰骋。你写你的，我写我的，完全可以相安无事，用不着采取把别人扫地出门、唯我独尊的做法，偏要王麻子开店，独此一家，别无分号，赶尽杀绝；更用不着招呼二三知己，鸣锣开道，宣布已经不朽，或马上就要不朽；更不用放洋归来，仗外国出版商或什么组织机构的高看，而粪土黄皮肤同行；也无须视洋人的眼色行事，像个跟屁虫似的响应——人家说好你说好，人家说不好你连忙撇嘴；更不必捣腾西方一些二手货，或者认识几个外国人之类，便像假洋鬼子一样，挥舞文明棍，这也不是，那也不是。这些年，这些人，或神气活现，或正颜厉色，或左右跳踉，或力竭声嘶，几乎不曾消停过。把功夫全用在无聊的地方，还真不如定下心来，做点学问，写点文章，干些正经事为好。更有一等人，做文坛大亨状，其实和"空心大老"贾政相似，大作家无大作品，名作家无名作品，但是，大会小会，少不了他，委员理事，缺不了他，这也是这些年来，荧屏上一张张老脸、肉脸、油脸、三花脸，令人恶心反胃的原因了。

在文学世界里，缺乏最起码的大度和豁达，那就不光是可笑，而是很值得可怜的了。

丫鬟心态之三

能将"打你丫的"这句胡同串子的口头禅讲得溜溜的,就算半个北京人了。这是一句只有道地北京人听得懂,也是只有道地北京人会使用的詈语。所以,只要一张嘴"丫",便可知他大概是市民层面的人了。在北京,至少也有二分之一或三分之二的人,并不使用这个字眼来骂人的。"丫的",是"丫挺的"的省略称呼。我请教过有学问的老北京,摇头晃脑地对我解释:何谓"丫"?"丫"者,乃"丫头"也。"丫挺"者,乃"丫头所生者"也。

在旧社会,丫头生的,比小老婆生的,还要被人所不齿。因为小老婆至少还有个小老婆的名分;小老婆生的孩子,叫"庶出",虽比"正出"差点,但还是有立脚的一席之地。骂人为"杂种"者,为"王八蛋"者,虽然是人格污辱,但重点突出其"杂",其"王八"的品种不纯正,并没有明确的封建等级的蔑视——一骂"丫的",就显出小市民的狠毒来了。《红楼梦》里的探春,就是赵姨娘生的。三小姐还曾经参与大观园的行政领导工作呢!但丫鬟生的,连"庶出"两个字也捞不着,把人骂到这种不堪地步,也算是很不留情了。

大观园里有一群被叫作"丫鬟"的女孩子们,青春、美丽、活泼、可爱,表面上看起来,挺光鲜,蛮快乐,衣食不愁,还有月钱,几乎不怎么太劳累,过着一个中等人家小姐也享受不到的优裕生活，似乎很幸运。其实，她们侍候主子的一生，那看人脸色、时刻自危的生活，那地位低下、卑贱可怜的身份，那任人摆布、无法自主的命运，那配给小厮、终身为奴的前途，如是其中有头脑者，肯定会感到很悲哀、很凄惨的。当下那些被权势玩弄的年轻女性，那些牺牲色相以获取金钱的性工作者，也是如此浑浑噩噩地过着，百分之九十九都麻木，清醒者极少。

丫鬟，是中国封建社会中一种特殊的女奴，她们实际是被默许的男主子的性宣泄对象，一个未正式承认的侍妾罢了，袭人和贾宝玉的性关系就是一例。如果她服侍的是女性主子，譬如小姐，那么她也是被默许的小姐所嫁丈夫的侍妾。薛蟠占有其妻夏金桂的丫鬟宝蟾，便是例证。她们不但把身体，甚至把灵魂，都卖断给主子。能够意识这种人身依附的奴隶命运者，便只有痛苦，而意识不到这一点者，为做一个受宠于主子的奴才，便会不惜作践同类，互相残杀起来。

读《红楼梦》，便约略地可以分析出，当时的京都，实际是由使用丫鬟的贵族阶层，和提供丫鬟的市民阶层组成的。因此，窃以为"丫的"或"丫挺的"这种骂人法，是北京城的小市民们已经很久远的，但却是历史上的"丫鬟心态"的余音。正因为他们这个阶层出头，深知丫头的屈辱是怎一回事，所以，骂起人来，自然朝自认为的最痛处开火了。

丫鬟心态之四

曹雪芹喜欢隐语，他笔下的人物姓名，常常寓含着另一层意思。香菱还未被拐走前，叫英莲，加上其姓，为甄英莲，读上去为"真应怜"。把她抱上街看元宵花灯的仆人，叫霍启，读上去为"祸起"。其父甄士隐，曹雪芹自己说了，乃"真事隐去"，和贾雨村的"假语村言"，正好匹敌。每个作家都有自己的写作习惯，人物姓名也是一种表现手段。俄国作家契诃夫，其短篇小说的主人公的姓氏，往往能透露性格特征的蛛丝马迹，俄文读者自然会会心一笑，但翻译成中文，则必须加注解。香菱，是金陵十二钗中最早出现的薄命女子，曹雪芹很同情她的不幸命运，这个"莲"的对应字"怜"，既有可怜的意思，也有怜惜的意思，卖到薛家以后，改名香菱，无论莲，还是菱，都摆脱不掉在水上漂浮任西东的下场。

我始终在想，《红楼梦》翻成外文，那些外国读者若是按他们所熟知的女佣、女仆、使女、女侍，或者像狄更斯笔下的养女，来看袭人、香菱这一干女孩子，恐怕会有点糊涂和懵懂的。他们对"贾宝玉初试云雨情"回目里，袭人那种义务式的性服务，会很不理解。怎么能将服务范围扩大到如此程度呢？因为他们不可能懂得。在中国，在人身依附的封建社会里，人是不可能把握自己，按自己的想法生存的。

这就是在封建社会里，那一群被叫作"丫鬟"的女孩子们，看起来蛮快乐，其实很悲哀，似乎很幸运，实际挺凄惨的奴隶命运。她们不但把劳动力，把青春，把未来，甚至把整个身体都出卖给主子。当侍妾，然后成为赵姨娘、周姨娘式的姨太太，便是她们最佳下场了。像袭人最后嫁给蒋玉菡，算是很走运的结果。大多数是配给小子拉倒，司棋、彩霞想逃脱这样的命运安排，但谁也逃脱不了。丫鬟的奴隶式无人身自由的依附，与资本主义制度下女仆的金钱和劳动力互换的雇佣关系，是根本不同的。

我不知外国读者对于袭人这份"无可推托"的心情，对于香菱成为薛蟠侍妾的顺理成章，是否会觉得奴性过甚。反正老托尔斯泰笔下的那位聂赫留道夫爵爷，在冰河开裂的早春之夜，和一半算养女一半算奴婢的玛丝洛娃，做那种警幻仙姑所训之事，爵爷可没有薛大爷和宝二爷那种坦然，而那个黑眼睛姑娘玛丝洛娃，永远也不会有袭人、香菱那份应该如此的平顺心态。

八十回，夏金桂要给香菱改名，在大观园里住惯了的香菱，忘了自己是奴才，还和这位主子辩论菱如何不香，这就是她直或是呆了。后来她悟过来，赶紧说："奶奶说那里话，此刻连我一身一体俱是奶奶的，何得换一个名字反问我服不服，叫我如何当得起。奶奶说那一个字好，就用那一个。"

《红楼梦》在中国文学史中，是一部描写丫鬟的空前绝后的好小说。中国的旧小说，大概只要有小姐，就必有丫鬟，除了《西厢记》里的红娘，堪与《红楼梦》里的这些丫鬟相提并论，余者皆不足一论了。

小人的压轴戏之一

《红楼梦》中一百一十七回"欣聚党恶子独承家"，恐怕是古今文学画廊里表现这种小人集群的成功笔墨——看那不人不鬼，上下跳嚷，吃喝嫖赌，无恶不作。高鹗一生，社会接触面要大于没落贵族曹雪芹，他遭遇的市井无赖、官场败类、文坛痞子、娼优隶卒，是前八十回中那个在大观园里的贾宝玉，不大容易碰上的。《论语·里仁》里有一句话："子曰，不仁者不可以久处约，不可以长处乐。"译成白话文，是这样的："没有仁德的人，不能够长期处于穷困之中，也不能够长期处在安乐之中。"这句话的含意是，要看到不仁者的这种不安于位、不断折腾，总要闹得鸡犬不宁的实质。

仁，是君子之道。仁者的原则，是奉行道德，讲求信义，实施博爱，与人为善。而不仁者，缺乏最基本的做人准则，心凶性险，意奸志躁，崇尚恶的哲学，专门做正人君子所不齿的事情，以达到损人利己的目的。不仁者，也就是我们常常说的小人。

小人，是社会中一个永远不安定的因素。所以，每个人在他的一生中，在他生活的圈子里，都会碰上明显的或不太明显的小人，都会受到他们明显的或不太明显的伤害。当然，不仁者也不总是一副面孔，有的道貌岸然，心存奸诈；有的獐头鼠目，狗脸狰狞；有的狡猾阴险，笑里藏刀；有的好话说绝，坏事办尽。形形式式，不一而足。闹的方式方法，也各有高招，不尽相同，但用别人滴下的鲜血染红自己顶子的目的，古往今来，却是绝对一致的。年轻时代的鲁迅有诗云："我以我血荐轩辕"，老实讲，这血流得还是值得的；可有的时候，若我以我血喂爬虫、我以我肉饱小人的话，那才让正直的人为之气短呢！我们或目睹，或亲历，各式各样被小人明算或暗伤的故事，还少吗？岂止是"文革"当中的例子呢。

在中国古典小说中，对于那些十恶不赦的元凶、杀人如麻的暴君、穷凶极恶的贪官、残虐无辜的军阀等等，刻画得比较淋漓尽致，但对于那些常在身边出现的不那么明火执仗的小人，特别是以斯文面孔出现的小人集群，则缺乏比较传神的典型描写。凡小人，无论是凶神恶煞，张开血盆大口，还是彬彬有礼，微笑着将刀子扎进你的心窝，实质上都具有犬科动物的特性。咬住一口，死不肯撒嘴，小人这时更接近于狼；一见主子，来不及地摇尾巴，小人这时就完全是狗。但小人常常不如狗，狗只忠于一个主人或主人的家人，而小人则可能周旋于数个主人，同时获得多份骨头。落单的时候，狼就变成了夹着尾巴的狗；而成群的时候，狗要红了眼也会成嚣张的狼。小人凑在一起，绝不会有好事情。

任何朝代，任何社会，只要气数一尽，必然会出现这种恶狗在前、豺狼当道、是非颠倒、好人遭殃的结果。

小人的压轴戏之二

　　历史，有时就开这样的玩笑，让一个无才无德无能，只有一股无名毒火的丑角，成了举足轻重然而是出足洋相的人物。在生活里，所有的小人，从来不承认自己是人所不齿的家伙，其特点就是脸皮特厚，心肠特黑，手段特毒，同样，对别人无论从心底鄙夷还是公然藐视他们，永远拥有良好的自我感觉，而毫不在乎。王仁和邢大舅在荣宁二府里，是人所共知的一对混蛋，属于智商低下型的小人，在舞台上，便是三花脸式的小丑。一些城府较深的智谋型的小人，是不大愿意与这些草包为伍的，不是怕丢人，而是怕误事。可王八看绿豆，对上眼了，邢夫人却认为他们两个可信，她说："况且是他亲舅爷爷和他亲舅舅打听的，难道倒比别人不真么？"

　　邢夫人要跟王夫人争夺这份领导权，哪怕是一头烂蒜，也要派上用场的。"孙女儿也大了，现在琏儿不在家，这件事我还做得主。我横竖是愿意的，倘有什么不好，我和琏儿也抱怨不着别人。"听她说的这番话，便可以了解邢夫人这么多年，被王夫人挤在一边坐冷板凳，留在心中的隐痛，是多么沉重了。

　　哪怕相信邢夫人丝毫不了解这两个草包的名声，为什么居然信之不疑呢？很简单，第一，没有什么像样的人追随她，再无其他选择；第二，她复仇之心急不可耐，知道后果可能不好，哪怕估计将来要落埋怨，也偏要做这个主。小人的毁坏力，就表现在这为一己私怨的发泄，而失去理智，罔顾一切。

这时候，属于铁杆死硬派的小人贾环，"跑到邢夫人那边请了安，说了些奉承的话"，给她鼓劲打气。他和邢夫人有很多共同点，邢夫人要没有王夫人，她是这府的第一太太；贾环要是没有宝玉，他是这府的第一少爷。所以，他的复仇之心的强烈，不超过邢夫人，也不会亚于她的。

她对贾环这小子，不用说，是一拍即合、惺惺相惜了："那邢夫人自然喜欢，便说道：'你这才是明理的孩子呢，像那巧姐儿的事，原该我做主的，你琏二哥糊涂，放着亲奶奶倒托别人去。'"在小人集群中，像贾环这样具有蛇蝎之心的小人是最具危险性的。第一，他能出最坏的主意；第二，他能下得去死手；第三，他具有强劲的活动能量。他对邢夫人说："人家那头也说了，只认得这一门子（邢夫人心里肯定会暗自窃笑，这下子可要坐上正位了），现在定了，还要准备一份大礼来送太太。如今太太有了这样的藩王孙女儿婿，还怕大老爷没大官做么？"

所以，贾环必须要到邢夫人那里请安，说奉承的话，而邢夫人也肯定要表扬这个贾环是明理的孩子，以笼络这样的铁杆支持者，他们为了一个共同的目标，而走到了一起，于是出现《红楼梦》这最后一出丑剧。只要有成为社会毒瘤的小人存在，这丑剧总是要不断上演的。谨防小人，不给他们可乘之机，千万不要书生气，这也许是高鹗想通过荣国府里这班小人作怪，告诉我们的一个人生教训吧！

小人的压轴戏之三

平心而论，高鹗的续作，能与曹雪芹的原作达到浑然一体的地步，倘无充分才华、充足实力，倘非全心投入、全神契合，岂能获得这般成就。后四十回较之前八十回，虽不很好，也并不很糟。高鹗续作比那些"奋起而补订圆满"之作，能够附骥于曹雪芹，流传到今天，达到家喻户晓的程度，说明他的努力还是经得起时间的考验。而其他续貂者统统湮没无闻，便是对高鹗成就的一个历史肯定。不信，你试试，肯定结果为零。这么多年来，多少勇敢者败下阵来。只有高鹗，得到老百姓承认，二百多年来读者的首肯，才是最过硬的判定。过去那些自作多情的续作者，无不以丢丑现眼结束；时下那些走火入魔的续作者，也无一不以洋相出足而告终。

在后四十回里，高鹗不仅仅延续曹雪芹的悲剧基调，黛死钗嫁，人去园空，而且有其创造性的独到精彩文字，更显出他的手笔不凡。

甚至到了书的结尾阶段，死的死，亡的亡，他还精神抖擞地写下了"欣聚党恶子独承家"这出《红楼梦》中最后的丑剧。如果他"闲且惫矣"，怎么省事怎么来，即使不交代这群已经无关宏旨的小人集群，不让沉渣再次泛起，谁也不能责其吝惜文字。因为，故事至此，实际上接近结束，只差宝玉出家当和尚，到青埂峰下报到了。纯粹为了续书的高鹗，本可以略而不顾贾芸、贾环等，直奔尾声而去，因为没有读者再关心这些败类的命运。

但作为文学家的高鹗，他的生活体验，他的创作意图，以及他拥有的对这类小人的独特认识，使他欲罢不能，因为小人一旦结群起来，必然会有丑恶的表演，则必然形成可怕的破坏力，对这样无法回避的严酷事实，高鹗不能闭上那双智者的眼睛。故而一定要把贾环、贾芸、贾蔷、邢大舅、王仁，还包括邢夫人，拉到舞台前面的聚光灯下，使人们于哂笑中认识这些为非作歹、捣乱成性、怙恶不悛、人所不齿的小人，这是他的了不起处。

兰墅先生想不到，他的这一笔，不仅对于过去，甚至对于以后，还有其警醒世人的意义呢！因为只要有人群的地方，团体也好，社区也好，甚至我们大家都熟知的文坛也好，这些小人的面孔和他们的表演，一点也不陌生的。

小人集群，是个很奇怪的细胞组合。凡宵小、歹徒、痞子、无赖、帮衬、篾片、讼棍、师爷、恶少、刁仆之类，他们凭着气味，就能心领神会地抱团，而聚合到一起。古人云，人以群分，物以类聚，是一点也没说错的。现在来看高鹗先生所写的《红楼梦》第一百一十七回的丑剧，便知道他们是怎么样狗扯羊皮地扭结在一起，而为非作歹的了。

小人的压轴戏之四

　　凡小人，必闹，必跳，必不安生。他们之所以能够一时间将尾巴夹紧，并非忽然悟道，回头是岸。贾芸给贾宝玉送白海棠，写效忠信，进到怡红院，很能装孙子，袭人就察觉到他不是个好东西，可见早有定评。至于贾蔷，巴结贾蓉，成为王熙凤门下说不清什么暧昧关系的角色，虽然他比贾芸在荣宁二府中的地位和血缘关系，更接近权力中心一些，但实际上和贾芸一样，有可能像娈童似的以色侍人，也是一个形迹可疑的年轻人。贾政扶枢南下，贾琏奔父北上，应算正主的贾宝玉，爱情失败，精神错乱，自顾不暇，焉能主事？值此贾府领导层出现真空，主事之人竟然物色到这两位在冰箱里冷冻了一阵的少爷，看来贾府也真是气数尽了。"且说贾芸、贾蔷送了贾琏，便进来见了邢、王二夫人。他两个倒替着在外书房住下。日间便与家人厮闹，有时找了几个朋友吃个车轱辘会，甚至聚赌，里头那里知道。"

　　紧接着，也就怪了，既没有打电话，也不曾下帖子。"一日，邢大舅、王仁来。"显然是不速之客，突如其来，否则他们早是车轱辘会的当然成员。"瞧见了贾芸、贾蔷住在这里。"肯定是一脸诧异了，这也证明两位外戚全然不知府里形势发生变化，已经好人避路、小人当道了。凡这种人的鼻子，都相当敏锐，肯定嗅出了腐臭的气味，才闻风而来的。"知他热闹，也就借着照看的名儿。"所有最邪恶的动机，都会打出最冠冕堂皇的旗帜来哄人的。

然后，"赖、林诸家的儿子、侄儿，那些少年托着老子娘的福，吃喝惯了的，那知当家立计的道理。况且他们长辈都不在家，便是没笼头的马了。又有两个旁主人怂恿，无不乐为。这一闹，把个荣国府闹得没上没下，没里没外"。不消说，当这帮人聚在一起饮酒作乐、猜谜行令，高鹗形容这种"聚党"气氛，用了一个"欣"字，简直是神来之笔。这样乌天黑地的荣国府，套用"文革"秀才们爱引用的李贺诗句，真是"黑云压城城欲摧"了。

在这个小人集群中，被称为尴尬人的邢夫人，竟然成为当仁不让的领袖。第一，她资格老；第二，她辈分高；第三，她长期处于潮流之外的被冷落状态，成了权力分配的死角，一直得不到她想得到的份额，这种看别人走红的嫉妒心理所积累下的仇恨，是和那帮同样感到非常失落的年轻人能够产生特别共鸣的地方。那些人的不满，也是她的不满，大观园里的文学圈子，有贾环、贾蔷的份儿吗？海棠诗社，秋爽咏菊，有那两位傻蛋外戚和送花人贾芸的份儿吗？同样，她的愤怒，也是那些人的愤怒，为什么螃蟹宴没有邢夫人的座次呢？为什么到郊区远足不见邢夫人的影子呢？所谓羡慕嫉妒恨，就是这种意思了。

这些年来，一班无才无德无能之辈，成了举足轻重的人物。沸沸扬扬而来，狗屁不是而去。如此这般的历史玩笑，我们看得还少吗？

小人的压轴戏之五

　　贾环是后来才加入到这个俱乐部里来的。"为父亲不在家，赵姨娘已死，王夫人不大理会他，便入了贾蔷一路。"小人和小人之间，只是在对外斗争方面，能够抱团，枪口一致，所谓死党，就是这样出现的；而在内部，也并不总是和衷共济，可能为一根骨头，大家打得不可开交，也可能因为未能兑现诺言，没有提拔成什么级别，而反目成仇。贾芸、贾蔷对王仁、邢大舅的入伙，取欢迎态度，可能因为这两个智商低下的笨蛋容易对付。相反，也许贾环声名太狼藉了些，说不定倒有不太敢兜揽他参加之意。他是硬"入"的，而且，他一来，恶迹立刻升级。"贾环、贾蔷等愈闹得不像事了，甚至偷典偷卖，不一而足。贾环更加宿娼滥赌，无所不为。"以至于"闹小旦，还接了外头的媳妇儿到宅里来"。小人也是分量级的，像贾环这样的重炮手，被邢夫人高看，委以要职，一下子成了走到台前的人物，是一点也不奇怪的。把巧姐卖给藩王，别的小人连想都不敢想，只有一肚子坏水的贾环才琢磨得出来。"且说贾环见贾宝玉、贾兰考去，自己又气又恨，便自大为王，说：'我可要给母亲报仇了。'"而且，他认准了"凤姐不好，怎样苛刻我们，怎么样踏我们的头"。复仇意识非常明确的贾环，就出了这个极臭极毒的主意。

　　所以，对这类危险分子，万万不能掉以轻心。同是小人之类，在高鹗笔下，却能写出如此分别，不能不感叹其观察之深刻。在《红楼梦》最后这场丑剧中，有为首的，有出主意的，有下毒手的，有凑热闹的，有无所用心的，总而言之，利益当前，每个小人都会跃跃欲试，不甘寂寞。没缝的蛋，尚且要下蛆，何况荣国府留下这么大的空隙，让他们有机可乘呢？按"外藩规矩，三日就要过去的，如今大太太已叫芸哥儿写了名字年庚去了"。他们就等着分卖巧儿的钱了。

所以，现在终于明白，不管这个集群人数有多少，跳踉得最高的两个人，一个是贾环，一个便是邢夫人了。其实，在任何时代，在任何地方，凡小人作祟，前有急先锋，后有黑后台，动手的和动嘴的罪恶组合，是绝对少不了的。他们可能内讧矛盾，可能换马易主，现在，"巧姐屋内人人瞪眼，一无方法"。善良的人，按照正常方式，是无法与这个小人集群抗争的。"只有大家抱头大哭。"

还是刘姥姥有办法，这倒应了卑贱者最聪明的名言。她说："这有什么难的呢？一个人也不叫他们知道，扔崩一走，就完了事了。"看来，以其人之道，还治其人之身，对于小人，太正人君子是不行的。生活中的事实证明，一些宅心仁厚的长者，对于小人之辈的任何同情、说项、安排、照顾，其实像东郭先生对待受伤的狼一样，结果反遭其害，这种滥好人的倒霉，也只有"活该"二字，奉送给这些无原则的好心人了。

巧姐终逃出荣国府，到了广阔天地避难，于是，丑剧就这样收场了。

奴才学发凡之一

　　第二十三回："那宝玉不自在，便懒在园内，只想外头鬼混，却痴痴地，又说不出什么滋味来。茗烟见他这样（好小子！），因想与他开心（来机会了）。左思右想（出馊点子了），皆是宝玉玩烦了的，只有一件（恶主意、邪主意来了），不曾见过。想毕，便走到书坊内，把那古今小说并那飞燕、合德、则天、玉环的外传与那传奇角本买了许多，孝敬宝玉。"至此，便知道茗烟何以在宝玉跟前混到如此得心应手的地步。由此可见，奴才学之精髓在于把握住主子的好恶，教唆主子往恶的一面发展，便可将主子紧紧攥住。当然，《西厢记》《牡丹亭》是算不得黄色书籍的，但按当时标准来衡量，肯定属于具有精神污染作用的禁书。假设主子是个声色犬马之徒，假设奴才是个心存叵测之辈，必然沆瀣一气，朋比为奸，两恶相加，其恶更甚，也必然为患一方了。不过，第一，茗烟还不到如此老谋深算的程度，如果那样的话，怡红院早装不下他了；第二，贾宝玉也不至于"二百五"到不知好歹的地步，他把那些粗秽不堪的读物藏于外书房里，"单把那文理雅道的拣了几套进去，放在床顶上，无人时方看"。可见贾宝玉也还是有分寸的公子哥儿。

　　从学塾替主子卖命冲杀，到引主子去花大姐姐家串门，到秘密提供"禁书"，宝玉对茗烟另眼相看，视为知己，后者得以成为奴才中的特殊人物，也就不奇怪了。

这快活自在的小奴才，在那个做人难，做狗也不易的环境里，似乎从不见他愁过，而且绝不耽误他充分享受人生。甚至最后，他的主子进考场丢了，全家人满世界找寻，慌乱得一塌糊涂的时候，他什么也不想，这个既精明又不精明的小奴才，居然满怀信心，洋溢着乐观主义精神地乱嚷："我们二爷中了举人，是丢不了的了！"别人问他何以见得，他说："一举成名天下闻，如今二爷走到那里，那里就知道的，谁敢不送来！"我们可以想象他那喜形于色的样子。

他既不愁今天，也懒得去愁明天，他也许悟了，也许根本谈不上悟，反正他这个优越条件，放在别的奴才头上，早蹬着梯子往上爬了。他大概不愿意熬到李贵那样，到处弯腰打千儿，倒索性不如当一个快活神仙了。

一般而言，正在势头上、踩着他人脑袋往上爬的大小奴才，很难有茗烟这点悟性。能有这份豁达，难得难得！

在《红楼梦》一书中，除了傻大姐外，凡奴才，无不卷入主子与主子之争、主子与奴才之争、奴才与奴才之争中，这里既有大鱼吃小鱼，小鱼吃虾米的残酷，也有一山不容二虎，有你无我、有我无你的火并。说实在的，在金陵贾府里，主子不好当，奴才同样不好当，无不荷枪实弹，枕戈待旦。只有两个人例外，那就是贾宝玉和茗烟这一主一仆了。

于是，小奴才茗烟也有其可爱之处了。

奴才学发凡之二

曹雪芹未曾交代过茗烟的来历，我们知道他姓叶，他老娘也在怡红院里当差，叫叶妈，其他就不很清楚了。冲他下面这番话——"他是东府里璜大奶奶的侄儿，什么硬挣仗腰子的，也来吓我们！璜大奶奶是他姑妈。你那姑妈只会打旋磨儿，给我们琏二奶奶跪着借当头，我眼里就看不起他那样主子奶奶么"，便大约估计得出：一、这小子是"家生子"，属于系统内部人员，颇了解一点背景材料，是所谓的知情人士。当奴才的，对主子的隐私，特别感兴趣，是一种天生的职业习惯。二、也许，他妈以外，他爹他兄他嫂或其中之一是琏二奶奶门下的。主子气粗，奴才腰杆也硬，这也是这班人爱仗势欺人的背景和后台。所以他才敢骂那个金荣是小妇养的，揭个底朝上。茗烟在《红楼梦》里，虽说是个小角色，但他却是一个会当奴才的奴才。他精通奴才学，但又不是为艺术而艺术似的为奴才而奴才，所以，他才活得很开心。有的奴才当得很不如他洒脱，譬如焦大，被塞了一嘴马粪，是个傻奴才；譬如王善保家的，讨了个大没趣，是个不长眼的奴才；譬如袭人，虽然谋到手姨娘的位置，可太费心机，太费力气，其实是个绞尽脑汁的活得挺累的奴才。只有这小子，快活得很，洒脱得很，还敢在主子烧香祭祀的时候，开一个来世变女孩儿的玩笑。

这说明他奴才学造诣之高深，可惜大学里不开这门课，若开此课，茗烟肯定会讲授得头头是道的。第一，必须牢牢掌握主子的志趣，必须深谙主子的习性，好其所好，恶其所恶，说一不二，说二不一。那些马屁拍到马脚上，脸上挨一记热辣辣的耳光者，多半是没吃准摸透主子的性格所致。贾宝玉是位泛爱主义者，有双性恋心理，有雌化倾向，再没有比变女孩子这句话更投合他的心意了，这就是茗烟的伶俐处和聪明处了。

第二，得说主子想说而不愿自己说的话，得做主子想做而不想自己做的事。一句话，当奴才的必须为主子"卖块"。"嗔顽童茗烟闹书房"一回，传神地描写了一个小奴才仗势逞凶，为主子冲杀卖命的场面。贾宝玉被欺侮了，他"乃是宝玉第一个得用且又年轻不谙事的"，"无故就要欺压人"的人，休说别人挑拨他，即使没有贾蔷唆使，他也不会放弃这样一个为主子立功邀好的机会，除非他不知道。

至于，贾宝玉怎样选中茗烟做自己的贴身奴才，不得而知。若从凤姐向宝玉讨小红这一节看，八成是她推荐的。她既然可以把人调出来，那么也可以把人派进去，否则，没有背景的茗烟不可能成为贾宝玉某种程度上的心腹。奴才固然利用主子，但主子未尝不利用奴才，两者相互依存。像哥尔多尼的《一仆二主》中的特鲁法尔金诺那样拥有自己见解的奴仆并不多。凡奴才，甘为奴才者，都是十分甘心成为主子的得力工具，并以此为荣。

奴才学发凡之三

　　吊儿郎当的奴才茗烟并不得力，不知何故总是受到主子的宠信，就耐人寻味了。也许因为：一、来头比较硬，宝玉不得不给面子；二、宝玉整日在内帏厮混，小厮如何，他无所谓；三、也还该说，贾宝玉不是个难待候的主子，不挑剔，比较随和。恐怕更主要的，茗烟懂得（也是所有刁滑的奴才都明白的），手里抓有主子的短（无论是主子自己出的错，还是奴才下的套让主子钻，故意诱使出的错），把握他的隐私，这样，主子虽然可以主宰奴才，但奴才也有了反主宰的一些本钱。曹雪芹对茗烟着墨不多，不过，把这小子表面上讨好巴结、迎合取巧，实质是企图控制（哪怕是些微的）贾宝玉的小伎俩写得入木三分。这样说也许多少有点冤枉茗烟，他未必存有歹心。可是，为人奴者的先天本性或下意识使他不得不然。第十九回茗烟把宝二爷引到花大姐姐家，这在贾府是违禁的事。宝玉光看到这小子为他承担风险的一面，并没有意识自己将有把的烧饼让这小子攥着了。这也是无可奈何的事，所以好多主子常常上了奴才的当，吃了奴才的亏，就是由于被一口一声的"喳"的表面上的顺从蒙蔽，而看不出内里阴的一面。贾宝玉还拍胸脯说："有我呢！"所有那些被马屁拍晕了的上级领导，常常会这样傻不唧唧地被人愚弄，上了圈套。

　　一跨进袭人家，茗烟先就笑着把话递过去："别人都不知道。"这个信号，当然不是说给宝玉听的，也不是说给花自芳听的，分明是针对袭人的。话里既有示好的意思（"咱们俩没的说！"），也有一点小小的套近乎的意思（"看！我把他引到你这儿来了！"），还有一份立此存照的意思（"咱们心照不宣，对不对？"）。因为他太了解花袭人在贾宝玉心目中的位置，这点慷慨的巴结，大概不至于白搭功夫。

袭人是何等聪明的角色，她不是不吃这一套，但她在吃这一套时，要你明白，她心里明镜似的。她先来个下马威："你们的胆子比斗还大呢！都是茗烟调唆的，等我回去告诉嬷嬷们，一定打你个贼死！"这以后，临走的时候，袭人又抓些果子给茗烟，又把些钱给他买花炮放。

一打一拉，显出袭人的心智，又吃又拿，茗烟也不见外，表明两人都相当了得，可算是奴才中的佼佼者。否则，这两人怎么能在这最令人眼红的位置上稳如泰山呢？应该说，奴才与奴才之间，惺惺相惜者少，互相作对者多，彼此拆台你倾我轧者更众。至于争风吃醋、抢尖卖快、讨好邀赏，在主子面前撕破脸皮，打得不可开交者，也是屡见不鲜的。不过，在某些情况下，由于利益相关的原因，暂时的联合，一个较长期间的平安相处，也不是不可能的。所以，袭人并不愿意宝玉换一个比茗烟更刁钻的小厮，同样，这小子也不愿意他主子换一个比袭人更尖刻的姑娘来当首席女侍。所以，那次宝玉挨他老子的打以后，关于薛蟠捣乱、环三陷害、结交优伶的情报，那么快地被袭人掌握，而且作为资本，好给王夫人去打小报告，就是从这小子口中得来的。

奴才学发凡之四

如果说《红楼梦》这部书里，基本上可分为主子和奴才这样两部分人物，那么，能与称得上"富贵闲人"的主子身份相匹敌、活得自在而又滋润的奴才，大概要算贾宝玉的小厮茗烟了。这主子，这奴才，真是很匹配的一对。

做奴才，能混到这么得意的一步，不容易！而且，最让别的奴才同伴羡慕不已的，是这小子也不见太费心巴结、费力做事，就得到了这份功德圆满、优哉游哉的肥差，好事有他的，孬事摊不上，因此很让有些人眼红眼馋。我就常常羡慕我周围那些很讨领导欢心、很得诸多便宜，而且还不是十分下作地去拍马屁，按鬼子的话说"狡猾狡猾"的朋友。

奴才，是中国封建社会中特定的一种职业，男性都称奴才，女性有时也称奴婢。专门为主子服务而无独立人格，专门听主子使唤而无自我尊严，专门以主子意志为指南而无自我意识。民国以前，当奴才是光明正大的，有的人想当奴才还不得呢！民国以后，提倡平等，觉得"奴才"二字，总是太不雅了，遂没人自称为奴才了。

没有了奴才，不等于奴才思想随着封建社会的推翻而绝迹，更不等于奴才哲学也随着新兴政权的建立而消失。只要这个世界上存在着强与弱、大与小、高与低、多与少的差别，若是茗烟还活着，一定会发现，志同道合者还不少咧！所以，有奴才思想的人，未必随着封建社会的推翻而绝迹。所以，"反封建"三字，断断不能说已经彻底完成了。

在学术界，在文学界，或其他什么界面，那些一定要把自己划属于哪个门头，附庸于哪个名流，甘心鞍前马后跟随、低声下气侍奉之辈，估计他们心灵中这种奴才劣根性，比小厮茗烟也好不到哪里去！至今我们还能看到所谓的红学一众，门派分割，自设藩篱，家规严格，犯者重罚，徒辈视长老为父为祖，权威看下属为奴为仆，以致老人家的胡话，奉之为圭臬，后来人的研究，不敢越雷池一步，一部《红楼梦》变成他们的升官之道、谋财之本、垄断之产、霸占之业，巨头高高在上，徒众呼啸在下，那一股乌烟瘴气，说不定已是多数红学家的基因，六根未净，残渣尚存，所以才有这种红学界的"个人迷信"。其实，先贤大儒、巨匠宗师，不管多么了不起，学子对他尊崇备至到无以复加的程度，也决不搞肉麻的人身依附。西哲云："吾爱吾师，吾尤爱真理"，这就是民主社会的自由风气。

茗烟，后来因为"宝二爷嫌'烟'字不好，改了叫焙茗了"。他和扫红、锄药、墨雨，以及不知是原有的还是后来扩大编制才增加的双瑞、寿儿，统统是宝玉的奴才。看样子，他如果不是头儿，至少也是个领班。就看他大闹书塾时，嚷着："你们还不来动手！"命令这几个家伙往上冲，为主子卖命时的劲头，可见不是一般人物。

奴才学发凡之五

　　有些奴才经常被主子掌嘴，或屁股上挨主子一脚，不必埋怨他人，只怪自己奴才学这一课没及格罢了。焦大被塞了一嘴粪，就由于他不知自己是老几。过气明星、倒嗓红角，还倚老卖老，就没人待见了。何况他竟敢当众揭主子的疮疤，那更是犯忌的事情，这和茗烟把贾宝玉服侍得妥妥帖帖，简直是天壤之别，自然待遇也大不一样了。所以说，奴才依靠主子，主子又何尝不依靠奴才呢？封建社会里，有些最大的主子，也就是皇帝老子，离了奴才，是寸步难行的。茗烟就这样势所必然地成为宝二爷的亲信、心腹、左膀右臂。曹雪芹笔下有些细节描写，非常形象地表现出他们主仆之间不同一般的关系。第四十三回："原来宝玉心里有件心事，于头一日就吩咐茗烟：'明日一早出门，备两匹马在后门等着，不用别人跟着（可见对这小子的特别重视和信任）。说给李贵，我往北府去了。倘或要有人找我，叫他拦住不用找，只说北府里留下了，横竖就来的。'茗烟也摸不着头脑，只得依言说了。今儿一早，果然备了两匹马，在园后门等着。"这个李贵，是宝玉奶妈的儿子，和宝玉有奶兄奶弟之谊，身份要比茗烟高，而且是名正言顺跟宝玉的人。贾政查他儿子的学习情况，不问别人，偏问李贵，看样子，贾宝玉的众多奴才中的首席男仆是李贵而不是茗烟。但贾宝玉做一些机密事，却背着李贵，并不瞒茗烟，其中不无一点蹊跷吗？

　　第四十七回，在赖大家，贾宝玉和柳湘莲交谈，言语中颇能听出茗烟的被重用程度。去给秦钟墓上供，是他的事；联络柳湘莲，贾宝玉也打发他去找过。如非心腹，怎么会委以如许重任呢？五十一回，晴雯感冒了，来了位胡庸医，乱用虎狼药，贾宝玉不干了，要另找一位熟大夫来。可这事又张扬不得，于是，这类偷偷的事属机密的活动，就是委派茗烟的。而外人，有什么事要想找到宝玉，当然也非正常渠道，必得茗烟方可，颇有点首长跟前的大秘书的架势。所谓"阎王好见，小鬼难搪"，就是指这类人而言。秦钟病得不中用了，但尚未死，他老爹就得求茗烟向宝玉通报，这是私情。一回明贾母，便公开化了，就由李贵陪着去哭灵了。

　　奴才是中国封建社会的特产，辛亥革命以后，奴才制度取消了，不等于奴才思想就根除。所以，奴才学，既是还想当奴才者的必修课，也是不想当奴才者需要了解、需要警惕，更需要清醒认识的丑恶现象。

红楼食货志之一

　　读红者甚众，因为它是一部名著，而食红者更众，则由于它是一个饭碗。一部《红楼梦》，不知养活多少吃白食者，如果曹雪芹穿过时光隧道，回到现在的北京城，向每个吃他的人收取十块钱红楼入门券的话，他马上就是大款，买一辆小轿车代步，开回西郊黄叶村，不成丝毫问题。曹雪芹曾经富过，但他那时年幼，有富过的印象，并无富过的体验。这点很重要，他没有大把大把地花过钱，他就不算真正有过钱。他的先辈是从真金白银堆里滚过来的，而他自从懂事以后，家境日蹙，财神爷早掉过脸去，只有穷神一直守候着他，连打壶酒还得赊欠，可以想象他的囊中羞涩。所以，他的数字概念比较模糊，是应该予以理解的。一个月收入三千元人民币者，一块钱是钱；一个月收入三万元人民币者，花一块钱等于前者花一角钱。而一个月收入三十万元人民币者，一块钱在他眼里，基本上就不算钱了。曹雪芹的尴尬就在于他写作这部小说时，在精神领域里，他属于收入三十万元那一拨的，可在物质世界里，他连收入三千元的那一拨也算不上。因此，在《红楼梦》一书中，凡提到大笔银两的地方，曹雪芹一般都用概数。

　　秦可卿死了，贾珍要给她备一口上好棺材，恰巧薛蟠的木店里有一副板，贾珍问道："价值几何？"薛蟠笑道："拿一千两银子来，只怕也没处买去。"紧接着贾珍为图秦可卿死后丧礼上的风光，给她丈夫贾蓉捐了一个龙禁尉的官。内相戴权开价为一千五百两。葬礼后期，王熙凤在铁槛寺索贿受贿，一下子坐得可以买三具上好棺木、捐两个龙禁尉的三千两银子。而在"宁国府除夕祭宗祠"一回中，"丫头捧了一茶盘押岁锞子进来"，对尤氏回说："兴儿回奶奶，前儿那一包碎金子共是一百五十三两六钱七分，里头成色不等，共总倾了二百二十个锞子。"清代一两，约三十七克，如果按时价每克黄金二百多元人民币计算，仅这些重约六千克的压岁锞子，那简直就是天文数字，也太玄了点。尽管清代的金银价，不能绝对按现在中国人民银行的挂牌价折合，但贵金属大体上应该相距不甚远，因此，我不知曹雪芹笔下的这些数字，哪一个比较接近于真实。

然而，曹雪芹终究是有天分的作家，他不追求形似而着力于神肖，即使他不甚用心于钱财的描写，不在意数字的准确性，也能抓住这个坐吃山空的贵族大家庭的腐朽本质。于是，从烈火着油、气焰万丈，到一败涂地、树倒猢狲散的全景画面，在他如椽的笔下，层层剥笋，丝丝抽茧，探幽发微，纤毫毕现地呈现在读者面前。不论他说一千两、一百两之多，还是十两、一两之少，在读者心目中，那多或少的印象，是以曹雪芹的标准衡量的，这就是大师的魅力，他说什么，就是什么。

红楼食货志之二

在大观园里，蘅芜苑与怡红院，为两处最大的居屋。起初落成时，贾政曾带着贾宝玉及众门客来视察过，曹雪芹透过他的眼睛，让我们知道这座未来的薛宝钗住所，其环境、其设施、其绿化、其氛围，用高大上来形容，不算过分。而蘅芜苑与他处不同的，便是此地到处栽种着各式各样的奇花异草。"只见许多异草，或有牵藤的，或有引蔓的，或垂山巅，或穿石隙，甚至垂檐绕柱，萦砌盘阶，或如翠带飘摇，或如金绳盘屈，或实若丹砂，或花如金桂，味芬气馥，非花香之可比。"读《红楼梦》，必须要细细思量曹雪芹为什么这样写，而不那样写，既然在潇湘馆写了那一丛丛清幽翠竹，为什么不循常规的松、竹、兰、梅的并列惯例，偏要在蘅芜苑里大写特写攀缘类植物呢？我们知道，攀缘植物的最大特点，就是附着于另一实体，所谓牵藤引蔓，所谓垂檐绕柱，这种植物的特性全都写出来了。攀的目的，是抓住；绕的目的，是得到。所以，攀缘植物可怕之处，慢工细活，其手段，第一是依附，第二是缠绕，第三是紧贴，第四就是萦砌盘阶，拓展自己的世界。看到这里，大师笔下内藏的机锋、深刻的喻义，不必说得明白，也能隐隐约约地透露出来一点玄机了。

第五十六回"敏探春兴利除宿弊"，这些花花草草，也成为生财之道。李纨说："蘅芜苑里更厉害，如今香料铺并大市大庙卖的各处香料香草儿，都不是这些东西？算起来比别的利息更大。"这就是探春与李纨、薛宝钗，三驾马车对大观园实行领导的过程中，搞的一次小规模的包产到户改革务虚会上的讨论。如果说探春与李纨临时代理王熙凤管理家务，是完全说得过去的，那么一个外姓人，也插手其中，她是以什么身份、什么资格，进入这个领导班子呢？人们也许未必说出口，但不等于大家对这名不正言不顺的现象没看法，但她无所谓、不在乎，这只能说明攀缘植物在不经意间获得巨大的生存空间以后，就必然喧宾夺主。

三驾马车，终于推动了大观园管理上的改革，草归谁修，花归谁种，鱼归谁养，竹归谁管。这样，王熙凤那里的财政拨款，每年可少支出四百两银子，而且经营者能够小有获益，大家肯尽心尽职。虽然宝钗开探春的玩笑，说她利欲熏心，但大家还是认为她们兴利除弊，做了一件好事，予以肯定。

但是，任何改革，作为试点采样，在小范围里实施，取得成效以后，若是无全局的改革思路为指导，和随之而来的大规划的推开，那么，探春这种杯水车薪的努力，便注定是短命的行为。这些小修小补、小改小革，对于这个将要倾倒的大厦来说，独木难支，根本无济于事。四百两银子，对于每年十万雪花银来说，简直太不算个数目了。

红楼食货志之三

如果找寻《红楼梦》里这个大家庭破败的原因，除了元妃省亲造成可怕的泡沫经济，和全体成员陶醉在假繁荣中，失去最后一点清醒外，更具体地推究起来，第一，应该归咎于这个群体中，属于统治阶层的男性成员，大多数已经蜕化为唯知享乐、无能弱智的一伙，都在比赛着昏天黑地、胡吃海花，乃至荒淫无耻、胆大妄为。这些人对于家族的经济运作状况，几乎没有一个称得上是明白人，都是糊涂蛋。唯一正经的、应该算是当家人的贾政，也是有其名无其实的庸碌之材。由于他的低能，当官未见其有何政绩，为文也从来没写过什么作品，那么退而当一家之长吧，可实际权力又被他妻子的侄女王熙凤把握，他不过是个牌位。除了在书房里和那些清客们下棋，见了他儿子贾宝玉瞪眼睛外，简直无所作为。作为一个社会人，缺乏最起码的理财观念，不一定表明他多么清高，相反，倒证明他的糊涂与愚蒙。尤其担任一个利益共同体的领导者，置经济事务于度外，等到出了事，才在那里跌足哀叹，做悔之晚矣状，那完全是在装孙子。严格地说，贾政不仅是不称职的官员，也是失职的一家之长。当然，一棵大树已经从内部蛀空了的话，即使他有补天之才，也是无能为力的，但他的了无作为、信任非人、坐而论道、治家无方，却使这个家庭败落得更快了。

第二，把具体掌管钱财的重任，委托给一个利欲熏心、贪得无厌、敛财成性、气焰嚣张的王熙凤，实际等于将一群羊交给一头狼来管理，只有任其屠宰了。这个女人心毒手辣、多谋善变、瞒上欺下、行为狡狯。一方面，她让鸳鸯从老太太那里偷出来东西，押到当铺里换出钱来用；一方面，她又让来旺儿替她放高利贷，榨取暴利；一方面，利用权力贪赃枉法，破坏人家婚姻，收取大量酬金；一方面，疯狂报复，杀人害命，连眼皮也不眨。

历史无数次证明了一个真理：一旦权力落在了一个不正派的人手里，而失去任何监督与制约的话，就要出纰漏。尤其像王熙凤这样，上有贾母、王夫人的保护伞，下有一群为虎作伥的爪牙，权势便如虎添翼，使她更加作恶多端而不可收拾。贾府的败亡丧钟，自抄家开始正式敲响的。其实，秦可卿死前的托梦，已经警告过她。可她机关算尽的聪明，全用来聚敛个人的财富，而这个钟鸣鼎食之家，却是经她的手，被推下了深渊。

一个不事生产、唯知消费的群体，是注定要没落、衰微的。《红楼梦》中贾府这种必然失败的命运，是任何人也挽救不了的。经济是基础，基础垮了，上层建筑也就"忽喇喇似大厦倾，昏惨惨似灯将尽"。历史的可贵，就在于提供人们教训，这个贵族之家的覆灭，不也有值得深思之处嘛！《红楼梦》这部小说，对每个时代的读者来说，都有其深刻的活生生的现实意义。

红楼食货志之四

　　刘姥姥二进贾府，就是姑娘们嘲讽的那种女清客了。清客，是中国特有的文化现象。古人的物质消耗有限，稍稍有点钱的人家，也养得起几个闲人，所以就有延请在家出资供养的阔绰。好听一点，清客；俗气一点，食客。陪着说说话，帮着做做事，在三百六十行中，属于无所归类的人物，算幕僚吧？不是，清客并非这家老爷的下级；算衙役吧？也不是，清客有不能被呼来喝去的自尊；算智囊吧？更不是，清客通常不介入老爷的公事和家务以示清高；那么，算朋友吧？尤其不是，因为清客不可能无偿为老爷服务。所以，清客，应该划入特殊行业。更远年代，孟尝君养士三千，连鸡鸣狗盗之徒也在收容之列，他供养这么多清客和算不得清客的清客，固然是其政治上的远期投资，但也开创了容养闲人的传统风习，一直延续到荣国府贾政的书房里，也坐着几位斯文人士，或端茶品茗，或吸烟运气，或谈诗说文，或品评时事，营造出"郁郁乎文哉"的儒雅气氛。

　　红学家好像不怎么在意詹光、程日兴、胡斯来、单聘仁、嵇好古、王作梅、卜固修、吴新登这些清客，他们为贾府帮闲，贾府要付他们多少银子？是按月支给，月底领取？还是四时八节表示敬意？看来，这些人并不在府里居住，是不是还要发一点车马费？在"大观园试才题对额"一回中的"众清客"，必是属于贾政专用，至少也不能低于四五位，他们的待遇恐怕也就有高低之别。在晚于《红楼梦》的陈森所著的《品花宝鉴》中，有清客的"十样锦"说，可以略知当时清客的生存状态："一团和气要不变，二等才气要不露，三斤酒量要不醉，四季衣服要不乏，五声音律要不错，六品官衔要不做，七言诗句要不慌，八面张罗要不断，九流通透要不短，十分应酬要不俗。"达到这样水平的清客，就不是用二十两银子对付刘姥姥那样好打发的了。

有研究者认为，贾府一年的地租折合货币，明清都以白银为通货，约为五十万两。曹雪芹通过周瑞说出来的："奴才在这里经管地租庄子，银钱出入每年也有三五十万来往。"据《中国通史》记载，康雍乾时代的户部（相当于财政部）库存，分别为五千万两到八千万两，雍正接位，才发现好大喜功的他的老子，国库是空的，所以他就紧缩开支，严行肃贪，还大举抄家，没收财产。曹寅、李煦之倒霉，除去政治因素，很大程度上也是这些豪门望族富可敌国，让他横下一条心来收拾。

即便如此，收入等于国家财政收入的百分之一的贾府，似乎总是处于捉襟见肘的财政困难之中，不得不偷老太太库存的物品，典当变现。因此，可以算得出来的，仅这些清客，假设只有十位，就以一次性给刘姥姥二十两银子的月薪标准计，也就是王夫人、邢夫人的每月零花钱，一年下来，也得两千四百两银子。什么叫坐吃山空，看贾府这班败家子就足够了。

红楼食货志之五

　　史湘云要做东请客，薛宝钗问，你有钱买单吗？史大姑娘哑巴了。立时，宝姐姐掏出一张现金支票，塞在她的手中。这该是现代版"螃蟹宴"的一个场面。史湘云当然感激宝钗，还是宝姐姐厚道，相比之下，林妹妹就小心眼了。宝钗这一手很厉害，她了解那张心直口快的嘴会到处去宣传，为她攒足人气，而且，她还了解宝玉小小孩时与史湘云一起住在贾母的身边，有感情基础，她不得不防，所以采取笼络政策。钱，是最好的润滑剂，后来，她给黛玉送燕窝，也是这种笼络政策的继续。

　　薛蟠按照他妹妹的命令，让伙计将"几篓极肥极大的螃蟹""几坛好酒""四五桌果碟"送来。吴组缃在北大讲《红楼梦》时，谈到宝钗，说她是薛家的主心骨，其母妇道人家，其兄纨绔子弟，大主意都得她拿。譬如从金陵举家迁京，投靠王夫人，倚仗王子腾；譬如本想候选才人，看到贾宝玉后，便再不提了；譬如薛家在京城地界，有的是店铺房屋，死活也要赖在贾府不走；譬如她来了以后，不是马上，而是过了一段日子，才抛出她的金锁和金玉良缘论，等等，证明这是一个工于计算的女孩子。我们若是按照新索隐派的将没有当成有、将不是当成是的逻辑推断，为省亲而建的大观园土木工程，薛家作为赞助商，没准大笔注资过的，否则她怎么能够住进蘅芜苑呢？史湘云作为老太太的娘家人，与薛宝钗作为王夫人的娘家人，是同等级甚至还要略胜些的，为什么她就没有资格进大观园呢？

钱能通神，这些青春年少的女孩子，钱多的和钱少的，那快乐是很不一样的。

有幸参加这次螃蟹宴的刘姥姥傻了，她想不到这一顿饭，二十多两银子"扔崩"一下就没了。有专家计算出明末清初，一两银子合现下人民币一千五百多元，这次餐会共花三万多元，以四五桌计，人均消费不足千元，比当下一些达官贵人的靡费还要逊色。这样，我们对荣宁二府太太小姐、夫人姨娘、丫鬟嬷嬷，直到老妈子的月钱，大致也就了解了。一年下来，两府光女眷花的钱，仅这零用，就是一笔吓人的数字，还不包括吃穿戴以及其他开销。

林黛玉与三春享受同等待遇，每月二两银子，三千多元。她是月光族，甚至还不够用，譬如她吃燕窝，官中就不给报。住在婶婶家里的史湘云，大概连黛玉的这份月钱都拿不到，而且史家还不大乐意她老往贾府跑，每次史湘云来了走时，都让宝玉记着提醒老太太接她。看来这位小姐表面上很放松很自然，其实内里的苦涩，也是难为他人道的。

刘姥姥感慨，这顿饭钱，够庄稼人过一年了。她说的庄稼人以她而言，并不能代表当时和她一样住在乡下的农民，二十多两银子，相当于人民币三万多元，我甚至怀疑，文学大师曹雪芹的收入，能达到月入三千，超过低保的水平吗？一个社会，基尼系数如此扩大，国民分配如此不公，这个国家，这个政府，还能有什么指望？

红楼食货志之六

　　曹雪芹在写作《红楼梦》时，已经一贫如洗、家无长物，但他无论如何是世家出身，和他所塑造的主人公贾宝玉差不多，自小过着公子哥儿衣食不愁的生活，如今虽然没落了，但仍是个不知世务、不理经济、不懂钱财、不会过日子的文人。从王夫人对袭人采取特别优惠政策，与王熙凤的一席话中看来，在不多不大的金钱活动中，曹雪芹能够很具体地告诉我们，王夫人的月例是二十两银子，而赵姨娘和周姨娘是二两，妻与妾的差别为十倍。而贾母和王夫人的丫头，也比其他丫鬟待遇要高，月例为一两。袭人因为是由老太太那里调来怡红院的，仍享受原级别，是一两的丫头，可晴雯、麝月等大丫头，月钱则为一吊，也就是一千枚铜钱。佳蕙等八个小丫头，又次之，减半为五百。于是，王夫人让凤姐从她月例中，拿出二两银子一吊钱给袭人。一吊钱，表示她和晴雯是相等地位的丫鬟；二两银子，就确定她未来侍妾的身份。作者在这些细枝末节方面的清晰了解，倒也提供一个证据，大致可以相信《红楼梦》确有曹雪芹很大的自传成分。对于作家来说，近处的，钱数不多，看得较细，记得清楚；远处的，钱数较大，又未经手，不过传闻而已，因而笔下就只能大而化之了。

　　然而，前八十回中，未见曹雪芹对林黛玉的财务状况说过只言片语。只是在七十二回里，贾琏有句感慨："这会子再发个三二百万的财就好了。"被认为有可能是这个热油锅里都敢捞钱花的人，从处理林如海后事中得到大批财产的证据。三二百万，大概是银两，倘是金子，那就更了不得。按经手者回扣百分之十或十五惯例计算，林如海这位巡盐御史的遗产，至少有三二千万才是。那么，林黛玉在贾府应该比公主还要公主，不可能与三春享受同等待遇，更不可能最后拮据到紫鹃要向凤姐申请提前支取例银。尤其在大观园最初的分房、最后的抄检中，她甚至得不到薛宝钗那样的优待权和豁免权……因此，曹雪芹笔下这"三二百万"，有可能是这回事，也有可能不是这回事。曹雪芹最大的本事，就是给你提供想象的天地，出自黛玉之口的"寄人篱下"，绝非矫情，她肯定不会对贾宝玉说，但贾宝玉未必不知她有这种想法。大亨比尔·盖茨，无论在这个地球的哪个地方，都不会有这种感觉的，贾宝玉连秤星都不识，怎能理解这个诗书簪缨家族中更深层次的经济内幕呢？

曹雪芹所写贾宝玉对麝月讲的话："你问我？有趣！"其实，正是他自己不识戥子的写照。也许，写作，是天分，理财，也是天分，曹雪芹恐怕只有文学上的极高才分，但理财，就鸦鸦乌了，对豪门经济运作，更不在行。看他"举家食粥酒常赊"的艰窘状况，让他来写比尔·盖茨，就是笑话了。

红楼食货志之七

五十三回"宁国府除夕祭宗祠",有一个镜头:"贾珍因问尤氏:'咱们春祭的恩赏可领了不曾?'尤氏道:'今儿我打发蓉儿关去了。'贾珍道:'咱们家虽不等这几两银子使,多少是皇上天恩。咱们那怕用一万银子供祖宗,到底不如这个又体面,又是沾恩锡福的。'正说着,只见人回:'哥儿来了。'只见贾蓉捧了一个小黄布口袋进来。上有印就是"皇恩永锡"四个大字,那一边又有礼部祠祭司的印记,又写着一行小字,'宁国公贾演荣国公贾源恩赐永远春祭赏共二分,净折银若干两,某年月日龙禁尉候补侍卫贾蓉当堂领讫,值年寺丞某人',下面一个朱笔花押。"荫补,是中国封建社会最高统治者对勋贵们的一种补偿制度,宋代荫补的范围最大,凡官员够一定级别,无所谓建功立业,其子女循例可以享受。明代就限于朱姓皇族后裔,而且世袭罔替。所以,这政策鼓励那些分封王拼命繁殖后代,娶很多老婆,生很多儿子,好从国库领到这一份为数不菲的补贴。清人赵翼在《廿二史札记》中说,生殖能力强的分封王,比种猪还要努力,竟有生子一百以上者。因此,无论宋,还是明,这一笔开销,着实让国家财政为之吃紧。到了清代,吸取前朝教训,设宗人府,管理旗人和随龙进关的汉旗。原则上爵位递减的同时,恩赏也随之减少,这样,三五代后,也就无银可关了。所以,到了清晚期,八旗子弟落魄潦倒、无以为生者便多了起来。这也是贾珍所说："那些世袭穷官儿家，若不仗着这银子，拿什么上供过年？真正皇恩浩大，想的周到。"

那么，贾蓉捧回来的黄布口袋，究竟有多少银两呢？据《清史稿》：公爵，一等公700两，二等公685两，三等公660两；侯爵，一等侯610两，二等侯585两，三等侯560两；伯爵，一等伯510两，二等伯485两，三等伯460两；子爵，一等子410两，二等子385两，三等子360两；男爵，一等男310两，二等男285两，三等男260两。凡在京八旗世爵，每俸银一两，兼支给米一斛。贾珍所袭为隔代减爵，若宁国公为一等公，那贾珍也就是一等子，其年终关饷，应该是俸禄410两，和支给米410斛的折干（这比大明王朝好多了，那时连官员薪水还发粮食，而且都是陈粮，北京东城有个禄米仓，就是给官员发粮的仓库所在地），共820两银子。

封建统治者这种荫及三代的做法，也有让这班有功之臣不给他捣乱的考虑，但久而久之，这些黄布口袋，渐渐养成其后裔不劳而获坐享其成的懒惰。1948年我参加北京西郊的土改运动，亲眼看到很多旗人无一技之长无谋生之能的穷困状态，想到这个崛起于白山黑水的彪悍民族，竟沦落到这等衰微的地步，真是不胜悲哀。

红楼食货志之八

典当，是一门古老的抵押典质行业。我自小在上海长大，记得当年马路上总能看到与房屋同高的大字，一曰"酱"，一曰"当"，前者为酱园，后者为当铺，构成当时上海的都市风景线。当铺，沪语曰当店，门通常开得不阔，容不得两人并肩进出，一进门就是高过头的柜台，里面坐着一位朝奉，戴瓜皮帽，戴老花镜。邢岫烟，一般人家出身，寄居在贾府，和那些富家小姐打交道，甚是寒酸。加上邢夫人啬刻，邢姑娘因冬天已过，手中拮据，遂将脱下的棉袄送到当铺，质得几个零花钱。朝奉接到质押物，当面检验，并顺口说出品名、质地、押金，在他身后的师爷，就开出一张当票，加上不多的当衣服的钱，塞进这位小姐手里。她也没想到这家鼓楼西大街的恒舒典是薛家的，宝钗说，人没过门，衣服先过来了。这才发生当票落到史湘云手中，让不知世事的姑娘们开了眼界的事。在《红楼梦》中，还有涉及典当的事件，就是贾琏、凤姐向鸳鸯通融，偷出老太太的值钱东西，当然是金银贵重物品，到当铺里押出现金，不是小数，而是大笔，以渡一时的银根吃紧。五十三回，是隐写，宁国府贾珍、贾蓉父子在议论，成没成，无下文。七十二回，是正写，贾琏求了鸳鸯，鸳鸯还真的瞒着老太太，弄出来大约一箱子值钱东西。这其中，那个邢夫人还乘机向她儿子勒索二百两，王熙凤也不是省油的灯，又朝她丈夫要了数百两。

五十三回过春节，凤姐哭穷，要向鸳鸯借当，其实当时未必没钱，而是凤姐放出高利贷回笼不了。贾珍不糊涂，他对贾蓉说："那又是凤姑娘的鬼，那里就穷到如此。"而七十二回，一个老太太的千秋，再加上应酬，头寸缺口实是太大，筹不到数千两银子，大有揭不开锅之势。这就是说，荣国府从年初到现在，坐吃山空，赤字连篇，纯粹是纸糊门面，表面辉煌的背后，不过是一群败家子拆东墙补西墙地穷折腾罢了。贾琏向鸳鸯保证，等到秋后，关外庄子上地租钱到了，就给老太太的这亏空补上。

我不大相信贾琏这张嘴说出来还钱的话，我也不相信鸳鸯有这么大的胆子敢背叛老太太，我倒更相信这实际是堪称人精的贾母维系这个家庭的权宜之计。内囊尽上来了，大面上是不能倒的。九十二回"玩母珠贾政参聚散"，那个冯紫英给贾府介绍了一单珠宝生意，他以为这样无价之宝，也许只有贾府有钱收买，贾政也许是个呆子，不了解家中实底，凤姐连说没有闲钱给推却了。请注意，老太太也看了，架子不倒，谱儿十足，没说要，可也没有说不要，这就是这等贵族之家最后的一点面子，她老人家是必得维护的。

还记得焦大被派送秦钟回家，不听调度，有人喝道将他捆起，焦大听后说什么吗？大爷从来是捆人的，哪有被人捆的道理。所有没落的、颓败的，即将是过去时的一切人、一切事，都会为这虚荣，痛苦地支撑到实在不能支撑的地步，才会承认失败。

红楼食货志之九

　　《红楼梦》自版行以来，年轻人读它，多关注于林黛玉、薛宝钗与贾宝玉的三角恋爱，以及大观园里那些小姐们的情感世界，以及结社吟诗、夜宴行令等活动。成年人读它，则多侧重贵族世家的钩心斗角、封建社会的内讧外乱、官宦生涯的浮沉跌落、人世沧桑的悲欢离合。到了文学家那里，更是对曹雪芹先生将小说写到如此极致境界的崇拜，乃至五体投地。而到了一代又一代的红学家眼中，对不起，《红楼梦》就成了解剖台上大卸八块的目标物，尽管如此，对于两府的经济状态，却缺乏踏踏实实的研究，不能不说是一个遗憾。从书中看，封建社会的经济基础，是建立在地主对于农民的剥削之上的。两府主要靠庄园维持，没有其他工业、手工业、商业收入。只有薛姨妈家是皇商，还开设有若干当铺，算是例外。那个未过门的媳妇邢岫烟，就因穷困，将衣服送进了"自家"的当铺里。还有王熙凤放高利贷，甚至连过手发放的工资，也拿出去放款收息。这种由她出资，而由娘家陪嫁人来旺儿和来旺儿家的管理的资本经营，也可算一个畸形的例外，除此，两府的全部欢乐，是建筑在庄园农民身上的。

　　我们不妨想象一下，那些押送大批农产品进京贡献的役夫，仅大米柴炭一项，重量也达数百吨之多。那时没有集装箱，没有高速公路，全靠马车人力，踩着四五尺深的雪，长途跋涉，就绝不是一次轻松愉快的旅行了。由此可见，贾府里上上下下浮华奢侈、靡费消耗的生活，正是靠剥削这些农民的劳动剩余价值，才使拥有封建特权的贵族阶层，那荣宁两府里的数百口人，吃香喝辣，锦衣饫食。

似乎应该有些专家，将《红楼梦》中的社会消费、财经活动、经济收入、田庄地租、俸禄赏赐、亲友馈赠、财产转移、额外进账，以及薛姨妈的皇商经营、凤姐来旺儿的高利贷行为、省亲耗费与大观园工程的营建开支、两府的日常开销管理、夫人小姐丫鬟奴仆的月钱例银等，像寻求曹氏族谱、白旗历史、李煦档案、江宁织署等有关资料那样充分完善，这对于红学的研究，对于读者更深入理解《红楼梦》，一定会很有好处的。

《红楼梦》成为一门红学，有许多人终生在捧读它，每个研究者，无论从哪条途径、何种方位、什么角度、任何基点去接近它，去深入它，谁也不会从这座宝山空手而返的，这正是它的不朽之处。多年来红学家不断努力，对这部书和书作者，在史实的考据、谱牒的开发、评点的探讨、版本的搜集、续作的推敲、文学性艺术性的深入开掘、政治价值社会意义的评价估量……各个红学分支，都有了可观的发现和进展。但若是对于《红楼梦》社会经济学方面的考察能够投入更多的力量，进行更多的研究，产生更多的成果，那么，对于这部传世之作的认识，大概才称得上近乎全面吧！

红楼食货志之十

毛泽东读《红楼梦》，从政治着眼，很看重第四回的四大家族"一损俱损，一荣俱荣"的"护官符"。其实，曹雪芹这部不朽史诗，之所以被视为封建社会由盛而衰时期的百科全书，也因为即使在经济学上，作者也有其他作家所不具有的慧眼，写出了那个时代的真实。中国的史书中，多设有"食货志"这一章，《红楼梦》虽不是史，但具有史的认识价值，诸如两府的田庄地租、朝廷的俸禄赏赐、四大家族的资金互通、主子的例银和奴才的月钱、送往迎来应酬交际的开销、四时八节婚丧嫁娶的用度，以及数百口的大家庭日常支出，乃至元春省亲的靡费、大观园营建的开支、薛姨妈的皇商经营、凤姐来旺儿的高利贷行为，等等，在大师的笔下，都是精彩的难能可贵的表述。

文人，通常做不食人间烟火的清高或假清高状，来掩饰自己的肤浅。但是，大师就是大师，目光如炬，没有他思想光芒照不到的地方。

读《红楼梦》，有一细节常常一笔带过，其实，细细考究，也有其堪玩味处。晴雯病了，找来一位大夫，因不是家庭医生，可以打趸付钱，因此，必须马上给出诊费。恰巧怡红院里管行政的袭人不在家，幸好，宝玉知道素日里她把银子放在哪里。于是，麝月按他所指，在小柜子的抽屉里，找到一个小笸箩，内有几块银子和一把戥子。她拿起一块银子放在戥子里，问宝玉："哪是一两的星儿?"

"你问我? 有趣! 你倒成了才来的了!"

宝玉很奇怪她认为自己应该识戥子，这一主一仆，看来毫无钱的数量概念，自然不会知道"两"是多少。

宝玉说："拣那大的给他一块就是了，又不做买卖，算这些做什么!"麝月拣了一块掂了一掂："这一块只怕是一两了。宁可多些好，别少了，叫那穷小子笑话。"在门口等着的老妈妈笑了，告诉她："那是五两的锭子夹了半边，这一块至少还有二两呢! 这会子又没夹剪，姑娘收了这块，再拣一块小些的吧。"麝月把柜门一关，不耐烦地说："谁又找去，多了些你拿了去吧!"

整个大观园里的那些小姐丫鬟、主子奴才，除了那位三小姐探春有一点经济头脑外，余下的，皆浑浑噩噩，衣来伸手，饭来张口，不知钱财为何物。邢岫烟的一张夹在书里的当票，被史湘云发现了，不知为何物。晴雯病了，付大夫诊费，麝月却不知戥子如何用，也许不该受到苛责，但像贾政全不知经济，手下的李十儿利用职权营私舞弊，而听之任之，这与他儿子贾宝玉对麝月说"拣那大的给他一块就是了"如出一辙的懵懵懂懂，正说明了这个家族的全体成员在经济上的集体无意识，才是最可怕的事情。一个家庭，一个社团，甚至一个国家，如果缺乏居安思危的准备，不知开源节流的重要，更无扩大再生产的打算，连一点紧迫感也不具备的话，那么，除了坐吃山空外，也就只有等着家败人亡了。

红楼食货志之十一

甄家倒了，其实就是贾家要倒的先兆。现在来研究金陵一条街上的荣宁两府的家族发家史，从焦大自己喝马尿，却把水给主子喝的第一代开始，到代字辈，到文旁辈，到玉旁辈，到草字头辈，真应了"君子之泽，五世而斩"的古训，最后是"好一似食尽鸟投林，落了片白茫茫大地真干净"的结果，很大程度上因为元妃省亲这样达到高潮的大典，超度透支，而加速败亡。省亲，使这个家族获得前所未有的恩宠殊荣，也制造出一派盛大辉煌的繁荣景象。本以为老本搭进去，会有新的进账，所以才敢"拿着皇帝家的银子往皇帝身上使"地大撒把花钱，不但滋长了两府的泡沫经济之风，成为不可遏止的势头，更加推动这辆内囊已尽的车子，加速度地向下坡跌落。

结果，哪知道娘娘并不掌握国库的钥匙，赏赐的几个钱，还不够塞牙缝的。贾蓉说了实话："娘娘难道把皇上的库给了我们不成，他心里纵有这心，他也不能作主。岂有不赏之理，按时到节不过是些彩缎古董玩意儿，纵赏银子，不过一百两金子，才值一千两银子，够一年的什么？"他说得明白，但以他为代表的这班纨绔子弟们头脑的狂热却变本加厉，有增无已，无法刹车，只好促使"忽喇喇似大厦倾"的家破人亡悲剧提早来临。

如果不是皇帝本人发动的兼有政治经济双重意义的抄家，这场大崩溃也许不会来得这么快，这倒有点类似索罗斯对于东南亚经济的骑劫行动一样，立马使新马泰韩几个小虎陷于风雨飘摇之中。皇帝翻脸，朝廷失宠，内外夹攻，贾府完蛋，连锁反应便接踵而来，声誉贬值，信用降低，内库空虚，收支失调，头寸奇缺，周转不灵，告贷无门，拯救乏人，这场没顶之灾，便把两府搞垮了。

大快活，必伴着大不快活，穷奢极欲的省亲活动，是使荣宁两府败落的直接原因，柳湘莲对贾宝玉说，贵府除了石狮子干净外，其他真是不敢恭维，确也道出旁观者清的真实想法。贾府上上下下的挥霍浪费、腐败浮靡、道德沦丧、人心颓废，也早埋伏下失败的祸根。

当我们随着林黛玉小姐，投靠其外祖母家，舍船乘轿，来到金陵这条街上时，看到门口有石狮子蹲着的敕造宁国府和荣国府，看到那十来个门房、传达、警卫、保安之类的人物已是气度不凡，便不禁疑问，这样气派，这样豪华，是什么经济力量在支撑着？《红楼梦》一书就是从这里揭开序幕的。然后，我们就看到贾宝玉先生出现，至少有十余个从人像捧着宝贝似的簇拥着。那么，究竟是谁养活这位公子哥儿？还有，除他以外的上自两府最尊崇的老祖宗贾母太君，下至府里最底层近似白痴似的傻大姐，男女数百口人的衣食住行，这一笔庞大的开支，从何而来？大概很少有读者能说出个所以然的。

而中国那五位数的红学家中，至今不见一位出来给我们指点迷津。

大观园分房记之一

美轮美奂的大观园，在每个读者心目中是不同的。但不约而同的一点，并留下深刻印象的，是林黛玉必得住进潇湘馆最匹配，贾宝玉必得住进怡红院才恰当，房屋与居住者几乎浑然一体的艺术匠心，这是中国其他小说中很少有的精彩构思。《三国演义》中的南阳诸葛庐、吕布白门楼，《水浒传》中的风雪山神庙、水泊忠义堂，庶近乎此，但比起人境相融、景情互动的大观园，就小巫见大巫了。就书论书的话，已很难悬拟大观园的总体设计师山子野先生，在打腹稿的过程中，是不是因人而异，为每个建筑单元注入未来居住者的个性色彩。这似乎不太可能，老先生怕是连贾府的一般女眷也不容易见到的。我想也不排除贾珍、贾琏、赖升、林之孝、吴新登、詹光、程日兴这些参与设计施工、安排布局的甲方代表们，帮着出了不少主意。

所以，在元妃省亲完毕后不久，一道娘娘的懿旨下来，"命宝钗等在园中居住，不可封锢；命宝玉也随进去读书"。这道谕，显然是虚晃一招，不过是遮人耳目罢了。盖房子就为人住，不然，用不着别具匠心地盖那些房子。即使像栊翠庵这种宗教建筑，最终还物色到一位带发修行的妙玉小姐呢。可见一开始就是一个整体规划。

但是，谁应该住哪儿？谁不应该住哪儿？

生活应该是美好的，但不一定圆满。中国人经历了漫长的封建社会以后，等级观便像基因一样，存储在人体的细胞里。尽管如今，大家已是平等的公民，但骨子里的等级观还在起作用。你比我高，我比你低，或，我比你高，你比我低，遂产生若干不平等。这其中，既有政治上的差异、经济上的悬殊、文化上的高低，以及实力上的强弱，所形成的明码标价的刚性等级差，还有如人际关系中的亲和疏、近和远、好与恶、冷与热，所形成的不能明说却事实存在的隐性等级差，更有如来头之大小、后台之软硬、背景之虚实、奥援之多寡，所形成的摆不到桌面上却不能不顾及的潜在等级差，于是，琢磨、考量、盘算、掂掇，便是永远有话好说的主题。

因此，住进潇湘馆里的林黛玉所写"寒烟小院转萧条，疏竹虚窗时滴沥。不知风雨几时休，已教泪洒窗纱湿"诗句，是蕴含着许多感慨的。"风雨几时休"的风和雨，恐怕未必是泛泛而言。也许那些天真的女孩子没想得这么多，可这个活生生的冷暖世界，并不总是像田园牧歌那样美好的。

大观园分房记之二

　　大观园多大，共有多少幢建筑，曹雪芹没有告诉我们，这便是艺术家的玄妙了。对一个人家来说，盖房子总要比拆房子、卖房子，更显得具有兴旺发达的气象。对一个国家来讲，道理也是一样的，修高速铁路、建摩天大楼、搞巨型水坝、造超级油轮，怎么也比砸锅炼铁、古籍化浆、大破四旧、地下筑防，来得生机勃勃，充满希望。《红楼梦》中大观园这项巨额投资的工程竣工之日，也正是荣国府"烈火烹油，鲜花着锦之盛"时。连刚刚咽气的秦可卿，也羡慕得要托梦给王熙凤，劝诫她"盛筵必散""早为后虑"云云。这就是说，历史上有两个特别强大的王朝，一为秦，一为隋，都由于超过国力负担的大兴土木而终于败亡的教训，用在荣宁两府这次的省亲大典导致盛极必衰的结果上，大体符合。贾府主要经济来源为庄园，这也是清政府给予其皇亲国戚的特权，所谓跑马占地，你能策马飞跑多大的方圆，你就可以统统掠夺，据为己有。宁国公和荣国公当然非常卖力，给他们的子孙分别留下八九处甚或更多的庄园，使他们得以不劳而获，过着锦衣饫食的日子。从庄头乌进孝的一次"进贡"，我们权且这样折算一下：假定不发生任何灾害，假定宁国府的每个庄园的面积大致相等的话，那么贾珍每年从田庄的收入，除实物外，光田赋一项，应该有四万两银子进账。而那府，也就是荣国府，收入可能还要更多一些。因为乌进孝说过："爷的这地方还算好呢！我兄弟离我那里只一百多里，谁知竟大差了。他现管着那府里八处庄地，比爷这边多着几倍，今年也只这些东西，不过多二三千两银子，也是有饥荒打呢。"这样一来，我们知道荣宁两府每个年度从关外庄园获取到的货币总量（实物不计在内）是十万两银子。

这次造大观园，虽然赵嬷嬷说，花的银子像水一样淌，可淌了多少银子，曹雪芹没有说，施工方也没有说，估计也就是贾琏一个人知道，因为贾政一盘问，他马上从靴筒里掏出记事本汇报。相信建园费用，元妃娘娘从官方渠道会支持相当份额，但大头还是动用了荣宁二府的老本，这其中，荣国府比宁国府出血更多，是可以想象的。所以后来锦衣军查抄，也是了解宁国府仍有油水可捞吧？嘉庆抄没其父宠臣和珅时，其宅邸估价为白银二百万两。嘉庆将其一分为二，赐给了庆亲王和一位公主，可见其大。假设大观园的规模也是如此或稍小的话，这相当于人民币数十亿元的资金，掏空的贾府要不垮真是奇迹了。

大观园分房记之三

　　探春在代替凤姐管家期间，曾经话中有话地说出"可惜蘅芜苑和怡红院这两处大地方"的话来。三姑娘是有名的玫瑰花儿，又可爱，又扎手，绝不会无的放矢。贾宝玉住甲级房，自是无可非议。薛宝钗也享受同等待遇，着实有点名不正言不顺的。论亲，同是外戚，旧时姑表还要略胜姨表一筹的。再说贾母能不更疼她女儿的女儿吗？记得她陪刘姥姥逛大观园时，很对她外孙女屋子的褪色窗纱发了一通议论的。言为心声，未必见得老太君对分房方案是多么赞成的。虽然，姐妹们高高兴兴（至少表面上是如此）地迁进新居了，说实在的，这些小姐们果真没想法吗？我看未必，不过她们不如当代人那样赤裸裸露出真形罢了。

　　王夫人知道，水大漫不过天去，凭她个人力量是无法左右老太太的。她可以在贾母对着她说窗纱的事时，不反对您，但也不赞成您，保持着异样的沉默，因为她手里有一张王牌，那就是她的那位做了皇妃的女儿会出来替她讲话的。古今同理，代表最高官方意志的表态，即使贾母也不敢怠慢的。

　　贾母那回从潇湘馆出来，吃了饭，来到蘅芜苑，也许是大观园里仅有的两套甲级房之一，"雪洞一般，一色的玩器全无。案上止有一个土定瓶，瓶中供着数枝菊，并两部书、茶奁、茶杯而已；床上只吊着青纱帐幔，衾褥也十分朴素"。宝钗当然是个既漂亮又聪慧的姑娘，她把她的屋子装饰得既简单又大方。这一方面是她的审美情趣，但另一方面，也有不愿张扬的成分。王夫人把她视作未来的儿媳，她也一直奔着这个目标前进，她未必不知道她姨妈这样做有欠妥之处，但她肯定了解王夫人这样突出她，就等于向两府宣告自己未来的地位，所以，她也该默契地加以配合才是。老太太不糊涂，她才不想承认这样安排，故而做一视同仁状，对宝钗屋里一无陈设也说了几句。这回王夫人讲话了——"他自己不要，我们原送了来，都退回去了"，抓紧机会又表扬了一通。

谁厉害？王夫人。实权在她手里，

贾政此人，非但影响不了他的夫人，相反，倒被他夫人弄得团团转。连丫鬟袭人的名字，他不喜欢，王夫人嘴上答应改，结果也没改，他又如何了呢？薛林调包计，他并不以为然，又能拿他的夫人怎样？终于还是按她的主意为宝玉成了亲。因此，不难想象，从要省亲盖造这个园子起，王夫人就定了盘子，连她丈夫也得听她的。

是啊！王夫人要不开绿灯，贾政也是爱莫能助的。王熙凤不首肯，贾琏的话算是白说。

因此，林黛玉和薛宝钗是不能比的，更主要的是两位姑娘的经济地位相差悬殊。林黛玉是有月钱的，相等于三春，这意味着她没有别的经济来源，当然也就说明她父亲林如海死后没有给她留下什么遗产。而薛宝钗，京都有房产，有当铺，这和仰给于人的黛玉不同。后来抄检大观园，薛宝钗说走就走，而林黛玉能一甩袖子离开外婆家吗？

第二辑 | 留余庆

喝粥的曹雪芹

读敦诚、敦敏兄弟的诗，"满径蓬蒿老不华，举家食粥酒常赊"，我们知道曹雪芹是一位喝粥的作家。经常食粥的文人，多属清寒之辈，处于生活贫困线上，当无大错。成了"食粥族"文人的曹雪芹，由于窘迫、困苦、没落、孤寒，只能在京郊黄叶村，守着一檠油灯，握着一支秃笔，对于人世的沧桑、生存的艰难，也就有了深刻的认识、独特的体会；对于环境的险恶、命运的坎坷，也就不得不付出血泪的代价、心灵的碎解。若是他一直过着"钟鸣鼎食""锦衣纨绔"的王侯公子般的奢华生活，没经过碧落黄泉的跌宕，没经过冰火两极的熬煎，怕未必会写得出《红楼梦》。

敦诚的诗，自然有诗人的夸张成分，是不必太当真的。曹雪芹那时的确生计艰难，但尚可以到小铺去赊二两酒，看来，还不到只能以粥果腹，舍此别无其他的地步。因为，按常理，即使再薄的酒，也比再稠的甚至坚硬的粥，多费上几文。何况中国人喝酒，最起码要一碟花生米吧，连斯文扫地的孔乙己，还以茴香豆下酒呢！

由于喝粥的结果，中国文人，多半喝出一个淡泊的精神世界，或坚贞自守，或安贫乐道，或充实自信，或知足不争，但在他们的笔下，却总是程度不同地要发出对民众、对社会、对国家、对世界的真实反响。有的，哪怕为之付出生命，也要说出大多数人想说的话，这就是喝粥文人与大多数喝粥普通人的心灵感应了。

从这首诗里，看到清寒文人于困顿中的超脱，于窘迫中的豁达。他们笔下的粥，就不仅仅果腹了。要是没有敦诚、敦敏两兄弟和张宜泉写给曹雪芹的诗，还真不大相信《红楼梦》里作者自己说的，他是在"茅椽蓬牖，瓦灶绳床"的贫困状态下，"披阅十载，增删五次"地进行创作的。一位忠实于艺术的作家，能够在贫病交加、"饔飧有时不继"的困境中，一直坚持不懈地写作到"壬午除夕"也就是大年三十晚上去世前为止，实在让后人敬佩。喝粥的人能写出如此伟大的作品，真让我们吃干饭的人羡煞愧煞。古人言："肉食者鄙"，这一句话，细细琢磨起来，是很有道理的。文学，要都是风花雪月，没有老百姓的真情实感，恐怕也够呛的。

曹雪芹虽然喝粥，但他不写"粥化"的小说。这位伟大的作家，最后潦倒在西山脚下，居然靠粥写出了《红楼梦》，不能不说是粥的功劳。正如鲁迅先生说过的，牛吃下的是草，挤出来的却是奶一样，他喝的是粥，但写出了经得住千古咀嚼的干饭。而且不是一般的干饭，应该说是十分十分的有质量、耐推敲，成了一部千秋万代也说不尽的《红楼》。相反，有的人，吃的是干饭，写出的却是照见人影的稀粥，就不能不让人十分十分地泄气了。

一句话，喝粥可以，小说的粥化，则是要不得的。

闻香识女人之一

　　《红楼梦》的梦，是在第五回的这个梦的基础上生化演变而来，太虚幻境是解开书中之谜的钥匙，其重要性是可想而知的。我一直想，那个在小说中被叫作可卿的性偶像，一定是曹雪芹童年至少年时代最重要的半人半神的性启蒙导师。他不厌其烦地记录下白日梦的全过程，肯定寄托着大师一份不了之情、未解之缘、难尽之意、负欠之心。无论如何，这位最早启发了贾宝玉性觉醒的女人，这位使他第一次尝到禁果滋味的女人，这位在他情爱途程的起跑线上起过催化作用的女人，是他一生中心灵的守护神，是可想而知的。那么，焉知太虚幻境的邂逅，不是曹雪芹与这位爱神契约中的一个解不开的心结呢？

　　当下，很少读到文艺作品中对于敏锐嗅觉的细致描写，一个"粗"字，一个"俗"字，恐怕还要加上一个"下三烂"，便将当代作家对于情、对于性、对于爱、对于恋的形而下学概括了，所以，也就别指望当代能够出现曹雪芹这样的文学大师。虽然，一种对于自己爱慕之人的感官上潜在悟性，有的人有，有的人没有，但秦可卿对贾宝玉，贾宝玉对秦可卿，此时此刻，却情不自禁彼此嗅到了对方的需要，成熟的秦可卿，那性腺的挥发物弥漫在贾宝玉的呼吸之间，从肉体到灵魂，呈不可抑制的亢奋状态。

　　那些曾经在歌德笔下出现过的《少年维特之烦恼》中的场

景，在秦可卿的香闺里，对他进行性启蒙时读到。在贾宝玉心目中，她是色与性兼美的姐姐，也是得到过肌肤之亲的美人，更是接近于完美、灵慧、温柔、体贴的女神，所以，云板响起，丧音传来，曾经在情天孽海中邂逅过并享受到她无微不至、精心呵护的那份爱情的天使般的情人，香消玉殒，刹那间，心灵受到极度撼动，少年贾宝玉（很大程度也是作家自己）才"哇"的一口喷出鲜血。

第五回"贾宝玉神游太虚境"，实在是中国文学中绝妙美文，没有它，你读不懂这部书，有了它，你就更读不透这部书。它呈现给你的最初印象，是一座情爱的天堂，它逐步剥开来给你看的现实，却是一座悔恨的迷宫。这个太虚幻境，你走进去容易，走出来也容易，但是，你走进去深一点，走出来肯定就难一点。如果，你完全走进去了，那么，你就休想走出来，那时，你八成就是一位"红学家"了。

二十多年前，"魔幻现实主义"这个文学概念出现在中国文学界，立刻被中国作家崇拜得五体投地，敬若神明。这些人揣着明白装糊涂，二百多年前，曹雪芹在他《红楼梦》的第五回里，已经把幻境、神话、秘籍、图谶……这一切一切五迷三道的文学把戏，玩到得心应手的程度。

也许，有那么一天，中国作家不亦步亦趋，尾随外国作家后面讨饭吃，中国文学便有可能挺直腰板，站立在这个世界上。

闻香识女人之二

我们称曹雪芹为文学大师，因为他在世界上还未出现弗洛伊德学说之前，就在《红楼梦》第五回，按人物性心理的角度来写人物。曹雪芹之所以被后人称为大师，不但是他的《红楼梦》"前不见古人，后不见来者"，而且，十八世纪下半叶开始之际，他写这部空前绝后的杰作时，西方世界研究性意识的弗洛伊德（1856—1939）、研究性心理的霭理士（1859—1939）还未出生，都是在他死后近百年才出生的。在整个世界上还未形成性心理学说，甚至连最起码的性概念还不具备时，曹雪芹就不谋而合地以这种后世的科学观点，来创造他的人物。

"来至秦氏卧房，刚至房中，便有一股细细的甜香，宝玉此时便觉眼饧骨软，连说：'好香！'"这是大师的天才，这才是他真正的过人之处。曹雪芹未曾受到现代科学的洗礼，但他笔下却充分表现出科学的精神。这"细细的甜香"，是只有恋爱中人，才能从异性那里，嗅到的从身体内部发出的性信息，你不能不佩服大师那高超细微的艺术感觉。谁都无法想象，这石破天惊的一笔，是出自二百多年前，一切现代知识尚不具有的这位大师。即使当下，懂得在笔下描写气味感觉的作家，而且写到如此细致入微者，也是相当罕见的。

现代科学家研究分析嗅觉与性的关系，在动物的求偶交配活动中，气味尤其具有强烈的诱引作用。体味，其实是一种性欲的激活剂。雌性动物发情期间，所散发出的即使很微细的体臭，也能将距离遥远的雄性动物招引过来。人类由于进化的原因，这方面的感觉，已经相当迟钝，但对于恋爱中的男女，显然会出现一时性的对于对方身体气味的特殊敏感。所以，贾宝玉对秦可卿的体味，马上出现"眼饧骨软"的性心理回应。大师笔下这种不期然地合乎科学的描写，让你赞叹不已。

曹雪芹把那个已经情动，尚未完全处于昂奋状态的贾宝玉，逐渐推进到高潮："入房，向壁上看时，有唐伯虎画的海棠春睡图，两边有宋学士秦太虚写的一副对联云：'嫩寒锁梦因春冷，芳气笼人是酒香'。"唐伯虎的画，秦少游的诗，都具有性暗示的意义。接下来的描写："案上设着武则天当日镜室中设的宝镜，一边摆着飞燕立着舞过的金盘，盘内盛着安禄山掷过伤了太真乳的木瓜，上面设着寿昌公主于含章殿下卧的榻，悬的是同昌公主制的联珠帐。亲自展开了西施浣过的纱衾，移了红娘抱过的鸳枕……"

这所有一切极具挑逗性的暗示，正是近百年以后西方人弗洛伊德、霭理士所说的"影恋""物恋""白日梦""性的升华"等性概念啊。

什么叫作文学大师？我认为，主要因为这位大师在文学上的远见性、先创性，总是在大多数作家后知后觉的情况下，他先知先觉地领悟到这一点，并在文学中表现出来，这才是他被后人景仰的最重要理由之一。

闻香识女人之三

　　《红楼梦》第五回，乃此书最初涉及性的文字，是这样开始的："就是宝玉、黛玉二人的亲密友爱，也较别人不同，日则同行同坐，夜则同止同息，真是言和意顺，似漆如胶……故略比别的姊妹熟惯些。既熟惯，便更觉亲密，既亲密，便不免有些不虞之隙，求全之毁。这日，不知为何，二人言语有些不和起来，黛玉又在房中独自垂泪，宝玉也自悔言语冒撞，前去俯就，那黛玉方渐渐的回转过来。"

　　从文字上看，这种"不虞之隙，求全之毁"，"言语有些不和起来"，一个"独自垂泪"，一个"前去俯就"，等等，都可理解为小孩子间的怄气斗嘴、口角纷争。可在前面，有一句"那宝玉也在孩提之间"，似是无意，其实是在晓示读者，这两个人既是孩提，也不是孩提，他们两个人的纷争，既是混沌无知、天真无邪的少年意气，也是渐懂人事、具有性意识萌动的少年男女间的感情摩擦。

　　《红楼梦》的人物年龄，作者数易其稿，更有可能原为两部作品，后合而为一，细枝末节上来不及仔细推敲，因此，贾宝玉忽大忽小。不过，读者通常采取模糊哲学，想他应该多大就是多大。即或以最低年龄的宝玉计，此回也是告别儿童时代，进入性萌动的年龄段了。所以，第五回"贾宝玉神游太虚境"，在全书中具有极关键的作用，如果说在秦可卿卧室中，贾宝玉的梦，为小梦，那太虚幻境，就等于是打开《红楼梦》这个大梦的一把钥匙。

整回就是贾宝玉从童年到少年的性转变过程，也是经历了异性接触的感官刺激，因诱惑而发生梦遗的一次性成熟过程。警幻仙姑的替身秦可卿，才是真正的伊甸园里的夏娃。这样一个极美丽、极成熟，散发着极诱惑的性气息，又是近在咫尺，又在向他做相当程度的肢体袒露的女人，她在她自己的闺房里啊，对正处于性觉醒期的荷尔蒙偾张的少年，那性魅力是难以抗拒的。

曹雪芹显然依据个人自身的体验，写出了贾宝玉与秦可卿之间的魂梦之恋。这使我想到了歌德与那位夏绿蒂布芙——已是别人妻子——感情依恋。这两位大师的构思毫无共同之处，但对于成长中的年轻人那种性意识的剖析，两者是极其相似的。看来曹雪芹在《红楼梦》里写年轻人性的醒悟，与歌德写《少年维特之烦恼》中的性苦闷，有异曲同工之妙。男主人公总是先被成熟的、具有性魅力的、要比他年长些的漂亮女人所诱引，然后才觉悟到自己已经是个男人。我们在歌德自传《诗与真》一书中读到，他是怎样依据这段真实的故事，写出来令全世界青年人抓狂的作品，而曹雪芹留下来的个人资料如此之少，只能从小说这个虚幻的世界里，想象在真实世界里的他，对这样一位非止一日的爱慕偶像，有了登堂入室的可能，有了一亲芳泽的可能，有了进入她私密生活的可能，他的性兴奋迅速达到临界状态，也是不言而喻和可想而知的。

盛宴不再

怡红院里的一个叫红玉的小丫头，说过一句"千里搭长棚，没有不散的筵席"，别看小小年纪，见解颇不一般。六十三回"寿怡红群芳开夜宴"，就证实了这句至理名言，这次近乎狂欢性质的派对，也许就是大观园里这些年轻姑娘们最后的一次盛宴了。《周易·丰》曰："日中则昃，月盈则食"，满则溢，盈则亏，这也是人世间事物运行的规律，过了这个村就没有这个店了。记得二十世纪五十年代，俞平伯还写过一篇《图说》，根据酒令，推算出这场盛宴参加者的座次和人数。文前说："事见《红楼梦》第六十三回，它的叙述很详细并有行令的点数，依次推之，可得大凡。丙子年八月尝为之图，历十有二载，弃置尘箧，近废纸矣。顷检得之重加校订，就正于世之好谈'红学'者。"那时，文章中是有附图的，现在能找到此文，却不再见图了。

他说："先得知道是晚席上的总人数，不然则无从计算，幸而本书上这点颇为分明，袭人笑道：'你放心，我们八个人单替你做生日。'连宝玉为九人，后来邀请的客人，依本书叙述的次第，为宝钗湘云黛玉探春李纨宝琴香菱七人，共十六人。"

写过小说的人，都有这样的体会：一两个人、两三个人的场面，好掌握；七八个人、十来个人的场面，就张罗不过来了。那么更多的人、更多的事，搅在一起，必有猫吃螃蟹，不知何处下嘴的烦恼出现。大师写大场面，纵横捭阖，翻云覆雨，张弛疾徐，烛照巨细，无不得心应手；小师写大场面，捉襟见肘，顾此失彼，丢三落四，穷于应付，无不漏洞百出。这大概就是大师和小师的差距了。每读《红楼梦》，每读"寿怡红群芳开夜宴"，我总是赞叹曹雪芹的文字魅力，令人有亲身躬与这次盛会的荣幸，和这十六个参与者一起，挤在炕上凑这份热闹。你不能不佩服曹雪芹那支挥洒从容、游刃有余、举重若轻、点石成金的生花妙笔，俞平伯说"幸而本书上这点颇为分明"的"幸而"，也是一种敬意。

有研究者认为，这次夜宴上行酒令者，其谶签的诗句，即是她们命运的兆示，但还应该关注这句诗的原诗中上下句，那才是这位文学大师最拿手的表现手法，像谜一样地隐藏在文字后面。譬如薛宝钗的"任是无情也动人"，重心是同诗中的另两句："可怜韩令功成后，辜负秾华过此身"。史湘云的"只恐夜深花睡去"，重心是下句的"故烧高烛照红妆"。麝月的"开到荼蘼花事了"，重心是"丝丝天棘出莓墙"。而香菱的"连理枝头花正开"，在原诗中的下句为"妒花风雨便相催"，正是她被夏金桂荼毒的写照。林黛玉所担心自己不知会抽到哪支签，到手的"莫怨东风当自嗟"，就是在"红颜胜人多薄命"上。袭人的"桃红又是一年春"，则是"怕有渔郎来问津"……这些见解，很有耳目一新之感。

最了不起的，这些酒酣梦沉的人们，一觉醒来，才发现砚台下压着一张生日贺卡，曹雪芹连妙玉也没有疏忽啊！

《红楼梦》的语言之一

记得早年读王力的《修辞学发凡》，最为惊讶的是书中的例句，百分之九十都引自《红楼梦》，这说明《红楼梦》的语言具有典范意义。在中国白话文学史上，明代的《金瓶梅》、清代的《红楼梦》，双峰并立，各尽其妙。看一部文学作品，第一眼就是语言。漂亮、通顺、华丽、从容，具备以上四点，你就放不下这本书了。再看其语言使用和表达的准确性、形象性，和用字遣词的凝练、明丽、简洁、生动，达到这种程度，即使最挑剔的读者，也会被这位作家在第一时间抓住眼球，往下读去。所以，开局着子，第一步必须走好。

《三国演义》开头第一句话："话说天下大势，分久必合，合久必分。"铺陈出一个多大的悬念。而王熙凤那句"一夜北风紧"，给众姐妹留下来多大余地，可供驰骋。马尔克斯《百年孤独》第一句，简直神奇到像对你脑袋开了一枪似的。"许多年以后，面对行刑队，奥雷连诺·布恩地亚上校准会想起，他父亲带他去见识冰块的那个遥远的下午。"引起多少中国作家尊崇膜拜，并模仿袭用啊！

曹雪芹《红楼梦》的第一回，屡经缮改，面目全非，"此开卷第一回也"，到底是大师写下的，还是抄书匠那班下三烂的标识，神仙也搞不清楚了。不过，也没多大关系。正如一位外国文学批评家说过的："好的阅读是缓慢的阅读。""这样的读者琢磨每一个关键词或词组，谨慎地前翻后看，是在走路，不是在跳舞，生怕文本欺骗了他或她。"读曹雪芹的《红楼梦》，应该就是这种样子，不要看他写出来的结果，而是要看他一路写来的过程；不要在意答案，而是要关注问题的提出。为什么要前翻后看呢？其实，他的第一回不甚精彩，很是啰嗦（第一回中肯定有别人塞进去的私货），加上他的几成病态的嗜好，什么真事隐去、假语村言的隐语夹杂其中，俗不可耐。然而，大师有这份自信，既然读者捧起了他的这部书，就会被他的文学魅力所征服。果然，再看上几页，你就悉心投入了，你就全神贯注了，你也就前翻后看了。

这就是曹雪芹娓娓道来的语言功力了。蒋和森在谈到《红楼梦》的艺术成就时，说它语言上的特色："主要表现为明畅、纯练，富于表现力。但它明畅而不流于浅露，纯练却又无刻削之痕。至于它的表现力，也不是呈现于辞句的表面，而是常常深含在内里。它用笔平实，往往好像是不经意地随手写来，既显得自然流泻，然而又时见波澜生于腕底。它着墨深细，层层皴染，然而却又不显得琐碎和繁复。"

我们都读过《三国演义》，它不是白话小说，也不是文言小说。到了《红楼梦》，它借鉴了《三国演义》平白如话之长，也汲取了《金瓶梅》话中有话之深，更吸收了《水浒传》土语俚话之俗，还有《西游记》神仙妖怪之异，承上启下，总成了它自己的特色。

所以鲁迅说："自《红楼梦》出来后，传统的思想和写法都被打破了。"

《红楼梦》的语言之二

　　《红楼梦》的语言，质朴自然，平实顺畅。全书基本上是以北京地方话语写成的。太愚，也就是王昆仑认为："《红楼梦》作者生在一个居住江南的北京人家庭里，他说的是极纯熟的北京话，却又至少懂得南方话，所以作者可以采用道地的北京话，也可以因必要而加入些南方词类和语法。十八世纪以来，由于满清政治之高度集权，以及交通之日益发达，北京话已变成近世中国的中心语言。因此二百年前《红楼梦》中人物所说的话，到今日还流行在我们的社会中，和大多数读者的口语没有多少距离。"俞平伯指出，《红楼梦》里面虽然夹杂一些文言，但比重极小。这些圆转流利的白话在人物的对话中尤其成功。他说："《红楼梦》里的对话几乎全部是北京话，而且是经作者加工洗练过的北京话，真是生动极了。"

　　语言，是文学的细胞，每一个细胞中的DNA，记录着作者的文学生命力。大作家和一般作家的区别，就在文学生命力的强弱之差上。强者，张开双臂，拥抱世界，他的辞典里，没有"拒绝"这个词，生冷不拒，统统吸收。而弱者，胃纳不佳，消化不良，挑三拣四，厌食偏食，就把自己局限住了。曹雪芹是文学大师，既有海纳百川，不拒细流的雅量，也有凡物皆为我用，化腐朽为神奇的定力。所以，在他笔下，他祖先来自关外的东北方言因素，他自己曾在江南生活过的蓝青官话因素，以及来自吴语地区亲友们的习惯用语，混糅杂掺，左右逢源，鲜活灵动，形象突出。

徐迟对《红楼梦》的语言艺术评价很高："在我国现代语言发展史中，《红楼梦》第一个成功地记录和提炼了一直到今天我们仍然在说着写着的语言文字，因此《红楼梦》的出现，就是我国近代的一次语言革命。它简直是惊蛰的春雷。它为现代中国语言破了土，并奠了基，建筑了一座精美绝伦的大观园，作为典型环境的榜样示范。"

《红楼梦》的语言艺术，最出色者是人物对话，闻其声，知其人，听其话，知其心，通过对话，写故事进展，写人物性格，写感情波澜，写矛盾冲突，这是曹雪芹的拿手绝活。以王熙凤对贾琏邀功的几句话为例："咱们家所有的这些管家奶奶们，那一位是好缠的？错一点儿他们就笑话打趣，偏一点儿他们就指桑说槐的抱怨。'坐山观虎斗''借剑杀人''引风吹火''站干岸儿''推倒油瓶不扶'，都是全挂子的武艺。"便把这个能干的、好胜的、泼辣的、得了便宜还卖乖的女人，那一份得意、卖弄、浅白、狂妄，全都表现出来了。

曹雪芹更厉害的一手，是他在前八十回中为书中人物所写的诗词歌赋。如果说通过对话表现人物性格，这是所有作家都要努力奋斗的方向，而按照人物身世、文学水平、性格特征、情调趣味，写出只属于他和她的作品，那就不是靠努力就能做到的了，不但要会写《葬花吟》，还要写出属于人物的《芙蓉诔》，我不是小看当代作家，拥有这等才气者，大概是为数不多的。

《红楼梦》的语言之三

法国作家莫泊桑说："不论人家所要说的事情是什么，只有一个字可以表现它，一个动词可以使它生动，一个形容词可以限定它的性质。因此我们得寻求着，直到发现了这字、这动词和形容词才止，绝不要安于大致可以……"六十八回，王熙凤大闹尤氏，那一番话："你发昏了？你的嘴里难道有茄子塞着？不然他们给你嚼子衔上了？为什么不来告诉我去？你要告诉了我，这会子不平安了？……自古说'妻贤夫祸少，表壮不如里壮'，你但凡是个好的，他们怎敢闹出这事来？你又没才干，又没口齿，锯了嘴子的葫芦，就只会一味瞎小心，应贤良的名儿！"其中嘴被茄子塞着，被嚼子衔上，这等形象化的语言，一下子就把王熙凤其实没有文化，其实非常小市民的撒泼无赖、恃性耍蛮的本性，全给暴露。特别是最后所说"锯了嘴子的葫芦"，来损尤氏又没才干，又没口齿，真亏曹雪芹为这个王熙凤想得出来。"锯"，所有版本都这样写，其实是错的，应为"锔"，即民间补锅匠锔锅锔碗的"锔"。葫芦干后，剖开为瓢，可以舀水；开口加盖，可以装物。现在将口锔上了，自然也就不敢吱声，"一味瞎小心"了。

太愚在《国文月刊》（1947年9月第五十九期）发表的《红楼梦的语言》一文指出：古典通俗文学作品是从《红楼梦》起，"才进入到语体文高度纯化的阶段"。"人民的语言包容着很丰富的成语，其中很多都是生动、泼辣，赋予讽刺性的表现力；《红楼梦》最能充分地使用这种从人民生活经验结晶而成的精炼语言，书中很多的人物都善于用成语来增加他们的说话力量与风采。""为了要表现某些特殊概念而又无现成的词类可用，作者就假借书中人物的口头创造出若干新奇有趣的用语来。"

但太愚也认为曹雪芹在语言上有不够精练的地方，其实，是这位语言大师一下子涌到嗓子眼想说的话太多，而有欠节制的缘故。

前面已经说了"你的嘴里难道有茄子塞着"，就不必再加上一句，"不然他们给你嚼子衔上了"，同义重复，行文所忌。而尤三姐训斥贾珍、贾琏兄弟："你不用和我'花马吊嘴'的！咱们清水下杂面，你吃我看见。提着影戏人子上场儿，好歹别戳破这层纸儿。你别糊涂油蒙了心，打量我们不知道你府上的事呢！这会子花了几个臭钱，你们哥儿俩拿着我们姊妹两个权当粉头来取乐儿，你们就打错了算盘了。"从"清水下杂面"，到"提着影戏人子上场儿"，再到"别糊涂油蒙了心"，层次推进，精彩是有了，但读者不禁想，难道这位受侮辱和受损害的本人，就不是在"花马吊嘴"吗？

《红楼梦》一水的北京话，很是地道，但用北京话写作，恐怕还是要防止那种贫嘴聒舌的毛病，一个成熟的作家下笔时，最忌讳者，词汇运用的重复，语气转折的乖戾，声调起伏的别扭，生冷字词的拗口。井喷似的进行语言轰炸，必然是适得其反的效果。

半壁江山

　　曹雪芹、高鹗不是无神论者，他们对于妖魔鬼怪、神仙灵异、因果报应、魑魅魍魉，未必笃信，但绝对不会怀疑的。无论如何，他们已是二百多年前的古人了，要求他们讲科学、反迷信，是一种可笑的幼稚。胡适就因为曹雪芹写了贾宝玉是神瑛侍者投胎，而且出生时嘴里衔了一块玉，大摇其头，认为这部《红楼梦》很难称为杰作。其实，他应该了解，中国古代那些优秀文人，从来是大河不择细流，万物皆备于我，化腐朽为神奇，出污泥而不染。信不信天堂地狱、善恶宿命，那是无所谓的。写不写人间万象、神鬼世界，这才显真本事。稍晚于曹雪芹，约与高鹗同时代的袁枚、纪昀，都是乾隆年间数一数二的大文人了。袁枚著《随园诗话》，提倡"性灵"说，左右诗坛数十年，但他撰一部荒诞不经的《子不语》，引世人惊愕；纪昀担纲《四库全书》主编，评骘千古文章，雄踞儒林高位，但他也撰一部离奇古怪的《阅微草堂笔记》，轰动一时。宋代苏东坡，缠着来访者给他讲鬼，若无可讲，瞎编一则也可。大学士洪迈，著《容斋随笔》，为毛泽东晚年案头必备之书，极具史料价值，然而这位替皇帝拟稿的大学士，也曾撰《夷坚志》数百卷，纪昀编《四库全书》给予高度评价："小说家唯《太平广记》为五百卷，然卷帙虽繁，乃搜集众书所成者，其出于一人之手而卷帙遂有《广记》十之七八者，唯有此书。"纪昀只看到洪迈《夷坚志》工程之浩繁，并没有看到这部志异体作品反映宋代社会生活、人文状态、政经情势、民风民俗，其深刻，其精到，其纤毫毕现，其生动具体，往往为正史所不能及。当然，在讲科学、反迷信的进步人士眼里，这不过是一派胡言罢了。归根结底，这是中国文学的传统，也是中国文人的追求，不管你是立言立德，不管你是兴继道统，你要不在志异体文学领域里有所发明，有所创造，你就不是一个完全的文人。

所以，曹雪芹那光怪陆离的太虚幻境，那正反两面的风月宝鉴，那致人疯癫的纸人，那爱管闲事的一僧一道，就是他在这部书中注入的神秘色彩，而到了高鹗，似乎更在意这种阴暗文化因素。很显然，上自一个社会的衰弱、一个民族的灭亡，下至一个家庭的崩溃、一个人物的堕落，在其沉溺危亡的过程中，一些非正常的因子，如天灾，如战乱，如瘟疫，如政变，往往起到推波助澜的促变作用，这中间自有许多不可测不可知的方面，像有一只看不见的手，将这个社会、民族、家庭、个人推进深渊。最可怕的，是明知这样的结局，仍旧盲人骑瞎马，夜半临深池地走进去。这也就像贾珍仗着胆子，吼了几声，那悲叹也不能中止一样，这时，唯一的解释，就是鬼神。

中国所有写鬼、写魂、写狐、写妖的传统文学，实际写的是人，明白这一点，就知道"五四"砍掉文学的这半壁江山，是多么不妥了。

文学人物的籍贯

　　"上有天堂，下有苏杭""烟花三月下扬州"，苏州、杭州和扬州，在中国文化传统中，永远是人文荟萃、商贾云集、仕女风流、诗情画意的城市。我们从第三回林黛玉初进荣国府，贾母介绍凤姐给黛玉，"南京所谓的辣子"，到一百一十四回"王熙凤历幻返金陵"看，荣宁二府的大部分女性、大观园里的全体姑娘，都应该算作桨声灯影秦淮河畔的南京人氏。但曹雪芹在《红楼梦》里，却有点偏心，明确标明林黛玉、妙玉为苏州姑娘，是很特殊的例外。曹雪芹为什么特别指明这两位女孩子的来处呢？因为这两位名字中带有"玉"字的少女，是他心目中认为至美至纯的女性，选取苏州，是借用籍贯背景，将人物的丰采烘托得更鲜明，通过这座相当女性化的城市，以其绮丽风流的人文历史来表现人物的情致，也就更加优美了。如果，那位弱不禁风的林黛玉，那位带发修行的妙玉，不是姑苏姑娘，而都是山东、河北一带女孩子的话，说不好在感觉的什么细微处，恐怕要有一点不对味了。我这样说，绝无对不同地域存有褒贬之念，更无北方小姐较之南方女士逊色的意思。其实，《三国演义》里的貂蝉、《西厢记》的莺莺，都是黄河以北人氏。据传说，貂蝉为陕北米脂人，而莺莺大概是山西人，至今当地还有一些附会的遗迹存在。但读者有一种奇怪的"阅读栅极"现象，只留下感兴趣的部分，而略去，或不想，或根本不在乎那些无所谓的部分。貂蝉是哪里人，莺莺是哪里人，读者不在意的，也不去追究。但苏州的黛玉和妙玉，我却认为是再好不过的地域为人物生色的事情。

四十一回"贾宝玉品茶栊翠庵"里，那句"这是五年前我在玄墓蟠香寺收的梅花上的雪"，曹雪芹再一次坐实妙玉的来历，而梅花上的雪，更突出了这位美丽小姐风流灵慧、清雅脱俗的形象。曹雪芹没有写出妙玉的结局，虽然他作了"欲洁何曾洁，云空未必空"的谶语，但绝非高鹗续书一百一十二回"活冤孽妙尼遭大劫"那样的肮脏结局。续书，其实就是命题作文，很难很难，既是智商的竞赛，更是阅历的比拼，曹雪芹所见识过、亲近过、耳鬓厮磨过、一亲芳泽过的女孩子，要比高鹗多出N倍。要求高鹗笔下出现新颖，那是苛求。这也是近百年来，所有"红楼续梦"者想摘桃不成，反而吊死在这棵树上的缘故。

这就是大师和小师的差别所在，大师之心灵广度、天才高度、智慧厚度、情商浓度，永远是一众小师不管怎么折腾也不可企及的。列宁说过，鹰有时会飞得很低，但它属于天空，最终是要翱翔在崇山峻岭之上的蓝天白云里，那些在垃圾堆里觅食的鸡，无论它怎么飞，也飞不出后院的篱笆。

语言的魅力

记得在早年做《红楼梦》语言统计的笨功夫时，发现其中有一些词语非北方话，而是上海话，也就是江南吴语地区的常用语。例如五十九回林黛玉说："饭也都端了那里去吃，大家闹热些。"有些版本的抄手是北方人，顺手改了过来，但"闹热"和"闹忙"以及讹转的"闹猛"，现在还挂在上海人嘴边的。可以看出，曹雪芹在写作《红楼梦》时的原则是"真事隐""假语存"，在时间和空间上采取模糊政策，而在语言上，持开放态度，甚至有意在大部为北方话的叙述中间，特别爱在人物的言谈中，使用一些只有吴语地区才用的词汇。例如六十四回，宝玉"吩咐了茗烟，若珍大哥那边有要紧人客来时，令他急来通禀"的"人客"，有的活字印刷的版本也给改了，将"人"字删掉——北方人不知道吴语地区"人客"与"客人"同义。这应该是编辑和校对自以为是地删削了。错吗？倒也没错，但"客人"是通用语，"人客"是地方语。贾宝玉口中的这个"人客"，是在北京背景下的荣国府说的，这也让读者明白，如果他不是南方人，至少这一家人曾经在南方生活过很长时间，已经养成的语言习惯改不了口。

再譬如四十六回回目"尴尬人难免尴尬事"的"尴尬"，就是典型的吴语语词。清人段玉裁注《说文》："今苏州俗语谓事乖刺者曰尴尬。"在明代施耐庵的《水浒传》中，第十回："却才有个东京来的尴尬人，在我这里请管营、差拨吃了半日酒。"作者为江苏兴化人，苏北话不属吴语系统，但一江之隔，难以隔断语言的交流。所以他让这个吴语语词，从东京开封人酒生儿李小二口中说了出来。一个成功的作家，必是善于驾驭语言艺术的行家，施耐庵正是要表现林冲落难，而陆虞侯等高俅的鹰犬一心追杀，不择手段，贿赂管营、差拨，准备火烧草料场的卑鄙，用了"尴尬"这个当时只是区域性的方言，具有一开先河的意义。正是这种大河不择细流的广纳博采、兼收并蓄，使文学语言处于开放的、成长的状态下，中国白话小说摆脱陈词滥调，愈益走向成熟。经过《金瓶梅》，到了《红楼梦》，章回体小说进入巅峰期，文学大师曹雪芹不但娴熟地、准确地在自己作品中使用来源各异的个性语言，还形成了他与众不同的精粹、形象、生动、奇瑰的语言风格。

看来，一个作家的成功，首先需要作家储备大量的词汇。这些词汇，来自生活，来自阅读，来自感受，来自倾听，作家写作的一生，也是全身心沉浸于上下古今、四面八方的语言海洋里的一生，这才能达到触处成文下笔成篇的自由境界。其次，不断训练自己的职业能力，在最短最快的时间内，迅速搜索到最适合的，也是唯一的、不可替代的那个词，让语言像魔方那样被玩转，得心应手地掌握在自己手中，才有可能成为高手级的作家。

这也许就是曹雪芹在语言艺术方面给后人的示范。

心有灵犀

读《红楼梦》与《战争与和平》，读有关曹雪芹与托尔斯泰的传记和资料，常常会有这种"心有灵犀一点通"的发现。如果有机会参观与大师们相关的遗址遗迹，也不禁会产生进行类比的感触。莫斯科的大宅子也好，恭王府的后花园也好，完全不是作品中描述的那个样子。这种其实并非大师特别着意刻画的场景，能够异乎寻常地在读者脑海中，构筑成一个美轮美奂的艺术想象中的豪华府邸，就是大师之所以成为大师的艺术功力了。凡读《红楼梦》和《战争与和平》者都知道：

一、托尔斯泰是真正的贵族，曹雪芹虽然早已不是贵族，而且没落到"举家食粥酒常赊"的地步，但他曾经是高官门第、富贵人家的一员。那种贵族的体验，绝非普通平民、暴发户、一般有钱人家出来的作家能够感受到的。巴尔扎克说过，不经过三代的熏陶，是出不来贵族的。穿名牌服装，有大把钞票，点蜡烛吃饭，开高级轿车，那些装出来的贵族，和真正出身于名门望族的人，还是有着明眼人一看就能看出的本质上的区别。所以，这两位大师笔下的房屋，绝不是未曾住在其中的人所能感知的真实了。

二、这两位世家子弟，都经过由盛而衰的体会，使得他们对失去的一切，便有了不同一般的感伤、特别的珍重和不易忘怀的思念。于是，他们回忆中的房舍屋宇，注入了沧桑的历史感，这种拉远了的距离感，在他们眼中，似乎有被光环笼罩着的那种美丽，表现出的奇异色彩形诸文字，就产生了斑斓的效果。

三、由于他们都是深深眷恋着往昔岁月的贵族，对于"锦衣饫食"的生活，或是"钟鸣鼎食"的家族，那种出自内心深处的追思，尤其像曹雪芹在《红楼梦》中所流溢的忏悔情愫，也使得笔下的一草一木、一瓦一石，俨然有了某种生命力，而打动读者。

四、更何况几乎是亲身经历感受的表白，自有旁人所不能述及的真切。这种叙述最能把读者牵入共鸣的心境中去。而一旦沉浸到作者营造的创作氛围里，他说一，你便有二的联想，于是，你觉得眼前所见到的书中那莫斯科的贵族之家，那金陵街上的荣宁二府，顿时就金碧辉煌起来。如果说托尔斯泰在大场面描写中，着重于气氛渲染，那么曹雪芹这位深谙中国园林精义的大师，"胸中大有丘壑"，倒很有点电影蒙太奇手法，近推远拉，特写全景，巨细悉备，繁简适宜。他借惜春学画时宝钗的口，已将他表现大场面的艺术观说得再清楚不过。

但大师们笔法多变，不拘一格。假如我们再来比较一下，元妃省亲从太监特来降旨，到次日回宫见驾谢恩，与劳斯托夫家的命名日、宴会、舞会、养花房的情景……在营造这类大场面大盛事的隆重、紧迫、惶恐、慌乱，无不战战兢兢的气氛上，达到极致的程度。从这两位大师的笔下，就会懂得人生阅历、世事沧桑、感觉感受、学问才气，对于文学作品具有何等重要的意义了。

"曲终人不见"之一

诔，用以悼念死者的祭文，为古文的一种文体。若非官样文章，公事公办，如南朝刘宋时期的谢庄为殷贵妃作的诔，通常都会有令人动容的感伤文字。但在中国古文中，诔之传世之作本不多，七十八回中这篇《芙蓉诔》，为一个文学人物所作的诔，却是相当出色，而且最负盛名的。它是曹雪芹退场前的最后一个亮相，随后，八十回戛然而止，他便神隐了。《芙蓉诔》是曹雪芹为《红楼梦》所撰诗文中篇幅最长文字最多的一篇，专为晴雯而诔，说明这个美丽的丫鬟，不但为贾宝玉难舍难分的心上人，也是曹雪芹始终关注的心中人。俞平伯非常羡慕这个文学人物的幸运：第一，她是曹雪芹笔下有头有尾写完的一个人物；第二，她是书中唯一得到如此宏大美文礼赞的女性。俞说："今日诔晴尚且如此，他日诔黛玉又将如何，事在后回，固不可知。我以为黛玉死后，宝玉未必再有诔文，所谓至亲无文、至哀无文者是也。"

虽然有人说，"晴为黛影"，"诔晴实为诔黛"，他们觉得或者愿意（也忒自作多情了些）这篇诔文的事主，其实是林黛玉，但就文论文，确实是贾宝玉发自内心，为不幸死去的晴雯鸣不平，并回想她是多么完美、多么精灵、多么圣洁、多么感性的一个女孩子，并和她共同生活在一起五年零八个月的日子。只是在七十九回，"宝黛二人相遇，谈论这篇文字，黛玉先以'红绡帐里'

111

为庸俗，拟改为'茜纱窗下'，这本是改得对的。宝玉深以'如影纱事'为妙，却认为此乃潇湘之窗，不能借用，唐突闺阁，万万不可，说了许多个'不敢当'，于是改'公子'为'小姐'，易'女儿'为'丫鬟'，诔文里如何能有'小姐''丫鬟'等字样呢，这就是瞎改，改来改去都不妥，自然地进出了一句——宝玉道：我又有了，这一改可妥当了。莫若说：'茜纱窗下，我本无缘；黄土垄中，卿何薄命。'黛玉听了，忡然变色，心中虽有无限的狐疑乱拟，外面却不肯露出，反连忙笑着点头称妙……'公子''女儿'本不完全平列，'小姐''丫鬟'更是上下的关系了，改为'卿'对'我'，敌体之辞，那就不切合宝玉、晴雯，反而更切合于宝玉、黛玉"（俞平伯《红楼梦辨》），才稍稍涉及宝黛。在大观园里，宝钗和袭人，是有着默契，并且时有交流的。但黛玉和晴雯，虽然在心性上很相似，模样也差不多，但彼此之间，精神上或许有些呼应，生活中并无任何交集。黛玉敲门被拒，她还一再声明"是我"，晴雯就是将她拒之门外，可书中写过，晴雯是怡红院里最警醒的一个人，她会听不出来是谁在叫门？一方面，这是她恃宠而骄的性格所致；另一方面，不能排除这个心比天高的美女，对林黛玉在贾宝玉心中所占的分量，有一点本能的嫉妒吧？

宝玉谦称浊玉，但在那时的富贵公子中，像他这样追求纯真的爱，珍惜拿命来爱他的女孩子，并特别体贴这份感情者，是不多见的。

"曲终人不见"之二

"晴雯之生平颇合于《离骚》的'众女嫉余之蛾眉兮，谣诼谓余以善淫'，诔文之模拟骚体，诚哀切矣。却有一点，晴雯以丫鬟的身份而宝玉写了这样的'长篇大论'，未免稍过其分。"这就是俞平伯的偏见了。对这位清代朴学大师俞樾的曾孙来讲，出身浙江德清的高门望族的他，显然也是奴仆成群侍候长大的，或许觉得不过一个丫鬟，似不应得到如此"长篇大论"的悼念。从俞平伯写《红楼梦辨》的年代上推近二百年，贾宝玉能够平等待人，将人看作人，没有等级之差，没有贵贱之分，在她真心爱他、他真心爱她的心灵交往中，只感觉到自己的浊，而有点不配晴雯的清，并没有将其当侍女看，当奴仆待，实是那时代中最难得的高尚情怀。曹雪芹在第五回的情榜中，将她列又副册之首，判词为"霁月难逢，彩云易散，心比天高，身为下贱"，直指其卑贱出身，这是作者的话，他和俞平伯一样，也是出身高贵门第。然而他在为贾宝玉代撰的这篇诔文中，却是要为多情贾宝玉设身处地地想，就回避这样直露的揭底了。这是曹雪芹的了不起处。

《芙蓉女儿诔》拗口之处，也就是诔的作者与诔的事主究竟是个什么关系上的含混不清，因而有点名不正则言不顺。从诔文看，"捉迷屏后，莲瓣无声，斗草庭前，兰芽枉待"是玩伴，"抛

113

残绣线，银笺彩缕谁裁？折断冰丝，金斗御香未熨"是密友，"眉黛烟青，昨犹我画，指环玉冷，今倩谁温"是情侣，衾枕栉沐、栖息宴游、亲昵狎亵、蓉帐香残、娇喘细言是夫妇，他就是不肯明指两人主仆身份。黛玉何等聪明，一句话，"又不是我的丫头"，便点到诔文的病灶所在。

但宝玉说："如今若学那世俗之奠礼，断然不可。竟也还别开生面，另立排场……原不在物之贵贱，全在心之诚敬而已。此其一也。二则诔文挽词，也须另出己见，自放手眼，亦不可蹈袭前人的套头，填写几字搪塞耳目之文；亦必须洒泪泣血，一字一咽，一句一啼，宁使文不足悲有余，万不可尚文藻而反失悲戚。况且古人多有微词，非自我今作俑也。无奈今之人全惑于'功名'二字，故尚古之风一洗皆尽，恐不合时宜，于功名有碍之故也。我又不希罕那功名，不为世人观阅称赞……或杂参单句，或偶成短联，或用实典，或设譬寓，随意所之，信笔而去，喜则以文为戏，悲则以言志痛，辞达意尽为止，何必若世俗之拘拘于方寸之间哉！"接下来，曹雪芹写道："宝玉本是个不读书之人，再心中有了这篇歪意，怎得有好诗好文作出来。他自己却任意纂著，并不为人知慕，所以大肆妄诞，竟杜撰成一篇长文。"

把这节不载于程高本，也不知因何要删去的文字抄录在此，便可了解贾宝玉除了诔晴雯，更有不可抑制的"鹰鸷翻遭罦罬，茝兰竟被芟鉏"的"微言"冲动，这才是杜撰《芙蓉诔》的由来。

"曲终人不见"之三

俞平伯认为，曹雪芹后面的续书，还有三十回。此说甚怪，不大符合中国人的数字习惯。高鹗续书四十回，有其从俗的考虑。胡适推算出来，曹雪芹写完前八十回，到他离世，约有十年工夫，他应该有时间和精力续写下去，胡认为曹擅长人物而不善结构，故而写不下去。也有人认为，他的家庭可能有些什么变故，如丧子之恸，等等，使他无法集中精神投入创作。还有人认为，曹因政治恐惧症而自行禁足，因为像荣宁二府这样的贵族之家，别看内囊早尽了，但百足之虫，死而不僵，要写到忽喇喇大厦倾，必须是在一场高层的政治清洗中出局，才能将这部小说写完。你简直想不出别的什么方法，能将这一荣俱荣、一损俱损的四大家族一锅端。继之，必然是翻脸的陛下、交恶的对头，以铁与火的惩罚来收拾他们。曹雪芹肯定看到雍正年间将多少钦犯家属发往乌苏里江为披甲人奴的，他敢在小说后部写这些犯忌的暴政，以身试法吗？这些猜测，都有瞎子摸象之嫌，最主要的还是曹雪芹的完美主义，八十回以后，他应该有，而且一定有的断续未成之篇，遂以神龙见首不见尾的姿态，或藏之名山，或束之高阁，成为一个永远的谜。有研究者认为，从故事的角度，前八十回大约占有二分之一到三分之二的篇幅，自然是未完成，但从主要人物考量，前八十回似亦可以称为完成品。当年八十回手抄本得以流行，并被珍藏，表明是可以独立存在的。

所以，曹雪芹写完《芙蓉诔》这首在艺术上、思想上达到巅峰状态的诗篇，便将这"满纸荒唐言，一把辛酸泪，都云作者痴，谁解其中味"的一曲红楼梦，与并不理想的后续部分截断，因为他将故事结局、人物悬念，都在第五回太虚幻境的情榜上先行公示，他相信知心人会自己在其中找到答案，无须一一再作赘言。

乾隆五十六年（1791），曹雪芹死后三十年，北京萃文书屋的木板活字印刷的一百二十回的《红楼梦》问世。看来，中国人读小说，还是要读故事，这是与西方读者不尽相同的审美要求，而且还要看到故事的结尾，这才能得到阅读的满足。于是，程伟元、高鹗抓住这个商机，续作（估计是在曹雪芹不愿意拿出来的部分遗稿上）四十回，是为程甲本，估计捞金不少，次年再版，是为程乙本。后来各处翻印者多，遂大普及、大流行，成为畅销书。据毛庆臻《一亭考古杂记》："乾隆八旬盛典后，京板《红楼梦》流衍江浙，每部数十金；至翻印日多，低者不及二两。"

高鹗续书，有人说好，有人说坏，这也是萝卜青菜各有所爱的常态，至于张爱玲斥之为"附骨之疽"，还有某某人称之为伪续，恨不能对其食肉寝皮，都属于不太正常的病态，大可一笑置之。因为一百二十回木板印刷本出现至今，二百多年的存在，说明其生命力之强大。所以，若无程高努力传播，曹雪芹这名字恐怕也只是"江上数峰青"的淡淡风景罢了。

黛玉葬花

《葬花吟》，是《红楼梦》里最好的一首长诗。在书中前八十回里，曹雪芹替他笔下的人物，以及其他叙事、描情、即景、感慨之篇，写了二百多首诗，后八十回里，高鹗也写过十几首，无足称道。然而这位诗文一般之人，赫然有《兰墅文存》《兰墅诗钞》存世。曹雪芹的诗词歌赋写得出奇的好，他文备众体的学问才智，几乎将曲、歌、诔、赞、谣、偈、启、函、对联谶辞、酒令灯谜，都尝试了一遍，无不惟妙惟肖、青出于蓝，遗憾的是这样一位多面手的文学大师，却无一本自己的诗作留存，也实在太不公平了。在中国文学史上，垃圾作品连篇累牍，不朽作品湮没消失，乾隆一生写了四万首诗，现在无人问津，而曹雪芹没有一句他自己的诗，倒有一些他的文友在诗中提到了，除了引发伤感外，还能有什么？这真是令人扼腕长叹的事情。

曹雪芹在书中写的长诗，共有三首，二十七回的《葬花吟》七十八回的《姽婳词》《芙蓉女儿诔》。前一首是替林黛玉作，应该写好，当无疑问。后两首是替贾宝玉作，至少不能写得超过黛玉的好，也是应该。宝玉智商不比黛玉低，但这个年轻人心多外骛，所以不敌以爱情、以文学为生命的黛玉。这可让大师犯难：一个七级工匠干出八级工匠的活，努力一下，不难做到；一个八级工匠，让他做出一看是四五级工匠的活，其别扭可知。所以，

117

这就是大师的了不起处。

《葬花吟》撇开人物故事背景外，就诗论诗，也是一篇婉约派的经典作品。写诗，不难，写好诗，才难，而现当代文人写旧体诗出彩者，也就鲁迅、郁达夫数人而已。大多数人，即使写出来，除了每行字数当五则五、该七为七，不犯算术错误外，其他就无一处是对的了。所以后来奋起续作《红楼梦》者，若这一关过不去，只能奉劝一句：阁下，俗话云，没有金刚钻，就别揽瓷器活出洋相了。尽管如此，洋相不止。

这首《葬花吟》，写的是花，实际是林黛玉写自己。曹雪芹最大的本领，就是写得诗如其人。一看，典型的多愁善感的林黛玉风格。要达到这样的效果，曹要付出加倍的辛苦：第一，需要写出与她大观园第一女才子身份相称的文学水准；第二，需要写出她除了美丽、才华之外，别无所恃的凄苦命运；第三，需要写出她与宝玉口角到被闭门外的戏剧冲突以后，延续下来的自怨自怜的情绪反应。所以，他在这首长诗中，留下来很多脍炙人口的诗句。

"侬今葬花人笑痴，他年葬侬知是谁。"读至此，女主人公这种对于自身命运的不可知，对于未来前景的不把握，对于生存在这个"风刀霜剑严相逼"的世界上的无力无望，能不使读者为之一掬同情之泪吗？

文为心声，曹雪芹倾情竭力写这首《葬花吟》，固然是为林黛玉写，焉知不是他自己在帝国政府统治下，家族颓败，无法拯救，个人沉沦，万劫不复的自嗟自叹呢？

冷月葬诗魂

　　在曹雪芹为其小说人物所写的诗词歌赋中，这一句"冷月葬诗魂"，写出了林黛玉的全部。而且，也只有林黛玉，才配这五个字来形容。对于诗的理解，梁启超读唐代李商隐的《锦瑟》，这样说过："义山的《锦瑟》《碧城》《圣女祠》等诗，讲的什么事，我理会不着。拆开来一句一句叫我解释，我连文义也解不出来。但我觉得它美，读起来令我精神上得一种新鲜的愉快。须知美是多方面的，美是含有神秘性的。"(《饮冰室文集·中国韵文里头所表现的情感》)

　　诗，是要用心灵去感受体会的，为什么这五个字只能与林黛玉画等号，而不吻合他人，很难说清楚什么道理，但肯定会是这样一个结果，这一句专属于林黛玉，非她莫属。上一句"寒塘渡鹤影"，虽然出自史湘云，然而其中觉察不到这个泼辣姑娘的任何因素，而一读"冷月葬诗魂"，马上会联想到多愁善感的林黛玉，而且马上会联想到她的一生、她的命运，特别是她的结局。强大的文学作品，其力量就体现在让读者在阅读中忘掉自己，然后在继续阅读的过程中找到自己，升级版的读者会认同作家的指向，爱其所爱，憎其所憎，必然得出"冷月葬诗魂"即林黛玉，林黛玉即"冷月葬诗魂"的结论。

　　有人说，不是葬诗魂，而是葬花魂，花和鹤是实对，这就是抠字眼、讲对仗、数平仄的冬烘先生最喜欢玩弄的雕虫小技了。林黛玉早对香菱说过："若是果有了奇句，连平仄虚实不对都使得的。"而三行字中必有错别字的脂砚斋，懂诗吗？会写诗吗？为什么接近六千条评语，没有一句诗？所以有些红学家搬出古本，证明其说之凿凿，就很荒唐而且霸道了。且不论这些古本究竟是赝品还是伪作，正如北京潘家园卖假古董的小贩信誓旦旦若卖假货天诛地灭，却无人当真一样可笑，而尤其令人鄙视的是，以自己的低智商去估量曹雪芹，何其无知。二十七回，这位文学大师已经在《葬花吟》中为黛玉写下了诗句："昨宵庭外悲歌发，知是花魂与鸟魂？花魂鸟魂总难留，鸟自无言花自羞。"重复"花魂"两次，这在旧诗写作中合乎规范，是被允许的。但到了七十六回，在联句中，又冒出来一个"冷月葬花魂"，傻不傻？再次重复，不但让大观园第一诗人跌份儿，连捉刀人曹雪芹也会被人讥为字拙词穷的。

曹雪芹平生除了为其作品中人物写诗之外，别无诗作传世，虽然，敦诚敦敏兄弟、张宜泉等他的朋友均有诗集留存，有写到曹雪芹的诗句，而当时文人兴会少不了的一种活动，便是写诗赋意，各显艺能，以文会友，展示才华，但不知为什么，未见曹雪芹一言半句的唱和之作。看来，为自己的人物代笔，第一，要符合其写诗的水平；第二，要符合其特定的性格；第三，要符合其客观的环境，这让大师犯难的同时，也顾不过来写自己的诗篇了。

大团圆之一

明清以后，章回体小说盛行，直到二十世纪二三十年代鸳鸯蝴蝶派成为那时中国读者的精神食粮。才子佳人，卿卿我我，怨男忧女，情海波澜，但故事结局，必以有情人皆成眷属的大团圆收尾。所以，那时上海有本名叫《礼拜六》的周刊，相当畅销，其中必有能吊住读者胃口的言情小说数篇，而且每回都是"欲知后事如何，且听下回分解"，让你下周再花几只角子去买下一期看。我一直认为，中国读者之所以热衷大团圆，是因为中国人数千年来，太平岁月，实在太少，灾荒战乱，实在太多。所以，胡适说："高鹗居然忍心害理的教黛玉病死，教宝玉出家，做一个大悲剧的结束，打破中国小说的团圆迷信。这一点悲剧的眼光，不能不令人佩服。我们试看高鹗以后，那许多'续红楼梦'和'补红楼梦'的人，哪一人不是想把黛玉、晴雯都从棺材里扶出来，重新配给宝玉？"

高鹗接手这部未完成的杰作，最早要想到的，就是宝黛这两位主角的命运，他俩结局如何，也就是这部书的结局如何。

现在几乎可以断定，在同一时间里钗婚黛死的戏剧性场面，绝非曹雪芹原意，因为从贾母的"冲喜"，到袭人的"忧虑"，到王熙凤的"调包计"，到薛宝钗忍辱作为林黛玉"替身"完婚止，这些突兀情节，按照曹雪芹前八十回人物设计，他虽然必熟谙典型人物的典型性格一说，但肯定难以下笔。一、贾母爱黛玉，实际上是对黛玉之母贾敏爱的延续，她会用这种极端的冲喜方式，害了黛玉，来治得了病的宝玉吗？二、袭人在薛、林二位候选人中，作为准姨娘的她，早就跟定了她认为好合作的宝钗，怎么会在关键时刻向主子陈述，宝玉的心其实在林妹妹身上？她难道不考虑万一决策者听信此意，改变主意，觉得选林妹妹来冲喜，岂不效果更好，她不怕竹篮子打水一场空？三、王熙凤在前八十回中的立场和态度，一直是旗帜鲜明鼓吹两玉成婚，而不支持两宝联姻的，老太太还在，而元妃已故，她会出这种调包的下作主意吗？那是一个无利不起早的女人，她这样做图什么呢？四、最性格扭曲者，莫过于薛宝钗，这是一个有尊严、讲体面、有身份、讲人格的姑娘，能够勉强自己冒名顶替另一个女孩子走进婚姻殿堂吗？曹雪芹能让他笔下塑造出来的，接近于完美，几乎容不得侮辱和亵渎的薛宝钗，这样低三下四，任人摆布，像傻瓜似的打扮成新娘，作为林黛玉的替身，带着雪雁，出现在贾宝玉面前吗？如果她就是为了这个目的，那她以前的一切作为，便全是伪善，全是手段。

然而，高鹗把故事说圆了，不愧为高手。所以，王国维赞曰："《红楼梦》一书，与一切喜剧相反，彻头彻尾之悲剧也。"他还说："《红楼梦》，哲学的也，宇宙的也，文学的也。此《红楼梦》之所以大背于吾国人之精神，而其价值亦即存乎此。"所谓"吾国人之精神"，也就是后来人们所说的"大团圆"。

大团圆之二

"调包计"，非王熙凤莫为，虽然她也出身贵族之家，但在旧时，具有贵族身份，不等于就有了贵族气质。李纨说王熙凤："亏了还托生在诗书仕宦人家做小姐，若生在贫寒小门小户人家，做了小子丫头，还不知怎么下作呢，天下人都被你算计了。"她的小市民气质注定了其卑贱、阴毒、冒险和不择手段的性格。李纨是在开玩笑，但入骨三分地描画了王熙凤下作的劣根性。时下有些人自以为钱多即是贵族，其实，钱是堆不出贵族的。被钱淹得喘不过气来，无非是土豪、暴发户，穷得只剩下钱的精神上的叫花子罢了。

高鹗决定打破世俗的大团圆结局，难度很大，这是既要勇气，更需智慧的大工程。在前八十回，曹雪芹笔下，先是轰轰烈烈的秦可卿死，后是尤氏姐妹之死，接着便是幽怨愤绝的晴雯之死，但后四十回，高鹗必须要面对元妃之死、贾母之死、黛玉之死、妙玉之死、迎春之死、香菱之死，以及宝玉出家、湘云新寡、巧姐被卖、惜春为尼、探春远嫁等结局。我估计真是让他煞费苦心。

应该说，写小说，铺开容易收束难，老托尔斯泰的《战争与和平》，连他夫人都劝他把那些说教放在最后，反正愿意看的读者看，不愿意看的读者不看。因此，短篇小说往往有极精彩的结尾，而人物众多、千头万绪的长篇小说，要一一画上句号，而且分出主次，不能喧宾夺主，又是事无巨细必须逐个厘清，既有重点，还不顾此失彼，且豹尾一击，能令读者动容。

苏雪林最为推崇高鹗续作，她在《由〈红楼梦〉谈到偶像崇拜》一文中说："全书的精彩倒在高鹗的后四十回。我觉得高鹗不愧姓高，他的才华，真正高而又高，《红楼梦》的荣誉应该完全归给他才是。近代许多红学家狂捧曹雪芹，而乱骂高鹗，实令我痛感不平！"她还设身处地为续作者想："高鹗虽将原本《红楼梦》整段的删削、洗刷，整句的点窜、润色，点铁成金，化腐朽而为神奇，但他对于原本整个的结构，则并未改动。这并不是高鹗没有力量改，实在由于整个结构太糟，一加改动便牵动全局，无法收拾，只有听其自然算了。"这当然是不无启发的一家之言了。这也说明，中国人好迷信权威，中国人好人云亦云，犹如矮子看戏，只能听人短长，跟着起哄架秧子，才使得那些所谓的"红学家"得其所哉。

真应该为不写"大团圆"的后四十回点赞，要没有黛死钗婚、宝玉出走这样的悲剧结局，要没有死的人死得那么此恨绵绵，要没有活的人活得那么淹塞抑郁，要没有这些情节发展的安排设计，要没有高鹗的胆识和才华，不可能赢得数百年来男男女女的喝彩。

《红楼梦》的评价，应该由历史来做，那些借《红楼梦》混得一碗饭吃的"红学家"，就让他们瞎折腾去吧！

甲乙对话

舒芜在《红楼梦序》一文中，以甲乙对话形式，说到黛死钗嫁这一个悲剧结局。

"甲：我认为，这一部分，非曹雪芹写不出来；而后四十回保存了这一悲剧结局，就是一大功劳，足以抵得过刚才我们谈过的以及没有谈过的一切缺点。

"乙：这一点，我完全同意。一百七八十年来，哪一个普通的读者，读后印象最深最深的，不是'焚稿断痴情'和'魂归离恨天'这几段？人们不知道什么前八十回与后四十回之分以前，谁会相信这个结局不是出自原作者之手？就是现在，我仍坚决认为，如果抽掉了这个结局，一部《红楼梦》的感人力量，至少损失了一半，其实还不止一半。

"甲：的确不止一半。整个宝黛故事，整个大观园故事，整个《红楼梦》故事，正因为有了这么一个悲剧结局，正是要由这个结局来回顾整个故事，才会显出它是一首凄丽的长诗，一阕悲怆的交响乐。否则，如果像专家所论证的，说曹雪芹原意只是要写黛玉因病早死，宝钗于是自然而然地与宝玉结了婚，如果结局真是这样，读起来真不知道整个故事有什么意义，干什么要写这一大篇故事了。

"乙：有关爱情婚姻的中国古典长篇小说里，就只有一部《红楼梦》是悲剧结局。鲁迅对这一点，作了极高的评价。中国古典文学里，悲剧是太少了。"

在中国文学史上，曹雪芹是当之无愧的天才，从中国文学中有了小说这个概念以后，直到今天，只有这部《红楼梦》为巅峰之作，无人超越。《金瓶梅》也许能够与之颉颃，但那部小说太不登大雅之堂了，只能退避三舍。

一部文学作品，能否永葆青春的生命力，能否历久弥新，关键在于能不能让读者崩溃，能不能让读者燃烧，能不能让读者从理智上知道这不过是小说，但在感性上却忍不住投身其中，同悲同喜，同歌同哭，甚至同患同难，感同身受。所以，"一百七八十年来，哪一个普通的读者，读后印象最深最深的，不是'焚稿断痴情'和'魂归离恨天'这几段"，道理就在这里了。

舒芜断定黛死钗嫁，"非曹雪芹写不出来"，高鹗的"一大功劳"，是"后四十回保存了这一悲剧结局"，这也是无证无据的一家之言，焉知不是高鹗的神来之笔呢？作家有的是，天才难一见。也许踏破铁鞋无觅处，得来全不费功夫，高鹗续书就在这一点上，立于不败之地呢？

在天才作家的脑海里，能够触发起这种灵感一刹那间的升腾，像原子能似的产生链式分裂，迸发出来的奇巧构思、骇异细节、精灵文字、逆天笔墨、宏大画幅、惊险场面、慷慨意气、英武壮烈……出乎想象，超出预料，其实这一切无不来自读者和作者共同面对的现实世界，但天才们如何能起到火媒般的引爆作用，是一个无法解释出来的谜。

惊世之笔

　　高鹗续书留给世人什么教训呢？如果你没有什么本事，你去续书，虽然挨骂，得了臭名，但臭名也是名，你划算了。如果你确有一点能耐，你千万别去续书，续好了，账算在原作头上，续不好，即或不是你的笔墨，而是原作胎里带的缺陷，也都算在你的头上。高鹗当年被程伟元敦请，干这种吃力不讨好的续书之事，没有想到日后成为新红学派的众矢之的。若高鹗有一点先见之明，他会将定金退给程伟元，完璧归赵，然后拱手：先生，您另请高明吧！如果那样，我们就会很遗憾，按前八十回，无法判断贾宝玉最后是跟林黛玉，还是跟薛宝钗，一起进入婚姻殿堂。

　　曹雪芹很狡猾，一碗水端平，对这两位女主角不偏不倚。第五回中，正册头一页上"画着两株枯木，木上悬着一围玉带，又有一堆雪，雪下一股金簪"。林在前，薛在后。"也有四句诗道：'可叹停机德，谁怜咏絮才。金簪埋雪里，玉带挂林隈。'"钗在前，黛在后。而在后面的曲子《终身误》中，那个"俺"，又把侧重点变换过来，重黛轻钗："都道是金玉良缘，俺只念木石前盟，空对着山中高士晶莹雪，终不忘世外仙姝寂寞林，叹人间美中不足今方信，纵然是齐眉举案，到底意难平。"

　　对贾宝玉这个"俺"来讲，从"终不忘""到底意难平"的黛死，从"空对着""美中不足""齐眉举案"的钗婚，可以看到高鹗续书是严格按照曹雪芹的安排来写的。下面紧接着的曲子，曹雪芹又回到双方平衡的中间点，林、薛便平分秋色了。然而，鲁迅所分析的贾宝玉心理状态是："宝玉亦渐长，于外昵秦钟、蒋玉菡，归则周旋于姊妹中表以及侍儿如袭人、晴雯、平儿、紫鹃辈之间，昵而敬之，恐拂其意，爱博而心劳，而忧患亦日甚矣。"对"爱博"的"俺"来讲，脂砚斋提出而俞平伯附和的钗黛合一论，也许符合他在生活中见了姐姐妹妹便情不自禁的"心劳"癖。其实，林和薛，是两种不同类型的美，气质的、灵魂的、精神的、外向的林黛玉，或许比丰满的、性感的，然而是正统的、内敛的薛宝钗，在心灵上要更靠近一些。

而高鹗一手写黛玉之死，一手写宝钗之婚，这等惊世之笔，曹雪芹未有任何隐语暗示，只是在曲子里同行并列写这"阆苑仙葩"和"美玉无瑕"，"一个枉自嗟呀，一个空劳牵挂，一个是水中月，一个是镜中花"。也许这些并列句，触发了高鹗的奇思妙想呢？

特别是林黛玉说了那半句话"宝玉你好"以后，"只听得远远一阵音乐之声，侧耳一听，却又没有了"。但九十七回王熙凤说："咱们南边规矩要拜堂的，冷清清使不得"，"一时大轿从大门进来，家里细乐迎出去"……黛玉气绝之时，正是宝玉娶宝钗的这个时辰，那音乐之声的来源，也就不言自明了。虽然，潇湘馆的哭声，新房子听不到，可新房子的乐声，却飘到潇湘馆来，这等笔墨，即使曹雪芹写，也难逾越，魔鬼在细节，此话不假。

"孰与话轻柔"之一

天气冷了，上学的贾宝玉觉得透过窗户的风有点寒意，茗烟赶紧将带来的衣服拿出来，宝玉一看是那件雀金裘，"不看则已，看了时神也痴了"。这就是八十九回"人亡物在公子填词"的由来。金钏儿跳井身亡，他还为她出城路祭，晴雯死于无辜，他更是伤心欲绝，这件衣服正如袭人所说，"你瞧瞧那上头的针线，也不该这样糟蹋他呀"。接着，宝玉"自己叠起，袭人道：'二爷怎么今日这样勤谨起来了？'宝玉也不答言，叠好了，便问包袱呢，麝月连忙递过来，让他自己包好，回头却和袭人挤着眼儿笑。宝玉也不理会"。一个不答言，一个不理会，因为"人亡物在"只是当事人心灵上的创伤，非当事人是无法体会的。当年"不了情撮土暂为香"，那个顽皮小厮茗烟，至少还能猜到主子一点心思，而此时的袭人和麝月，明知事由雀金裘起，却无半点同情体贴之心，难怪护花主人在夹批中骂袭人为"再醮货"，很鄙视她。宝玉的精神世界，是明洁的，是纯真的，是这个"再醮货"无法理解的。人与人的感情纽带，并不是说相通就通，千言万语，欲说还休；也不是说断裂就裂，千丝万缕，欲罢不能。在这个世界上，除了林黛玉，也就只有晴雯最牵动他的心了。他对林妹妹，是爱，当然是全身心的爱了，他对晴雯，是恋。恋和爱，是一回事，又不完全是一回事，这个与林黛玉眉眼像、体态

129

像，甚至性格、脾气、说话、作风也十分相像的小姐姐，总令他恋恋不舍，晴为黛影，这对感情极其丰富心灵极其敏感的贾宝玉来说，一直视为他人生历程上得以小憩的驿站。他本来就是一个不设防的人，也只有在她身边，没有陷阱，只有信任；没有计谋，只有平等；没有心机，只有真诚；没有危险，只有安全。剩下来，是她赏心悦目的美丽，是她阳光坦诚的笑容，是她心无芥蒂的契合，是她一无纤尘的光明。所以，看到雀金裘，睹物思人，能不百感交集吗？

有些红学家，总是想主宰后四十回的贾宝玉命运，尤其荒唐的，依脂评本的红楼梦故事，非要将贾宝玉与史湘云凑合在一起。文学人物究竟不是医学院供实验用的小白鼠，可以率意安排，而不尊重人世间最常识的真理，一个忠贞于自己感情的人，是很难苟且背叛的，一个珍惜自己爱情的人，是很难改弦更张的。除非此公堕落到不可救药，才会将所有人看作与他一样无耻。

所以，宝玉才对袭人麝月不答言、不理会，也是实在跟她们没有共同语言之故，这就是"孰与话轻柔"的遗憾了。

再说，还有他吃一堑长一智的防范，谁知这两个耳报神又会给他带来什么后患呢？所以，头天已在学里请了假的他，也没有告诉她俩，第二天一早，说只是想找一间清静的屋子歇着，他显然知道，怡红院里只有原来晴雯的屋子空着。这样，他要了香，要了纸墨笔砚，要了果子，就不需要到城外"撮土暂为香"了。

"孰与话轻柔"之二

于是，就有了高鹗为贾宝玉写的一首《双调江南好》（据护花主人语）。词为："随身伴，独自意绸缪，谁料风波平地起，顿教躯命即时休，孰与话轻柔？东逝水，无复向西流，想象更无怀梦草，添衣还见翠云裘，脉脉使人愁。"此前，他已经在八十七回中，为薛宝钗写了《聊赋四章》，为林黛玉写了《猗兰操四叠》，比起来，这一首短令，比那两首很费力气的赋，更感性一些，更情深一些。按照当下主流红学家的习惯性判断，好的属于曹雪芹，不好的属于高鹗，那么，这首小令是原作，那两篇赋是续作，也就是伪作。更有激进某公，则咆哮，凡伪作，必剜除。这实在是很恶霸的学术行为，一方面大讲特讲后不如前，一方面又反复强调后非高著。既然后非高著，实乃曹作，何来后不如前？既然后不如前，大为逊色，干吗偏认曹作呢？假设，百分之一为高著，百分之九十九为曹文，后不如前论者等于放屁；假设，百分之九十九为高著，百分之一为曹文，那后四十回之精彩，算在谁的头上？于是，红学家中的好事之徒、无聊之辈，以为自己是能够判断胎儿性别的B超，一回一回地剖解，好的是曹雪芹的原文，孬的是高鹗的私货。话说回来，何以证明曹雪芹就没有孬的，而高鹗就不能有好的呢？

大家都说，八十六回"寄闲情淑女解琴书"，是高鹗的败笔，

131

是人就跳出来唾弃一番。理由是前八十回中，既没见黛玉弹过琴，也没见她拥有琴，突然有琴、有琴书，还弹得一手好琴，大扭曲，大虚假。其实，四十二回"蘅芜君兰言解疑癖"中，宝钗道："我有一句公道话，你们听听，藕丫头虽会画，不过是几笔写意，如今画这个园子，非离了肚子里头有些丘壑的，如何成画。"前四十回中，既没有见她画过画，也没见她屋里挂着画（她的屋子像雪洞一样），突然间，她成了美术学院国画系的教授，无她不知，无她不晓，一口气，像说相声贯口似的，连颜色碟子用以烘烤防裂的生姜和酱，也都开在采购单子之中。护花主人着实震惊了，不由得说："竟是一个大画匠矣！"看来，王希廉也感到相当别扭。

宝钗识得当票，而别的年轻姐妹瞠然不知为何物，是说得过去的，因为她家的当铺就开在鼓楼西大街。她还明白当票有死了的，不知哪年勾销这一说，也是顺理成章的。这里更有没落子弟曹雪芹的个人体验，他家后来当真穷困，没少往当铺跑，应该还发生过因无钱赎当，当票死了被勾销的事情。但他为什么偏执地让宝钗通晓绘画？恐怕更是曹雪芹精于此道之故。他在他的朋友圈里，唯一可以傲视群伦的，是他的学问、他的才艺，和他这部《红楼梦》。这位大师，既有文人的风流倜傥、才子意气的优雅，也有不甘人后、自负不凡的优越感。所以，很难说黛玉操琴就一定是高鹗的馊点子，若从宝钗善画来看，焉知不是曹雪芹再次显示他的渊博、他的高深呢？

白璧微瑕

在这个世界上，给大人物挑错，是挺叫座的事。《红楼梦》中的错讹，譬如人物的年龄，特别是王熙凤的女儿巧儿，就有很多疑窦。俞平伯举出：一、八十四回，"奶子抱着巧姐儿，用桃红绫子小绵被儿裹着，脸皮发青，眉梢鼻翅，微有动意"。俞平伯说这是婴儿抽筋的样子，不过两三岁。二、八十八回："那巧姐儿在凤姐身边学舌"。小儿学舌也不过三岁。三、九十二回，"巧姐跟着李妈认了几年字，已有二千多字……跟着刘妈学做针线，已会扎花儿，拉锁子了"。至少已是七八岁。四、一百零一回，巧姐儿哭了，李妈"狠命的拍了几下，向孩子身上拧了一把。那孩子哇的一声，大哭起来了"。光景也不过三四岁。五、一百一十七回，"巧姐儿年纪也有十三四岁了"，可以论嫁娶了。

林语堂在《平心论高鹗》中，对俞平伯质疑的第四点，不以为然："据此认为巧姐被拧后连话都不会说，只有大哭，不过三四岁光景。""谁家十一二岁的小姐被老嬷狠命地拍了几下（时凤姐大病），又在身上拧了一把，会不'哇'的一声大哭起来？又谁家小姐必先说话而后算一、二、三，而后哭哉？……哇不哇，是看拧的重不重。若是狠命地拧一下，平伯也是先哇而后说话也。这是捣鬼，不是考证。"

办《论语》杂志，倡幽默文风的林语堂，即使一篇谈《红楼梦》的文章，也不忘幽俞平伯一默。

不过，巧姐年龄之暴长暴缩，连读书一向粗疏的我，也发现这个爱哭的巧姐总是长不大，而到了后四十回，这个跟刘姥姥外孙板儿抢柚子、争佛手的小女孩，竟到了谈婚论嫁的年岁，很是斗榫不上。而且清虚观打醮时，分明有"奶妈抱着巧姐，领着大姐"的字样，这就是说王熙凤应该有两个女儿，一个能走路，一个怀中抱，但刘姥姥二进荣国府，抱来大姐让她起名，大姐又成巧姐，变为一人。

这种误讹，一是曹雪芹用十年工夫，增删五次，墨笔原稿至少也得有数千页，几尺厚，翻阅查找，那是很费事的。因而可能该删的删得不彻底，该增的增得不完全。二是职业抄书人（如脂砚斋）自作主张，擅行改动，缺乏职业道德，留下后患。但早期三家评本中有这样一番议论，也颇耐人寻味："或问：'《石头记》有病乎？'曰：'有。元春长宝玉二十六岁，仍言在家时曾训诂宝玉，岂三十以后人尚能入选耶？其他惜春屡言小；巧姐初不肯长，后长得太快；李嬷嬷过于龙钟。诸如此类，未可悉数。然不可以此疵之者，故作罅漏，示人以子虚乌有也。'"

此说未尝没有道理，在那个动辄获咎的文字狱时代，也许曹雪芹本不想让人搞清楚，故意模糊其词，故意颠倒其事，那就更不足挂齿了。再说，小说不是历史教科书，木头竹屑，无足轻重，鸡毛蒜皮，无伤大雅，对这样一部旷世奇书，即使有些差错，白璧微瑕，完全可以忽略过去。

《红楼梦》的服饰

前八十回，曹雪芹在人物的服饰上，很下了一番功夫，林黛玉初进贾府，第一眼看到王熙凤时，"见一群媳妇、丫鬟围拥着一个人，从后房门进来。这个人打扮与众姊妹不同，彩绣辉煌，恍若神妃仙子：头上戴着金丝八宝攒珠髻，绾着朝阳五凤挂珠钗，项上戴着赤金盘螭璎珞圈，裙边系着豆绿宫绦、双鱼比目玫瑰佩，身上穿着缕金百蝶穿花大红洋缎窄裉袄，外罩五彩刻丝石青银鼠褂，下着翡翠撒花洋绉裙"。第一眼看到贾宝玉时："头上戴着束发嵌宝紫金冠，齐眉勒着二龙抢珠金抹额，穿一件二色金百蝶穿花大红箭袖，束着五彩丝攒花结长穗宫绦，外罩石青起花八团倭缎排穗褂，蹬着青缎粉底小朝靴。"等他换了衣服再出现时，"身上穿着银红撒花半旧大袄，仍旧戴着项圈、宝玉、寄名锁、护身符等物，下面半露松花撒花绿绫裤腿，锦边弹墨袜，厚底大红鞋"。对这两位主角的穿戴，曹雪芹不用"穿金戴银""珠光宝气"这类泛泛之言笼统概括，而是具体细微地点出头上戴什么，脚下穿什么，上装下装，一一说明。老实讲，王熙凤这"缕金百蝶穿花大红洋缎窄裉袄""五彩刻丝石青银鼠褂""翡翠撒花洋绉裙"的三件套，现代人读后肯定一头雾水。但从大红洋缎和撒花洋绉，以及倭缎的面料看，洋和倭，必是舶来品了。大清王朝，能够拥有洋货、使用洋货者，非富即贵。但在高鹗的后四十回中，这样细致的详尽的描写书中人物服饰的笔墨，就不是很多了。

若是从服装面料的"缕金百蝶穿花""五彩刻丝""翡翠撒花"，这些非专业裁缝不能明白的花纹织锦，倒是可以证明曹雪芹与金陵织造署的曹寅存在某种关系的可能性。曹雪芹的童年，应该是在这座织造府里生活过的。张爱玲在《红楼梦魇》中指出，在前八十回，有不少南京人的惯用语，如称"去年为旧年"，如"凤姐屡次对小红称宝玉为'老二'，也是南京人声口"，她认为："曹雪芹早年北返的时候，也许是一口苏白。照理也是早稿应多吴语，南京口音则似乎保留得较长。"按俗话说的没吃过猪肉，但见过猪跑来思考，曹雪芹对于纺织品的知识，是其家传优势，非高鹗所能企及的。

从林黛玉的视线中，我们知道贾宝玉"头上周围一转的短发，都结成小辫，红丝结束，共攒至顶中胎发，总编一根大辫，黑亮如漆，从顶至梢，一串四颗大珠，用金八宝坠角"，那根辫子，应该是大清王朝的标志性发型。他是先穿青缎粉底小朝靴，后换厚底大红鞋，而对于王熙凤，就不知她脚蹬绣花鞋，还是小皮靴了。还是张爱玲，她认为大观园里的女孩子全是旗人风俗，一律大脚，所以，"作者是非常技巧的避免这问题"，"要是被当时的人晓得十二钗是大脚，不知道作何感想。难怪这样健步，那么大的园子，姊妹们每顿饭出园来吃"。

张爱玲读书之细，令人叹服。

《红楼梦》的医药

敦诚的诗，那一句"四十萧然太瘦生"的"瘦"字，说明曹雪芹的体质不是那么健壮，可以想象，他笔下的贾宝玉，虽是帅气的美男，儒雅、潇洒、风流、俊逸，但既不强壮，更不生猛，甚至还有一点点女性化倾向。所以，听到秦可卿的死讯，急火攻心，涌上来一口鲜血，是可能的。在中外古今的文学作品中，主人公常常融进作家个人色彩的因素，这是很自然的事情。敦诚这首挽曹雪芹的诗，其中"瘦"字，也应该是书中人物贾宝玉的写照，这也使我们可以理解，为什么贾宝玉的医学知识往往表现得很专业很内行。"瘦"，固然是曹雪芹贫病所致，但也是伤感身世，不堪回首，嗟叹现实冷漠无情所致。所以，这个"瘦"，使得"四十年华"、时值壮年的曹雪芹，就灯油耗尽，弃世而去。正是这个"瘦"字，解开了《红楼梦》中求医问药、看病治疗的场面为什么如此之多，大师笔下健壮之美、阳刚之气的男子汉为什么如此之少的疑窦。他肯定是一个北京人所说的"病秧子""药篓子"，所以，医疗话题之多，医生人物之多，治病场面之多，药物名称之多，构成这部小说的一个特色。

有人做过统计，《红楼梦》一书中，涉及疾病与医药的有六十六回，涉及中医描写的有二百九十多处，五万余字，约占总篇幅的十八分之一。其中使用医学术语达一百六十一条，记录各类医疗人员十四人，描写了一百一十四个病例，详细的中医病案有十三个，方剂四十五个，中药一百二十七种，几乎包含中医药的各个方面。

二十八回，王夫人见了林黛玉，因问道："大姑娘，你吃那鲍太医的药可好些？"林黛玉道："也不过这么着，老太太还叫我吃王大夫的药呢。"宝玉道："太太不知道，林妹妹是内症，先天生的弱，所以禁不住一点风寒，不过吃两剂煎药疏散了风寒，还是吃丸药的好。"王夫人道："前儿大夫说了个丸药的名字，我也忘了。"宝玉道："我知道那些丸药，不过叫他吃什么人参养荣丸。"王夫人道："不是。"宝玉又道："八珍益母丸？左归？右归？再不，就是麦味地黄丸……"贾宝玉认为林黛玉的弱症是先天不足，从吃煎药以疏散风寒和吃丸药以调理虚损来看，他很在行先吃汤药以治急，再吃丸药以医慢性病的道理。接着，还透露出贾宝玉对紫河车、人参、何首乌、茯苓等中药材的了解。

贾宝玉对中药的通和懂，赖于曹雪芹对医学造诣之深，在他笔下，五十九回中，史湘云说自己犯了杏斑癣，便向宝钗要了蔷薇硝来搽。五十二回中晴雯患感冒，宝玉唤人取了洋烟（鼻烟），还讨了凤姐贴头疼的叫作依弗哪的西洋膏子药。古人云三折肱为良医，他对屋子里总是煎药的气味表现出一种偏爱，应该说是他这个瘦弱之人没少吃药的缘故。

一部经典的文学作品，有时候就是一部百科全书。一个作家，他的作品除了给读者以美学的享受，也还给读者求知的满足。

《红楼梦》的茶道

茶道，自唐、宋起，便是中国文化的标志性产品，而具有中国烙印的茶道，传到日本以后，落地生根，但发源于白山黑水的大清王朝，马背生涯，膻食酪饮，并没有养成细致品茶的习惯，入关以后很久很久，才开始喝花茶，雅其名曰"香片"，茶道由此中断，现在一提茶道，好像成了日本国粹，当然好笑。而同为汉军旗人出身的荣宁两府，倒有点例外，乃因其数代人长期生活在江南的缘故，所以在曹雪芹笔下，对于品茗，便有着一种故乡故土的依恋之情。记得贾宝玉有个小厮，一会儿叫茗烟，一会儿叫焙茗，茗即茶也。记得王熙凤给林黛玉开玩笑：你喝了我家的茶，你就是我们家的人。茶为聘礼，具有相当郑重精致的文化意义。

从贾母带刘姥姥逛大观园，路过栊翠庵，我们看到贾府仍旧保留南方讲究吃茶的传统。"只见妙玉亲自拣了一个海棠花式雕漆填金云龙献寿的小茶盘，里面放一个成窑五彩泥金小盖盅，捧与贾母。贾母道：'我不吃六安茶。'妙玉笑说：'知道。这是老君眉。'贾母接了，又问是什么水。妙玉笑回：'是旧年蠲的雨水。'贾母便吃了半盏，便笑着递与刘姥姥说：'你尝尝这个茶。'刘姥姥便接来一口吃尽，笑道：'好是好，就是淡些，再熬浓些更好了。'贾母众人都笑起来。然后众人都是一色官窑脱胎填白盖碗。"这就是雅和俗的分野了，贾母和众人都笑，笑的就是这位刘姥姥只是喝大碗茶的水平，她舌头上根本就没有品茗的味蕾，也就找不到共同语言了。

同样，在后四十回中再无煮茶品茗的精彩笔墨，也是类似道理。说句不敬的话，出生于辽宁铁岭的高鹗，他的饮茶水平，肯定比刘姥姥高明，但也高明不到哪里去。

好茶需好水，按苏东坡《试院煎茶》："蟹眼已过鱼眼生。"好水还需好火："妙玉自向风炉上扇滚了水，另泡了一壶茶。"好火还需好器："又见妙玉另拿出两只杯来。一个旁边有一耳，杯上镌着'瓟瓟斝'三个隶字，后有一行小真字是'晋王恺珍玩'，又有'宋元丰五年四月眉山苏轼见于秘府'一行小字。妙玉便斟了一斝，递与宝钗。那一只形似钵而小，也有三个垂珠篆字，镌着'杏犀盉'。妙玉斟了一盉与黛玉。仍将前番自己常日吃茶的那只绿玉斗来斟与宝玉。宝玉笑道：'常言世法平等，他两个就用那样古玩奇珍，我就是个俗器了。'妙玉道：'这是俗器？不是我说狂话，只怕你家里未必找的出这么一个俗器来呢。'"

贵族生活的极致享受，在推进社会风雅、刺激物质消费方面，也许有一点积极意义。但这是一个注定没落的阶层，沉湎其中，玩物丧志，心荡神移，目迷五色，也是必然。这种从细胞里分泌出来的堕落性，尤为可怕，它会催动这个垂亡阶层，从极致享受，走向穷奢极欲侈靡淫逸的极端地步，直到不可收拾、不可救药为止。

《红楼梦》的花草

    曹雪芹笔下的荣宁两府，写得清清楚楚，黛玉初来，是贾雨村陪同乘船而至，扬州到南京，一直到二十世纪，水路是最方便的，到达金陵，舍舟乘车，来到金陵一条街上。然而读来读去，越来越感觉荣宁二府是在北京。因为：一、家中有火炕；二、城里有胡同。我早年曾在南京读过几年书，后来又随校迁到北京，除了寒冷、干燥、风沙与南方迥异外，南京城，有街有巷而无胡同，有床有榻而无火炕，也是这两座城市的截然不同之处。因此，我想，曹雪芹这部杰作，对英文中常说的3W（Who、When、Where）要求中的两个W，何时何地，采取模糊政策，既有作家政治上的警惕，担心被人抓住把柄，对号入座，招来灭顶之灾，也考虑到含混其词，似是而非，可以获得很大的写作自由度。至少在大观园中，奇禽异兽、花草树木，就可以不受地域限制地生长，不被气候约束地栽种，于是，潇湘馆的竹下流水、蘅芜苑的奇花异草，秋爽斋的香橼佛手、怡红院的芭蕉仙鹤，就可能信手拈来、妙笔生花了。如果曹雪芹将荣宁二府坐实为北京的话，要想以上这些植物度过北方零下的寒冷天气，是很难的。尤其蘅芜苑那些"或有牵藤的，或有引蔓的，或垂山岭，或穿石脚，甚至垂檐绕柱，萦砌盘阶，或如翠带飘飘，或如金绳蟠屈，或实若丹砂，或花如金桂，味香气馥，非凡花之可比"的香草，除了香山植物园，若无温度和湿度适宜的外部环境，连生存下来也是不容易的。

在《红楼梦》中，三十七回贾芸送给贾宝玉那两盆白海棠，倒是南北方常见的，但它在红楼花草中最为闻名，是因为第一次盛花期，众人为它歌之咏之，并成立海棠诗社，可到九十回衰后复花，遂成不祥之兆。盆栽木本海棠花，各地均有栽培，乃春季开花、花期较长的观赏植物。反季开花，也可能因为气候温暖、水肥盈足之故，在"宴海棠贾母赏花妖"这回中，老太太说的，其实是很在理的："这花儿应在三月里开的，如今虽是十一月，因节气迟，还算十月，应着小阳春的天气，这花开因为和暖是有。"续书者高鹗抓住这盆海棠花，从"园里的人一叠声乱闹，不知何故"，到"怡红院里的海棠花，本来萎了几棵，也没人去浇灌它，昨日宝玉走去，瞧见枝头上好像有了骨朵儿似的，人都不信，没人理他，忽然今日开得很好的海棠花"，先将气氛造足，然后合府老少都来赏花，说是赏花，更不如说是一种要发生什么变化的预感。

于是探春心内想，此花必非好兆，大凡顺者昌，逆者亡，草木知运，不时而发。活到这把年纪的老太太，她半点不糊涂："若有好事，你们享去，若是不好，我一个人当去。"她其实和她孙女的看法是一致的。事物的衰败，是一个渐进的过程，但衰败的征兆，正如一场秋雨一场寒那样，会不断提醒你冬天即将来临，此花开后，宝玉失玉，贾府的末日大戏也就开锣了。

《红楼梦》的诗词

就在宴花妖的聚会上，宝玉、贾环、贾兰各作诗一首，这自然是出自高鹗的手笔了。幸好老太太发话："林姑娘的病才好，不要他费心，若高兴，给你们改改。"若是要她随兴一首的话，真不知高鹗写得如何高调呢。回想当年成立诗社时那组海棠诗，真是今非昔比了。《红楼梦》一书，曹雪芹文备众体，诗、词、歌、赋、谣、谚、赞、诔，偈语、对联、灯谜、酒令，无所不有；骚体、古风、排律、五律、七律、五绝、七绝，各体俱全；题材则涵盖叙事、咏物、怀古、即事，以及谜语诗、打油诗，更是丰富多彩。有人统计，共有二百四十余题。高鹗是有诗集传世的，但前八十回和后四十回相较，高的才力略逊于曹，也是大家公认的。旧时中国文人，几乎没有不会写诗的，只是写得好坏问题，敢不敢拿出来献芹的问题。曹雪芹虽然会写小说，还会写诗，但遗憾，他自己的诗作无一首留存下来。他的那些诗友也不在自己的集子里保存其作品，可能他的全部诗才，真的全都贡献给他书中的人物了。因而书中人物的抒怀，也是他借以浇自己心中的块垒。

替别人作诗，也称捉刀，那是颇费斟酌、煞费苦心之脑力劳动。要符合人物的文化程度、写诗水平，总不能让初学写诗的香菱，写得如薛、林二位那样完美吧？所以，《红楼梦》中的诗，值得钦佩。一个诗人能够以诗表达心声，还能引发共鸣，就很难得。

而曹雪芹能写出逐个人物的声气情怀、音容宛肖的诗来，真是大手笔大写家。当然，为宝钗、黛玉这些才情洋溢、富于文采的人物写诗，也许可以放手一搏。但要写出那些初学乍练者，不擅斯道者的诗，如迎春，如香菱，既不能很好，又不能不通，那可是一桩难事。更何况，这些人物的过去、现在、将来，少不得要在诗中透露一二，使读者知此及彼，举一反三，那就更非易事了。

《红楼梦》的诗，是人物诗，不是曹雪芹的诗，作出诗如其人的作品，这是绝活。譬如薛蟠那首"女儿愁，绣房钻出大马猴"的酒令，以其合辙押韵，姑且也算作诗的话，恐怕是这部书中最广为人知的一首诗了。固然，林黛玉的《葬花吟》，写出了伤时感事的闺中怨愤，贾宝玉的《芙蓉诔》，写出了红颜薄命的公子多情，但是，除用过心者，很难能一下子说出诗中精彩之处，但薛蟠"一个蚊子哼哼哼，两个苍蝇嗡嗡嗡"的哼哼调，凡读过《红楼梦》者，总能不假思索脱口而出，除了短，好记外，最主要的原因，就是太符合这位薛蟠的不学无术、缺德少文的个性了。

评价《红楼梦》的诗词，其好其坏，只有一个标准，那就是看曹雪芹为其人物所作的诗，是否量身定制，恰如其分；是否吻合贴切，一字不易。若如此，写出来个性化，也就算超水平了。

贾府的洋货之一

　　强大的国家，绝不忌惮洋货，到了唐代，丝路大开，开放格局，更为可观。李白有一首《少年行》的诗，其中"落花踏尽游何处，笑入胡姬酒肆中"句，可知彼时的都城里，还有西域女郎经营的酒吧呢！唐代的长安，比现在的西安，要大若干倍，为世界级大都会。中亚人、南亚人、波斯人、罗马人、一赐乐业（以色列）人，还有渡海而来的日本"遣唐使"，加在一起，要比现在北京城里的外国人多得多。西汉张骞，出使西域，辗转十余年之久；东汉班超，率三十六骑，打通丝绸之路。诸多带"胡"字的，如胡椒、胡琴、胡葱、胡瓜、胡豆、胡桃、胡萝卜，都是他们引进中原，融入国人的日常生活，成为不可或缺的一部分。汉唐称外国人为"胡人"，与明清称外国人为"洋人"，是一回事。从西域来，故曰"胡"，从海上来，故称"洋"，近代以来，人们习惯把"洋货"叫作"舶来品"，道理就在这里。第十六回，王熙凤就说过："那时我爷爷专管各国进贡朝贺的事，凡有外国人来，都是我们家养活，粤闽滇浙所有的洋船货物，都是我们家的。"

　　从荣国府器玩方面的洋货，便可看出凤姐所说非虚：王夫人房中的梅花式样洋漆小几，袭人端茶用过小连环洋漆茶盘，冯紫英向贾府兜售硝子石围屏，贾蓉张嘴向凤姐商借过的玻璃炕屏，两宴大观园时用过的乌银洋錾自斟壶、西洋珐琅鼻烟壶，贾母看戏时用过的洋錾珐琅灯罩和荷叶形反射灯，刘姥姥在怡红院中见过的西洋油画，凤姐在宝玉过生日时送的波斯国玩具礼品，怡红院里的穿衣镜，宝玉寝室的金西洋自行船，晴雯弄碎的玻璃盆，自鸣钟，怀表……

还有在食品和药品方面的洋货：宝玉挨打后饮用的"木樨香露"和"玫瑰香露"，宝玉吃的西洋葡萄酒，黛玉病中宝钗送来的洁粉梅片和雪花洋糖，凤姐送给黛玉的暹罗贡茶，凤姐的一种音译为"依弗哪"的治头疼的西药，还有进口货鼻烟。

而出身织造世家的曹雪芹，写到服饰方面的洋货，更是得心应手，如荣禧堂王夫人房内大炕上的猩红洋毯，凤姐的翡翠撒花洋绉裙、大红洋绉银鼠皮裙，宝玉的石青起花八团倭缎排穗褂、哆罗呢狐狸皮袄、荔枝色哆罗呢箭袖、俄罗斯国出品的雀金裘氅衣，宝钗的莲青斗纹锦上添花洋线番羓丝鹤氅，宝琴的凫靥裘，李纨的哆罗呢对襟褂子，蒋玉菡赠给宝玉后落到袭人处的茜香国汗巾，凤姐用以包裹银箸、黛玉用以包裹匙箸的洋巾，冯紫英拿来推销的鲛绡帐，抄家时没收的洋灰皮、洋呢、哔叽、姑绒、天鹅绒等毛呢料……洋洋洒洒，如数家珍。

在穿的消费层次中，女性从来是最勇敢的花钱者，而且也是毫不犹豫让别人为她解囊的中坚分子。过去如此，现在如此，将来，也不会不如此。

贾府的洋货之二

从《红楼梦》中洋货出现的频率，前八十回，要高于后四十回。续书者高鹗的购买力，比之出身于织造世家的早年曹雪芹，大概要差得远远。这应了鲁迅所说"闲且惫矣"的评语：闲，则没进账；惫，则没力气，与洋货便无缘了。因此，续书的他，让他豁出胆子，卖弄洋货知识的话，肯定驴唇不对马嘴，这就是他的聪明了，与其出丑，毋宁藏拙。写官衙，连小组长都没当过的曹雪芹，不如他高鹗了；写洋货，连一包洋火也未必有的高鹗，就不如曹雪芹了。正如巴尔扎克写贵族，总是不如托尔斯泰写得那样地道、自然，巴尔扎克笔下的贵族，几乎与他一样，有桶粗的腰，有盆大的脸，有厨师的身躯，有手艺人的臂膀，透出俗不可耐的市侩气。而托尔斯泰的伯爵，即使在那里干木匠活，也有贵族的高傲派头。所以，曹雪芹尽管落魄西山，除了那副傲骨外，已经一无所有，而且可以肯定，往昔的"把银子花得像海水淌"的繁华岁月，他也没过上几天，没吃过猪肉见过猪跑的他，在童年记忆中那张褪色发黄的照片上，写出如此纷繁多端、花样迭出的洋货，他的创造力、想象力，绝对不是我辈凡夫俗子所能望其项背的。

一方面，内府派遣出来的江宁织造的差使，官阶不高，但那是康熙安排在人文荟萃的江南，起到克格勃作用的重要角色。那些一心想进入中国的传教士和商人，自然会看重这个能够上达天听的衙门。因此，织造署拥有当时富庶阶层尚不能获得的洋货，是理所当然的。另一方面，曹雪芹其生也晚，盛世不再，可天才的他，能将听到、见到、感到、意识到的，有关家族的点点滴滴，赋予鲜活的艺术生命，再加上他那一份感伤和惆怅，便产生出强大的感染力。洋货，只是一个由头，但洋货的生聚散失，表现了一个贵族之家的崩解，于是，在那些生动的故事、变化的情节、凸显的细部，以及一个个人物命运的后面，为后人提供了无限广阔的想象空间，遂造出中国文学史上的不朽。

现在，回过头去看舶来品进入中国的始末，倒也足以引发一些思考。汉唐时期，那些本属异域的胡瓜、茄子终于本土化了，在中国这块土地上，扎下根来，没有人认为这些蔬菜瓜果为洋货。先驱者张骞、班超的所作所为，也就是鲁迅所说的"拿来主义"，或者毛泽东所说的"洋为中用"。这种生产性的引进，开发性的引进，是对民族有利、是对国家有益的。相反，像贾府里满坑满谷的吃的穿的玩的乐的洋货，则是消费性的引进。一个民族，一个国家，只求满足欲望的引进，只求骄奢浮靡的引进，而无生产发展的长远打算，而无立足在我的自强奋发，久而久之，像一个永不愈合的流血创口，最后直到坐吃山空、河枯海尽为止。这也是清政权在咸丰以后急转直下，走向衰败的一个很重要的原因。

贾府的洋货之三

曹雪芹的了不起处，就在于他细微地写出贾府两类洋货使用者的心态不同之处。老太太一时兴起，从箱底里翻出孔雀毛和野鸭毛织成的两件氅衣，赏给宝玉和宝琴，可见她对于洋货的爱好。而王熙凤，不但是绝对的享用主义者，仅其衣着一项，便可领略这位舶来品的消耗大户，其物质占有欲是何等贪婪了。但是，在大观园里年轻人眼中的洋货，有其享用的一面，也有为他（她）们打开窗户的一面。这扇窗户，使他（她）们生出渴求了解西方物质文明的愿望。宝琴讲的那个真真国女孩，大家除了关心她"满头戴的都是珊瑚、猫儿眼、祖母绿这些宝石；身上穿着金丝织的锁子甲洋锦袄袖；带着倭刀，也是镶金嵌宝的"外，更想知道的是她写那首"昨夜朱楼梦，今宵水国吟"的五律，由洋货而洋人，年轻人那种渴慕之情，好奇之心，嘤嘤求友的迫切欲望，溢于言表。在他（她）们身上，表现出从未有过的对于世界的认同。

很难要求康熙年间的这些贵族子弟，具有今天我们所说的全球化观点，但他们的视野，从货而人，能够超越樊笼似的深宅大院，展望遥远陌生的异国他乡，如今天我们仰望河外星云一样的浩渺，大观园人这种思想上的腾越，实在难能可贵。所以，代表先进生产力的物质文明，在启迪民智，在引导潮流，在加强交往，在促进理解上，确实具有不可低估的精神力量。

这样，本来具有叛逆意识的贾宝玉，走得更远。在晴雯的病情，喝中药，闻鼻烟，一再不能奏效以后，他便说出："越性尽用西洋药治一治，只怕就好了。"这句话虽短，所隐含的对于旧传统的扬弃，对于新事物的肯定，意义深长。"依弗哪"，不知是什么西药，其用药法，也颇古怪别致。与洋货并来的新潮，使得这位没有陈陈相因的旧习，敢于破的同时敢于立的公子哥儿，所做出的决定，还不能笼统归之于一时心血来潮。

而探春，在她成为大观园三驾马车的领导班子成员时，实行的承包试点，那离经叛道的改革精神，一位贵族小姐能果断地做出这样的改革，实在是石破天惊的行为。更值得我们刮目相看了。曹雪芹在小说里，总是以赞扬的口吻，谈及这位《红楼梦》中最有头脑、最有思想的女孩子。其实，这样的小改小革，根本无救于这个贵族家庭的没落衰亡。然而，这些眼光渐渐开阔、思路渐渐放开的新生代，意识到进行改革的必要性，开始做出改革的尝试，说明了即使在"百足之虫，死而不僵"的无奈状态下，也不是绝无生机的。《红楼梦》的结果，是"落了片白茫茫大地真干净"，干净，对失去者来说，也许很痛心，但对没有任何历史负担的后来者讲，岂不是获得更多挥洒自如的余地？时间是不停滞的，思想也应该是不停滞的，在世界市场逐步形成的新世纪里，洋货还会有，舶来品还会来，但怎样趋利避害，富国强民，便是现代人必须面对的问题了。

贾府的洋货之四

现在常说的"汉唐气象"，就是具有大气度、大手笔、大胸怀和大家风范；具有对于外来事物的敢于接纳，能够宽容的不卑不亢的自信。这才是一个泱泱大国应该有的样子。国强，信心强，国民意气风发；国弱，信心也就弱，国民也就萎靡不振。及至大清王朝晚季，一方面，视西方世界为洪水猛兽，闻夷色变，防之堵之，唯恐不及；一方面，崇洋媚外，全盘西化，尾之随之，亦唯恐不及。1840年鸦片战争，中国终于走向衰弱。曹雪芹生于康熙，死于乾隆，但他写的《红楼梦》，故事背景的发生年代，应该是康熙盛世。这位皇帝多次南巡，都以江宁织造署为其行宫，因此，这也是曹雪芹家族史上"烈火烹油，鲜花着锦"的黄金岁月。玄烨在位六十一年，是有清一代的鼎盛时期。执政晚年，虽有点力不从心，吏治松弛，纲纪紊乱，但比之别的朝代那些上了年岁的统治者，最后昏庸糊涂，倒行逆施，走向自己的反面，还算差强人意。考其一生治绩，应该说是一位了不起的君主。仅以国土版图而言，与任何王朝相比，康熙打下来的江山之大，达到了中国的有史之最。虽然，中学教科书告诉我们，忽必烈王朝曾经横跨欧亚，了不得的大，以至欧洲人大呼"黄祸来了"，但立国元大都的王朝，不过是与四大汗国以及吐蕃并列的一部，统属于大蒙古帝国。历史上的元朝，实际管辖的地区有限。而康熙御宇以来，汉之西域，唐之吐蕃，明之台湾，以及黑龙江流域的大部分，直至库页岛，都纳入了他的版图之中。当时，国力之强大，人口之众多，民生之富庶，经济之发展，在世界范围里也是首屈一指的。国富民强，蒸蒸日上，无论对内对外，统治者就会表现出一种坦然的自信。

玄烨对西方世界，固然不甚了解，但好学敏求，对于西人之代数、几何、历法、测量，都下功夫钻研过的。有一次皇太后病了，中药不见效，他敢悖祖宗的规矩，让传教士进宫为他老娘诊病，毫无防微杜渐之意，这种气派，让人佩服。在《红楼梦》五十二回中，晴雯感冒，贾宝玉用进口货鼻烟以后，顿觉痛快，宝玉说："越性尽用西洋药治一治，只怕就好了。"便命麝月到王熙凤那里，讨那西洋贴头疼，叫作依弗哪的膏子药。而在同一回中，贾母给宝玉的那件雀金裘，是俄罗斯的进口货，宝玉不小心烧了一个洞后，那些织补匠、裁缝、绣工，连洋货都不识，哪敢接下这修补的活？于是，就有了"勇晴雯病补雀金裘"那动情场面。

在一个社会中，能够得风气之先，首先使用"舶来品"者，通常是握有权势和拥有金钱的阶层，他们总是领导消费潮流的先行者。然后，洋货来得多了，消费面才扩展到较富裕的中产阶级，再然后，洋货已不足为奇了，才能普及到老百姓的消费领域。曹雪芹写作时虽然很穷，但他曾经阔过，所以，对于洋货的记忆，也是心灵的慰藉了。

贾府的洋货之五

在一个社会中，大多数人不能消费，只有极少数人可以消费，是社会生产力低下的证明。我们参观故宫的钟表馆，绝大多数为西洋产品，只有很小部分，出自广东工匠之手，说明中国长期停滞不前的事实。于是，拥有洋货，便成为一种特权；消费洋货，便表明非同一般的身份。《红楼梦》中凤姐的上房里，那自鸣钟"咯当咯当响"起来，把刘姥姥吓了一大跳，这位乡下人立刻感到自己卑微渺小，道理就在于此。社会的商品越匮乏，消费的等级观念越加强。所以，六十回里那些丫鬟们就为西洋货蔷薇硝和玫瑰露口角争吵，不可开交。越是闭塞的百姓，越是想探出头去看窗外的风景；越是贫穷的国度，也越是羡慕别人家的富裕。在清代，家中有洋货者，那可是不得了，是这家人具有政治地位、经济实力的标志。而能够放洋外国，从事洋务，周游列国，大开眼界者，更令人肃然起敬。第五十二回，宝琴说她八岁的时节，跟父亲"到西海沿上卖洋货，谁知有个真真国的女孩子，那脸面就和那西洋画上的美人儿一样"，顿时，大观园里的姐妹们，成了土包子，一个个好奇得不得了。再以和珅为例，乾隆死后，嘉庆上台，第一件事就是抄他的家。在籍没的物品中，竟有大自鸣钟十九座，小自鸣钟十九座，洋表一百余个。他要这么多钟表干什么？一非修理工，二非收藏家，三更不是为了计时，说白了，除了证明其炙手可热的权势外，也是当时洋货当道的炫耀心理。

曹雪芹也不例外，他是大师，不错；可他，更是一个具有喜怒哀乐、感情丰富的人。尽管，他写到每桩事情，每件物品，都会让他陷入悔恨、嗟怨、痛苦，和无边无涯的自我煎熬之中；然而，中国人灵魂中那种阿Q式的"我们先前——比你阔的多啦"的自慰情结，在这位伟大的文学家身上，不可能一星点都没有的。虽然他在北京西山写《红楼梦》时，已经没落到"茅椽蓬牖，瓦灶绳床""举家食粥酒常赊"的地步，但回忆到繁华岁月的往事，尤其笔墨落到洋货的点点滴滴时，仍旧耐不住要炫耀的。

虽然，按刘姥姥的话说，"瘦死的骆驼，也比马大"，但是"内囊儿已经尽上来了"的"钟鸣鼎食"之家，没落衰败的颓象，无论怎样的生花妙笔，也遮掩不住。可作者喝着薄粥，啃着咸菜，还在那儿大写特写莲叶羹、鸽子蛋、烤鹿肉、拌茄鲞，我觉得他某种程度上是在打精神上的牙祭——已经穷得"饔飧有时不继"，还殚精竭虑地、事无巨细地，记录下那奢华年月里，从服饰、器玩到食品、药品诸多方面的洋货。也许，这是文学大师深刻揭示封建贵族由盛而衰的真实过程所必须，可也让我们窥察到曹雪芹，对于他家族显赫的昨天，那多少有点病态的留恋，近乎癖嗜的宣扬。

大师，请恕我失敬了！假如，我拥有过这一份辉煌的记忆，大概也是很难忘情的。

古董商的演说

　　第二回，"冷子兴演说荣国府"里，就交代说："……长子贾代善袭了官，娶的是金陵世家史侯的小姐为妻……如今代善早已去世，太夫人尚在。"曹雪芹通过这位古董商的嘴，对宁荣两府的上上下下做了介绍。应该说，这种静态叙述人物的开端写法，并不十分高明。中国古典小说惯用这种手法，曹雪芹也不能免俗，而且他似乎还挺喜欢这种提纲挈领式的报户口的法子，大水漫灌，然后仔细耕耘。譬如"贾不假，白玉为堂金作马"的护官符，譬如神游太虚幻境的"金陵十二钗"，管你接受得了还是接受不了，一下子把菜全部上齐，都端上桌来，推给了你。

　　至于这位古董商为什么如此熟知荣宁二府的详情，事无巨细，莫不知晓，曹雪芹后来才交代此人。这是他的写作习惯，读《红楼梦》，先得学会适应。冷子兴演说了这一通两府概况以后，从此消失，直到后来才关照，这就是大师的自信了。我始终认为，有出息的作家，一是信心，二是实力，能够使读者接受你要读者接受的一切。无论读者信或是不信，懂或是不懂，无论来得及领会或是来不及领会，他是不在意，也不在乎的。第五回"贾宝玉神游太虚境，警幻仙曲演红楼梦"中，那一首首关于"金陵十二钗"命运的晦涩诗谜，那一段段关于《红楼梦》人物命运的费解词曲，初读者无不如堕五里雾中，其实，曹雪芹也许压根儿没指望读者马上明白。通常是这样：小作家唯恐人家不懂，迁就读者，被读者牵着鼻子走；大作家要读者迁就他，是他领着读者的眼睛走。读者懂也好，不懂也好，他才不管呢，照写他的。所以，努力讨好读者的阅读兴趣的作家，大概很难写出好作品。曹雪芹是大家，他不怕采用俗而又俗的写法，因他有脱俗出众、化腐朽为神奇的本事。他估计得到那些不耐烦的读者，一上来会把这几页翻过去，但他也知道，过不多久，他们会回过头来，找到这几页重新阅读的。

《红楼梦》这部大书，有统计，共写男495人，女480人，合计：975人。其中有姓名称谓的732人，无姓名称谓的243人。不知确否。若如此，《红楼梦》的人物数量，多于《水浒传》的709人，低于《三国演义》的1191人。但是，文学作品和花名册不能画等号，有血有肉，有声有色，有情有欲，有哭有笑，有故事，有传奇，有情节，有细节，才称得上文学人物，冷子兴演说的这些人，和他没有言及的那些人，在读者脑海中能立刻浮现出来其人其事，并闪烁出连环映画，形成所谓的典型形象者，其数量之多，不仅在中国古典小说中拔得头筹，即使中国现当代文学作品，也莫能望其项背。

时至文学繁荣的今天，当代中国可有一部小说，其人物数量（符号也罢，标签也罢，死魂灵也罢，哪怕泡沫，有一个算一个），达到709、975、1191这样水平的吗？

第三辑 | 枉凝眉

宝玉和黛玉之一

衡量一部文学作品中人物刻画得成功，或者不成功，我以为最方便的标准，就是读者在这个人物形象中看到多少自己的影子，并与之共鸣。《巴黎圣母院》中那个丑陋的卡希莫多，肯定不会被读者视为同类的。但他对艾丝米拉达那一份美丽的倾注，以及极愿意为这位美女做些什么的冲动，也是天底下所有正常男人难能免俗的情感。《红楼梦》中的贾宝玉、林黛玉，之所以成为数百年来青年男女的偶像，很简单，就是他们或者她们从这两个人物形象中找到了自己的身影。

贾宝玉追求自由，反对压迫；习惯放松，讨厌拘束；憎恶道学，爱好浪漫；喜欢纯净，唯恐丑陋。他拥抱一切美丽、美好、美善、美艳的人和事，他拒绝所有说教、训诲、儆戒、劝导的言和行。他不以改造这个封建社会为己任，但也不愿自己被这个封建社会改造。他不想妨碍或者破坏别人的生活、乐趣、目标、志向，但他自己的喜好、追求、憧憬、理想也不希望受到别人的打扰或者干预。他崇尚自我，但能以平心待人；他养尊处优，可并不仗势霸凌。这些品格和行为，这些性情和作风，其中必有读者能对应上的点点滴滴。

甚至，他对每个漂亮女孩子都会动情；甚至，还有一点轻薄和轻佻。但这种自作多情，或者情种效应，也是某些男孩子特有的泛爱之心，和好色之徒画不上等号的，肯定会使很多过来人会心一笑的。

由此一点，联想到林黛玉的酸，你若挨个儿数，她酸过袭人吗？酸过晴雯吗？她酸过宝玉讨好过、巴结过的那些女孩子吗？你会觉得她心地宽厚、敞亮，并非那些书评家所描写的狭隘嫉妒。她甚至包容贾宝玉对于秦钟、琪官的感情。她只酸宝钗，只酸对她构成威胁、具有危机感的人。因为她来到贾府以后，很快，宝钗就出现了，很快，候选才人这个幌子无声无息，很快，图穷而匕首现，很快，拿到娘娘的尚方宝剑。设若你落在这样境地里，你能坦然而不紧张，你能漠视而无所谓吗？所以，她说话刻薄直率，她态度孤高清僻。她处处不甘人后，她时刻保持戒心，是一种保护自己的本能。她唯一足以有恃无恐的，是她对宝玉的爱、宝玉对她的爱，是一种精神上相知的爱，是一种心灵上相通的爱。

宝玉清楚，宝玉明白，一再表白：你放心，我们是谁，她们是谁，如果，万一如果，我出家当和尚去。后来，爱情万岁，他果然当了和尚。

张爱玲说过："看来百回'红楼梦'的高潮是散场。等到贾家获罪，宝玉像在第十六回元春晋封，家里十分热闹得意的时候'独他一个视有若无，毫不曾介意'，多少有点这种惘惘的心不在焉。散场是时间的悲剧，少年时代一过，就被逐出伊甸园。家中发生变故，已经是发生在庸俗黯淡的成人的世界里。而那天经地义顺理成章的仕途基业竟不堪一击，这样靠不住。看穿了之后宝玉终于出家，履行从前对黛玉的看似靠不住的誓言。"

宝玉和黛玉之二

《红楼梦》中的人物年龄，很有经不住推敲之处。在我看来，白璧微瑕，不足挂齿。俞平伯就曾以巧姐忽大忽小为题做开文章，其实，巧姐和另一个大姐儿的忽二忽一，那是更合不上榫的笔误。张爱玲在《红楼梦魇》中，不厌其烦地指出人物年龄上的差错。这两位都是红学大家，如此饶有兴味地将精力投入到文学人物的年龄纠偏上，让我钦佩的同时也感到诧异，难道二位曾经在人事科或干部部待过而养成了职业习惯吗？我始终认为读好的长篇小说，是一种艺术享受，获得审美情趣的满足，犹如精神大餐。不是开文章病院，更不是给作家补课。所以在阅读时，电脑上的一个术语ignore（忽略）就用得着了。

第一，我们没有理由苛责曹雪芹，因为他没有写完这部书，就离开人世。

第二，续作的高鹗，只有招架之力，不可能为年龄的前后吻配，大动干戈，这是牵一发而必然要动全身的大工程。

第三，二百多年来，想从《红楼梦》中捞一把的黑手太多，在其中裹乱添乱，越弄越乱。

但所有读者，都会明白黛玉小宝玉一至两岁、宝钗大宝玉两至三岁这个事实，这就够了。而且，还明白这些年轻人的生理年龄，十二三岁，相当于当下的十四五岁，而到了十五六岁，已相当于今天二十来岁的早熟。曹雪芹健在时，中国还没有这个涉及性心理和性生理提前成熟的词，他没有说，不等于大家不理解。再则，即使这些年轻人智商大大高于当下，但能够写出旧体诗词，不读几年书，是难以下笔的。当代名流，那些顺口溜，那些张打油，有脸拿到海棠社菊花诗会、芦雪亭即景联诗，与她们姐妹比赛吗？这班当代附庸风雅的大人先生们，谁不是胡子一把的大老爷们儿。所以，读者都明白，薛、林、三春之辈，已走出初中年龄段女生的青涩期，都是成熟的姑娘家了。

在读者心目中，林黛玉那亭亭玉立的身材、轻盈婀娜的丰采、娇美可爱的神情、仪态优雅的风度，她那"颜值"绝对爆表的面容，肯定是大观园年轻女性中的出类拔萃者。要不然兴儿不会对尤氏姐妹形容，出气大些，都怕将她吹走。所以，在贾府，从上到下，将她视为测量美女的样板。给宝钗做生日，来了一台戏班子，有一个漂亮的小花旦，大家都说她像极了一个人，谁都知道说的是谁，可谁都不说，快嘴史湘云点明了，还闹出一场茶杯中风波。而晴雯之所以遭众人嫉妒，就因为她水蛇腰、削肩膀，长得像林妹妹。

美，不是贾宝玉爱她的全部，《红楼梦》第三十二回"诉肺腑心迷活宝玉，含耻辱情烈死金钏"中，湘云借机劝宝玉留心"仕途经济"大事，宝玉说这叫混账话，并宣称："要是林妹妹也说这些混账话，我早和他生分了。"

在人生关键时刻，能够斩钉截铁做出自我抉择，能够敢作敢当地当面鼓、对面锣地宣示出来，这样的人，大一岁或者小一岁，多一岁或者少一岁，有什么了不起的关系吗？

宝玉和黛玉之三

"黛玉听了这话，不觉又喜又惊，又悲又叹。所喜者，果然自己眼力不错，素日认他是个知己，果然是个知己；所惊者，他在人前一片私心，称扬于我，其亲热厚密，竟不避嫌疑；所叹者，你既为我的知己，自然我亦可为你的知己，既你我是为知己，则又何必有金玉之论，既有金玉之论，也该你我有之，又何必来一宝钗？所悲者，父母早逝，虽有铭心刻骨之言，无人为我主张，况近日每觉神思恍惚，病已渐成，医者更云：气弱血亏，恐致劳怯之症。我虽为你的知己，但恐不能久待；你纵为我的知己，奈我薄命何！一想到此间，不禁泪又下来。待要进去相见，自觉无味，便一面拭泪，一面抽身回去了。"接下来，在屋里宝玉撵湘云不走，他说了："姑娘请别的姐妹屋里坐坐，我这里仔细肮脏你知经济学问的人。"袭人说，上回宝姑娘也说过一回，也没说完就见他走了。宝玉只有老一套，你不走我走，随后出门碰到黛玉，遂有"诉肺腑心迷活宝玉"那场欲行又止、欲罢不能、欲说还休，只能以"你放心""我有什么不放心"，唯相爱中人才可以领会的语言交锋，引发宝玉黛玉之恋中最沉重、最痛苦的一次心灵碰撞。然而黛玉最最应该听到的宝玉一句话"我也弄了一身的病，睡里梦里也忘不了你"却被有心机的袭人听去了。

在第一回中，我们看到，绛珠仙草，是生在灵河岸边、三生石畔的，那是何等纯净澄澈的所在，但到了凡间俗界，就无法逃避尘世一切的污秽和肮脏。在你所生存的这个社会中，能容纳什么，不能容纳什么，是有一定之规的。你悖之曰反潮流，你反其道行之曰造反。但这一对可怜情侣，有反潮流之心，无造反之力，除认输外，别无他途，宝玉出家当和尚，算是最后挣扎一下，挣扎又如何，四大皆空，不还是什么都得不到吗？这不是黛玉所讲"奈我薄命何"的宿命论，而是他俩为恋爱自由、为自我实现、为追求美满、为抵制庸俗的挑战，与那个社会的一定之规背道而驰的结果，这也是中国数千年来的革命家、改革者总是失败鲜有成功的原因。

按照曹雪芹"草蛇灰线"的写作习惯，黛玉所说"铭心刻骨之言"，也许他要等到黛玉生命的最后阶段，才会有所交代，而续书高鹗显然未予重视，不加关照，也就只好成谜。好事者这样那样的编排，行之于文；索隐派这样那样的推测，著之以书，不是难以卒读，便是庸俗不堪。中国人一沾上舞文弄墨的毛病，就控制不住名欲，而假借名人招牌，附骥名著风光，是最能见效而且最省事的成名之道，这也是曹雪芹和《红楼梦》屡遭一群文化瘪三算计的原因。其实，作家不讲什么，要比讲什么更能给人留下想象余地，所以，"木石前盟"的悲剧，每个读者早有了足够的心理准备。

走出黑暗，迎接黎明，这是所有在黑暗中摸索者的希望，但是走不出去，你就只好永远黑暗。

宝玉和黛玉之四

在大观园的文学活动中，只要黛玉出手，立刻"秒杀"众人。三十八回"林潇湘魁夺菊花诗"，写足了她的风头。论文章学问，宝钗不输黛玉；论才华灵气，黛玉远强宝钗。钱钟书说过："《红楼梦》中薛宝钗高才工吟咏，却诵说'女子无才便是德'（六四回），屡以'女孩儿''姑娘'作诗为戒，甚至宣称'做诗写字究竟也不是男人分内之事'（三七、四二、四九回）……洵《牡丹亭》第五折所谓'女为君子儒'哉。"女，即汝，君子儒，即道学先生的反讽。

一个年纪轻轻的女孩，诲人不倦，就够不正常的了，做卫道士，更是不可思议。所以，善于适应生存环境的宝钗，诗中的外在因素必然要多；但求自我精神张扬的黛玉，诗中的感情成分自然是重要主体，文学品位的不同，也可看出她们的人生观、价值观的差异。

十八回，元妃省亲，赛诗活动当然也是重要项目。"原来林黛玉安心今夜大展奇才，将众人压倒，不想贾妃只命一匾一咏，倒不好违谕多做，只胡乱做一首五言律诗应命罢了。"本想出风头的她，一是应制体裁，兴致本来不大；二是篇幅有限，难以尽展才思，遂敷衍了一篇交卷。尽管如此，元春也不得不承认："终是薛林二妹之作与众不同，非愚姊妹所及。"她将宝钗放在黛玉之前，不免有点违心，她难道看不出来，黛玉的《世外仙源》，奉承是有的，但不乏文采，而宝钗的《凝晖钟瑞》，特别结尾一句"自惭何敢再为辞"，露骨马屁到肉麻程度，她会感到受用吗？

很明显，王夫人已经将自己的盘算告诉了她。之前，在宫里的她，对其弟未来婚姻的两位候选人，只是听闻，并未目睹。现在，"唇不点而红，眉不画而翠，脸若银盆，眼如水杏"的宝钗，要比"两弯似蹙非蹙笼烟眉，一双似喜非喜含情目"的黛玉，更符合官方意识形态中的贤贵女人相，她的这种薛前林后的次序，也是说给她母亲听的。

就在这次元妃面试的过程中，贾宝玉是重点考核对象，因为她是她弟弟的启蒙老师。可怜啊，他得写四首才得交卷。写到第三首，宝钗见他诗中有"绿玉春犹卷"句，提醒他："贵人因不喜'红香绿玉'，才改了'怡红快绿'，你这会子偏又用'绿玉'二字，岂不是有意和他分驰了？"这位极善体会领导意图的宝钗，建议他改"绿玉"为"绿蜡"来形容蕉叶，接下来，她就大大地卖弄一番学问知识。幸好这次面试不限时，否则，就会耽误事了。还亏黛玉救急，见他还差一首，让他先誊录前三首，自己代他写了一首，打小抄地卷成一团递过去。这样，宝玉过关，元春夸他有长进，并说最后一首最佳。

护花主人评曰："宝钗改绿玉为绿蜡，是聪明不是怜爱，黛玉代写杏帘诗，是怜爱不是聪明，各有分别。"这句话要是改成"宝钗改绿玉为绿蜡，是表现不是怜爱，黛玉代写杏帘诗，是怜爱不是表现，各有分别"，也许更贴切些。

宝玉和黛玉之五

　　曹雪芹善写男女情爱，这节"潇湘馆春困发幽情"不足千字，而宝玉和黛玉之间的由《西厢记》诗句引起的波澜，层层起伏，高峰迭起，爱之深则越是不容轻忽，情之切则必然防微杜渐，虽然相知相通，本应惺惺相惜，但是危机当前，便难心平气和。所以，这两个年轻人爱得有点艰难，有点煎熬。爱，主要方面应是幸福，可对宝黛来说，却并非如此，彼此挫折，相互折腾，外部攻势，舆论压力，而对他们心灵上的伤害，似乎更主要。于是，一个掉眼泪，一个赔不是，若不是薛蟠插一杠子，这僵局将不知如何结束。

　　鲁迅有言："颓运方至，变故渐多。宝玉在繁华丰厚中，且亦屡与'无常'觌面，先有可卿自经，秦钟夭逝，自又中父姜厌胜之术，几死，继以金钏投井，尤二姐吞金，而所爱之侍儿晴雯又被遣，随殁。悲凉之雾，遍被华林，然呼吸而领会之者，独宝玉而已。"王国维说过，《红楼梦》乃悲剧中之悲剧，也许言重了些，但鲁迅指出"悲凉之雾，遍被华林"八个字，却是贯彻全书气氛，最为准确的形容。因此，护花主人王希廉用《诗经》中典故"有女怀春，吉士诱之"，来总结宝黛这一场争拗，便显得轻佻和庸俗了，这倒也是大部分"红学家"的通病。因为《国风·召南·野有死麕》里的结尾两句"无感我帨兮，无使尨也吠"

(感：通"撼"。帨：音"税"，女子系腰的佩巾。厖：音"忙"，猎犬)，与宝黛这场爱情冲突，风马牛不相及。

曹雪芹写黛玉，总是将中国文学史上两部不朽的爱情史诗《西厢记》和《牡丹亭》，与她联系在一起，这一次争拗，又因《西厢记》里"每日家情思睡昏昏""若共你多情小姐同鸳帐，怎舍得叫你叠被铺床"而起。二十三回经过梨香院墙角，听那十二个女孩子演习戏文，她听到了《牡丹亭》的"良辰美景奈何天，赏心乐事谁家院""则为你如花美眷，似水流年"，并且马上用到酒令中去。这样，崔莺莺、杜丽娘、林黛玉的叛逆爱情，成为中国文学史上三位最为璀璨的女性形象，都因她们对爱情的执着，对美好的向往，对幸福的追求，对压迫的反抗，而给读者留下刻骨铭心的印象。

然而，林黛玉的爱情悲剧，又与崔莺莺、杜丽娘有所不同，她是以生命为代价，以美丽为牺牲，以自绝为手段，以情死为目的，衔恨抱屈离开这个黑暗世界的，真正是"原来姹紫嫣红开遍，似这般都付与断井颓垣"的美的毁灭，与《西厢记》和《牡丹亭》那种有情人终成眷属的大团圆结局，不可同日而语。因此，我特别钦佩曹雪芹在写他的《红楼梦》时，竟有这种前无古人、后无来者的强大自信：你们能写出来崔莺莺、杜丽娘，我也能写出来不弱于她俩而且绝对不同于她俩的林黛玉。

文学作品，少有不接触爱情主题的，写得不同一般，很难；写得脱俗出众，更难；而跳出窠臼，另辟蹊径，则是难上加难。

黛玉和宝钗之一

　　黛玉聪明，宝钗高明，大观园里这两位美人，差别就在这里。聪明的人，未必高明，而高明的人，肯定聪明，所以，聪明的人一定要输于高明的人，黛玉最终含恨而亡，宝钗结果得到宝玉。聪明，是才智完善的体现；高明，则是极会做人的适应。在这个世界上，若全是聪明的人，必有打不完的架，我不比你傻，干吗我当大头。若全是高明的人，天下会相对平静，你想什么我知道，我想什么你也知道，彼此彼此，最好拉倒。前者，叽叽喳喳，长长短短，至少有生气。后者，底下使劲，表面平静，那种憋闷也挺不是滋味。所以，贾宝玉对宝钗，规规矩矩，相敬如宾，生怕犯错而拘束；对黛玉，心态正常，放松自如，敢于随便而放肆。

　　因为宝玉得到其父贾政的不夸之夸，他的那些跟班随从，也为之扬眉吐气，少爷一高兴，将随身物品赏与众人。黛玉小心眼，我给你的物件，你也太不珍惜了，生气、铰袋，痛苦、掉泪。谁知那物件尚在，宝玉贴身藏着，说明他是极其珍视的，黛玉亏理了。同样，金钏儿被王夫人冤枉，说她唆使爷儿们学坏，跳井死了。王夫人便想给死者换套像样的衣服收殓，求得心理上一点平衡。她不找黛玉，怕那姑娘忌讳，问到宝钗。宝钗未必不忌讳，但她是高明的人，马上答应了，不但取来衣服，还安慰王夫人，说金钏儿未必是寻死，也许一不小心掉进井里。王夫人智

169

商不高，但也不会相信宝钗所说。这就是宝钗的高明了，知道你不信，可更知道你需要开脱责任，无论你信不信，我说了，表明自己站在王夫人一边。高明的人不光看到眼下，还要看到以后。聪明的人，只看到眼前，没想到宝玉从怀里掏出她送的物件。

所以，《红楼梦》的读者，就有了"钗粉"和"黛粉"的分歧。甚至到了"一言不合，遂相龃龉，几挥老拳"，从此"誓不共谈红楼"的程度。但绝大多数普通读者，之所以轻钗重黛，并不在于她俩的性格差别、禀赋不同、趣味分野、好恶各异上，而命运结局，才是权衡她俩的重要砝码。中国人，大概也不光中国人，在这个世界上，即使低下卑微之辈，即使穷困潦倒之徒，其同情弱者的天性，一点也不少于他人。很显然，一个得到了，一个没有得到，会站在后者一边。而没有得到的这一个，死了，死得那样惨不说，而且就死在另一个得到的那一刻，人同此心，心同此理，因之不但站在得不到的一边，还会反对那得到的一边，这就是普通读者（不包括那些偏要悖谬的文人，更不包括出于意气像犟驴似的"红学家"）的必然选择。

宋朝历史上，出现过多少英雄，演绎出多少壮烈，但在中国人的心目中，首先想到的还是岳飞，他之所以成为英雄中的英雄，因为他死在赵构和秦桧串谋的莫须有冤案中，最值得同情。

懂得这一点，你就了解一些女性读者为林黛玉掉眼泪的原因了。

黛玉和宝钗之二

聪明的人，未必高明，但也未必没有高明的时候，同样，高明的人，肯定聪明，但老虎还有打盹的时候，未必常胜不败，未必永不失误。一部《红楼梦》，之所以好看，也就在人之复杂性上。林黛玉初进贾府，就打定了"今至其家，要步步留心，时时在意，不要多说一句话，不可多行一步路，恐被人耻笑了去"的应对之策，这就是她的聪明之处了。紧接着晚餐，贾母问黛玉念何书，黛玉回答刚念了"四书"，顺便问姐妹们读何书，老太太发表看法，读什么书，不过认几个字罢了。不过十分钟，宝玉出现，又问同样的问题：妹妹可曾读书？黛玉的回答发生了变化："不曾读书。只上了一年学，些许认得几个字。"立刻乖巧地与贾母对上了口径，第一，她已经了解老太太对女孩读书的态度，第二，若说她刚念"四书"，贾宝玉要和她探讨的话，老太太肯定不感兴趣，这就是她的高明了。

所谓高明，善于不停地调整，以适应外部在变化的环境，能够及时地纠偏，在错误的道路上改弦易辙。如果，林黛玉总是使小性子，总是心眼多，总是计长较短，总是尖酸刻薄，一个劲地小家子气，就缺乏最起码的大家闺秀的修养了。这就明白为什么元妃省亲时，众姐妹赋诗，她也循例用应制体拍马两首，这真是没有什么值得"酸"这位小姐的，难道要她在那样场合中写《葬花吟》吗？如果林黛玉如此不合时宜，连聪明都说不上了。

第四十二回，薛宝钗因为林黛玉在酒令里，引用了《牡丹亭》和《西厢记》的词语，抓住这个把柄，做出义正词严的样子让她跪下。林黛玉竟没悟过神来，为什么不反问一句：姐姐你是怎么知道这两部书的？林黛玉先觉得出身名门，确实不应该读这类当时被认为是黄色读物的书。赃证被获，贼人心虚，根本没有想到，其实宝钗也是同案犯。宝钗却以"我也不知道，听你说的怪生的，所以请教你"来审问她。结果，宝钗"一席话，说的黛玉垂头吃茶，心下暗服，只有答应'是'的一字"。这大概就是聪明和高明的不同所在了。

人之复杂，在于人之感情。而感情这东西，聪明的人，常有控制不住的时候，而高明的人，少有控制不住的时候。宝钗也有失着的例子：第三十六回"绣鸳鸯梦兆绛芸轩"里，宝钗独自行来，顺路进了怡红院，不想一入院中，鸦雀无闻，宝钗顺着游廊，来到房中……袭人"说着就走了，宝钗只顾看着活计，便不留心，一蹲身，刚刚的也坐在袭人方才坐的那个所在。因又见那个活计实在可爱，不由的拿起针来，就替他做，不想林黛玉来与袭人道喜"，"来至窗外，隔着纱窗往里一看，只见宝玉穿着银红衫子，随便睡着在床上，宝钗坐在身旁做针线，旁边放着蝇刷子"。这位端庄郑重、行事审慎、举止有度、言谈得体的姑娘，怎么会如此忘情，在没有第三者在场的空间内，竟不拘形迹坐在睡着的宝玉身边，高明如薛宝钗，这岂不太失态了吗？

黛玉和宝钗之三

这两位小姐，才和貌，一百分，但一个病态、一个健康，一个计较、一个平和，遂有明显的反差。林黛玉看似心胸狭窄，说话尖刻，锋芒毕露，咄咄逼人，可她的爱极其强烈，一个敢爱得死去活来的女孩子，值得想得到真正爱情的男人珍惜。薛宝钗温柔可爱，和蔼亲切，深藏内敛，中规中矩，她当然渴求爱，但更想找一门当户对，而且说得过去的人家嫁过去，当一个贤惠能干的媳妇。如果只是想有个家庭，有个太太，生男育女，过小确幸日子，假如这个人对爱情无奢求，对生活无奢望，对自己无抱负，对未来无雄心，宝钗是个不错的选择。

在中国，没有一部小说中的女主人公，如此这般地成为读者的择偶标准，外国男性读者，在追求女友或物色妻子时，有以文学人物朱丽叶、卡门、苔丝、娜塔莎为样板的现象吗？也许所知有限，还未听说过。因为这些文学人物都是独立的、单个的，无可比度。而薛林二姝，双峰对峙，各有风光，这才成为中国读者一道永远的选择题。

如果说林黛玉心眼忒多，薛宝钗也不是绝无是非；如果说薛宝钗藏奸耍滑，林黛玉也不是绝对良善。对爱情，林黛玉是在下象棋，卒子过河，义无反顾；薛宝钗是在下围棋，迂回包抄，死局做活。对生活，林黛玉是矛，取进攻姿态，但不是不知道进退；薛宝钗是盾，采保守策略，但也有时反击，并不示弱。这两位，同而不同，不同又同，这就是曹雪芹之所以尊为大师的绝顶功力，正是他在文学史上，留下来这两位待字闺中的早熟少女形象。中外古今作家能与之颉颃者鲜有，确是我们中国人的荣耀。

在小说中刻画人物，写得像，不难；写得活，不易；写得能勾住读者的心，那可是真本事。林黛玉虽然纤弱柔情，但却是一团能烫伤人的火，得到她爱的同时，你要准备付出更多。薛宝钗虽然圆润优美，那却是一潭看不到底的水，上善若水，此言不错，但水下的漩涡、暗流，不知几许？你做好心理准备了吗？因此，对贾宝玉而言，娶黛玉，乃其愿也，幸福，但一定会幸福得很痛苦；同样，娶宝钗，非其愿也，痛苦，但未必不会痛苦得很幸福。上帝不给人完美，这是一个方面，性格决定命运，则是更为关键的另一方面。

林黛玉的性格，纯靠个人奋斗来得到爱情，在那个封建社会里，注定要失败的。没有充足的钱财，没有雄厚的后台，没有健康的身体，没有舆论的支持，甭说康雍乾，放到眼下，想做成一桩事也难。薛宝钗就不同了，"罕言寡语，人谓装愚，随分从时，自云守拙"，第一相当低调，第二很会来事，第三家为富商，第四身材丰美，而且，最厉害的，是她重婚姻而不重爱情的现实主义，假如她有自尊心的话，在大婚那一刻，她并不是她自己，而是扮演林妹妹，是雪雁而不是莺儿陪着，能够忍下来，她要不成功才怪！

性格决定命运，这是没有办法的事。文学作品的人物，自然也应依此逻辑来写。

钗黛的文学观之一

　　当时，大观园里的众姐妹，除了"一夜北风紧"的王熙凤略输文采外，都具有较高的文学素养和创作水平，以及理论基础知识。只可惜缺乏发表诗作的园地，虽有一份政府的邸报，但仅抄发官方文告，不办副刊。不过，这也好，省得她们犯错误，久在河边走，哪有不湿鞋之理。文学用来自娱，怎么写都悉听尊便的，但若要娱人，就得掂量掂量，会不会碰上谁的敏感神经，而招致物议。何况康雍乾嘉之际，文字狱也怪吓人的。宝钗说香菱呆，其实这丫头不呆，她要学诗，为什么一开始不先去求教林黛玉？这说明她活得挺明白，不糊涂，她很清楚，她是奴才，奴才身份决定了她必须人身依附，归属于她的主子，所以，还是找到她的领导宝钗张嘴，向她申请学诗。她未必完全懂得两位小姐在文学观点上的歧异，说不定她更倾向于林黛玉的诗风，可还是把申请书递给宝钗。

　　宝钗是现实至上主义者，她不把文学看得那么重，和黛玉为文学而文学，把文学视为自己生命的组成部分，截然不同。宝钗非常讲究生存哲学，认为香菱跟着她进到园里，临时户口落在了大观园，当务之急是去拜码头，照会各方，以求关照，学诗大可缓一缓。因她接过申请表后没有动静，这个该死的丫头，竟投拜到自己的文学劲敌门下，而且林黛玉欣然允诺，连讲课费都不要。不过，宝钗一笑，并不特别反感，表现得很宽容，这很难得，不是所有领导都有这份雅量，按说她完全可以动用行政手段来干预的。尤其放在今天，换个主，怕也未必能有宝钗的涵养。我始终很惊讶薛宝钗这种文学上的坦然。

宝钗的诗，没有那种软软的女人味，写得蛮大方，不小气，难能可贵。女性文学的最大特点，其实也是它的弱点，就是女性化。她比较豁达，比较脱俗，不那么脂粉气。在那个文学圈子里，大家公认，至少与拔尖儿的林黛玉不相上下。黛玉的诗，想象丰富，气质优美，心犀灵动，气韵幽怨，最具有诗的味道。而且，作为诗人，她才气逼人，思路敏捷，用笔自如，不受拘束，是那拨年轻人中的佼佼者。如果说宝钗的诗是从脑海里作出来的，那么黛玉的诗就是从心灵里流出来的。

虽然，她两同是优秀的诗人，但文学观点不尽相同。在文学领域里，这种既生瑜何生亮的双峰对峙、互不相让的格局，是经常出现的。区别在于：一个把诗当作手段，"好风凭借力，送我上青云"，有点实用主义；一个把诗当作目的，"冷月葬诗魂"，有点理想化。如果二位女士降生在当代，则是毫无疑义的女作家，而且是一流的，评一级作家，享受高知待遇，谅不成问题。

文学观的不同，也就形成人生观的不同。而由于人生观的不同，也就很自然地发生与这个社会的矛盾和冲突，以至于影响到自己的一生和最后的结局。

钗黛的文学观之二

幸好大观园里不成立诗协，虽然那是绝对的清水衙门，但若真的成立，又觉得是肥差了，少不了你争我夺，削尖了脑袋之类的笑话，就会产生。真到那一天，大观园诗协的主席职位，谁来担任，还颇费踌躇呢！不过，林、薛在文学这个范畴里，角力是比较文明的。至少不声严色厉，发表评论；也不画地为牢，泾渭分明；更不仗势欺人，拉帮结派。但只限于文学，其他方面，对不起，宝钗的忍让就是有一定限度的了。清虚观打醮，张道士敬献的一盘子礼品中，有个赤金点翠的麒麟，贾母眼熟，记不得哪个女孩子戴过。宝钗说史湘云，宝玉说他怎么没见过，探春说宝姐姐有心。接着黛玉冷笑道："他在别的上头心还有限，唯有这些人戴的东西上，他才是留心呢！"这当然是很厉害的攻击，林黛玉对金玉良缘的反应，是有点神经质的。不过，薛宝钗"听说，回头装没听见"，退让了。

这是初一的事，到了初三，薛蟠生日，摆酒唱戏。宝玉和黛玉两人闹别扭，弄得老太太不舒心，凤姐只好将他们弄到贾母身边。谁知贾宝玉说话造次，竟把薛宝钗比作杨妃，使林黛玉着实得意。宝钗眼看天平的砝码朝一边偏去，宝玉和黛玉联合起来嘲弄她，是无法容忍的，所以这一次很不客气地反击，让他们领教了她的厉害。

由此可见，力量失去均衡，便会不平，不平则鸣，也是很正常的反应。在《红楼梦》里这个三角爱情游戏中，薛宝钗深知自己在贾宝玉心目中的位置，不如林黛玉。她是后来插进来的第三者。有一次在怡红院，她亲耳听到贾宝玉在梦中喊骂："和尚道士的话如何信得？什么'金玉姻缘'，我偏说'木石姻缘'!"尽管薛宝钗不可能研究弗洛伊德，但这种潜意识的流露，无论如何给她心灵造成巨大的震荡。在她和林黛玉争夺贾宝玉爱情的这场争斗中，她明显地处于弱势，唯其如此，所以她很计较。

在元春省亲大典上，每人奉旨一匾一咏，这很有点诗歌大奖赛的意味。评比的结果是："终是薛林二妹之作与众不同，非愚姊妹所及。"随后不久端午节贵妃赏的节礼，宝钗所获规格高出黛玉一头，这使黛玉恼火不已，实际上等于娘娘对金玉良缘投了赞成票。不过，也应看到宝钗的应制诗"芳园筑向"的颂圣主题挺能邀官方的好，所以元妃排名次，薛先林后，倾向性很明显。娘娘看中的是这个人，而不是看中了她的诗，真正应该当冠军的是林黛玉，大家心里是明明白白的。

这正是薛宝钗的聪明了，她把文学当作手段，知道统治者的胃口，喜欢吃什么，就喂他什么。投其所好，不但是生存之道，而且还可以达到邀赏受宠、排斥异己的目的。结果，宝钗到底谋得了宝二奶奶的位置。虽然，这份胜利多少有点儿凄惨，因为宝玉的政策是你们不让我得到，我也不让你们得到。所以宝钗其实也等于咽下一枚苦果，但无论如何也要比为文学而文学的黛玉的命运好得多。

钗黛的文学观之三

黛玉教香菱写诗，第一，缺乏我们中国人应有的美德，不那么谦虚。不错，你是一流女作家，但口气似乎不必如此拿大："既要学作诗，你就拜我为师。我虽不通，大略还教得起你。"第二，诗是一门学问，自有其自身的规律、章法，林黛玉特别强调："若是果有了奇句，连平仄虚实不对都使得的。""若意趣真了，连词句不用修饰，自是好的。"这样，她的学生得出结论："原来这些规矩竟是没事的，只要词句新奇为上。"这种反传统的做法，若是贾政知道了，那位正统派，准说误人子弟的。他连自己的儿子学《诗经》都反对，遑论其他。第三，过于娇宠文学新秀，香菱不过刚入门径，林黛玉便说："不用一年工夫，不愁不是诗翁了！"宝钗就不同了，她和史湘云夜拟菊花题时，说得再清楚不过："诗题也不要过于新巧了。……诗固然怕说熟话，然也不可过于求生，头一件，只要立意清新，措词就不俗了。"接着话锋一转："究竟这也算不得什么，还是纺绩针黹是你我的本等，一时闲了，倒是把那于身心有益的书看几章，却还是正经。"一下子面孔板起，满口道德文章。

林黛玉是不会说出这番卫道的话，但宝钗这个人，就是中国人中的绝顶聪明者了，她可以说而不做，她可以阳奉阴违，但高调是必须要唱的，黄钟大吕，唱得越高越好。说归说，做归做，正确的话说完以后，一转脸，并不妨碍她写出反潮流的文章。第二天，那首"眼前道路无经纬，皮里春秋空黑黄"螃蟹咏，很流露一番不满现实的意思，以至宝玉脱口赞曰："骂得痛快！"众人看毕，也说："这方是食蟹的绝唱！""这些小题目，原要寓大意思，才算是大才。""只是讽刺世人太尖毒了些。"妙就妙在宝钗能够自如地、并行不悖地说革命的话和作反叛的诗。黛玉办不到，所以她只能最终败局。

不过，众人还是肯定薛宝钗的才华。虽然这次菊花诗会，头奖让林黛玉夺走了，但别忘了，第一届海棠诗会，薛宝钗可是金牌得主。所以，她在文学成就上，用不着和林黛玉争，两强相遇，势均力敌，用不着紧张，这才表现出宽容。但在贾宝玉爱情的天平上，她晓得自己的分量不及林黛玉，所以就不得不步步为营了。

宝钗的诗，风格不一，体裁多样，有辛辣讽喻的螃蟹咏，有含蓄浑厚的海棠诗，有伤感甚至颓废情调的"恩爱夫妻不到冬"，也有很具新潮意味的"东风卷得均匀"的柳絮词。

因此，应了一句俗话，她不是那种"一瓶子不满，半瓶子晃荡"的主，不是吹出来或唬出来的主，不是假借权力、倚仗靠山、狗屁也写不出的主。她胸有成竹，绝非草包，拿得出作品，经得住褒贬，所以在文学上，她和林黛玉不叽叽喳喳、说短论长，而是一派大家气象。

这大概是大观园文坛难得平和的一个原因吧？

香菱的文学梦

　　大观园像伊甸园，但上帝的伊甸园，只有夏娃和亚当两人，可大观园，却有许多夏娃，可惜只有一个亚当，阴盛阳衰，男女比例严重失调。夏娃多了，便会产生女人之间的是是非非，因此少不了小小的钩心斗角、小小的尔虞我诈，可总的来说，比之当时封建社会里，宫廷中的刀光剑影、君臣间的刀枪剑戟，还差得很远。文学这东西，很类似小鸟，有点娇气，有点脆弱，一定要在适宜的环境和条件下，才会发出声音。要是屁股后边有手枪顶着，脖子上面有快刀悬着，它只会发抖，只会发昏章第十一，绝不会引吭高歌婉转啼鸣了。贾宝玉搬进园子里来，作春夏秋冬诗四首，流传到园子外边，那些王孙公子抄写在扇子上欣赏不已。这说明那一阵子，在诗情画意的大观园中，诗是一种时尚。应该说是在这种良好的文学气氛下，住进蘅芜苑里来的香菱想投师学诗。

　　香菱是个丫头，但爱好文学。虽然被她的主子认为有点儿呆，其实挺可爱。她的命运很不济，但她很本分，很平静，很懂得自己，了解周围，不去和别人争，全身心都倾注在文学上。因为，这是她的一份寄托。文学，从来是属于年轻人的，十七八岁、二十来岁的男男女女，往往具有强烈的倾诉欲和表现欲，对文学有一种天生的亲近感：一是希望从文学中寻找到与自己共鸣的东西；一是希望能在文学中发出自己的声音，与别人共鸣。所以，她想学作诗。现在，白话诗好写，因为白话诗一不讲格律，二不讲押韵，三不讲平仄，四不讲对称，只要懂得分行就可以了，人人皆可写诗，个个都是诗人。过去，古体诗难作，而作出好的古体诗，尤其难，香菱必须下一番功夫。

她愈来愈热的学诗激情，很类似今天决定要投奔文学的青年人。但她的这份学诗冲动，来得有些突然。读者有些猝不及防，想不到这小丫头有这份诗情。

看来，即使巨匠如曹雪芹者，也难免白璧微瑕，有照顾不过来的漏笔之处，好像事先事后应该有个照应才好。大概曹大师急于发表他对诗歌创作的见解，却疏忽了香菱原是英莲，被拐子卖来卖去的奴婢，应该和袭人她们差不多，不会多识几个字的。如果换成王熙凤的文字秘书彩明，也许不那么突兀。不过，曹雪芹的高明就在于他能让读者立刻身临其境，从薛、林二位的谈诗论文中，如闻其声，如睹其人，而不顾其他，看她俩文学观点的歧异与后来人生悲剧的呼应，那样斗榫合缝，也就来不及质疑香菱什么时候识得几个字，什么时候读得几本书，什么时候写得几行诗的过程了，这就是曹雪芹的艺术力量。

文学就是一场骗局，这是巴尔扎克说的，唬住了就唬住了，唬不住就露马脚，但大师通常不犯这样低级错误，他有本事叫读者给他圆谎，也许香菱在被拐的那几年里自学成才了呢！

秦可卿之谜一

最早点评《红楼梦》的护花主人，大概算得上是红学家的祖师爷了。他在第五回有这样两段评语：一、"叔叔不应在侄媳妇房里睡，略借嬷嬷口中说一句，秦氏即顺口扫开，用笔有深意。"二、"众奶妈散去，袭人等四丫鬟，秦氏吩咐在檐下看猫。此时秦氏理应出去陪侍贾母及邢、王夫人，书中并不叙及，是深笔，不是漏笔。"在接下来的一回，更有三段评语：一、"文章有暗写，有明写，不便明写者，当暗写，宝玉与秦氏房中梦教云雨是也；不必暗写者，当明写，宝玉与袭人初试云雨是也。"二、"秦氏房中，如果梦中云云，宝玉何必含羞，又何必央求别告诉人，宝玉说一言难尽，又细说与袭人，其情其事，跃然纸上。"三、"秦氏房中是宝玉初试云雨，与袭人偷试却是重演，读者勿被瞒过。"同文书局石印本的由护花主人王希廉、大某山民姚燮、太平闲人张新之三家合评的《增评补像全图金玉缘》，是脂评八十回本《石头记》未出现前的红学代表作。脂评本络绎不绝地被发现出来，三家合评本便黯然无光，从此在中国，做一个红学家，要不追捧脂砚斋，休想在这一亩三分地混。

大部分红学家，都具有八卦记者、娱乐版三流编辑的基因，其思维方式，与色情文学作家一路货色，只要男人与女人在一起，马上想到脱裤子。殊不知人类与动物之不同之处，在脱之前，还有复杂的、细微的、多层次的、从心理到生理的变化过程。也还有社会的、道德的、受教育程度、家庭文化背景诸多方面的约束和限制。有什么办法呢？形而下，更是某些中国人的病态嗜好。《红楼梦》中的秦可卿，落到这班心地龌龊的红学家笔下，可怜啊，遂成了堕落女。在三家合评本中，她还只是一个私生活放荡的嫌疑犯，有可能是，还有可能不是。因为除了焦大不指名地骂过，除了金寡妇对她有点微词，合府上下，无不说好。而到了脂评本中，她便被坐实为一个"爬灰的爬灰，偷小叔子的偷小叔子"的双料坏女人了。

在《红楼梦》前，曹雪芹写过一部小说《石头记》，改为《情僧录》，又称《风月宝鉴》，肯定是写完了，否则，东鲁孔梅溪不会为之题签书名。从这书名的三次演变看，有相当程度迎合市场的因素。这是可以理解的，大家都要吃饭，正如红学家死把着饭碗不放一样，曹雪芹很想借这部《风月宝鉴》换几两银子。但后来，曹雪芹摒弃这类风月小说了，哪怕只能喝粥，也要写《红楼梦》了，于是，原来《风月宝鉴》中的人物、故事，便择其可用者，或改头换面，或原封不动，移植在《红楼梦》中。凡写过一点小说者，这是"都懂的"事。

秦可卿在前书中，有可能属于私生活不够检点的女人，到了《红楼梦》里，屡经改削，仍留下放荡生活的残枝余节，特别是那首上吊的谶词，没有变动而存留着，遂成为那些"形而下"的红学家挖掘不已的矿藏。

秦可卿之谜二

曹雪芹是大师，但不是圣人；《红楼梦》是经典，但不是《圣经》。看曹雪芹，读《红楼梦》，最好以平常心待之。当贾宝玉走进秦可卿的卧房，"向壁上看时，有唐伯虎画的海棠春睡图，两边有宋学士秦太虚写的一副对联云：'嫩寒锁梦因春冷，芳气笼人是酒香'。案上设着武则天当日镜室中设的宝镜，一边摆着飞燕立着舞过的金盘，盘内盛着安禄山掷过伤了太真乳的木瓜，上面设着寿昌公主于含章殿下卧的榻，悬的是同昌公主制的联珠帐"。

而贾母来到探春房中，则是另一番模样。"探春素喜阔朗，这三间屋子并不曾隔断。当地放着一张花梨大理石大案，案上垒着各种名人法帖，并数十方宝砚，各色笔筒，笔海内插的笔如树林一般。那一边设着斗大的一个汝窑花囊，插着满满的一囊水晶球儿的白菊。西墙上当中挂着一大幅米襄阳烟雨图，左右挂着一副对联，乃是颜鲁公墨迹，其词云：'烟霞闲骨格，泉石野生涯'。案上设着大鼎。左边紫檀架上放着一个大观窑的大盘，盘内盛着数十个娇黄玲珑大佛手。"

从这两段文字来看，都是曹雪芹用惯了的以景状人写法，但风格颇不相同，前者为虚，意在暗讽秦可卿的淫靡。宝镜、金盘、木瓜、榻帐，是不存在的物事。后者为实，在于表达探春疏

185

淡爽朗、清秀自然的风雅。对联、字画、鼎盘、花果，都是一一摆在那里的真东西。大概可以这样推定，前者系《风月宝鉴》中的那个风流秦可卿的香闺描写，而且那部小说中，显然允许浮饰，可以虚拟，屋里处处性暗示，性诱惑，写得过头一点，也是满足当时热衷香艳小说的读者口味。穷人写富贵，寒士写奢华，都有这种唯恐不及的夸大以至外溢的效应，喝粥的曹公莫能例外。所以，很有些明公非常不赞成续作中林黛玉喝的那碗火腿白菜汤，这些批评者认为每年入冬家家户户储存的大白菜不值数文，遂贬低续作，大白菜上红楼宴，岂不太笑话了吗？其实，这班人不知道同是这棵大白菜，早年间运到南方城市，那是用红头绳捆着，很是金贵之物。鲁迅就曾写过这种江浙地区老百姓不敢问津的蔬菜。别忘了，小说一开头，就写清楚荣宁两府位于金陵，而林黛玉是扬州盐政林如海家的千金。

后者，则体现出《红楼梦》中的写实风格了，尽管如此，适度的夸张，还是免不了的，如那幅唐代书法家颜鲁公的墨宝，纵使富贵如贾府，也只会珍藏而不做装饰品，这牛吹得就嫌大了一点。曹雪芹是天才，但天才也是人，既然是人，他也会有普通人的感情。自大自炫，自以为是，自作聪明，自行其是，曹雪芹也未必全都能免疫。因此，在《风月宝鉴》到《红楼梦》的改动过程中，秦可卿判词后美人悬梁高楼图说索性不动，以制造模糊，来折磨读者，也是有其可能的。

秦可卿之谜三

　　大概在1923年，俞平伯据判词后面的图说，做出秦可卿之谜的猜想："若明写缢死，自不得不写其因；写其因，不得不暴其丑。而此则非作者所愿。但完全改易事迹致失其真，亦非作者之意。"认为秦系自缢身亡而非病死。1927年，脂砚斋评《石头记》问世，就恰恰有畸笏叟的"命删天香楼"的评语。似乎百年前脂评人之一，这位有点变态（畸）、当过官（笏）的老头（叟），预料俞平伯有此一问，答曰："作者用史笔也。老朽因有魂托凤姐贾家后事二件，的是安富尊荣坐享人不能想得到处。其事虽未行，其言其意则令人悲切感服，姑赦之，因命芹溪删去。"于是，在两千多条脂批中，最吸引人们眼球的，莫过于这条"命删天香楼"了。正好应了鲁迅在谈阮玲玉自杀一文中所说："小市民总爱听人们的丑闻。"遂浮想联翩，铺陈敷衍，不但与公公贾珍乱伦，还与小叔子贾蔷苟且，而终因奸情暴露，在天香楼投缳上吊。正因为这条脂评，美人成为荡女，贤妻成为淫妇，艳色成为陷阱，假象终于拆穿。秦可卿的堕落过程，可耻下场，使胡、俞开创的新红学及其追随者，既满足了窥私欲望，又站在了道德高度；既得到了解谜之快，还想象了A片之黄，足够刺激，也足够兴奋。

　　其实，曹雪芹在第一回谈他创作经历时，为什么要特地说明

187

将《石头记》改名《情僧录》，后又改《风月宝鉴》的过程，然后"披阅十载，增删五次"，这就等于他告诉你，你现在看到的《红楼梦》，有我先前作品的成分。俞平伯，文学大家，他很明白曹雪芹这样做，"不暴其丑"，是《风月宝鉴》中事，不想"完全改易事迹致失其真"，才写成《红楼梦》现在的样子，他的问题，就是答案，还猜想什么？而脂评一下子起到石破天惊的效果，秦可卿功不可没，正是这条"命删天香楼"的桃色新闻，吊足了红学家的胃口。

最为奇怪的，在胡适以前的红学家，如二知道人、王希廉、王梦阮、张新之、邓狂言、毛庆臻、洪秋蕃、姚燮、哈斯宝、诸联、涂瀛、梦痴学人、戚蓼生、舒元炜、解盦居士、景梅九、蔡元培等人，好像都是瞎子、聋子，从未提及"批语很少三句不带别字"（苏雪林语）的脂砚斋。而蹊跷的是，胡适倡"自传说"新红学，俞平伯发表其猜想以后不久，甲戌本就出现在胡适面前，有一种唱双簧的感觉。当时，胡不惜重金购下秘藏，而尤为奇怪的，从此开始，不断有新出现的脂评本，迄今十余部不止。我估计，这种发现还会继续下去，对中国人造假的功力、山寨的本事，我保持谨慎的乐观。

但是，自脂砚斋一出，新考据派、新索隐派，都以脂评为安身立命之本，勾肩搭背，抱团取暖，党同伐异，水火不容。但《红楼梦》却陷入了被割裂被肢解的厄运之中，支离破碎，万劫不复。

秦可卿之谜四

　　大师曹雪芹的《风月宝鉴》肯定是完成品，不然，东鲁孔梅溪不会题写书名。但那是手抄本，非印刷物，估计也只有孔梅溪和书商少数人读过，但未能版行的最大可能是，当时，色情小说市场饱和，书商压价，大师惜售，遂端茶谢客，买卖告吹。后来，曹雪芹另起炉灶，写《红楼梦》，这样，《风月宝鉴》中的主角秦可卿，便进入《红楼梦》成为贾宝玉的梦中情人，成为老太太怜爱有加的重孙媳妇，成为王熙凤持家主事的精神导师，成为贾珍关照过头到不合常理的儿媳，成为两府下人及同宗别支说是道非的对象，还有，她的风流、标致、浪漫、美貌，都有令人起疑的性诱联想。这互相矛盾的不同角色，叠加在这个人物身上，就不能以"复杂性""多面性"来解释了。风流、标致、浪漫、美貌的女性，很难正经，更难道学，也许她内心确实如此，但在别人的眼睛里看出来，准是假正经，假道学。所以，给王熙凤托梦一节，什么祖茔置地，什么学塾注资，从她嘴里说出来，怎么听怎么别扭。这是那个香闺里妆奁饰品之淫靡，设置陈设之奢侈，床榻帐褥之放荡，性色气质之翕张，简直到了毫不遮掩程度的开放女人，所能有的深谋远虑吗？至少贾宝玉梦中的教唆犯警幻仙子，还有一句"今既遇令祖宁荣二公，剖腹深嘱"的托词，因此，人物性格的一贯性、一致性，是不可随意的，智者千虑，必有一失，小小瑕疵，也就不必在意了。

写过小说的人都有这种体会，人物是你刻画出来的，生杀大权操在作家手里，但是，一旦这个人物形成了，站住了，有头有脸而且有脚，那时，你的笔就由他驱使，只能任他走自己的路而无法左右。那个叫作畸笏叟的脂砚斋人，哪里懂得大师从《风月宝鉴》到《红楼梦》，是一个凤凰涅槃浴火重生的过程，竟然没有看出来这个秦可卿是前书中的主角，而在后书中则是次要的角色。至于那句"另设一坛于天香楼上，是九十九位全真道士，打四十九日解冤洗业醮"，此公鼻子颇灵，从这里做开白日梦，其实旧时和尚拜忏、道士打醮，其主旨无非超度亡魂，解冤洗孽，例行公事，只是贾府有钱，贾政烧包，才两台戏并唱。畸笏叟的"命删天香楼"，装腔作势，神乎其神，正是鲁迅所讲"道学家看见淫"的最准确写照。

曹雪芹将秦可卿在《红楼梦》再现，只不过是要她成为贾宝玉的梦中情人，或者，成为贾宝玉性成熟的启蒙人，然后，就有贾宝玉走进她香艳卧室里那些精彩细节。然而，曹雪芹还要她成为王熙凤的闺蜜，知心知音，同声共气，这才能对她进行防灾抗难、未雨绸缪的教育。这就是人物不听作家摆布的范例了，你硬让正面了，但正面得不可信。虽然曹雪芹写她"生得袅娜纤巧，行事又温柔和平，乃重孙媳中第一个得意之人"，但没有任何细节支撑她这份正面人物形象，这样就成了不可解的秦可卿之谜。

红楼第一人之一

　　王熙凤在《红楼梦》里，第一次出场，是通过黛玉的感受。"一语未休，只听后院中有笑声说：'我来迟了，不曾迎接远客。'黛玉思忖道，这些人个个皆是敛声屏气，如此来者是谁，这样放诞无礼？"曹雪芹用环境、气氛、周遭人物的反应，来写凤姐出场。人未至，声先到，当然不是他的专利。问题在于这种刹那间的鸦雀无声，所衬托出的声势，再合适凤姐不过。这就是大师的高明，俗话说，把戏人人会变，只是巧妙不同。其实文无定法，她的出场若是写她抢先迎接黛玉，然后送到贾母这边，机灵有了，马屁也有了，若是写她一直不出面，贾母呼凤辣子而不应，直到就寝时她已妥善安排好等待，伶俐有了，能干也有了，这也是未必不可的。胡适曾经说过："他描写人物，的确是天才本领。"我体会大师之所以用这种出场方式，其落笔用意，还在"放诞无礼"这四个字上。在太虚幻境里，金陵十二钗的册页上，王熙凤的谶词为"一从二令三人木"，三人木，大家都认定了，是她最后被休的结局，二令，智商较低的红学家沿三人木之组合法，定为冷，断定她的性格冷酷无情，这就是让人笑掉大牙的索隐了。一二三，是次序，不参与组合，这点常识都不懂，便是读了《红楼》也枉然的红学家了。除了处置贾瑞、尤二姐，王熙凤的手段，甚至很有无毒不丈夫的杀气，这只能说她被逼到墙角的自卫反击，与性格之冷，根本不是一码子事。

一从的从，在古代，从纵互借，寓其放纵；二令的令，即命令的令，指其权势。正因为她向来不约束自己，自行其是；正因为她一直主持家务，令出必行，贪赃枉法的事，她敢做，借刀杀人的事，她敢干，放贷揽息的事，她敢为，责怪埋怨的事，她敢当，所以，这个大家庭里，好事赖事、大事小事，都离不开她，处处有她，处处显她，她成为实至名归的红楼第一人，再正常不过。

曹雪芹写作最值得后人借鉴的，长篇小说必须要有大场面，必须敢写大场面，只有将镜头远推近拉地表现大场面，广角立体地鸟瞰大场面，人物，当然是主要人物，才能突显出来。看《三国演义》官渡之战的曹操、赤壁之战的诸葛亮，然后，再看《红楼梦》"王熙凤协理宁国府"一回里的这位美丽少妇，曹雪芹将这个人物最光鲜、最精彩、最能干、最泼辣的一面，完全充分地呈现在你面前。这部小说的主角，当然是宝玉、黛玉、宝钗三角，但给你留下最深刻印象者，非凤姐莫属。

有几位老名士偶尔茶聚，出了一个题目，若要你选一位红楼女性为妻，选谁？结果，答案出来，得票多者，为薛宝钗、花袭人，而王熙凤和林黛玉则无人问津，理由是前者不敢娶，后者娶不起。所以，一个太强势的女人，她的逼人气场，是足以令男士望而却步的。也正是因为这种吃不着而眼馋、很想吃而不敢的羡慕嫉妒恨，红楼第一人从一从二令，走到三人木的地步，也是一种必然。

红楼第一人之二

　　王熙凤谶词的下句，"哭向金陵事更哀"，高鹗续作四十回的凤姐结局，似乎不甚吻合。既然哭向金陵，说明贾琏休她时，她应该还活着的。我能够理解高鹗，长篇小说写到结尾处，有始有终，是最起码的规矩。曹雪芹创造出来的那么多人物，必须在他高鹗笔下死去，让他忙得顾不过来，个别人物有些急就章，应该原谅。如果高鹗写贾琏休王熙凤，而旧时休妻手续有经官和私了两种，她犯了七出的哪一条，非一句两句能说得清楚，至少要费两三千字口舌，再说，她还有口气，平儿扶正，主奴易位，戏剧性是有的，但考虑到那个辉煌过来的王熙凤，考虑到那个虽然张扬，虽然跋扈，然而本质上并非坏女人的凤姐儿，恐怕非常难写，尺度不好把握。有些清高作家标榜过，他们写作从来不考虑读者，但大多数作家写作时，还是要考虑读者的感受。若高鹗果真如此写，他自己也于心不忍。再说，小说接近收尾，也不宜另生枝节。反正抄家时财产充公，债券没收，她受打击太大，已经一病不起，就安排她病死吧！

　　这一点，让我们领教到高鹗续书时的精神自由：我会延续你的人物故事，不会完全沿袭你的情节安排；我会保持你的整体风格，不会原封不动而不融入我的认知因素。只有前面的"会"，而无后面的"不会"，充其量只能是个写匠；既有"会"，更有

"不会"，那才是作家，尤其在"会"的限制下做文章，则是更为出色的作家了。

那些邯郸学步的续作者，之所以败下阵来，成为笑柄，都因为他们不但谈不上"会"，更没有胆子试着"不会"，最后只能如那位燕国公子爬着走，而爬，爬死了又能爬得多远？只有高鹗，接过曹雪芹的棒，以自己的方式，跑到终点。因为地球人都知道，作品是不可续的，名作尤其不可续。这也是维纳斯的断臂、舒伯特的未完成交响曲，至今无人敢于染指的原因。

所以，那些想以续作《红楼梦》沽名钓誉者，无一不以失败告终，只有高鹗的四十回续作，虽然脂本"红学家"恨不能将他碎尸万段，多少年前甚至拍过电视剧，非要把贾宝玉塞进狱神庙，但老百姓不认可、不买账，造反声鼎沸，再拍电影，只好又回到高鹗续本当和尚的结局上来，以平民愤，脂本"红学家"只好保持着难堪的沉默。

高鹗的王熙凤结局，并不违背原作者盛极必衰的大旨。评价高鹗续作，一看主流，二看大节。主流，指对原作精神的把握是否准确。大节，指对原作故事的延续是否恰当。只要做到以上两点，至于局部的改动、细处的增删、个别的悖谬、微小的误差，都应该以大度宽容之心，念其难能可贵的努力，来看待高续的后四十回，这才是最佳之道。司马迁作《史记》未竟，不知去向，后来有一位叫褚少孙的博士补写了一点，夹在其间，标以"褚先生曰"。至今未闻有人异议，仍旧保留在书里，不也天下太平吗？

红楼第一人之三

有仔细的读者发现，王熙凤从来对宝钗称薛姑娘，而对黛玉则称林丫头，前者敬重而保持距离，后者亲昵则贴近无间。自然，这中间，有她的势利，因为黛玉是贾母的外孙女，而宝钗则是王夫人的外甥女，在贾母和王夫人之间，她固然洞悉王夫人之阴狠，但失去贾母对她的支持和保护，她在贾府当家主事，必然寸步难行。后四十回，红学家总以高鹗将王熙凤写得如此不堪为败笔，其实她之所以无作为、不作为，就因为她的后台贾母倒了。最明显的例子，莫过鸳鸯埋怨她处理贾母丧事不力，这正是高鹗对这班红学家提示，先生们，从现在开始，王熙凤不再是当年那个一从二令而不可一世的凤姐了。再则，她是什么人？第一，江湖；第二，江湖；第三，还是江湖。她愿意一个可爱而并不精明的林丫头做她的弟妹呢，还是接受一个温柔而城府很深的薛姑娘做贾宝玉的妻子？在这个世界上，所有拥有权力的人，都会将其明显的、潜在的敌手，打压到不致威胁自己地位的地步，这才能睡得着觉。所以，她对薛宝钗在心底里存在适当距离，表面上保持外交礼貌。第二十二回，贾母要给宝钗做生日，王熙凤特别积极，不是她对宝钗特意示好，而这天正好也是贾母生日。

薛宝钗随家来奔贾府，是林黛玉到贾府不久，显然，这是能量不可低估的王夫人的操作，所以，我们看到林黛玉来时王熙凤的兴奋，而无王熙凤初见薛宝钗的场景。王熙凤何等人物，她能看不到自从贾雨村"葫芦僧乱判葫芦案"后，薛姨妈家的官司危机已经化解，根本用不着举家北迁？皇商本是国家采购局，离开经济发达的江南，如鱼失水，薛蟠这才抵制。她明白王夫人已经看到老太太基本定下来她儿子的儿子，娶她女儿的女儿这样一个框架，这才将薛宝钗弄来，不是备胎，而是针锋相对的劲敌。

王熙凤当然站在老太太和林丫头一边，而且在"金玉良缘"大造舆论的时候，她公然说黛玉：你既喝了我家的茶，怎能不成我家的媳妇？最有趣的，在场的宝钗马上跳出来消毒：二嫂子说的是玩笑，大家别当真。后来，茹斋念佛的王夫人，半点不肯安生，说服了元春，得到了支持。元春也不敢造次，只是在礼品等级上做了一点暗示，王熙凤可以不在乎王夫人，却不敢怠慢贾元春，甚至让宝钗参加管理家务的三驾马车，提前进入角色。

最后，老太太变了卦，凤姐也随之转变立场了。设调包计，出卖黛玉，逼傻宝玉，她一点也不觉得亏心地干得很起劲。什么叫江湖，就是无所谓节操地拉帮结伙，去他妈原则地钩心斗角，保全自己第一，至于他人死活决不放在心上。

这就是红楼第一人的王熙凤。

天下第一老太之一

曹雪芹不可能研究人类发展史中，是经历过漫长的母系社会阶段的；他也不可能研究过什么"普那路亚婚"（虽然贾珍、贾琏两弟兄和尤氏两姐妹的关系多少有点近似），以及什么"劫掠婚"（来旺儿媳妇硬为她那喝酒赌钱的儿子娶了彩霞，倒有点像这种婚姻形式的残余）。恩格斯著作他那部《家庭、私有制和国家的起源》时，没有看到《红楼梦》的译本，否则，他也许会援引这样例子的。然而，在曹雪芹的智慧密码中，肯定存储有从旧石器时代晚期到新石器时代，以婚姻和血缘关系结成的社会单位，也就是母系氏族中，那至高无上的、不可逾越的女家长的影子。这样的至尊的女性权威，不但是实际上进行统治的首脑，也是维系家族团结的象征，更是护卫家族传统的精神领袖，贾母清虚观打醮，张道士说贾宝玉长得和他爷爷一个稿子，就是说，当家长的还要始终保证家族血统的纯洁，才能成为众望所归的、起着举足轻重作用的核心人物。

尽管进入父系社会以后，母权大大削弱，尤其在中国，在数千年的封建社会里，从孔夫子"唯女子与小人难养也"开始，到程朱理学"饿死事小，失节事大"，女人便跌入被压迫的深渊。所以，中国只出了一个女皇帝，那就是武则天，算是给中国的女权主义者出了一口恶气。但最后，武则天终归还是摆脱不了妇人

197

之见，是以李治的老婆，并不是以周皇帝的名义进入乾陵，终于把江山社稷交给姓李的夫家，而未交给姓武的，这颇能说明特别张扬男权主义的中国国情。因此，其余的那些坐在宝塔顶端的女人，例如慈禧太后，无论怎样赫赫扬扬、不可一世，老佛爷也只是垂帘听政，而绝不敢坐在九五之尊的宝座上。这和西方历史上有那么多的女皇、女王、女公爵、女郡主，是不太相同的。

在构成社会细胞的家庭格局里，一是由于男性平均寿命要低于女性，这是全球性的现象；二是由于在中国家庭观念特别浓重，因此，作为未亡人的老太太，最终，多年的媳妇熬成了婆，登上或名副其实，或徒有虚名，或只不过是一个牌位的傀儡，或竟是碍全家人的眼，咒之曰老不死的家长地位。受尊敬也好，不受尊敬也好，表面上受尊敬，背后却极不受尊敬也好，但摆在那个位置上，她是家长，她是老祖宗，谁也不能僭越。我想，这种原始母系社会里的家长崇拜心理，人类发展的重要阶段，不可能不在中国的漫长历史和如此众多人口的社会生活中反映出来，哪怕是些微的、变换了形式和内容的，也应该有所表现。

凡家长者，若不想被子孙诟骂，还真得要像贾母这样通情达理才行。

天下第一老太之二

冷子兴演说，每一位寥寥数语的评价，生动传神。但对贾母，不置一字褒贬。到了贾宝玉名下，才对老太太略有微词。"雨村笑道：'果然奇异！只怕这人的来历不小。'子兴冷笑道：'万人都这样说，因而他祖母爱如珍宝。'"别看那位古董商"冷笑"，其实他笑得不对，老太太不完全是偏心眼，她爱宝玉的前提是"万人都这样说"。拿今天的话说，宝玉被看好，是有群众基础的。同是贾政的儿子，她为什么没把环三这个不上台盘的东西放在眼里？我想，并不因为他是庶出，探春也是赵姨娘所生，老太太不照样一视同仁地疼爱？贾母之所以这样不待见环三爷，恐怕是和这小子太不得人心、太臭、太粪有关。这就是老太太会当家长的高明之处，择善而从，决不存心逆着大伙去选家庭的接班人，偏去抬举不长进的种子，落个天怒人怨的结果。

生活里就难免这种故意的别扭，分明人人都不以为然的臭大粪、下三烂之流，他非要器重之、宝贝之，除了落一个"王八看绿豆"的嘲谑之外，焉有他哉？

同样，贾母对待凤姐，并不比宝玉差，为什么冷子兴倒不说嘴呢？第一，不是老太太提拔的，起用孙媳妇当家是荣国府两股政治力量平衡的结果。这个王熙凤既是长房邢夫人的儿媳，又是二房王夫人的亲侄女，除了她，能成为两种势力的结合点外，别人是扮演不了这个角色的。第二，别忘了她的家族背景，她娘家那位京营节度使王子腾可不是一般人，有谁敢不买这位首都卫戍司令官的账？贾雨村了了薛蟠的案子后，赶紧修书报告这位司令，可知其势力之大和气焰之盛了。第三，在贾府中，不能不承认凤姐是拔尖的能干人，冷子兴说："上下无一人不称颂"，或许言过其实。但她是"男人万不及一的"女强人，却是没说错的。

所以，贾母作为家长，高明之处就在于用人不疑，疑人不用，绝对支持这位王熙凤当家。不像历史上的那些皇帝，对储君废废立立，对接班人举棋不定，弄得家无安时，国无宁日。有一回，贾琏和鲍二家的偷鸡摸狗，居然敢跟凤姐来劲。小两口吵架，岂不是家常便饭？老太太却大张旗鼓，一点不含糊地让琏二赔礼道歉。给凤姐挣足了面子，是表层目的，更深的意思，是要让众人明白她旗帜鲜明的态度。她也是从做儿媳妇到如今的，她当然知道治理这样一个千头万绪的大家庭，没有领导权威是不灵的。所以，她第一支持，第二放手，第三，不遗余力地保护。

《西厢记》里那位崔相国夫人，一会儿答应张君瑞，兵退以后，将莺莺嫁给他；一会儿又后悔了，要他们兄妹相称，出尔反尔，打算赖账。自己的女儿有了私情，却去拷打红娘；被那个小丫鬟三言两语驳了以后，反过来又求教于她。里出外进，搞乱了人心，搅黄了爱情，折腾半天，挡不住张君瑞拐走了她的宝贝女儿。

老太太要会当，当不好就难免被骂作"糊涂油蒙了心"的老混账了。

天下第一老太之三

　　贾母的政策很清楚，"居移气，养移体"，她是"乐得都不管，说说笑笑，养身子罢了"。所以她除了吃酒、摸牌、看戏，和孙男弟女一起，享受天伦之乐外，一般的应酬也都免了。不过，贾母确是会当家长，该讲是一定要讲的，该管的一定要管的。后来，她不也说林黛玉若是有了那种私情，她就算白疼她一场了吗？但应该说，她并不坚持搞"水至清则无鱼"那种壁垒森严的极端做法。譬如那次晚会上私订终身的戏曲书文，她说："所以我们从不许说这些书，连丫头们也不懂这些话。这几年我老了，他们姐儿们住的远，我偶然闷了，说几句听听，他们一来，就忙着止住了。"虽然有对她身边的年轻小姐们进行防范性教育的意思，但老太太说她的，在场的那些姑娘、丫鬟，谁都不曾走开，宁受污染也照听不误。管，是要管的，但不一管就死；放，也是要放的，但不能一放就乱，老太太很懂一点辩证法。甚至，贾琏和鲍二家事发以后，她老人家当着好多人，网开一面地说："什么要紧的事？小孩子们年轻，馋嘴猫儿似的，那里保得住呢？从小儿人人都打这么过。"对贾琏不抓辫子，不打棍子，既往不咎；对凤姐，给够面子，出足风头，弭平纠纷，于是天下太平。因此，无妨想象，傻大姐拾到的那只绣春囊，落在贾母手里，她未必会像邢夫人、王夫人那样，大惊小怪地抄检大观园，弄得天怒人怨。按她"人人都打这么过"的逻辑，或许不至于兴师动众如此小题大做的。

所以，林黛玉敢在她老人家面前，用《牡丹亭》和《西厢记》中的词句，来行酒令，这实在有点犯忌。薛宝钗拿眼睛瞟她，过后还盘问她，其实彼此彼此，宝姐姐也并不那么本分的。这些，贾母未必不知道，不懂得，她可一点也不糊涂。不过，时代潮流想挡也挡不住的。当家长，有时也需要睁一只眼，闭一只眼的，绝对的防范果真奏效吗？只要不离大格也就可以了。因此，她能和青年人在--起，得到其乐融融的身心愉快，而那位道学先生贾政，对不起，只好一天到晚坐在书房里，不顺心，不遂意，面对着让他无论如何也振作不起来的局面，闷闷不乐。

由此可知，所谓"享福人福深还祷福"，她不光是只享清福。身为家长的老太太，她还天生必然要去维护她那个阶级，她那个社会的道德观念。拿今天的话来说，她是要管一管意识形态方面的事情的。当然，表率是一回事，干预又是一回事。她自己说过，她年轻的时候，比凤姐还来得的。"像他姐妹们这么大年纪，同着几个人，天天玩去"，她鬓角上的坑儿，说明她年轻时也并非十分循规蹈矩。一个聪明的领导人，不必事必躬亲，亲力亲行，只要纲举目张，抓住大节就足可以了。诸葛亮一辈子悟不开，就吃了这个事无巨细都要过问的亏，最后只有鞠躬尽瘁，死而后已。

天下第一老太之四

　　张道士说贾宝玉长得和他爷爷一个稿子，说明他年事很高，亲眼看到这个贵族之家的演变过程。按照"君子之泽，五世而斩"的规律，水旁辈贾演、贾源为创业一代，立人辈贾代善、贾代化为守成一代，那么，第三代反文辈倘无中兴的力气，贾敬、贾赦、贾政则必是庸碌一代，沿这样的种族基因下来，玉旁辈的贾珍、贾琏、贾宝玉，必将是堕落的一代，而接下来的草头辈的贾蓉、贾蔷，恐怕难逃垮掉一代的命运。这是中国封建王朝周期率的"铁律"，一个世代，五十年计，历代王朝，一世为祖，二世为宗，三代四代若能有中兴续力之君、重振雄风之主，这一朝大概能维持二百年到接近三百年的光景，这就是两汉、唐、明、清的大朝代，如果像贾府这样，第三代就开始烂掉的话，那就是少则三五十年，多则百十来年的南朝宋、齐、梁、陈小朝代了。在这个世界上，不光神州赤县，域外诸多帝国，也难悖这三百年大限的"铁律"。贾母从嫁到贾家，为贾代善妻，做重孙媳妇起，到如今有了重孙媳妇，她要比张道士更深切地感受到，这个显赫百年的家族一代不如一代地衰弱下去。

　　环顾左右，贾府的男性公民，有谁是她认为能挑得起这份担子的人呢？贾政无能，贾珠夭折，老太太把唯一的希望，寄托在贾宝玉身上，保护他的成长，并给他一个满意的婚姻，也是她对列祖列宗的一个交代了。所以，在贾宝玉挨打时，她对贾政发火时说"谁让我没生得一个好儿子"，话里有话。她要来清虚观打醮，除了她好热闹的禀性外，也有她为这个家族前程祈福的内心动机。

以凤姐的贪婪之心、毒辣之手，其未必是贾母理想的接班人选，但老人家也不愿意那个一心想取而代之，恨不能她马上归天的王夫人，全面颠覆她的权威。老太太厉害之处，是她的历练，用凤姐来逼王夫人自动逊位让贤，凤姐虽不理想，但能堵住王夫人的嘴。王夫人智商不高，怎么能拒绝亲侄女呢？说不定内心窃喜，但王熙凤是什么角色，马上紧跟老太太，"不和婆婆、姑妈一伙，只知道贾母"。特别在宝玉娶黛玉还是娶宝钗的分歧上，力挺苏州小姐，反对南京姑娘，被老太太视为同道，也让王夫人恨得牙痒。

王夫人认为自己是宝玉的母亲，对儿子婚姻有话语权，可她哪里知道老太太是从家族兴替角度，为这个唯一可以期待、最后值得指望的男丁择偶，当然应该她说了算。溺爱，只是你们看到的表面现象；大局，才是我老祖宗的存亡考虑。所以才有凤姐当着宝钗，放出空气：你黛玉吃了我家的茶，为什么不做我家媳妇？贾母打醮时，当着王夫人、薛姨妈、宝钗，对张道士提亲一事表示拒绝：这孩子命里不该早娶，等再大一些再定吧！

可是，等再大一些，是多久呢？你能等得起吗？智者千虑，必有一失，老而成精，精不过老天，老太太一闭眼，后代就悲剧了。

天下第一老太之五

感谢大师，他推出来一个了不得的史老太君！伟大的作家，在他的不朽创造中，有些是属于自觉的，有些连作家本人也叹为鬼斧神工之笔的章节，倒可能是人类的发展、社会的进化所形成的智慧密码，在作家脑海中的爆裂。能够触发灵感刹那间的升腾，毫无疑义，还是作家所面对的现实世界，起到火媒般的引爆作用。否则，很难理解莎士比亚的戏剧、莫扎特的音乐、普希金的诗歌，也包括曹雪芹的《红楼梦》，成为世界文化瑰宝的原因了。"天才"二字，恐怕就是这样来的。

《红楼梦》中这位老太太，便弥补了人类进化史上的一页空白，这就是伟大的曹雪芹的不朽贡献。他刻画出一位活得多么滋润、多么自在的老太太啊！老而通达，老而随和，老而圆熟，老而与后人有共同心声，那才是老人快乐的根源。榜样的力量，即在于此。

你能说得出托尔斯泰《战争与和平》里哪位老年妇女的姓名吗？你能讲出来莎士比亚剧本中老年妇女的某个角色吗？《红楼梦》这部杰作里面，那位老祖宗贾母，恐怕是古今中外的文学作品中，刻画得最为成功的一个老太太的人物形象了。

贾母是个该管必管、不该管绝对放手的出色统治者，是个既无为而治，又坚持原则的高明政治家，同时还是个能享福，能享受，带领大家一起享乐的慈祥家长，似乎可以相信，如果把大清王朝交给她，会比慈禧太后的垂帘听政，不知要强多少倍。

从文学价值上衡量，贾母作为一个栩栩如生的人物，应该说是一个无与伦比的精彩形象；从社会意义上看，曹雪芹塑造的这位老太太，也为世人提供了一个"样板"女家长的范例。要当好一家之长、一族之长、一地之长、一国之长，一个特别具有权势的，也是最年长的统治者，贾母是一个无与伦比的精彩榜样。

《红楼梦》里的贾母，她的权威，比不上武则天显赫霸道，她的声势，比不上慈禧不可一世，她只是一位真正意义上的大家长。上述两个政界女人，杀过很多人，作过许多恶，树过许多敌，留下许多孽。负面大于正面，否定多于肯定，而史老太君，简直挑不出一点不是，因为她的人生哲学是得享福且享福，得不管且不管，要比那两位至高无上的老太太快活舒服得多，备受尊崇得多。中国封建王朝中的老人统治，最后总是顽固迁执、折腾不已、倒行逆施、走向反面，最后以失败告终。但贾府这位最高领导人，却是个例外哦！

好多老家长想不开这一点，活着被人憎恶，死后被人诅咒，真是何苦来呵！而且，越老越不安生，越离死亡近，也越恨那些死在他后边的人，于是，也就越发颠倒是非，不分黑白，咒诅所有的新生事物，反对一切后来居上的年轻人，最后，成为一个精神上的老绝户。所以，这班人死也不会解悟的，你千万别指望，甚至他们咽了这口气，放在太平间里，那股尸臭，也是要熏得你掩鼻而过，那又有什么法子呢？

天下第一老太之六

　　曹雪芹未能写到贾母的结局，这很遗憾。所有研究《红楼梦》的人，对书中人物命运都推测遍了，独无贾母的。由此可见高鹗为这个人物的最后一笔，大概是写得很成功的。很多红学家都不怎么叫好兰墅先生，认为他的续作颇不合原书之意。其实我觉得脂评《石头记》渐被湮没的命运，已经告诉我们，要不是高鹗的劳动，恐怕连曹雪芹的名字至今也不会为人所知。何况他能保持悲剧格局到底，在那样一个只有大团圆的创作模式才被社会接受的气氛里，不也是相当难得的勇气吗？在语言的功力上，文字的纯美上，女性描画的娴熟上，诗词歌赋的运用上，前八十回和后四十回，存在细微的差别。有研究者认为，高的续作中，有很多曹雪芹因素，这就是脂砚斋的拥趸者自作多情的"马太效应"了。其实我更相信高着手续书时，对从江宁织造曹寅的辉煌起，到黄叶村曹雪芹的衰微止，其家族变迁史，是全面掌握并了然于胸的。如果曹雪芹有可能写完这部书，也许未必会触及他不止一次被抄的童年记忆，因为，抄家不仅是痛苦，更是他们家族的政治忌讳和敏感话题。但高鹗以他那毫无瑕疵的讲故事能力，在"锦衣军查抄宁国府"这一回中，敢于毫无顾忌地写到这场家族的没顶之灾，写到在天大的灾难降临时，这位大家长那种由慌乱到镇静，终于稳定全局的当家主事的形象，使我们看到享了一辈子福的老太太的另一面。

她说："你们别打量我是享得富贵受不得贫穷的人哪！""你还不知，只打量我知道穷了，就着急的要死。"这一番话，说不上处事不惊、临危不乱，但比起贾政怨天尤人，凤姐昏死过去，其他人都没了方寸乱了营，要强得多多。而且能够根据新的情况，迅速改变大政方针："如今借此正好收敛，守住这个门头儿，不然，叫人笑话。"这不说明老太太是很有谋略的吗？

虽然锦衣军刚冲进来的时候，作为老家长的她，"吓得涕泪交流，连话也说不出来"，上了年岁，承受不住如此打击，情有可原。但苏醒过来，第一句话便是："见你们倘或受罪，叫我心里过的去吗？"体现了她对她护庇下的儿孙的爱。接着，祷告上苍，承当罪责，并不像有些人把错往别人头上推。然后，便是"散余资贾母明大义"了。那份公平和周到，如此明断分析，使众人感到："老太太实在真真是理家的人！"

尤其她劝慰凤姐的那句话："就是你的东西被人拿去，这也算不了什么呀！"言辞倒很平淡，但颇能表达出老太太豁达的、大度的、不拘小节的，甚至还可说是高瞻远瞩的性格。于是，一个活生生的老太太的形象，便千古留存下来，而且具有永远的现实意义。真的，《红楼梦》的诸多人物中，口碑最好的，大概要数贾母了。即使她那样会享受，好像也都不以为意，这不光出于中国人对于家长的尊敬心理，主要还是这位老太太的言行确实不愧为一家之长。

天下第一老太之七

　　老太太的宗旨，虽是颐养天年，但不等于她什么都不过问，都不管了。我们看到，她这一家之长，对于维系这个家族的道统，特别是继承接班问题上，是寸步不让的。在《红楼梦》整本书里，唯有贾母是一副圣诞老人式的温和慈祥的面容，围绕着她，永远是一股节日般的欢声笑语的气氛。老太太只发过一次脾气，一次大脾气，是因为贾政下死手揍他儿子宝玉引起的。贾母钟爱她的宝贝孙子，一个最重要的原因，可以从清虚观的张道士的那一席话听出来："我看见哥儿的这个形容身段，言谈举动，怎么就和当日国公爷一个稿子！"

　　关键就在"一个稿子"上，拿今天的话说，就是宝二爷简直就是当日国公爷的"克隆"。道士"说着，两眼酸酸的。贾母听了，也由不得有些戚惨"，下面，贾母道出了她的内心情结，她说道："正是呢！我养了这些儿子、孙子，也没一个像他爷爷的，就只这玉儿还像他爷爷。"

　　所以，老太太爱宝玉，是因为把他作为贾府非同小可的传人来对待的。第一百零七回里说了，"贾母素来不大喜欢贾赦，那边东府贾珍究竟隔了一层"。虽然如此，老太太也不采取打击一大片，抬高一小撮的"文革"做法。最后她"散余资""明大义"的时候，每家三千两银子，相当公平的，这就是她会当家长之

209

处。因此，对那位实在没有能耐的贾政，拿不出别的教育儿子的方法，竟用毒打来宣泄他的心头之恨，老太太可是真火了。

她说得很清楚："儿子不好，原是要管的。"她护宝玉是真，她不反对他严加管教也是真，这点老太太绝对明白事理。但"不该打到这个分儿"，这岂不是太不像话，太过分了吗？宝玉可是贾门唯一"克隆"了他爷爷的传人啊！她问："你不出去，还在这里干什么？难道于心不足，还要眼看着他死了才算吗？"

打，不行；打死，则更不行。涉及接班人的生命安危，她才必须当真的。

因而，凡宝玉生病、烫伤、通灵玉丢失，无不马上有老太太出场。甚至，贾宝玉最后与薛宝钗成亲，被她认可，不能说她是万分情愿的。她后来也后悔过，她把林丫头害了。回过头去，再看从林黛玉到贾府后，老太太的一系列安排，分明是要实现她的打算，使她儿子的儿子，和她女儿的女儿，结为夫妻的。为什么她终于同意王熙凤的调包计呢？绝不是她糊涂，或是她受制于三个姓王的女人（王夫人、薛姨妈、王熙凤），她要否决的话，谁也无可奈何的。但是她作为家长，高屋建瓴，从大局出发，为种族的繁衍计，她就不得不宁要身体健康的薛宝钗，而舍弃她的病病恹恹的外孙女了。她当然知道他们相爱，她说过，他们是一对冤家，如果说她是在鼓励怂恿他们发展爱情，大概不错。可为了贾家的千秋大业，她义无反顾地抛弃自己的亲情，牺牲年轻人的爱情，这家长你可以不赞成，但却不能不佩服。

《红楼梦》里的贾母，确实不同凡响了。

探春的致命伤之一

　　大观园里的探春，上得台面，老太妃来做客，史老太君指令她出面接待；识得大体，王夫人因贾赦欲讨鸳鸯被老太太责怪时，她能站出来辩护；做得大事，当她临时掌管家务时，敢对大观园里花草虫鱼，实行股份承包；最得人气，在大观园的文学圈子里，她称得上是海棠诗社的发起者、组织者。在贾府元、迎、探、惜四位小姐中，除去进宫的元春，她最出色。所以，在荣宁两府中，她是个有文才、有抱负、有识见、有工作能力、有良好口碑的姑娘。"寿怡红群芳开夜宴"，她抽的签，也显示出她与众不同的个人风格。"众人看时，上面是一朵杏花，那红字写着'瑶池仙品'四字，诗云'日边红杏倚云栽'，注云：'得此签者，必得贵婿，大家须恭贺一杯，再同饮一杯。'"因此，这位长得虽然不如薛林，但比迎春、惜春要出色得多的三小姐，应该是个毫无疑义的强者。

　　但遗憾的，她是个不全面的强者，她的软肋，是其生母赵姨娘，而赵姨娘，是贾政的妾。在封建社会里，妾生的子女，其身份要比正室生的子女低。尽管，没有一个人敢当她的面，指出她的这块心病。因为，她实在太完美了，完美得无可指摘，人们不忍心触痛她的伤口。然而，所有的人回避这个敏感话题，不等于这个事实不存在。不明说，不点出来，不指着鼻子羞辱她，不等

211

于她不自惭形秽。

她第一次出场，曹雪芹写道："削肩细腰，长挑身材，鹅蛋脸儿，俊眼修眉，顾盼神飞，文彩精华，见之忘俗。"在她身上没有软软的女人味，而她言行却很有慷慨的丈夫气。王昆仑的《红楼梦人物论》，曾就探春这个人物，追索作者的创作动机："我们在全部《红楼梦》中实在不容易找出一两个堂堂正正实际有作为的人来。作者一生所见周围的人物，男的多半是糊涂虫，女的多半是可怜虫，结局都是同归于没落。他对于男子几乎是一概鄙弃……对于女子就一概予以深厚的悲悯之情，所谓'千红一窟'（哭）'万艳同杯'（悲）。作者虽然对于这家庭之往日光荣非常眷恋，又实在找不出一个能挽回颓运的英雄；在无可奈何的苦闷中，在女子队里写出一个有政治风度的探春小姐，不过是想稍稍补偿自己心上的缺憾于万一罢了。"

在封建社会里，小老婆生的，如美国作家霍桑的小说《红字》那样，耻辱标志，是终其一生也休想抹杀得掉的。她在这样沉重的时代枷锁压迫下，实际是不可能做一个"挽回颓运的英雄"，她的所作所为，不过是那沉沦时代里的一个有头脑的女孩，那可怜的挣扎罢了。假设她和宝玉一母所生，她很可能是女中宝玉，既然什么都迎刃而解的话，她无须去做这些。唯其她与贾环一母所生，她若不想做那个候补的纨绔子弟，必须要做强者，做一个任谁都说不出一个不字的强者，才能生存下去。这种抗争的实质，只是作者借这个人物，对那个等级社会的揭示而已。

探春的致命伤之二

探春这种庶出的致命伤，那是封建社会才有的歧视了。然而，种族歧视、阶级歧视、身份歧视、政治歧视，以及与生俱来的原罪感，所造成的贵贱之别、高低之别、正册另册之别、世袭罔替草根阶层之别，遂成为人类的桎梏，成为社会的病态，成为统治者控制子民的权术手段，成为人与人相互鱼肉的事端、把柄、口实、由头。凡作用于心灵的歧视，那是最可怕的。可对帝王来说，却是不费国帑的最有效统治方式。因此，歧视，很类似孙悟空的紧箍咒，这个可以并列于火药、造纸术、指南针、印刷术，为中国的第五大发明，是历朝历代的帝王用来对付知识分子的杀手锏。

在统治者的眼里，良民是用不着对付的：叫他站着，他不躺着；叫他躺着，他不站着；叫他向西他不东，叫他向东他不西；叫他向左他不右，叫他向右他不左，所以，又称之为顺民。而刁民，通常分两类，一类是犯上作乱，"豁出一身剐，敢把皇帝拉下马"的全刁民，那自然就诉之以格杀勿论的强硬手段。另一类，有头脑，有思想，有文化，有知识，凡事好问一个为什么的半刁民，让他站着，他可能躺下，让他躺下，他可能站着，这就比较麻烦。也许，半刁民在总人口的比例中，不一定占多数，影响力却不可低估，忽然齐刷刷都站起来，或者，忽然哗啦啦都躺下去，很有可能发生统治危机。于是，紧箍咒，便成为中国数千年统治者乐此不疲的老把戏，屡试不爽而且每试每灵的政治魔法。

所以，历代帝王对这种投入少产出高的专政手段，很感兴趣，尤其适用于收拾那些脑袋不怎么好剃的文人。因为，禁闭需要管饭，坐牢需要牢房，杀头需要磨刀，枪毙需要子弹；只有紧箍咒，省钱省事，工本低廉，费力不多，收效良好，所以，统治者通常乐于使用。在西方世界里，他们的神话故事也好，文艺作品也好，几乎找不到类似《西游记》里，令"俺老孙"服服帖帖的"紧箍咒"这样的高招。也许西塞罗《图斯库卢姆谈话录》里的"达摩克利斯之剑"，稍稍可以与之相比。但那是有形的剑，这是无形的圈，就看探春一辈子的遭遇，便可知道西洋的利器阻吓，哪及中国的精神震慑，更具有点中死穴的效果。姜，还是老的辣，这话不假。

制造差别，分出优劣，抓住弱点，万劫不复，歧视有理，压迫正当，人未出生，贵贱已定，这是历代统治者分而治之的驭民术，也是老百姓和老百姓互相恶斗的催化剂。因此，庶出，就成为探春的终生之痛。这种小老婆生的卑贱，这种出娘胎就矮半截的低下，是她心灵深处永远起到侵蚀作用的毒药。

每读《红楼梦》，每读探春，我特别能理解她："我但凡是个男人，可以出得去，我早走了，立一番事业，那时自有一番道理。"她之所以要出去，就是要摆脱这个因为庶出而受到精神压力的环境，到一个无人对她能念紧箍咒的地方。然而，她能找到这块净土吗？

探春的致命伤之三

在《红楼梦》的全部女性中，探春应该是活得最累的一位。因为，强者最忌讳、最痛苦、最维护的，便是自身那些不能医救、无法克服的弱点和短处，这里，也是最容易受伤的地方。谁要是碰到她痛处，提醒她痛处，谁要涉及她的生母赵姨娘，她就按捺不住，她就歇斯底里，她就不能自制，甚至置最起码的亲情于不顾。"他（指其生母赵姨娘）那想头自然是有的，不过是那阴微鄙贱的见识。他只管这样想，我只管认得老爷太太两个人，别人我一概不管，就是兄弟姐妹跟前，谁就和我好，我和谁好，别的我也不知道。论理我也不该说他，但他也太昏聩糊涂了。"我不知道探春说出这番话时，有没有人伦道义上的良心谴责，也太寡毒了吧！

有一次，赵姨娘之弟赵国基死，时值探春受王夫人之托，与李纨、薛宝钗共同代理病了的凤姐，管理家务。赵姨娘对于探春秉公处理，不能例外开恩多给一些丧葬抚恤金，哭哭啼啼宣泄做母亲的对自己亲生女儿的不满。并且口口声声地说"你舅舅"如何如何。这种雪上加霜的刺激，使得探春小姐勃然大怒，断然否认她与赵国基的舅甥关系："谁是我舅舅？我舅舅早升了九省的检点了！那里又跑出一个舅舅来？"

也许我们不该苛责这位万般无奈的小姐，但这种势利抉择，这种事大心态，很难与其一贯的政治风度、精神境界、磊落心胸、文化素养联系起来。显然，这位小姐整个心灵，被妾生情结桎梏住了，一生也摆脱不了，只要碰上这个痛处，她马上表现出神经质的反应。看来她头脑清醒，但有时顿失理智。

与她同母生的贾环，就没有她的这种自寻的不自在，那小子游来荡去，快乐得很，活得有滋有味，玩得轻松自在，从来不因为庶出的身份，弄得自己不开心。他之所以没有探春活得这样累：第一，他受益于自己的麻木，不像他姐姐那样奇特地过敏；第二，他不是一个强者，他也一直不想当强者，他很安于他的这份小快乐、小愉悦；第三，最重要的，他还应该感谢他的没有文化，因为没有文化，也就无所谓思想，没有思想，也就无所谓痛苦。探春与贾环身份相同，环境类似，甚至连基因染色体都差不多，为什么探春感觉到的那种钳制于无形、羞辱于无声、胁迫于精神、苦痛于内心的歧视，在她弟弟脑海里并不存在？道理很简单，她读了太多太多的书，而那是一个从来不读书的无知顽童。你对这个世界了解得越深，你心灵的负担也越重。

最后，她远嫁了，这是属于她的谶词："一帆风雨路三千，把骨肉家园齐来抛闪。恐哭损残年，告爹娘，休把儿悬念；自古穷通皆有定，离合岂无缘？从今分两地，各自保平安。奴去也，莫牵连！"最后"奴去也"这一声告别，并不等于她这一份无可救赎的宿命从此中止，无论她到何时，她到何地，也是不能得到彻底解脱的。

邢夫人的尴尬之一

关于邢夫人的这一回，为"尴尬人难免尴尬事"。曹雪芹把"尴尬"一词，这个绝对的江浙一带的方言，嫁接到北方语系中来，体现出这位文学大师的勇气，因为在北方话中，很难找到相对应的字眼。从此，这个词也就约定俗成地使用开了。正因为是个外来的词，所以在词典里，就不得不绕脖子多说几句。

什么叫尴尬？尴尬是指某个人处于两种状态（包括物质方面、精神方面，也包括既非物质也非精神，属于感觉或者气场这类玄虚方面）的可进可退、可高可低、可大可小、可左可右的切换时，由于不能适应所出现的情势变化，因而，进退失据，高低难就，大小不及，左右为难。一句话，尴尬的实质，就是背时。上一时间，曾经是可能的，下一时间，就是不可能的了，他还以为他可能，于是就不免要尴尬了。知道这尴尬，不讨这尴尬，叫作明白人；不知道这尴尬，一定要讨这份尴尬，那就是糊涂蛋。在这个世界上，糊涂蛋并不仅仅邢夫人。

词典里说，"尴尬"有两层意思，一指行为态度不正常；一指处境困难或事情棘手，难以应付。这样释义，当然也对，但是，南方人说的"尴尬"和由此派生出的"不尴不尬"（千万不要以为"不"，就是否定词），还有一些只能意会而不能言传的微妙之处。

要是从《红楼梦》第四十六回"尴尬人难免尴尬事"来理解的话，似乎更着重于对人和事的比较客气的否定方面，而无论自称"尴尬"，或者称人"尴尬"，大都带有温和的自嘲或嘲人性质的意思在内的。曹雪芹在《红楼梦》里只用了一次"尴尬"，是在这回的回目标题中，用于荣国府里的邢夫人，把她丈夫贾赦想讨鸳鸯为小老婆，派她去朝她婆婆史太君张嘴，别人明知其不可为，而她偏要为之，结果碰了钉子丢了面子的事，叫作"尴尬事"，可见这个词，主要是作为贬义词来用的。

我们很难悬想邢夫人在荣国府里，被一群姬妾丫鬟前呼后拥着的时候，是个什么样的心态。估计她大概是感觉良好的。要是她清楚自己其实是个不尴不尬的人物，也许就会清醒些，不做或少做那些尴尬事了。

所以，她的伟大，就在于她一丝一毫的尴尬感觉也没有。

伟大的作家总是语言大师，曹雪芹也不例外。他在《红楼梦》一书里，不仅使用了生动有力、形象传神的京白，也就是地道的北京话，还使用了许多吴语，譬如"促狭""物事""尴尬"，等等。所以，作家使用语言，应该不拘一格。循规蹈矩，合乎规范，当然好，倘非如此，只要大家能够接受，也不必咬文嚼字，挑剔不已。尤其文学语言不是合同书，不是契约，允许创造，允许例外，甚至允许突破一些人们已经习惯的定式，不一定非要合乎冬烘老先生的规范。如果语言不发展的话，也许今天我们还停留在古文《尚书》的时代呢！

邢夫人的尴尬之二

《红楼梦》第四十六回里，曹雪芹借凤姐的眼睛，这样评述邢夫人：她"禀性愚弱，只知奉承贾赦以自保，次则婪取财货为自得。家中一应大小事务，俱由贾赦摆布，凡出入银钱，一经他的手，便克扣异常。以贾赦浪费为名，'须得我就中俭省，方可偿补'。儿女奴仆，一人不靠，一言不听"。而且还爱"弄左性子"，是个"劝也不中用"的人。问题就在于感觉：若是迟钝，还可以觉悟；若是失去，那就一点辙也没了。邢夫人如果具有正常人的清醒，对贾赦左一个右一个地讨小老婆，怎么能支持呢？但她居然乐不得地为其奔走，难怪连贾母都讽刺她"这贤惠也太过了"。两府里，谁不知道那个好色下作的贾赦，"略平头正脸的，就不能放手"呢？独她当老婆的却像聋子瞎子一样，茫然不知，还去说服鸳鸯进入这个小老婆的行列："你跟我们去，你知道我性子又好，又不是那不容人的人，老爷待你们又好，过一年半载，生个一男半女，你就和我并肩了。家里的人，你要使唤谁，谁敢不动？现成主子不做去，错过了机会，后悔就迟了。"

听她这番话，就知道她对于客观世界的感觉完全是错位的、逆顺不分的。她既不知道这鸳鸯对老太太的重要性，也不知道这丫鬟压根不想获此小老婆的"殊荣"，更不知道她丈夫的"美名"已经恶劣到何等程度，却认为讨丫头，收在房里，"这倒是常有的事"。她竟去找凤姐帮忙，这表明她糊涂的程度。那个王熙凤，也狂了些，什么时候把邢夫人放在心上过呢，兜头冷水泼过来："依我说，竟别碰这个钉子去。"然后，数落贾赦："老爷如今上了年纪，行事不免有点儿背晦……"接着，还不客气地教育邢夫人："太太劝劝才是。"在封建礼教的大家庭里，做儿媳的当面非议公婆，是不大合乎礼数的。如果不是王熙凤缺乏教养，就是邢夫人没一点威严可言。不过，倘非邢夫人，换个谈话对象，王熙凤敢这样放肆吗？

她再麻木，也被儿媳的这番训斥激恼了。不过，这个感觉已经麻木不仁的邢夫人，被王熙凤三言两语，哄得她"又喜欢起来"。这类人的一个特点，就是欲望和智商的不相称，有吞象之心，无缚鸡之能。本想讨丈夫的欢心，结果碰了个天大的钉子，落了个猪八戒照镜子，里外不是人的下场。这就是虚弱而又不甘虚弱、该老实又不肯老实的结果。

贾母两子一女，邢夫人是长子贾赦之妻，王夫人是次子贾政之妻，但当家主事，却是王夫人和她侄女王熙凤，长期被婆婆冷冻起来的儿媳妇，竟无半点自知之明，堪称一绝。从黛玉进府，邢夫人领着见贾赦不成的尴尬起，一直到贾芸、贾环哄她做主，卖掉巧姐，落入尴尬止，通篇读来，此人除搬弄是非、制造事端外，基本乏善可陈，无一样事情，不因"弄左性子"而败，邢夫人倘不这样折腾，至少要少了许多烦恼。在《红楼梦》中，唯有那个赵姨娘的行止，能跟她匹配的了。

邢夫人的尴尬之三

邢夫人若是懂得识时务者为俊杰的道理，在荣国府里，按她的水平、能力、家底、本钱、后台、奥援、舆情、声望，最好是多一事不如少一事，多一句不如少一句，把握分寸，谨慎小心，尽管讨鸳鸯丢了面子，但重新建立威信，也还是补牢未晚的。可是尴尬人的一个性格特点，是总是拗着正常规律行事。她"自为要鸳鸯讨了个没意思，贾母冷淡了他，且前日南安太妃来，贾母又单令探春出来，自己心内早已怨忿"，然后故意在贾母过生日时，为两个犯错的婆子求情，当众羞辱凤姐。接着，迎春的乳母聚赌被查，她又跳出来挑拨这位姑娘："你是大老爷跟前的人养的，这里探丫头是二老爷跟前的人养的，出身一样，你娘比赵姨娘强十分，你也该比探丫头强才是，怎么你反不及他一点？"接着，贾琏向鸳鸯借当，她知道了，又插进一脚，勒索贾琏，她也要二百两银子，做八月十五节下使用。而且还威胁："连老太太的东西，你都有神通弄出来，这会二百银子，你就这样难！亏我没和别人说去！"尴尬人发展下去，必然是偏执狂。接着，她把傻大姐拾到的绣春囊当成杀手锏，存心扩大事态，唯恐天下不乱地交给了王夫人，于是，引发了一场大观园内的大清查。逐司棋，撵晴雯，造成几条人命的悲剧，而这个封建大家庭也由此走上败落的末路。所以，休要小看这类人，正经的本事不大，但捣个乱什么的，也还是在行的。尤其抽冷子发难，来个突然袭击，使人猝不及防，大有躲在墙缝里的蝎子螫你一下，也挺致命的效果。接着，独木不成林，必须那个王善保家的登场，这样，才算齐了。

如果说，有邢夫人而无王善保家的，也许邢夫人就成不了现在这个邢夫人了。同样，若有王善保家的而无邢夫人的话，王善保家的说不定不至于挨探春小姐一记耳光了。这就和在植物界的寄生、共生、互生现象似的，有孟良必有焦赞，这才能成为一体。邢夫人这样一个劲地左性子，有她被贾母冷落众人慢待的愤懑，有她不得参加猜谜会、螃蟹宴的怨气，有她得不到她那个级别待遇的不平，也有她不能像别人那样大红大紫的嫉妒。嫉妒是人类最可怕的情结，因此，她才发作。但也不能排除她身边的这些指着她吃，指着她喝，指着她出去招摇撞骗的王善保家的们，给她煽风点火，给她出谋划策，挑动她的复仇之心。"又有在侧一干小人，心内嫉妒，挟怨凤姐，便挑唆的邢夫人着实憎恶凤姐。"所以，她才不管不顾地为两个奴仆跳出来，毫无水平地跟王熙凤较量，结果如何呢？落个无理取闹罢了。

尴尬人难免尴尬事，其间，若无围着她的那些王善保家的，也许丑出得少些。但邢夫人有了这点清醒的意识，也就不是尴尬人了。所以，这种珠联璧合的表演，总是不断可以看到的，而且不收门票。

邢夫人的尴尬之四

如果，邢夫人头脑清楚，不乏自省，应该想到，长门长媳的她，理所当然地是当家主事的角色，若不甘心这种旁落的局面，那就凭实力地位，愤而抗争，不仅从名分上，而且是有职有权地，获取理应属于她的这份内阁总理大臣的位置。但是，她有什么本钱呢？丈夫是声色之徒，对家务事根本不感兴趣，有这工夫还不如跟小老婆寻欢作乐呢！再说，她的丈夫从来没把她当回事过，只是想讨鸳鸯，给她派了任务，她这才乐不得地卖力奔走，平素里大概连理都不大理她。她怎么能跟王夫人和王熙凤较量呢？王氏姑侄，有一位九省统制和京营节度使的王子腾这样的娘家人，是权倾一时的军方将领，何等地撑腰和长脸啊！这个"东海缺少白玉床，龙王来请金陵王"的王家，连贾府都得仰仗的。而她邢夫人的那位傻大舅邢德全，唯知吃喝玩乐的白痴兄弟，连玩相公的钱也掏不出来，不给她丢人败性，就算好事了。

一无丈夫支持，二无娘家声援，三无一男半女，四无半点人望，在封建社会的大家庭里，这样四大皆空的女人，可以说是没有一点能够依恃的资本了。实际上，她只不过一个在名分上是和王夫人平起平坐，而实际上却是和周姨娘、赵姨娘同样的无权人物。

退一步，若无力改变现状，就只有承认现状，这不失为明哲保身苟安求全之策。最好是向"竹篱茅舍也甘心"、淡泊名利、

223

清净无为、机杼纺织、针黹女红的李纨学习。其实，李纨与王熙凤的关系，和邢夫人与王夫人的关系相当类似。但李纨要比她的日子好过得多，从容得多，就因稻香老农不把自己卷入荣国府的矛盾纷争中去，无欲则刚，遂保持了主动。再说，李纨不像邢夫人那样低智商，她手里握有邢夫人绝没有的王牌，那就是大观园里的几位千金小姐，是以她马首是瞻的。有这些谁也不敢得罪的小姑子为后盾，连王熙凤也要退让三分。所以，凤姐敢把邢夫人不放在眼里，但对李纨，却不得不恭而敬之的。

李纨出身诗书之家，其父为国子监祭酒，但丈夫不在了，茕灯长夜，那日子是很不好过的，所以她抱着"兰桂齐芳"的梦想，抱着与世无争的态度，终于得到的这点最后的慰藉，包括鲁迅在内的名家，认为"殊不类茫茫白地，真成干净者矣"的结果，对高鹗续作表示不满。假如角色互换，你是那个可怜的寡妇，会怎样想？

邢夫人哪有李纨这种逆境中生存的能力，所有尴尬人之蠢，就在于上不去又下不来。她既不肯承认自己的弱势去面对现实，又把他人表面上做做样子的尊敬表示，看成自己具有实力的表现。所以她绝对不肯服低认输，还要摆出一副自以为是的架势，于是不无端生出一些尴尬事来，是不甘心的。这类人不但错误估计自己，更经常错误估计对方，结果，事与愿违，把自己装进去不说，还把事情搞成一团糟，最后得由别人来擦屁股，这就是所谓的"成事不足，败事有余"了。

王夫人的精明之一

　　《红楼梦》里的那个没落的贵族之家，有些阴盛阳衰现象，凡男性，基本上是不济的。挨着个儿数，成器的、有作为的、干出一番轰轰烈烈事业的，在这部书里几乎少见。所以曹雪芹才慨叹系之地表露出"我堂堂须眉，诚不若彼裙钗"的遗憾；唯一值得称道的叛逆，怡红公子贾宝玉，也是一个具有女性化倾向的男人。因此，《红楼梦》是一部最出色描写女人的小说。从纯情少女到世故妇女，从青春妖姬到皤然老姬，从丫鬟奴婢到贵妃诰命，从带发女尼到三姑六婆，可以说是各式各样，无不悉备。

　　由于金陵贾家的男性阳气日见衰微，乾纲逐渐不振，本属于他们的拿手好戏的权势，便只好拱手让位于内眷了。贾政躲在书房里下棋，连儿子也管不了。贾珍、贾琏忙着吃喝嫖赌，根本不理正务。这样，如此偌大家族的运转重任，只好归太太们了。荣国府按理应该由长门长媳邢夫人管，但不知怎么安排的，爵位由老大贾赦袭，家务、官称则相当于总理事务内阁长官一职，则由老二贾政管，这样，责无旁贷，代理家长贾政的妻子王夫人，成为俗称的内掌柜。可她不管具体事，她只抓总，家里家外，一应事务，全交给邢夫人儿子贾琏的媳妇凤姐执掌，但王熙凤是王夫人的侄女，维持着微妙的平衡。

　　大家都认为王夫人只会吃斋念佛，无所作为，那只是她老人家的表面现象。其实在这部书里，她不显山不露水，却是个很了不得的政治家。鲁迅曾经这样评价过"五四"时期的胡适和陈独秀，他说，陈的门口，可以看到里面陈放着的刀枪剑戟；胡的门口，大门是洞开着的，里面是空空的。一个是你知道他有什么，一个是你不知道他会有什么，当你经过这两位"五四"人物的家门口，到底谁更令你感到叵测不安呢？

因为她本着一不出手（非必要时决不轻举妄动），二不介入（非关键时决不御驾亲征），三不作为（非不得已时决不亲自主刀）的三不主义，以不变应万变，故而始终立于不败之地。即使神州陆沉，山穷水尽，她也是一只干干净净的丝毫无损的浴火凤凰。错误是别人的，正确是属于她的，这也是中国所有统治者一个克敌制胜的法宝。所以，锦衣军大抄宁国府，贾府面临最大的灾难，从此一败涂地，她这个表面上不管家的主妇，一不自我检讨，二不承担责任，倒像没事人一样，在佛堂里念阿弥陀佛，并做出同灾共难的表情，大家也只好无话可说。最倒霉的、最受谴责的却是"当家人，恶水缸"的王熙凤，从此再也抬不起头来，这也是活该了。

王夫人抓权而不掌权，这就是她的高明之处。然而，她不掌权，不等于不管事。厉害的王夫人，一出手，晴雯死；一介入，金钏亡；一作为，芳官为尼，那也是相当恐怖的。一位成熟的政治家，精明不是放在脸上，而是摆在胸中，软刀子割人不觉死，那才称得上武林高手。

王夫人的精明之二

　　王夫人把光辉灿烂、虚荣浮华、歌赞颂扬、欢呼拥戴，全让给了老太太贾母，尊崇得她老人家到了已无以复加的尊崇地步。这种供起来的办法，是王夫人极聪明的一招，所有老年人无不害怕失落，越到来日无多的晚年，越要表明自己的存在。于是拍和捧，便是对付老人的主要手段，老人和小孩一样需要哄和骗的，把所有的荣光体面归于他，把所有的露脸机会留给他，让他感到这世界万万少不了他，这样，心满意足的老人就消停了，就不生事了，于是可以天下太平，少却许多麻烦。贾母在这个大家庭里，是过来人，她明白，一个人活到老寿星的岁数，成为家族的象征，她的话不亚于圣旨，谁也不敢或不好违拗的。因此做一个有权而不用权、有势而不倚势的老祖宗，好像更受人欢迎。于是荣宁两府，上上下下，都愿意哄着她，捧着她，甚至宠着她，也是怕她生事。所以老太太的生活哲学，是安享这份荣华富贵，凡能省心处，她决不伸手插手，真正做到了不但顾而不问，连顾都懒得顾，只管颐养天年，显出她的大家气派和文化素养。

　　这就比有些抓权不放的政治老人豁达多了。什么都要管，什么都不放心，什么都要亲自过问，七老八十，劳心费力，其实完全是想不开，世界上哪有万年不变的江山基业呢？儿孙自有儿孙福，勿为儿孙做马牛，你老人家眼睛一闭，地球照样转，还落一个讨嫌的名声，被后人咒骂，何苦来呢？所以，极懂处世为人之道的老太君，实际上尽量不去逆王夫人的意志行事，也够不容易的。

最初，当贾母将外孙女林黛玉从扬州接来时，那意思谁都懂得，考虑到贾宝玉未来的婚姻安排。但王夫人也不示弱，马上把她的外甥女薛宝钗弄到身边，参与这场宝二奶奶宝座的竞争。她明知老太太的用心，也了解她儿子心在谁的身上，最终老太太也拗不过她，儿子给挫折成神经病，还是按她的意志办了。在封建家庭中，能在这种大事上说了算的，才是真正有权有势。甭说老太太奈何她不得，贾政不也对她言听计从吗？只这一件事，便知道王夫人的铁腕了。

谁知曹雪芹有意还是无意，独独对林、薛这两处房子，注明了准确的可以比较的间数。厚薄轻重，区别一下子就估量出来了。难怪探春后来有一次说出"可惜蘅芜苑和怡红院这两处大地方"的话来。而贾母娘家的史湘云，甚至在大观园里竟无一席之地，她父母当官外调，要留在贾府暂住，也得挤在潇湘馆的林黛玉那儿。

可见王夫人实际上对待她的婆母，是个什么态度了。

王夫人的精明之三

　　下笔如有神的曹雪芹，通过贾宝玉的眼睛，在第十七回"大观园试才题对额"，分明看到了潇湘馆"上面小小三间房舍，两明一暗"，和蘅芜苑的"上面五间清厦，连着卷棚，四面出廊，绿窗油壁，更比前清雅不同"的差别。等到大观园分房榜一公布，宝哥哥也只好以"咱们两个又近，又都清幽"来安慰林妹妹了。咬人的狗不叫，叫得起劲的狗未必咬人。这里隐隐约约能够感觉到一双强有力的、精明的、在操纵着一切的手。凤姐是职能部门的领导，在决策上还不具备这份权威。贾政理应主持分房讨论，但此人志大才疏，大事做不了，小事不屑做，准是推给别人去处理。邢夫人从来是靠边站的，不会让她介入。李纨知道自己的最佳状态是不闻不问，请她当分房委员，也要退避三舍的。因此，这有力的手，那就是王夫人无疑了。

　　可王夫人却把当家主事必须面对的，诸如费脑子、动口舌、拳打脚踢、连滚带爬的极其复杂的家务事，统统交给她的侄女、兼外侄媳妇去料理，从表面上看来，人权、财权、管理权在王熙凤手中，但哪件事敢不禀报王夫人呢？大政方针实际是她在决策。大观园里的房子，谁住哪里，谁不能住哪里，王夫人也许不会一一安排，但宝玉、宝钗住甲级房，三春姐妹和黛玉住乙级房或丙级房的原则，凤姐必须照办的。当年，贾珍要王熙凤到宁国府主办秦可卿的丧事，出尽风头，要没有得到王夫人的批准，也未必如愿。虽然凤姐自恃能干，颇为得意扬扬，殊不知是替这位姑姑和婆婆，成为众人怨恨的靶子罢了。那王夫人一方面躲清净，一方面还说嘴，怎么还不放月钱啊？怎么听说克扣啊？显得王夫人多么体恤下情。坏人让凤姐去做，好人她自己来当，用着你，防着你，不时还敲打着你，这就是她的手段。

她不做任何事情，她也不会出任何问题，因此，她也永远主动，永远长有一张不停指责别人的嘴。直到今天，还能经常听到这些自以为拥有永远的批评权的当代王夫人们在聒噪。

最厉害的是，她把那个文才不高、本领不大、毛病挺多、脾气挺大的丈夫牢牢控制住。她吃准了贾政的"假正经""假正统"和"假正派"的三假实质。凡学问不济，只能作作八股文章，人非倜傥，无缘也无胆去风花雪月，当官不灵，唯有宅在家中作威作福，色厉内荏，做任何事都毫无主意的人，大概只有靠"假正经""假正统"和"假正派"来维持心理平衡。所以王夫人对她丈夫的策略，就是要领导全体儿女奴婢，像对圣人一样地恭维着他，让他成天端着架子，下不了这个台。于是，他除了装腔作势，发作一些歇斯底里外，真是一个文不成武不就的人物，弄得他全无乐趣可言，贾府哪个男人不花天酒地，就他守着一妻一妾，不敢有非分之想，而且被王夫人管得那赵姨娘也因得不到宠幸而致心理变态。

王夫人的精明之四

福克纳的《喧哗与骚动》中的傻子，可给中国作家启了蒙，得了便宜地大写特写。但他们不知曹雪芹笔下的傻大姐，是世界文学史上，不是最早也是早期之一的傻子形象，这就叫数典忘祖。"绣春囊"事犯，这一起风波，可让王夫人（还有邢夫人）逮着了天大的便宜，肯定内心窃喜，找到了一个收拾众人、出口恶气的机会。先是谎报军情，把事态扩大化，好像大观园快要沦丧到万劫不复地步，跟着痛心疾首，大造舆论，为兴师动众的清查做准备。在大观园里，凡是年轻人喜欢的事情，起诗社啊，吃螃蟹啊，踏雪寻梅啊，赏花咏月啊，她一律拒绝参与。除非老太太在场，她不得不应付一下，多半持冷淡态度，不感兴趣。而一要整顿什么，清查什么，使年轻人讨厌的举动，这位以道德警察自居的王夫人，就会特别来劲。

接着，拿今天的话说，就是抓阶级斗争、搞政治运动了，而且绝对的心毒手辣。她之所以大做文章，闹得鸡犬不安，按心理分析，可能有某种情感补偿因素在内的。老太太出够了风头，凤姐使足了威风，姐妹们抢尽了镜头，她什么戏也没有。对不起，现在该她登场了，一搞运动，马上文武昆乱不挡，君临天下了。我不知道后世那些习惯于此道的人，是否也是这种心理作祟，才总是矫枉过正，制造了许多冤假错案以后，再无穷无尽、没完没

231

了地落实政策。

按正常逻辑行事的话，王夫人第一应该依靠凤姐，级别、身份放在那里，她要查谁，至少名正言顺些。第二也应该相信李纨，不论在名义上还是在实际上，大小算是大观园的负责人，按她的人望、品格，比凤姐还要合情合理些。可王夫人非要重用这个王善保家的，实在令人匪夷所思。这个本不过是邢夫人陪嫁带来的提壶倒水、侍候场面的老婢，虽有一点资格，但实是卑贱的角色，现在登堂入室，不但和小姐平起平坐，还要查查你，整整你，收拾收拾你，一朝发迹，便忘乎所以，得意忘形了。邢夫人本人就是一个昏庸之辈，而王善保家的更是一个"糊涂油蒙了心"的榔槺之货。

王夫人信邢夫人，用王善保家的，是一点不奇怪的。在这个世界上，"鲇鱼找鲇鱼，嘎鱼找嘎鱼"，"武大郎玩夜猫子，什么人玩什么鸟"，是有一定规律的。因为用人者本不光明正大，自然被用者，也是些卑鄙龌龊、无赖宵小之徒。于是，荣国府闹得乌烟瘴气，大观园弄得鬼哭狼嚎。可无论什么政治运动，总有终结之日，王夫人发动的这次整风，终于不得人心而终，当日威风之时，那伸直的腰，又弯成虾米状。败类王善保家的之流，吃了探春一记耳光，自己的外甥女被抓了个现行，那也就叫现世报了。

其实，这记耳光，是扇错了地方。探春不是说了嘛："必须先是从家里自杀自灭起来，才能一败涂地呢！"所以，真正该打的罪魁祸首，倒是这位一心一意借助运动整人，而且不把人整死不罢手，并使自己光辉灿烂的王夫人。

薛王二夫人之一

　　曹雪芹写人物的双峰并立手段，堪称绝技。在这部书中，读者会觉察到针锋相对的人物组合：林黛玉和薛宝钗、袭人和晴雯、凤姐和李纨、赵姨娘和周姨娘、贾赦和贾政……也能体味到旗鼓相当的人物组合：贾珍和贾琏、贾蓉和贾蔷、贾芸和贾芹、尤二姐和尤三姐、薛姨妈和王夫人……但这种刻画人物的写作技巧，说起来容易，做起来却难。因为在同中写出不同，也许容易下笔，而要在不同中写出近似而不雷同，在近似中写出差异而不悖谬，这就要煞费苦心。写两人为两人，不算本事；写两人如一人，而又非一人，同中有不同，不同中有同，那才是功夫。

　　在大师笔下，薛姨妈和王夫人同为姐妹，同为母亲，一个为女儿觅得贵婿，一个为儿子找到佳偶，姐妹结姻，强强联合，她们俩不但一拍即合，而且高度一致。但薛王二夫人，出生环境相同，成长过程不一。薛为皇商，王为贵族，皇商因经济活动的瞬息万变，而趋向活跃，贵族因官僚体制的沉闷板结，而因循顽滞，遂产生性格上的细微差别：一个热情一些，一个冷淡一些；一个待人和善亲近，一个对人稍嫌刻薄；一个觉得依人篱下，但求平安，一个认为事不遂心，总不如意。因此之故，王夫人不那么好，而且越来越缺乏同情心，薛姨妈不那么坏，至少她能够将心比心，设身处地为别人想，人心是肉长的，她才会说"四角俱

233

全"这句话。从这里，我们看到大师的厉害，一母所生的这两位老姐妹，看起来没什么区别，细究起来，却是截然相反的两路人。

所以，有人认为，慈姨妈爱语慰痴颦，是去监视林黛玉的违法活动，是去隔离宝玉和黛玉的亲密接触，也太夸张了。写小说的人最怕雷同，曹雪芹已经刻画出一个王夫人的形象，他干吗还要一个第二王夫人呢？虽然，宝钗候选才人无望，以宝玉为目标，薛姨妈当然求之不得，并且也附和"金玉姻缘"，宣扬过将来必得一个有玉的人，才能娶她，以张声势，而且王夫人不甘心贾母操心她儿子的未来，必得有一个足以与林黛玉相匹敌的女孩子，才能破除老太太的如意算盘。所以，从林黛玉进府那天起，她就对其采取不冷不热的态度，才力主薛姨妈一家迁京，并强邀住在自己府中，这一切都于宝钗有利，当妈的人哪有不配合不支持的道理。

但宝黛情深，紫鹃一句回苏州，宝玉当真差点急死，薛姨妈不能不为她女儿未来的幸福着想，嫁给一个不爱她的人，岂不委屈一辈子？哀莫大于心死的王夫人和薛姨妈不同，她在意儿子的仕途前程，更想挑战老太太的权威，因为她和她的丈夫，不也是一直过着无爱无性的生活吗？薛姨妈终于放弃了宝玉为婿的想法，她担忧一下子害了三个年轻人的后果。她搬到潇湘馆，黛玉是何等精细的人，真情和假意，能看不出来吗？若薛姨妈真有如此奸诈，也不会败给夏金桂，只有躲在一边掉泪的窝囊了。

薛王二夫人之二

四十回"史太君两宴大观园，金鸳鸯三宣牙牌令"中，第一令为贾母，第二令为薛姨妈。"鸳鸯又道：'又有一副了，左边是个大长五。'薛姨妈道：'梅花朵朵风前舞。'鸳鸯道：'右边是个大五长。'薛姨妈道：'十月梅花岭上香。'鸳鸯道：'当中二五是杂七。'薛姨妈道：'织女牛郎会七夕。'鸳鸯道：'凑成二郎游五岳。'薛姨妈道：'世人不及神仙乐。'说完，大家称赏，饮了酒。"接下为第三令，为王夫人，她没有说，而是令官鸳鸯代说。有的版本，干脆就将王夫人抹掉了，以为她不在场，其实她就坐在她妹妹旁边。这就是说，薛姨妈要比她姐姐随和些，在这样高兴的时刻，最好不要扫大家的兴。另外，也有可能，王夫人不喜好这些应酬，或者，不会行这酒令。当然，最好的解释，是她的文化程度要低于薛姨妈，行令至少需要会背若干首诗词的。由此想到她曾经说过："单说你林妹妹的母亲，未出嫁时，是何等的娇生惯养，何等的金尊玉贵，那才是千金小姐的体统！"又说自己"没享过什么大富贵"。

关于林黛玉生母贾敏，全书极少涉及，除了出现在冷子兴的介绍中，就是抄检大观园时，王夫人不知因何触发，说出这番话里有话的往事回忆。王夫人嫁到贾家，头顶上这位婆婆，大概不好侍候，林黛玉之母那时未嫁，这位小姑子，依她所形容，娇生惯养，金尊玉贵，大概很难对付，她这个做儿媳妇的，不得不小心谨慎，不得不辛勤劳作，因此，她说她"没享过什么大富贵"，也是实情。所以，她对这些饮宴啊、酒令啊、打牌啊、看戏啊，不但不及她婆婆，连她妹妹也比不上。记得黛玉初来贾府，这位舅母第一面见外甥女，没说两句话，马上问王熙凤"月钱放发了没有"，是不是因为她想到林黛玉的母亲，才这样表情淡然呢？

薛姨妈则不同了，她对黛玉说："你见我疼你姐姐你伤心了，你不知我心里更疼你呢。"林黛玉便说："姨妈既这么说，我明日就认姨妈做娘，姨妈若是弃嫌不认，便是假意疼我了。"薛姨妈说："心里很疼你，只是外头不好带出来。你这里人多口杂，不说你无依无靠，为人做配人疼，只说我看老太太疼你了，我们也沾上水去了。"因贾母"千叮咛万嘱咐托他照管林黛玉，薛姨妈素习也最怜爱他的，今既巧遇这事，便挪至潇湘馆来和黛玉同房"。曹雪芹写道："一应药饵饮食十分精心。黛玉感戴不禁，以后便亦如宝钗之呼，连宝钗前亦直以姐姐呼之，宝琴前直以妹妹呼之，俨似同胞共出。"

还是这个薛姨妈："我想着，你宝兄弟老太太那样疼他，他又生的那样，若要外头说去，断不中意，不如竟把你林妹妹定与他，岂不四角俱全？"

一个识趣的人，一个冷漠的人；一个只记以往的人，一个尊重现实的人。真和假，虚与实，如鱼饮水，冷暖自知。曹雪芹的厉害，就在于他不做结论，而把这个权利交给读者。

贾环的不归路之一

凡失落者，在失意之余，接着便要失态，这是紧紧相连、环环相扣的三部曲。但是，失态之中，也有层次不同的差别，不能一概而论。有的仅是自己跟自己过不去，属于自怨自艾派；有的一方面跟自己过不去，另一方面也跟别人过不去，属于自虐虐人派；有的便是贾环式，将心胸中那股乖邪残忍之气，宣泄到别人头上，以制造痛苦而寻找自慰，便是属于很可恶的不安捣蛋派了。有一次，"宝玉便和彩霞说笑，只见彩霞淡淡的不大答理，两眼只向着贾环。宝玉便拉他的手，说道：'好姐姐，你也理我理儿。'一面说，一面拉他的手，彩霞夺手不肯，便说：'再闹，就嚷了！'二人正闹着，原来贾环听见了。素是原恨宝玉，今见他和彩霞玩耍，心上越发按不下这口气。因一沉思，计上心来，故作失手，将那一盏油汪汪的蜡烛，向宝玉脸上只一推。只听宝玉'嗳哟'的一声，满屋里人都唬了一跳，连忙将地下的绰灯移过来一照，只见宝玉满脸是油"。这类卑劣的报复，应该说情有可原，宝玉有那么多的女孩子，还不放手唯一属于贾环的情人，作为一个男子汉，这确实到了"是可忍，孰不可忍"的地步。没有拔刀没有举枪来进行决斗，就算是客气的了。

但是，到了贾宝玉"在外流荡优伶，表赠私物；在家荒疏学业，逼淫母婢"的事犯以后，这位失落的环三爷下手，就未免歹毒了。他先是造声势，"带着几个小厮一阵乱跑"，跑到贾政这儿，进一步扩大事态："方才原不曾跑，只因从那井边一过，那井里淹死了一个丫头，我看脑袋这么大，身子这么粗，泡得实在可怕，所以赶着跑来了。"

这就表明了贾环分明是在演戏给贾政看，一种假设是他看到了井里的死人，吓得回到赵姨娘那儿，知道细情以后，来向贾政告发的。另一种假设，便是他从母亲那儿获知这个情况后，赶忙到井口处去证实了，再跑来找贾政告密的。其实，这两种可能性都不存在，因为贾环压根儿也没见到过泡在井里的尸首。在上一回里，作者交代得很清楚，打水的人在东南角上井里打水，发现这个尸首，赶着叫人打捞出来了，才知道是金钏儿，哪有他看见的份儿。这荣宁两府，虽是内里男盗女娼，但外面却是讲究封建礼法的家庭，虽然破败，但还是个百足之虫死而不僵的、尚有一定之规的家庭，薛宝钗都赶着把自己的衣服献出来救王夫人一时之急，岂有这个根本不被人当回事的贾环在一旁看热闹的份儿？

所以，他纯粹是为了寻找这种失落后的报复快乐而来，他掌握了正对贾宝玉恨得牙痒的贾政的仇恨情结，恨不能杀了儿子才解气，这才火上浇油，使得气急败坏的贾政把贾宝玉打得皮开肉绽。贾政出了气，可随后被贾母训了个狗血喷头，而贾环出了气，祸却嫁到薛蟠头上，谁也不知是他搞的名堂。估计至少在相当长的日子里，我们这位环少爷，会躲在被窝里偷偷地乐，连做梦也会笑醒过来的。

贾环的不归路之二

　　曹雪芹在北京西郊写这部小说时，心情也不是太好，至少营养状况不太好，天天喝粥啃咸菜，撰写《红楼梦》，够艰苦的。对曾经喝过莲叶羹、吃过茄鲞的，有过黄金岁月记忆的曹雪芹来讲，不该失去的，几乎全都失去了，应该得到的，可以说什么也没得到，那种失落的滋味，体会得恐怕相当深刻的。所以，一部《红楼梦》，基本上写尽了失落之人，失落之事。"谁解其中味"的味，大概就是这种失落的滋味吧？虽然他在书中写了这么多的失落人，但通观全书，写得最失落，而且最不安于失落，拼命折腾着，结果还是失落者，莫过于我们这位环少爷了。凡失落者，总是不大甘心于不上不下的局面，总要挣扎出不三不四的处境，于是便要折腾，这是很自然的。为什么这些失落的人总是不肯承认现状呢？无非，一、不切实际地自视甚高而视人甚低，于是觉得自己本应该高人一等却偏偏屈居人下，能不自艾自怜吗？二、怨天尤人，缺乏自省，埋怨上帝对他的不公平，归罪于投胎，归罪于爹妈，归罪于命也运也而自虐自戕。三、附骥攀麟，自己定的可以进行比较的坐标参考系失之过高，为种种不平衡而自悲自伤。失落者若缺乏最起码的清醒，便容易陷入自我感觉的盲区，便要闹出贻笑大方的笑话来了。

　　有一次，猜元春的谜语未中，没有得到一份娘娘赐予的奖，

"贾环便觉得没趣",可见他是很自负的,说明他心中是很在乎很羡慕很眼红,而且认为应该得到这个奖的。所以,由此及彼,扩而言之,凡得不着奖(当然包括文学奖)的失落者,能像迎春这样真"不介意"者还不多,那种内心波澜是不能凭嘴上说得多么清高而抹杀的。至于环少爷所作的那则超现实主义的谜语,"大哥有角只八个,二哥有角只两根,大哥只在床上坐,二哥爱在房上蹲",娘娘不懂,并批评说"不通",他也不认为是自己的纰缪,在"众人看了,大发一笑"声中,毫无愧色,这就是失落人自我感觉总找不准的老毛病了。

尽管他也写过"红粉不知愁,将军意未休,掩啼离绣幕,抱恨出青州"的诗句,可他一母同胞的姐姐探春,在发起海棠诗社时,根本不考虑发请柬给他。所以他不具去持螯赏菊、赋诗唱和之资格,甚至比之香菱都不如。那丫鬟还由林黛玉和薛宝钗介绍,入了大观园文艺协会呢!所以冷在一边的环三爷,从他屡试报复这性格看,对这个文艺圈子不屑一顾,撇嘴鄙视,说些不咸不淡的言语,像《伊索寓言》里那吃不着葡萄总说葡萄酸的狐狸,也就不奇怪了。

贾环有一句最能表现出失落的典型心态的语言,那就是和莺儿掷骰子赖钱以后说的:"我拿什么比宝玉?你们怕他,都和他好,都欺负我不是太太养的。"这句话,表明了他一把宝玉当作可比对象,二埋怨他是赵姨娘生的,苦痛于命运的苛待,这就是他失落的根源了。

贾环的不归路之三

　　贾环，在《红楼梦》一书的人物当中，是作者不喜欢，读者不喜欢，也是《红楼梦》那两府里大多数人不喜欢的一个角色，一个人混到这种"姥姥不疼，舅舅不爱"的程度，大概称得上是相当的失落了。这部书一开始，"冷子兴演说荣国府"中就说："政公既有玉儿之后，其妾又生了一个，倒不知其好歹。"就这三言两语，给我们这位环三爷定了性。这是作者皮里阳秋的笔法，第一是"妾生"，小老婆养的，这种出身在封建社会里，天生注定低人一等，加之所谓"不知其好歹"的悬拟说法，那意思似乎客观，其实重点在于"歹"而不在于"好"，便知道贾环大约是长进不了，希望自然也不大了。若是联系前面对于贾宝玉那一通溢美褒誉之词，我们这位环三爷在贾府的失落，便是不可避免的事了。"人生不得意者常八九"，但对不走运的人来说，很可能不得意率达到十。贾环从他一出生起，就注定是这样一个失落的角色。

　　按说，这出悲剧的主人公林黛玉，应该是失落得最厉害的。其实不然，她未必是个彻底的失败者。无论如何，她曾经是老太太的心肝宝贝，是众人捧着"连气儿都不敢出"的千金小姐。可贾环从出娘胎以来，从来不曾被宠遇过，是个上不了台盘的东西，而在凤姐眼里就更差了，几和人渣也差不多的。林黛玉虽然最后未能登上宝二奶奶的宝座，赍志以殁，但她却是始终拥有贾宝玉对她的爱，这一点，是薛宝钗想得而得不到的。尤其最后，那宝哥哥因为没有得到林妹妹，以至于疯疯癫癫，以至于出家为僧，所以，薛宝钗尽管名分上得到了这位公子，但和林黛玉一样，实际上也等于没有得到。那么这两位小姐究竟谁失落些，还是得细细斟酌。

那位被塞了一嘴马粪的焦大，想当年在战场上从死人堆里把老太爷背回来，自己喝马尿，把水省下来给主子喝。应该说，无当时的他，也无今天的贾家，饮水思源，把这位功勋卓著的资深奴仆供养起来，不算为过。但到了垂垂老矣的年纪，还得派公差，还得黑更半夜地去赶车，由于不服调遣，骂骂咧咧，当初喝马尿的这位老爷子，结果被别的奴仆塞进一嘴马粪了事。虽然对焦大来说，这种由马尿到马粪的失落，简直痛苦至极。可他也不是没有光辉的日月，而贾环，一辈子也休想有这样挺腰杆的时候。

这个可怜的贾环，他曾经有过一个恋人，那就是太太房里的彩霞。可后来，竟被凤姐强行做主，许配给来旺儿那个不成材的儿子，于是这最后一丝欢乐也被剥夺掉了。他还剩下什么呢？正如流行歌曲所唱的一样，已经"一无所有"了。于是，他像灰溜溜的孤魂一样，在两府的高墙夹道里溜来转去，无所傍依。这大概也是所有失落的人的真实写照。

贾环的不归路之四

　　贾环失落的精神本质，其实是一种精神上的病态。因为他得不到想得到的或自认为应得到的东西，因为他的欲望大概永远也难以充分满足，因为他相信，他之所以如此失落，是由于别人妨碍了他，所以，总是不安生，总是要折腾，总是充满仇恨，总是要与人为敌，而且其报复手段又常常是无所不用其极的。善良的人便应该识透这些人的真面目，万万不可被这些人的表面现象，甚至头上的光圈所眩惑，要努力看到他们灵魂深处的阴暗。对于那些冠冕堂皇中的卑鄙龌龊、德高望重中的乡愿丑行、道德文章中的小人心肠、超脱清高中的低级庸俗，更要有清醒的认识。如果像贾宝玉那样，大大咧咧，大而化之，一点也不设防的话，不但屁股要挨板子，说不定，这些人会像草棵里的蛇、墙缝里的蝎子、丛林中的山蚂蟥，毫不客气地咬你一口。因此，在生活里，当然也包括文坛这一块地盘，不管他是上了年纪的贾环，还是同辈的贾环，或是年轻的贾环，都应该谨慎待之的。尤其要小心那种其实并不失落，而做出失落状的伪正人君子。凡这种不安折腾型的失落人，由于肝郁不舒，心胸憋闷，烦躁上火，血压升高，必然是气量狭窄，大便秘结，痰壅心堵，精血不通，憋得他五脊六兽，不安于位，便要动辄发脾气，找碴生是非，看人不顺眼，到处挑毛病，以此来调控自己，省得憋出精神病来。没缝的鸡蛋，还要下蛆呢，何况逮住了这样一个有把的烧饼，还不得大做文章？

到了贾府败落不堪的时候，这个失落了一辈子，也折腾了一辈子的贾环，便觉得时候到了。从出生那天，他便注定要走上这条不归之路的，现在，这条路也就走到终点了。"且说贾环见他们考去"，自己狗屁不是，哪有应考入场的资格，"又气又恨"的他，"便自大为王"，本是心眼不正的他，满肚子肮脏的主意，便说出一番吃人不吐骨头的狠话："我可要给母亲报仇了！家里一个男人没有，上头大太太依了我，还怕谁？"

是他出的臭点子，要把巧姐卖给外藩当妾，连那几个出了名的坏蛋，如贾芸、王仁、邢大舅，也想不出这般的恶主意。可见这长期失落和不停折腾所蕴积下来的残忍乖邪之恶，是多么毒辣可怕了。正如"冷子兴演说荣国府"那回中，贾雨村所说："残忍乖僻，天地之邪气，恶者之所秉也。""彼残忍乖邪之气，不能荡溢于光天化日之下，遂凝结充塞于深沟大壑之中。偶因风荡，或被云摧，略有摇动感发之意，一丝半缕，偶尔逸出者"，便有许多匪夷所思的举止了。

因此，碰上贾环这类人，一个最好的忠告，就是离他远些。中国老百姓有句名言，"惹不起，躲得起"，还是有点道理的。

第四辑 ｜ 聪明累

贾政点滴之一

在第十七回"大观园试才题对额"一回中，贾政对他的儿子责备、呵斥、嘲讽、叱骂，不一而足，显得威风。其实，除此以外，说起来，此人挺窝囊，挺脓包，可又算不上是个悲剧性人物，因为悲剧从来是庄严的否定。贾政有一些假道学，说得难听一点，还有点伪君子，与庄严无关。不过，他确实活得不那么快活，官做不顺，家管不好，心情不佳，脾气恶劣，既不妥为人子，亦不善为人父，作为丈夫，事事得听老婆的，养个小姿，又没有什么姿色。诗倒是写的，有一篇《归省颂》，是他女儿元妃省亲时呈献的。可能太过于肉麻吹捧，加之文采不足，所以只存其目，不录其文，大家也不知道他究竟写了个啥东西。也许曹雪芹以写自己父亲之心来写贾政，为长者讳，把这篇大作给免了，不让他老人家出洋相。在金陵那条街上的荣宁两府里，贾政应名是家长，他的这份职衔，并不名正言顺。因为家族最高统治者为史老太君，年事已高，不能亲政，委托他代为履行职务。要是按封建社会中继承的尊卑秩序，长房为宁国府，那位住在道观里炼丹的贾敬，才是户口本上的一家之长。可此公一心想得道成仙，指望着白日飞升，已经不食人间烟火，哪能接受组织上的这份安排。按兄终弟及的古训，接下来，该是荣国府的贾赦接棒，虽然他好讨小老婆，名声不雅，但即使讨一百个姿，也是贾政的哥哥。

然而老太太不喜欢他，硬是不让他当家长，他也只好没脾气。

人上了年纪，倘不老年痴呆，要搞起政治来，一个赛一个厉害。老太太为了将贾政推到前台，一、她把宁国府那边的贾珍提拔起来为分家长；二、把赦老爷的儿媳王熙凤定为内阁总理大臣；三、说得清楚，政老爷不过是替她主持家政，做她的代理罢了。这样，老太太一言九鼎，大家无屁好放，于是这位"代家长"，便坐在议事厅里，一天到晚，拉长着那张苦瓜脸，不苟言笑，装腔作势。

好在贾政还有一点自知之明，"自幼于花鸟山水题咏上就平平，于这怡情悦性文章上更生疏了，不免迂腐古板"，这就是说，他知道自己确实不具备大观园里年轻人的才情，但写不了什么东西的贾政，却自觉扮演着文学教父的角色，还要示范大观园的年轻人们循规蹈矩，因此，不得不整天正襟危坐，道貌岸然。细看贾政一生行状，其实他同别人一样地"衣租食税"，过着寄生生活，毫无建树，当家不管家，主事不做事，连探春兴利除弊的能力也没有，什么事情也干不了，干不好。真是聋子耳朵，摆设而已。因此，贾政在《红楼梦》里，算是个重要人物，但无重要性。这和文坛上大作家拿不出大作品、名作家拿不出名作品有异曲同工之妙。然而也怪，正是这些人，偏偏最难侍候。

贾政点滴之二

感觉很重要，我们都是凭感觉生存在这个世界上。感觉好的人，活得比较开心；感觉不好，或不太好的人，就不会开心，或者很不开心。《红楼梦》里的贾政，感觉多么好过，未必；多么不好过，也未必。如同曹雪芹在书里给他安排的，既不是主角但也不是配角的半吊子位置一样，上不去，下不来，高不成，低不就，所以，这位老夫子一直找不到感觉。找不到感觉，通常的诉求之道，就是奋斗，奋斗到有了感觉时为止。但也有自暴自弃者，去他妈的，老子就这样了，那也未必不是一种活法。贾政，处于两难境地：想重振雄风，苦于没有那份力气；想破罐破摔，又缺乏那份勇气。我很同情他，因为我也常常碰上这样的尴尬。在文坛上，也不乏诸如此类的人，毋庸讳言，鄙人即其中一员。看起来，还在挣扎，还在熬煎，其实，不过是困兽犹斗。要是索性承认江郎才尽，跟文坛拜拜再见，又不那么甘心。懂得这滋味，也就了解贾政一二。他挺烦，这是肯定的。

不认输的，还是很多；铆足了劲想造出一些动静者，大有人在。但文学终究是属于年轻人的，你再英雄盖世，无奈"廉颇老矣"，怎么也是过去时了。应者寥寥，和者寡寡，当面捧场，背后撇嘴，这是没有办法的事。长江后浪推前浪，这世上有常青之树，无常红之人，尽管抱大决心，可是无大本钱，尽管有屠龙志，可是无缚鸡力。还在折腾的这些大牌作家、桂冠诗人，什么时候能找到感觉，能大彻大悟呢？

贾政先生同样，一是找不到感觉，活得很累；二是悟不开禅机，则活得更累。他不但拿不出令人叫好的诗，很遗憾，其他方面，戏曲啦，说书啦，古琴古筝打十番的艺术欣赏啦，数老太太最有发言权。他只能在诗词歌赋上发表些相当正统、相当陈腐的见解，年轻人根本不听他的。亚文化方面，例如饮食，他怎么也吃不出老太太的水平。行个酒令什么的，那是职业选手鸳鸯的拿手好戏。至于猜谜、射覆、博弈、骑猎，等等，也不是那几个纨绔子弟如贾珍、贾琏的对手。

没办法，唯有在书房里和詹光、程日兴这班幕宾下围棋了。偶尔，抽冷子抓个机会，吼贾宝玉一顿，宣泄心头这股无名毒火罢了。日久天长，成了条件反射，一见他的这个儿子，就忍不住要发作。

按说，他是贾府男性公民中唯一的"自幼酷爱读书"，"原要从科甲出身"的人，而且"最喜的是读书人"。虽然大观园题对额时，他连一副对子也诌不出来，但并不否认自己是此道中人，有着光荣的过去，还撰写他的《归省颂》呢。因此可以设想，他找不着感觉，自信还是有的，认为自己是荣宁两府里的文化权威。那位大概在政府意识形态部门负点责的北静王来了，得由他出面接待，可以想象他那种自负的神气。一旦他的自信和自负发生危机，也就是别人不当回事时，政老爷就找不到感觉了。

贾政点滴之三

贾政非但不敢学他侄儿贾琏，在小花枝胡同置了座外宅，偷娶尤二姐，也不敢学他胞兄贾赦，非要讨老太太的贴身丫鬟，没能如愿，再去买个小妾嫣红，难怪他"生的门答"（伤感）。若说贾政必须装个正人君子，是由于畏惧王夫人的"闺威"，这倒有点冤枉王夫人了。第七十五回的中秋晚会上，贾政讲过一个笑话，而且是个怕老婆的笑话。假如王夫人果真是河东狮吼的太太，贾政绝无胆量以身试法的。另一点还可佐证王夫人对于这类事情不太介意，那就是她放纵袭人的政策。她比较早地选拔了这个丫鬟给自己儿子做候补小老婆。侍妾身份未明，当母亲的把话说到如此赤裸裸的程度，令人吃惊。她说："我索性就把他交给你了。好歹留点心儿，别叫人糟蹋了身子才好。"听这话，简直有点教唆犯的味道。对儿子尚且撒手，哪有对丈夫不宽容之理？

在曹雪芹笔下提到贾政私生活唯一的地方，是七十三回开头两行文字，极含蓄，但颇传神。"话说那赵姨娘和贾政说话，忽听外面一声响，不知何物，忙问时，原来是外间窗屉不曾扣好，滑了屈戌，掉下来，赵姨娘骂了丫头几句，自己带领丫鬟上好，方进来打发贾政安歇。不在话下。"所以，王夫人生了个衔玉的儿子后，便不再生育，而赵姨娘却接连生了一个女儿探春，一个儿子贾环。从这段隐约的文字里，便可见贾政全部可怜的浪漫。

说了归齐，贾政并非没有领略一番旖旎风光的欲望，除了假道学之外，根子就在他实实在在的无能了。所有无能而又不肯承认无能的人，都常用假道学来掩饰自己的无能，道貌岸然倒不失为一种伪装的法子。

这个一本正经的贾政，其实才智庸劣，靠老子死后奏上一本，蒙皇上的恩典，才在工部"赐了个额外主事职衔"。清代六部，是中央政府的行政部门，下设司一级职能部门，分管各项业务，司的主管叫郎中，副手叫员外郎。他从一个相当于处级干部的主事，升到副局级的员外郎，而且不久又升为郎中，接着放了一任学差，可谓圣眷日隆，但书中只字未提他官做得如何。由于"皇上怜念先臣"，这位酷爱读书、学问不大、科举不得、功名无望的高干子弟，才得以一步步擢升起来。

终其一生，他放过一任学差，做过一任粮道，仅此而已。说起来，很惭愧，贾存周的官微职轻，与贾府那赫赫扬扬的门阀地位比，尤其跟他那位担任京城城防司令的内兄王子腾比，是小而焉之的角色，极不相称，也使他无论如何也找不到感觉。

贾政点滴之四

贾政对宝玉的诗，评语是"到底词句不雅"；对贾环的诗也不中意，批评为"难以教训"。这"难以教训"四字，足以代表一些称不上大家手笔、多少有些没落的文学前辈，对朝气充沛的后来者的嫉恨之情。其实，文学史上许多令人高山仰止的大师，都是十分奖掖后进，不遗余力地提携青年一代。只有像贾政这样一辈子只写了一篇《归省颂》的诗人，无才无能，自负变为偏狭，才会认为谁要不按他规定下的路走，便是不可救药。好像上帝赋予了他教诲和训斥别人的使命，人人都得对他恭而敬之，不得抗违。他永远声严色厉："哪怕再念三十本《诗经》，也是'掩耳盗铃'，哄人而已。你去请学里太爷的安，就说我说的，什么《诗经》、古文，一概不用虚应故事，只是先把'四书'一齐讲明背熟，是最要紧的。"凡是这类原教旨主义者，只有维护正统观念这一点点本钱。可时代在变，社会在变，文学也会变，大观园里的年轻人，如醉如痴地迷上了《西厢记》《牡丹亭》这一类当时的新潮作品，并努力运用到自己的创作实践中去，根本不再以他马首是瞻，对他的"东风射马耳"式的谆谆教诲，实际上置若罔闻。

这使得政老前辈不得不吼了，然则吼有何益？他骂贾宝玉"无知的畜生""孽障""无知的蠢物""你这畜生"，并且"气的喝命：'叉出去！'才出去，又喝命回来，命：'再题一联，若不通，一并打嘴巴！'宝玉吓的战兢兢的半日"。这是"大观园试才题对额"中的现场描写。今天的青年作者可要幸运得多，不至于随便有被捆嘴的危险。这说明时代是在进步，这位"代家长"的恫吓，到底有多少人买账？连他自己也知道根本无人在乎的了。

吼归吼，但结果大观园里的对额，仍旧采用了宝玉拟就的题名对联，贾政只好自惭弗如。最可笑的，省亲当夜，元妃亲自主持了一次诗歌大奖赛，既未让贾政来首应景诗唱和，也不给他一个评委当当。对他的《归省颂》不置一词，元妃也真叫她老爹栽面的了。不过，好在贾政能领会上头精神，既然元妃夸好，他也对年轻人的诗"称颂不已"了。

让他最苦恼的，还是那次元宵灯谜晚会。诗谜就是诗谜，本是游戏之作。年轻人嘛，什么都想尝试尝试，其中不免有些虚无出世、伤情悲观的词句，政老前辈也看得太重了，他认为文章乃千秋之大业，这怎么可以呢？于是他忧心忡忡："小小年纪，作此等言语，更觉不祥。看来皆非福寿之辈！"他也未免想得太多太远太沉重了。而且令他失望的是，非但得不到呼应，还要撵他走。看来，拥有读者和观众的还是这些年轻人。他"想到此处，甚觉烦闷，大有悲戚之状，只是垂头沉思"。

年轻人的作品他不喜欢，他自己又写不出来，这就是贾政最大的悲哀了。

贾政点滴之五

贾政未尝不想自在，视察稻香村，遂生归农之意，也许只是一种士大夫式的清高，但也反映他未必很想扮演一天到晚把脸皮绷紧的这个角色。但在这样的大家庭里，不能没有一个应对场面的人物，一座寺庙还得有一位知客僧呢，一家合资公司也得设一位公关经理呢。老太太不能事必躬亲，可环顾左右，能不摇头叹息吗？那个贾敬，"一味好道，只爱烧丹炼汞"；那个贾珍，是敢"把那宁国府竟翻过来"的主儿；那个贾赦，除了打鸳鸯的主意，抢石呆子的扇子，就是养小老婆，老不正经；至于贾琏、贾蓉，也都是些"膏粱轻薄之流"。人头屈指可数，拨拉来拨拉去，贾政就被推到这个位置上来了。历史上就有这个例子，他不行不配不称职不上台盘，可别人比他更不像样子，就只好把黄袍加在他的身上了。老太太不选他，还能选谁呢？史太君的哲学是"乐得都不管，说说笑笑，养身子罢了"。这位实际上的家族领袖，倒很放手。所以一般的应酬，出头露面的事情，就由贾政来当这个代理家长了。无论如何，他能讲得几句"四书五经"，写过几句诗词歌赋，也许未必称职，但比贾府其他几块料，还算拿得出手，这位置也不能空缺着，就拿他来充数了。秦可卿死封龙禁尉大出殡，北静王设路祭，怎么也该死者的公公贾珍、死者的先生贾蓉出面，于理说得通些，绝不会因为这两人伤心过度，而疏于礼数吧？偏偏是贾政出来应付。北静王很关心文学，据红学家考证出来，他的名字叫水溶，有可能是乾隆的六皇子永瑢，那就更是清时文坛的龙头老大了，还让宝玉到他的文学沙龙去坐坐，可见他挺看重贾宝玉。尽管他说"将来'雏凤清于老凤声'，未可量也"，其实，话里话外，并不把贾政的文学成就看在眼里。贾政虽资质平平，可并不傻，不是听不出来，在这个位置上，又无法不应酬。为此，他要规行矩步，要匡正世道人心，要维护封建统治，挺忙，挺正经（至少在装正经），处处得他出面，事事得他说话。虽然，他晓得他不受欢迎，尤其不受年轻一代欢迎，甚至被视作一个多余的碍事的人。有一次元宵灯谜晚会，他也想凑热闹，乐一乐，弄得年轻人好嫌他，一个个对这位权威"钳口禁语"。最后老家长把他撵了，他甚至很痛苦："今日原听见老太太这里大设春灯雅谜，故也备了彩礼酒席，特来入会。何疼孙子孙女之心，便不略赐予儿子半点？"

　　当然贾政未必不羡慕别的老爷、少爷们那样花天酒地、妻妾成群，何况在那个社会的那个阶层里，"一味高乐不了"，并不稀奇。贾政是人，岂能例外？看他为"丁香结子芙蓉绦，不系明珠系宝刀"的林四娘搞诗歌大联唱的积极性，组织了对这位巾帼英雄的追思礼拜，那难得流露的一往情深的样子，多少可以窥见其内心奥秘。证明他并非清教徒，如此膜拜一位英武的女性，难免有些"弗洛伊德"主义的。

贾政点滴之六

凡无能的官僚，一般都是轻信小人，很容易被巧言令色的奸佞之徒包围，哄得团团转，还自以为得计。冲他对兴隆街大爷也就是贾雨村那份赏识、引荐、敬赖，就证明了他既无识人正邪的眼光，也无区别良莠的能力，基本属于分不出好赖人的糊涂脓包。贾政捞到江西粮道这个实缺，上任后重用一个品质很坏的李十儿，俗话说"武大郎玩夜猫子，什么人玩什么鸟"，事属正常。最后受其蒙蔽，弄了个被参失职的结果，从此就退居，无所事事了。

皇上赏贾政这个官的理由，曹雪芹写得颇有点春秋笔法，并不因为他的才干卓越、政绩超群，而是念他"勤俭谨慎"罢了。这四个字的鉴定，算是勉励之语，但对一个貌似才德全尽的"圣人"来讲，多少有点贬义了。"贾政向来做京官，只晓得郎中事务都是一景儿的事情，就是外任，原是学差，也无关于吏治上。"当闲差时，此公尚可差强人意，等到了江西，便一筹莫展了。在粮道任上，起先，还意识到不能当贪官，后来，干脆采取鸵鸟政策，既不同意，也不反对，其实就是默许，任李十儿他们胡作非为。这样一来，"反觉得事事周到，件件随心"，"不但不疑，反多相信"，于是别人"用言规谏，无奈贾政不信"了。贾政的糊涂无能，加上李十儿的狡猾贼毒，这就珠联璧合了。有贾政，必有李十儿，如此无能之人才能把官当下去，否则连鸣锣喝道站班

257

上堂的人都不齐。但李十儿这班势利小人，也必依靠贾政这类"空心大老"，才得以施展其伎俩。因此，在生活中，这种最佳拍档，互相勾结，共同作恶，就像动物界的寄生现象，谁也离不开谁的。也很难讲谁更坏一些，成语中的"狼狈为奸""一丘之貉""狐犬当道""沆瀣一气"，就是为这对最佳拍档准备的。

在封建社会里，那些督抚藩臬、大小官员，都是皇帝的奴才，只要能喊主上万岁万万岁，能把圈画圆了，便可当官无误。一旦需要他们做出判断时，若无皇上的旨意和顶头上司的指示，以及太太、娘子、内亲、近幸的从旁点拨，通常，就是摇头，这是官僚阶层最典型的反应。贾政一开始也是摇头，可他摇错了，居然要当清官，也太缺乏自知之明了。

其实，按他的水平，连糊涂官也未必当得好，明摆着讨没趣嘛！那李十儿之辈是能在清水衙门喝西北风的人吗？于是要他的好看，把他撂起来晾着。他也真是可怜，没有一点本事，能制止住员司的怠工，束手无策，走投无路，只好既不摇头也不点头，像鸦片战争时期的两广总督叶名琛的"不战不和不降"的无赖政策一样，把头扎进沙里装孙子，由李十儿摆布了。因此，听贾政说出那样孬种的话："我是要保性命的，你们闹出来不与我相干！"就觉得他千里迢迢，来当这份官，也真是够窝囊、够难为的了。

贾雨村的嘴脸之一

　　贾雨村最初亮相，是一个在苏州阊门外葫芦庙里淹蹇住了的穷儒，很不得意，但并不坏。甄士隐赠他钱上京赶考，他也并不表现得感激涕零，说了千谢万谢以后才接受。一般来讲，要是给小人一点好处的话，小人会像狗一样，摇尾巴。同样，你要不让他得到好处的话，小人也会像狗一样龇牙的。这说明那时的贾雨村，还有一份君子的矜持，不是小人。甄先生说，你就挑选一个好日子出发，取个吉利。但他当晚就走了，说什么不在乎黄道黑道，表明他的豁达。那个叫娇杏的丫鬟回头看他一眼，他也狂喜不禁，还能对着月亮写上两首诗，这种表现，说明他理智感情都很正常，是个文化人，有点方巾气，但无食人之心。一个能够涌上诗情的人，良知大概尚未泯灭。《红楼梦》开场，他在姑苏城葫芦庙里暂栖，以卖文作字为生，相当落魄，时值八月中秋，口占五言一律。喝了甄士隐的两盅酒后，又口占一绝。诗一般，才也一般，稍嫌俗套，无甚精彩，什么样的人写出什么样的诗，见其诗，知其人，这是曹雪芹的本事。贾雨村这种"玉在椟中求善价，钗于奁内待时飞"的感叹，也是怀才不遇的知识分子总在期盼售出自己的写照，并不算怎么过分的。最初的贾雨村，和后来异变的贾雨村，还是有所不同的。

　　全书中，只出现过一次"兴隆街大爷"这个名号。其实，这五个字，写也可，不写也可，写无增益，不写无损。在《红楼梦》中，这种把地名和人名联在一起的例子，屡见不鲜。例如茗烟闹学堂那回，就在窗外叫嚣过："他是东府里璜大奶奶的侄儿，什么硬挣仗腰子的。"这里的东府，和"东府的珍大爷""东府的蓉大奶奶"一样，只是区别于西府而言。但兴隆街这样一个很奇特的地名，却给我们留下暗示，使后来人可以从中揣摩出，这个"兴隆街大爷"，也许实有其人，也许是曹雪芹取材于他生活中熟知的、曾经与他的盛世家庭关系密切的某个人，而且肯定是个小人，是个很可怕的小人，说不定他和他的家，还蒙受过这位兴隆街大爷所制造的痛苦，而铭记在心永不能忘，才有这种表述的欲望吧！

凡小人，总是要使别人痛苦，然后，他才获得快乐。别人若不痛苦，他获得了，也未必快乐。所以，小人比别人多的是恶，缺的是善。

一个小人，一个饱读诗书的小人，一个对于圆通之术、马屁之道十分在行的小人。一个有见风使舵之明、聪明脱身之智、厚颜无耻之赖、笑里藏刀之奸、翻脸不认人之冷、杀人不眨眼之狠，什么好话都敢说而不兑现，什么坏事都敢做决不手软的小人。这就是贾雨村从一介书生终成浊吏的中国官僚的成长史、发达史、恶变史。

贾雨村的恶，是他做官以后的事情，慢慢地他就不是葫芦庙里那个书生了，权力是最能使人异化的，后来，贾雨村官做得越大，也变得越恶，就不足为奇了。

贾雨村的嘴脸之二

贾雨村"虽才干优长，未免贪酷，且恃才侮上，那同寅皆侧目而视。不上一年，便被上司参了一本，说他'貌似有才，性实狡猾'"，"外沽清正之名，暗结虎狼之势，使地方多事，民命不堪"。又有了一两件徇庇蠹役、交结乡绅之事，龙颜大怒，即命革职。不过，此公"面上却全无一点怨色，仍是嬉笑自若"。这说明他并不草鸡，是个有点豁达、有点识见、有点头脑、有点城府的小人。所以，他一边韬光养晦，一边游山逛水，一边总结教训，一边物色出路，不像别的知识分子，得意时张狂，失意时落魄，顺利时横着膀子走路，挫折时垂头丧气，面如土色。这时候的他，已经做了一年不到或一年以上的官，不再是葫芦庙里那个本色的穷儒了。他那对月寓怀的书生气，早被官场绞肉机里的血腥气所代替，重新夺回丢失的乌纱帽，已经是欲罢不能的事了。

面对现实，要站起来，只能从头做起。于是，他先去金陵省体仁院总裁甄家处馆，后来，又到维扬盐政林家做西席。这都是有目的的投靠依附，两家虽不列名于那张"护官符"上，但也绝对是可以依托的名门望族。这种寻找政治靠山的做法，是他翻过筋斗，跌跤以后，"眼前无路想回头"的醒悟，他之所以栽倒，而别的比他甚至更贪酷的官吏仍在台上稳当地坐着，就因为他未能攀附上权贵。而官僚政治的特点，就是高尔基所说的从沙皇到警察所结成的国家机器，实际像蜘蛛网一样，既统治着老百姓，又互相牵制着。在这个网络中的每一物体，倘若不能吃掉别人，别人就要吃掉它，因而周围没有奥援，上边没有后台，背后没有依托，仅凭个人实力的绝顶聪明、超人才智，是无法站稳脚跟的。老实说，即使想做一个本分的循吏良宦，也难免灭顶之灾正在等待着你。何况他这样一个怀非分之想、存不轨之念的政治野心家呢？

正好，林如海要送他的女儿黛玉到外婆家去，一封强有力的荐书，先到了京都贾政手中。等他陪着黛玉到达，拿了"宗侄"的名帖，走进这个"白玉为堂金作马"的贾府，以其不俗的言谈，得到贾政的极力帮助，从此，便和这府上结下不解之缘。

后来，贾政也疑惑过："岂知雨村也奇，我家世袭起，从'代'字辈下来，宁荣两宅，人口房舍，以及起居事宜，一概都明白，因此，遂觉得亲热了。"他哪里知道，这个雨村是进行调查研究，充分做好功课，这才熟门熟路，如数家珍，他其实是被愚弄而不觉的傻瓜而已。从冷子兴演说荣国府起，贾雨村就处心积虑要迈进贾府那石狮子把守的大门了。君子可欺以方，小人要动起心计来，是防不胜防的。呜呼！巧言令色，谄谀狐媚，窥视方向，投其所好，总是能得到想要的东西。市场上有买家，才能有卖家，这也是这个世界上，正直君子遭受欺凌，丑恶小人总能得逞的原因。

贾雨村的嘴脸之三

　　小沙弥，其实有些傻。我认为，倒不一定是小沙弥傻，而是写小沙弥的曹雪芹先生傻。在熟悉官场政治的黑暗龌龊、乌七八糟、上下其手、暗箱操作这些方面，曹大师的感性知识，远不如高鹗，因为不在官场滚上多少年，蹭一身油污，碰一身伤痕，不可能有真情实感的体验。高大师当过小官，也当过大官，既当过京官，也当过外省的官，既当过好官，大概也当过坏官，在那样一个腐朽腐败的政权体系中，他要不同流合污，也难以为继。因此，他对于吏治，对于行政，对于其中许许多多的猫腻，要比连个小组长也没当过的曹雪芹，在行得多，明白得多，描写起来也生动得多，深刻得多。

　　高大师把那个跷起一只脚、挺着腰板的李十儿写得很成功，成功到连贾政也拿他没法办。他组织的一次官府工作人员的怠工行动，一个个在堂上没精打采，一个个在底下唉声叹气，叫谁谁不应，唤谁谁不来，连饭也开不出来，一杯热茶也送不到手。你老人家不就是想当正直的官、照章办事的官吗？好，让你呼天不应叫地不灵，看你奈我何？贾政只有放手，任他们胡作非为，直到最后被人参奏下台。如果是一个正直的官，还是个有能力的官，可能邪不压正，反之，如果不是一个正直的官，加之又是无能的官，正不压邪，那就必然是一个不堪设想的后果。

在曹雪芹笔下，这个小沙弥似乎相当伶俐，似乎懂得官场，其实，大谬而特谬矣！第一，他也不思量今天的贾雨村已非当日的穷秀才了。他还挺天真地认为老友重逢，引为知己。不要说在等级分明的封建社会里，任何僭越都会被视作大逆不道，即使在讲民主、讲平等的当今社会，上下级之间，大小官之间，干部与群众、领导与被领导之间，也是存有一定的间距。上面和你打成一片，可以；你认为你和上面也要打成一片，称兄道弟，不分彼此，就有可能被保安，被警卫，出来干预，礼貌地请你止步。

第二，他不知贾的深浅，不明贾的好恶，没有任何戒惧，便出谋划策，便和盘托出。尽管他出的主意很及时、很高明，贾雨村也受益匪浅，但小沙弥毫不明白，他采纳了你的主意，而这个主意出自一个门子、一个下人，那是有损他的自尊；如果再传闻出去，更有损于他的形象。因此，这个没有头脑、没有城府、不识好歹、不知进退的小沙弥，在应天府，绝对不会待长的。

如果，小沙弥有李十儿那一手，反话正说，正话反说，用示意的方法，用启发的方式，用消极的诱你就范的方式，用甚至不需老爷亲自动手，把事情先办妥了的方式，然后归功于贾老爷天纵英明，是您的英明指示，是您的正确决策，是您早想到，早看到，早就有过考虑，只是我们这些下属跟不上，领会慢，行动迟缓，学习不够……不是他的主意，成为他的主意，小沙弥能有这点自知之明，说不定贾雨村还会重用他呢！

贾雨村的嘴脸之四

　　精通小人之道的贾雨村，是一个有真正学问的文人，绝非伪劣假冒的产品。不像文坛上，冠之曰名作家，拿不出名作品，应名是文化人，而偏偏无文化。如果是这样的货色，维扬盐政林府的西席，就不会请他了。再说，挑剔如林黛玉者，会让一个狗屁不通的草包，或是一个名不副实的花架子来教她读书吗？荣国府的贾政，虽然官做得不怎么样，书总是读过几部，最起码的鉴别力还是有的。如果贾雨村是空心汤团，做煞有介事状地装大瓣蒜，他也不会那样高看了。所以，一些属于文字方面的事，常常撇开他的门客詹光等不用，特别属意贾雨村，说明这个"哪里来的饿不死的野杂种"，是货真价实的文化人，不是鲁迅先生说的那种空头文学家。每次兴隆街大爷一到贾府，贾政就打发小厮叫贾宝玉来陪坐说话，恐怕也是有意让他儿子在学业上得到教益吧？有一次，"大观园试才题对额"，贾政甚至说到这种地步："若不妥，将雨村请来，令他再拟。"可见他被看重的程度。

　　贾雨村的兴，还真是兴在他的这点知识分子的本钱上。不像有些作家，非常之小人，又非常之肤浅，还非常之自大，一个瘪皮臭虫，偏要自以为是大象。贾雨村三言两语，一下子就把贾政征服了。所以依存贾府不久，他便实授金陵应天府一缺。上任办的第一桩案子，就是薛蟠闯下的祸。最初，他没把个败落的，但

265

后台还很硬的皇商放在眼里。幸而那原是小沙弥的门子提醒了他，便徇情枉法，胡乱判决，了结此案。然后，他"便疾忙修书二封，与贾政并京营节度使王子腾，不过说'令甥之事已完，不必过虑'之言寄去"。接着，把那个知根知底的葫芦庙旧友远远充发，该舍弃的，不能留情，该争取的，分毫不让，连军方首脑人物都巴结上了，还愁不得升迁吗？他一个无足轻重的小吏，能从地方调到中央，这位王子腾司令员的关照，肯定是起了大作用的。

西哲所云，久握权力，必致腐败，权力愈重，腐败愈甚，是一点也不错的。贾赦想要石呆子的藏扇，贾琏怎么努力，也弄不到手，"谁知雨村那没天理的听见了，便设了法子，讹他拖欠官银，拿他到了衙门里去，说：'所欠官银，变卖家产赔补。'把这扇子抄了来，作了官价送了来！那石呆子如今不知是死是活"。平儿说的这番话，证明那位执拗的收藏家，倾家荡产不必说了，想活着走出贾雨村的牢房，谅也难了。这件事情，从头至尾，做得严丝合缝，滴水不漏，而且几乎不费吹灰之力，难怪赦老爷要揍琏二爷了。"人家怎么弄了来了？"他哪里知道，在适宜的环境下，恶人突然爆发出的能量是不可低估的。贾雨村作恶的天才，到了极致的地步。

后来，贾家犯事，被锦衣军搜检，已是京兆尹的贾雨村，不但不施援手，反而狠狠踹贾府一脚，连路人都对他詈言诟骂。可是，如此败类，如此沦丧，还值得为之愤怒吗？

贾雨村的嘴脸之五

　　贾雨村在《红楼梦》一书中，是出现最早的人物，也是坚持到全书结局的最后人物。这个"假语村言"的贾雨村，和"真事隐去"的甄士隐，是曹雪芹在《红楼梦》中设置的、带有象征意味的人物形象。一个是人间的，实之又实；一个是天上的，玄之又玄。甄士隐一露面，很快就淡去了，直到书末才跑了出来，已是半仙之体，显然作为书的引子来用，最后的仙去，不过是无甚深意的一种了结的安排。独这个贾化，表字时飞，别号雨村者则不同了，是一个不时出现的人物，他在宦海里浮沉起伏，忽而默默无闻，忽而神气活现，忽而位极人臣，忽而削职为民，极其能言善道，政绩乏善可陈，非常道德文章，行止颇有劣迹。虽不赌不嫖，但贪黩成性，甚斯文儒雅，很卑鄙无耻。因此，这是一个很有社会含量，很具针砭寓意，绝对势利小人型的人物，也是中国官场中会当官、会作恶、会高升，就是不会为老百姓做事的官僚样板。一部《二十四史》中，这类官员占了大多数，有他的代表性。研究他的兴衰史，很有意义。

　　初读此公，有点不伦不类。很像时下一些能讲许多正确语言，但行事却令人十分摇头的大小负点责的干部一样，两面得令人不敢恭维。尤其他一出场，讲得太正确了，正确到成为反封建、反传统的一个勇士形象，与他后来为官之恶、之酷、之下作、之卑劣的反差也太强烈了，于是对曹雪芹塑造的这个人物的真实性，不禁怀疑起来。我认为，中国章回小说的写作，到了明末清初，已达成熟的顶峰，完全由口头的自由讲述，过渡到严谨的文字表述。作者不便直接跳出来说他想说的话，便只好借助于书中人物的嘴来表达。

中国的古典戏剧不大遵守亚里士多德的三一律，京剧舞台上，出来四个龙套，观众必须要把他们想象成千军万马才行。他们相互将手中的道具刀枪，心不在焉地碰一下，口中做吆喝状，就表示已经打过一场战争。我记得早年，戏正唱得好好的，上来一位跟包，递给名角一把茶壶，让她润润嗓子。中国观众就有这种修养，可以根本视而不见的。所以，古典小说中这种个别人物的背离真实的现象，是不必太在意的。

冷子兴演说荣国府，谈到贾宝玉见了女儿就清爽，见了男子便觉浊臭逼人时，做了一个判断："你道好笑不好笑，将来色鬼无疑了！"

贾雨村听后，"罕然厉色"地曰："非也！"然后发表了一篇声讨道学、主张人性的长篇大论，这哪里是后来那个背叛恩主、落井下石的贾雨村能说出口的离经叛道的话呢？所以，读贾雨村，应该把他的这些替作者立言的部分与他的行状分离开来，才顺畅的。

再说，中国人当中，嘴上一套，心里一套，做起来又是另一套者，实在太多。做妓女，立贞节牌坊；性泛滥，总一脸正经；讲清高，捞起钱没够；当隐士，常指点人间。所以，贾雨村这种两面行止，读者绝对是见怪不怪的。

贾雨村的嘴脸之六

　　大师笔墨，确有不同寻常之处。这个起复的贾雨村，原来落魄时，曾经在苏州的葫芦庙里短期寓居，在那里求学上进过。当时庙里的一个扫地做饭、浇水种菜的小沙弥，自然也就与贾秀才有了来往。后来，贾苦学成才，一举考中，离开了葫芦庙高就去了。仍在庙里的小沙弥，受不了吃斋念经的清苦，随后不久，也就还了俗，留起头发，三混两混，托人谋事，居然在应天府的官衙里当了个门子。

　　没料到，这回新上任的府尹，竟是他当年葫芦庙的老相识，小沙弥自然很巴结，很近乎，很想攀附。贾雨村再次发迹，得到重用，很大程度上得力于贾府的援引。谁知一上任，就碰上与贾府有姻亲关系的皇商薛蟠恃势抢婢、逞凶杀人的棘手案件。

　　这个案子一直没有结，因为前任府尹都感到难办，拖了下来。

　　起初，贾雨村调阅卷宗，觉得这个薛蟠强蛮嚣张，倚仗后台，连官府都不买账，新上任的他，很想树立形象，便要借此发威。再审定案，惊堂木拿起来，按律判刑，杀人抵命，罪不容贷，还有什么好说的。发签时，他见到小沙弥向他使眼色，遂暂时休庭，退下来问道：

　　"究竟因为什么，你不让我做出判决？"

　　"老爷有所不知，这个呆霸王的来头可是不小……"

这个小沙弥，才以熟人体己的口吻，将金陵城里的薛、王、贾、史四大家族，这个利益结合体，其树大根深，其无比威力，其"一损俱损，一荣俱荣"的互相维护的利害，告诉了他。听到这张"护官符"，了无所知的贾雨村踌躇了。

在密室里，小沙弥附耳过来，为他献计献策：

"老爷，也许我不当讲，也许我多嘴，也许我想老爷您肯定英明，只是初来乍到，百废待兴，来不及下察详情。老爷您能谋得这份差使，固然是圣上的旨意，怎么说也亏了金陵贾府的襄助。这正是一个借此示好的机会，您老怎么能秉公断案呢?"

一席话，说得贾雨村豁然大悟，再次上堂，将薛蟠的故意杀人罪改成一气之下，失手误伤，遂以过失伤人致死罪，从轻发落。反正薛家有的是钱，多多赔偿也就是了。然后，贾雨村写了封信给贾政，信中故意轻描淡写地说：令甥之事，已经解决，无须过虑，大可放心……无疑送上一份厚礼。

据说，毛泽东读《红楼梦》，最欣赏的就是这个护官符的细节，评价极高，认为体现出封建社会中统治阶层盘根错节的黑暗本质。后来，贾雨村觉得这个熟知其底细的小沙弥留在身边，终非好事。第一，揭底怕老乡，他了解自己卑微的过去；第二，这门子颇熟悉官场奥秘、为官诀窍，是个危险人物，早晚会对其不利，说不定，还可能是个定时炸弹，便借了个名目，将他远远打发了。

贾雨村的嘴脸之七

一百零七回里宁国府被抄家，有个路人感叹："独是那个贾大人更了不得，我常见他在两府来往，前儿御史虽参了，主子还叫府尹查明实迹再办，你道他怎么样，他本沾过两府的好处，怕人说他卫护一家，他便狠狠地踢了一脚，所以两府里才到底抄了。你道如今的世情还了得么！"可贾政一直到锦衣军查抄宁国府时，还寄托希望于这位贾雨村，真是痴愚得可怜。甚至不如平儿，早就看出他是个"饿不死的野杂种"，极其鄙视他的行止；所以那个投靠来的甄家奴仆包勇，还敢骂上两句，给坐在轿子里的贾雨村听听。看来，"卑贱者最聪明"，在封建社会里，丫鬟小子，比老爷太太明白事理得多，这里倒能得到证实了。兴隆街大爷的发迹，确乎与贾府分不开。他为贾府卖力，无非巩固这种联系。因为没有贾府，也就没有他的成功。所以，此前此后，所有官员必走的一条通往成功之路，就是得有靠山后台，才能一帆风顺。甚至才智能力差些，哪怕一个白痴，只要背后有强有力的撑腰者，那官就做得下去。所以，他才能在京城里步步高升，一直做到了吏部侍郎、兵部尚书。后来虽降了下来，仍为京兆府尹，兼管税务，总之，仍是炙手可热的人物。此时他心目中，贾府又不在话下了。因为依附者如贾雨村这等聪明人，心里明白，世上没有一个人能拥有永远的春天，千万不能一棵树上吊死。良禽犹择木而栖，何况他是个小人，是个恶吏，是个有一肚子坏水的家伙，早就有准备了。

从主上"查问贾政，问道：'前放兵部，后降府尹的，不是也叫贾化么？'那时雨村也在旁边，倒吓了一跳"开始，他就要和他的靠山划清界限了。因为发觉有可能成为沉船上的一只耗子，弄不好就得随之陪葬，还不赶紧弃舟登岸，一走了之？于是，这位宗侄和贾府拜拜了。但别忘了他是贾雨村，他哪会轻易再见，即使脱身，还要来一个落井下石的回马枪，好彻底洗清自己。

这位兴隆街大爷，是官场中会当官、会作恶、会高升，就是不会为老百姓做事的典型样板。恶是腐蚀社会的毒素，一旦张扬，所催生出、迸裂出的畸形心智，是极具摧毁力和破坏力的。而碰上像贾雨村这样有才干的、具有一定文化水准的恶人，必然变得更坏，而这个坏，肯定是要坏出一定水平来的。于是，对照现实生活中的他的同类，简直如见其人，如闻其声，便觉得这种入木三分的刻画，把一个了不得的贾大人，写得活灵活现。

结果，他还是败下来了，仍是"犯了婪索的案件，审明定罪"，后"遇大赦"，遂"削职为民"。他若谨慎些，他的恶应该是永恒的。小人总是占上风头的胜者，这就是生活的严酷，否则这世界上哪来许多人为的灾难呢！

因此，在现实生活里，若是能离这类小人之辈远远的，倒是我们这些普通人求之不得的幸福了。

尤氏的"独艳"之一

　　荣宁二府比邻而居，占了金陵一条街，林黛玉从扬州来投靠外祖母，在这条街上，先看到的是宁国府，再往西不远，才是荣国府。所以，人们惯称之东府、西府。西府当家主事，名义上为长房贾赦的儿子贾琏，实际掌权者是他妻子王熙凤，贾琏听她指挥。东府当家主事的为贾珍，他太太尤氏则是听命于他的下属。她俩是地位相等的妯娌，但在整部《红楼梦》中，处处显出王熙凤的声威、气势、风头、排场，但几乎看不到，也不大听到尤氏的声影和动静。按王熙凤骂她的话："你又没才干，又没口齿，锯了嘴子的葫芦，就只会一味瞎小心，应贤良的名儿。"骂人的人，有两种，一种是居高临下的，一种是以下犯上的。所以凤姐的话，像审判员，一言定谳。合府上下，无不以为尤氏懦弱、糊涂、窝囊、无能。其实，这正是尤氏在这个"个个像乌眼鸡似的，恨不得你吃了我，我吃了你"的恶劣环境里，能够生存下去的自保之道。

　　压迫，是整个封建社会赖以统治下去的手段，有形的、无形的压迫，无处不在。尤氏怎么能跟凤姐比呢？后者娘家是"护官符"上四大家族之一，王夫人、薛姨妈，是她的娘家人，在政治上，在经济上，在声势上，平民出身的尤氏，要是嫁到市井人家，也许能得到一份从容自在，谁不比谁多一块，谁也不比谁少一块，可落到这样一个举目无亲、上下不靠、满眼显贵、自惭形

273

秽的深宅大院之中，她不采取如此低调的应对之策，还能在这府里待得下去吗？而且，按凤姐骂贾蓉的话："你死了的娘，阴灵儿也不容你！"说明尤氏一非原配，二无子女，再加上平民出身非高门大户，这样的三无人物，在贾府中，真是连腰杆都伸不直，其身心处于何等沉重的压力之下。

勾践卧薪尝胆，是为了打败吴王夫差，刘备韬晦藏锋，是为了逃出曹操软禁，而尤氏"瞎小心，应贤良"是为了什么呢？

市井阶层出现以后，便成为社会中最不安分，也是最易分化的活跃群体，食利的冲动，贪欲的诱惑，使得他们不停地朝高枝攀登，并努力避开向下坡滑落乃至沉沦的危机。好容易上升者最害怕失去得来的一切，而开始下滑者最恐惧的莫过于从此万劫不复，永堕苦海。尤氏不可能拥有越王勾践的雄图大略，也不可能具有皇叔刘备的远谋近虑，但老天给了她宁国府大少奶奶这一份虚荣，对出身市井阶层的她，既满足又享受，既光彩又实惠，足够足够。何况她是智商不低、能力不差、善于公关、懂得退让的聪明女人，她忍受了她丈夫和儿媳之间的暧昧关系，她忍受了她两个妹妹像粉头一样被贾家男人玩弄，当然，也忍受了门第高贵者对她的身份歧视，忍受自嫁给贾珍以来，过着被弃若敝屣的日子。她之所以委曲求全，甚至"胳膊断了只能折在袖子里"地忍气吞声地活着，只是为了她得来不易的贵族身份。

但是，她亲眼目睹她两个妹妹死于非命，尤氏要换一种生存方式了。

274

尤氏的"独艳"之二

凡有压力，必有反压力，凡压迫，必然有反抗，这是物理学的定律。七十五回"开夜宴异兆发悲音"中，"忽听那边墙下有人长叹之声。大家明明听见，都悚然疑畏起来。贾珍忙厉声叱咤，问：'谁在那里？'连问几声，没有人答应。尤氏道：'必是墙外边家里人也未可知。'贾珍道：'胡说。这墙四面皆无下人的房子，况且那边又紧靠着祠堂，焉得有人。'"显然，过去的尤氏，很少敢这样逆着贾珍说话的，所以，贾珍以"胡说"二字将她打了回去。

现在的尤氏，在尤二姐、尤三姐相继身亡之后，也许血缘关系唤醒了她的高级奴才的梦，她不可能不内疚，不可能不自遣，当然也不可能不期待老天爷的惩罚落到这家人的头上。所有无反抗能力的弱者，只能指望上天的"善有善报，恶有恶报"的公平，为其申冤。墙外长叹之声的不祥之兆，使她明白，从她公公贾敬莫名其妙地死亡以后，贾珍将宁国府变成赌博场所、相公堂子，吆五喝六、淫秽不堪的所在，这个家族的没落命运，已经不可避免。别看贾珍"厉声叱咤"，她也看出他掩饰不住的虚怯，正因为心底有鬼，才对墙外祠堂里发出来的长叹，产生出莫名的恐惧。所以，她从这一刻起，做她自己，而不是应景儿虚名下的那个自己。

尤氏并不是人们眼中的懦弱无能，六十三回"死金丹独艳理亲丧"，在贾珍、贾蓉、贾母、王夫人守国丧不在，而能人凤姐卧病不能帮忙的情况下，全是她一人单挑，当家做主，先将元真观道士捆起待查，又请太医院验尸确认服丹而亡，自作主张将公公遗体由道观运到家庙铁槛寺收殓，不经商量，就决定破孝开吊，做起道场。料理得头头是道，处置得滴水不漏，连远道赶回的贾珍也连称妥当，赞不绝口。

"独艳"，是曹雪芹对尤氏的评价。艳，是她的外貌；能，才是她的实质。她当然很漂亮，从她两个同父异母的妹妹看，她的美艳，是她能够进入上层社会的资本，否则贾珍也不会要她这样没根没底的市井女儿。但尤氏在贾府，从不卖弄色相，而是靠她的干练、亲和、友善、低调，赢得贾母和一众人等的敬重。大家也能理解，她要太拔尖了，王熙凤往哪里摆？第一个先就饶不了她。所以，秦可卿死后的丧礼，她称病不出，非不能为，而是对贾珍的逆伦行径表示抗议。那时，她只恨这个无耻禽兽，现在，她的两个妹妹非正常死亡以后，对这个表面高尚、内里下作的贵族家庭，彻底唾弃。

高鹗续作里，对尤氏描写得恰到好处，既没有让她得到老太太的二千两银子，像王熙凤那样跪在床上向贾母磕头，感恩戴德，也没有让她与贾珍分手时，除了照例的"怎忍分离"外，有大哭号啕、寻死觅活之表演。尤氏最后的结局，也许高鹗觉得不写比写更耐人寻味，遂不知所终，让读者猜想了。

红楼二尤之一

在太虚幻境薄命司的金陵十二钗中，无论正册、副册、又副册，找不到红楼二尤。曹雪芹笔下的薄命女子，谁能入册，谁不能入册，以什么标准，需什么条件，估计从他入手写这部书，到最后搁笔，心里也未必有谱。尤二姐比之十二钗已婚女性，其命薄程度远超贾元春、秦可卿、王熙凤，一个是进紫禁城的皇贵妃，一个是合府皆疼的少奶奶，一个是纵横捭阖的总管家，她们三位，除了死得过早、死得阴霾、死得狼藉外，至少在活着时候，不用成为弟兄两人的共用情妇，不用躲在小花枝胡同提心吊胆，更不用最后实在活不下去而吞金，谁更命薄些呢？比之十二钗中未婚女性，譬如当过酒令令官的鸳鸯，连大老爷贾赦想动她的念头都铩羽而归，尤三姐有把握自己命运的自由吗？譬如一把一把撕扇子的晴雯，曾经是怡红院里恃宠撒娇、颐指气使的副小姐，尤三姐除了对吃豆腐的贾珍发过威外，不也跟她姐姐一样忍气吞声吗？再譬如袭人，将她归入薄命司，对她来讲，不尽合适。如果她有发言权，会向曹雪芹抗议：第一，我没有如鸳鸯那样非正常死亡，也没有如晴雯那样短命。第二，我没有做成贾宝玉房中正式侍妾，但我嫁了蒋玉菡，未必不是塞翁失马，我不觉得我命薄，干吗将我名列又副册？

在这部小说中，只有这位出污泥而不染的尤三姐，是所有红楼女性中最率直说出她钟爱谁、倾情谁的勇敢者，没有转弯抹角，没有含羞难言，径直表达出她的所思所想，这样没有一丝矫揉造作、没有半点假惺惺的透明得可爱的女孩子，最后，举剑自刎，竟然不得进薄命司，缕缕香魂，无依无托。曹雪芹何以忍心如此，其间必有值得探讨的原因。

据推测，尤氏姐妹应该来自《风月宝鉴》，在那部《红楼梦》的前身，与《红楼梦》不同，更接近《金瓶梅》情色化的风月小说中，尤二姐，也许不叫尤二姐，这种暗地里被包养起来的女子终于被正室发现而起冲突的故事，是书中的一个很夺眼球的组成部分。他舍不得抛弃，就移至《红楼梦》中。也许为了拯救这个堕落的灵魂，曹雪芹遂另写了作风上与其相似，内心世界却大不一样的尤三姐与之对衬，这也是大师惯用的手法。尤二姐是他早期受《金瓶梅》影响创作的人物，她有点像温顺认命、柔弱可怜的李瓶儿。而尤三姐，则是他后期写作进入顶峰，达到全面成熟时代的产物。六十五回，"尤三姐索性卸了妆饰，只穿着大红袄子，半掩半开，故意露出葱绿抹胸，一痕雪脯"，以"破着没脸，人家才不敢欺负"的泼辣，将贾珍、贾琏痛斥得"竟全然无一点儿能为"，"连一句响亮话都没有了"。曹雪芹本无意将她作为重头人物来写，前无铺垫，后无下文，但她这一顿急风暴雨、电闪雷鸣之后，一个刚烈女子的形象，便强烈鲜明地留在读者心里，成为一道亮丽的风景线。

红楼二尤之二

　　贾宝玉在这次事变中，扮演了一个不光彩的角色。他的两句话：一是"你原说只要一个绝色的，如今既得了个绝色的，便罢了，何必再疑"，二是"我在那里和他们混了一个月，怎么不知，真真一对尤物，他又姓尤"，便注定这场悲剧不可避免。若是换个人说，柳湘莲也许不会介意，话是从他最好的朋友嘴里说出来，"湘莲听了，跌足道，这事不好，断乎做不得，你们东府里，除了那两个石头狮子干净罢了"。柳湘莲这句话，也包括贾宝玉在内。因为他和她们混了一个月，这一个"混"字，让柳湘莲怀疑，他的好朋友是不是也参与"女家反赶着男家"的阴谋。

　　在封建社会里，男人不正经的混，是被允许的，女人不正经的混，那就为人所不齿。所以贾宝玉用一个"混"字来描述他和她们的关系，是含有歧视因素的。其实，这不是贾宝玉的错，而是我们这位文学大师的错。所以，他在"一痕雪脯"之后，接着就用风月笔法，放手来写她的放荡、她的妖艳、她的诱引、她的媚惑。"底下绿裤红鞋鲜艳夺目，忽起忽坐，忽喜忽嗔，没半刻斯文，两个坠子就像打秋千一般。灯光之下，越显得柳眉笼翠，檀口含丹，本是一双秋水眼，再吃了几杯酒，越发横波入鬓，转盼流光，真把那珍琏二人，弄得欲近不敢，欲远不舍，迷离恍惚，落魄垂涎。"有的版本中，甚至还有这样的词句："拿他兄弟二人嘲笑取乐，竟真是他嫖了男人，并非男人淫了他。"嫖、淫，都是用在什么人身上的词语？正是曹雪芹灵魂深处的身份歧视，才会用这种不洁笔墨来写尤三姐，大师实在有点过格了。

"质本洁来还洁去"，林黛玉《葬花吟》中这一句中的"洁"，也是那些门第高尚的贵族，和自以为门第依旧高尚但已经没落的贵族，包括曹雪芹，自觉精神上高于市民阶层的"洁"，是他们产生优越感的来源。在人格品行的道德评判上，总认为自己是干净的、清洁的，而非我族类的那些芸芸众生，则是污秽的、肮脏的。贾宝玉对柳湘莲说，他既得到绝色美人，就不必在意她的过去。他没有说出她的不洁，但一个"混"字，已经足够足够。

正因这个不洁，曹雪芹没有将尤三姐列入薄命司。可事实是，她比薄命司中的某些女性，更干净，更纯粹，也更本真。这样一位刚烈女子，其清醒，其自尊，其敢于反抗而不认命、敢于奋斗而不屈服，在《红楼梦》所有女性中，即使是努力追寻个人幸福的林黛玉、晴雯，亦不具备。尤三姐，很晚出现，很快离去，像流星一样，划破黑暗的天空，虽是惊鸿一瞥，这奇峰兀立的形象，却给《红楼梦》读者留下最深刻的印象。

俄国的老托尔斯泰在读了契诃夫的短篇小说《宝贝儿》后，为之跋曰："他原本要打倒宝贝儿，可是她把诗人的缜密的注意力集中在她身上以后，却反而把她高举起来了。"

也许，这就是歪打正着吧！

280

红楼二尤之三

六十六回，尤三姐举剑自刎，曹雪芹的回目题为"情小妹耻情归地府"，这个"耻"字，不知从何谈起？正文是如此写的："尤三姐在房明明听见，好容易等了他来，今忽见反悔，便知他在贾府中听了什么话来，把自己也当作淫奔无耻之流，不屑为妻。今若容他出去，和贾琏说退亲，料那贾琏不但无法可处，就是争辩起来，自己也无趣味。"她只是"无趣味"，并没有一丝耻感。

曹雪芹作为文学大师，也有他难能免俗的自恃高傲，以他簪缨世胄的身份，有理由瞧不起尤氏母女攀高枝的依附，更有理由斜着眼蔑视这两位来历不明底细不清的尤物。因此，他以常理认为尤三姐因被退亲而大没面子，才走上自刎之路，这实在是大师的误判。在文学创作过程中，人物形象完整丰满，具有强烈的个性色彩，犹如从魔瓶中释放出来的怪物，常常不是作家能够左右的了。《红楼梦》中的尤三姐，曹雪芹给了她一切的精彩以后，尽管不洁笔墨大大损害她的形象，但她耍了那次酒疯以后，再也不是大师原本让她只作为尤二姐的陪衬角色了。

她之自刎，不是因为对方后悔这门女方主动的婚事，羞得无地自容，她是绝对不怕破脸的女性；也不是因为男家索回定亲定情之用的宝剑，感到极大耻辱，她从来也没顾及她的自尊自重。她都敢给自己择婿，在那个时代里，她也许是唯一做得出来的女

281

人了。

曹雪芹把他塑造出来的人物看浅了。

自杀，是需要绝大勇气的行为，她之这样结果自己，与羞与耻与辱与无脸面见人，毫无关系。当她启齿说出要嫁的就是五年前一见钟情的柳湘莲时，她就做好了这种被退亲的心理准备。原本，她相信自己没有看错人，也不会看错人，但到最后，她深深觉得这个世界的绝望、人生的无趣，才选择死亡的。她本来以为这个柳湘莲，是一个真正的男人，是一个有见识、有眼力，能担当、能作为的汉子，她发现她终于眼瞎，看错了人。这个男人曾经让她苦苦寻觅而不得，费尽心力而难求，终于"众里寻他千百度，蓦然回首，那人却在灯火阑珊处"。于是，她像中国历史上那些勇敢把握自己命运的女流，如红拂夜奔，如妙尼秋江那样，想紧紧抓住这个机会，得到这个男人。谁知，这个应该有独立思想，不在乎人言可畏，应该能格外理解，天下最难得者知己的男人，却摆脱不了世俗，禁受不住动摇，挣扎不出猜疑，反抗不起礼教，于是，他退却了，他闪开了，他向恶势力投降了，他把这个世界上最爱他的女人出卖了。

什么叫悲剧？悲剧就是把美好毁灭给人看。她无力再在这个世界上活下去了，一个懂得爱、珍惜爱的女人，面对这毁灭的一切，自刎是唯一的路。

直到此时，曹雪芹这才想起来，补上一笔。尤三姐对柳湘莲说："妾今奉警幻仙姑之命，前往太虚幻境。妾不忍相别，故来一会。"即使如此，他也没有将原稿翻回到第五回，将她列入薄命司的册子中。

美丽的晴雯

　　周作人那首《丙辰丁亥杂诗·红楼梦》诗，突出地赞扬了晴雯。"反复细思量，我爱晴雯姐。本是民间女，因缘入人海。虽裹罗与绮，野性宛然在。所惜乃短命，奄忽归地界。但愿现实中，斯人倘能在。径情对家国，良时庶可待。"诗作于1946年4月7日，作者时因汉奸罪关在南京老虎桥监狱。在那样环境中，仍不忘大观园中的这个丫鬟。可见曹雪芹刻画的这个人物多么成功。他在这首长诗的前面还有两句："名花岂不艳，反不如萧艾。"别看晴雯是个奴婢，是个连自己亲生父母都不知的、来历不明、背景不清之人，地位低下，身份卑贱，但她却是《红楼梦》里超过主子、胜过小姐，最为亮丽、最具魅力的人物。"霁月难逢，彩云易散。心比天高，身为下贱。风流灵巧招人怨。寿夭多因毁谤生，多情公子空牵念。"是她领衔十二钗又副册之首的判词。霁，天色放晴，大地明亮，用现代流行的语言来比喻，晴雯也许当得上大观园中最为阳光的女孩子了。俞平伯说："曹雪芹喜欢像晴雯这样的人，又同情她，这些倾向都是显明的；他却并不曾隐瞒她有什么缺点，且似乎也很不小。如她狂傲、尖酸、目空一切，对小丫头们十分厉害。"所以，从第七回到七十七回，这个美丽清纯、心灵手巧、热情率真、洁身自好，而且是非分明、刚直无忌、大胆叛逆、追求理想的晴雯，在曹雪芹笔下，被写得活灵活现，栩栩如生。

不过，曹雪芹说她"心比天高"，若是为了衬托下句"身为下贱"，尚可理解。如果，心比天高，想当小姐，想当主子，那就小看晴雯了。其实，她的心，或她的理想，并不高，只是想别人将她当人看。她虽是奴才，却和其他同类相异，不以奴才为荣，也不以将来当贾宝玉的侍妾为终极目标。她渴望本色，追求个性，径直行事，直言不讳。她见上不唯唯诺诺、奴颜婢膝，她对下不仗权倚势、欺凌弱小。这样的性格优势，和她这样的身份弱势，就构成她的生存危机：第一，势必不容于这个社会；第二，势必要遭受到同类相残。怡红院里从最高的袭人起到最低的粗使丫头，你以为那一个个都是省油的灯吗？

因为那是一个以奴才思想统治一切的社会。不驯服，不从众，难以活；不低头，不安分，难以生。这也是宁折不弯的晴雯，最后必然香消玉殒的结果。

大观园不是伊甸园，其间，既有美丽，也有丑恶；既有高洁，也有污秽；既有笑语喜乐，也有悲哭暗泣；既有好诗连篇，也有告密成风。这当然也不仅仅是曹雪芹笔下那个封建社会特有的现象，大概凡是人类居住的地方，都难免这种自相残杀的丑恶。

何况，她长得这样美，水蛇腰，削肩膀，眉眼又有些像林黛玉，加之这份不被人容的风流灵巧招人怨的性格，她要不成众矢之的，那才叫怪。

赵姨娘的折腾之一

马道婆，是一位以迷信为职业，专门贩卖黑暗的妇女。在旧社会所谓的三姑六婆中，这类女巫式的人物可算是神秘文化现象的代表，也是整个社会阴暗层面里最污秽的充满脓血的毒瘤。古代就不去说了，即使后来的中国社会，在欠文明、欠开化的偏闭地区，在文化程度相对低下的人群中，她们有广阔的生存空间。特别是社会处于衰败没落时期，这种神秘文化的发展更呈泛滥趋势。所以，古人云"国之将亡，必有妖孽"，对一个家庭来说，也是同样的，探春说过："'百足之虫，死而不僵'，必须先从家里自杀自灭起来，才能一败涂地。"在《红楼梦》一书中，活跃在荣宁两府的占凶问吉、卜卦算命、禳解除祟、驱邪降魔的职业迷信分子，人数如此众多，活动如此频繁，都表明这大家族已经到了"忽喇喇似大厦倾"的崩溃前夕。从赵姨娘与马道婆的对话，我们可以看到卑劣的报复和卑劣的手段是怎样一拍即合的。赵说："了不得，了不得！提起这个主儿，这一份家私要不都叫他搬送到娘家去，我也不是个人。"马说："我还用你说，难道都看不出来。也亏你们心里不理论，只凭他去。倒也妙。"赵说："我的娘，不凭他去，难道还敢把他怎么样呢？"马说："明不敢怎样，暗里也就算计了，还等到这如今！"赵说："怎么暗里算计？我倒有这个意思，只是没这样的能干人。你若教给我这法子，我大大的谢你。若果然法子灵验，把他两个绝了，明日这家私不怕不是我环儿的，那时你要什么不得！"

马道婆愿意站在赵姨娘一边，有其经济利益的驱动成分，但也有着生活在社会底层里，那种被压迫者对于上层强势力量的反抗情结、革命愿望。从她在贾母处的唯唯诺诺的居下服低的姿态，到赵姨娘这里随意自如的神色来观察，实际上她和后者更是心性相通，融洽一气。这就是社会阴暗层面里的成员更容易结成死党的原因。

由于他们作为单独的个人时，无任何抗争实力，而且更缺乏对于自己的信心，显得畏畏缩缩。只有抱团取暖、互为声气、党同伐异、呐喊声援时，不但产生战斗力，自己的信念也大为增强，而变得强悍。这在很大程度上，和山野村庄旅行中所获得的体验相同。当一条狗发现你这个陌生人，朝你吠叫的时候，它也是心存忐忑的，一边进攻，一边也做后撤的准备。当村子里好多条狗都吼过来的时候，那有所恃仗的狗，便敢向你扑过来了。所以，什么"称兄弟桃园结义"，什么"拜把子契结金兰"，甚至包括青红帮、黑社会，多不为有知识者所青睐，而在文化偏下的阶层中则十分盛行，就因为看重这种弱者集群的聚合力。而越是低能无知者，狭隘愚昧者，盲目冲动者，头脑简单、四肢发达者，越是能结成死党。

于是，这两个女人达成默契，如果有香槟酒，肯定要关起门来干杯了。

赵姨娘的折腾之二

赵姨娘从何而来，为何成为贾政侍妾，从王夫人骂她"养出这样黑心种子来，也不教训教训，一发得了意了！"来看，大有可能是这位精明的太太给她丈夫安排的。在那个社会，在那个家庭，贾政没有理由不讨妾，而王夫人也不允许自己在众人眼里成为一个不顾大体的人，凡老爷皆讨妾而贾政不讨，那就是她的不对了。但她不愿一个有点姿色的女人迷住贾政，所以可想而知，这个赵姨娘有可能是她从娘家带来的丫头，所以，她才可以随便责骂。问题在于赵姨娘不能像另外一位周姨娘那样，淡泊无为，退让不争，守拙本分，甘于寂寞。这位被人尊敬的周姨娘，未必读过老庄，但生活使她明白，无望的挣扎，还不如一动不如一静，否则，徒取其辱罢了。但赵姨娘不懂这一点，非常地想报复，以致罔顾一切，以致失去最起码的理智。说她是报复狂，大概不错。赵姨娘的闹，是她的权利，无可非议。任何人受压迫，都会奋起反抗，都应该予以革命，这是正常的属于物理学上的反应。但是，赵姨娘既缺乏站出来与劲敌较量的资本，又缺乏最起码的与对手一搏的勇气，因而，她衡量之后不能，也不敢正面反抗；可是，做到逆来顺受，永远不反抗，她自忖作为贾政的小老婆，这名分也让她不肯善罢甘休。

因此，诉求于更阴暗的捣鬼手段，便是一部分没有多大出息的中国人，最热衷采用的既省事，又省力，而且不露痕迹的克敌制胜之道。而卑劣者的报复，尤其要从最阴险毒辣处下手，往死里整，绝对不怕残忍、野蛮和失却人性。赵姨娘与马道婆勾结在一起，制造的这起大观园里的巫蛊事件，就是下流革命家的典型案例。

小人暗中作祟，防不胜防，真是很可怕的。诅咒、厌胜、魇迷、蛊毒，是中国神秘文化中最阴暗的一支，有其久远的历史。王昆仑先生谈论《红楼梦》书中这回"魇魔法"时，提到"是从汉代以来就流行于中国社会。它每每成为争皇位报私仇或谋人财富的一种极可恐怖的手段"。因此，凡动用这种手段从暗地里整人，基本都与极高的欲望，也就是权力的争夺有关。

赵姨娘为什么加害于王熙凤和贾宝玉，这种妄念也是与她对于权力的渴望分不开的。因为王熙凤手中掌握的是荣国府的经济权，而贾宝玉则占有荣国府的继承权，只有去掉这两个人，赵姨娘才能得到实至名归的结果。按说，她应该以王夫人为敌才对，但尽管她觊觎正老婆的位置并非一日，她的如意算盘却是：只要贾宝玉不复存在，王夫人没了倚仗，虽是正室，也等于白搭。而她这个侧室，却有成了荣国府唯一继承人的贾环，那她的风光还少得了吗？

所以，她不是随意判决这两个人死刑的，而是缜思熟虑的结果。

赵姨娘的折腾之三

在《红楼梦》一书的荣国府中，赵姨娘不是一个很重要的角色。因为她说主子不像主子，说丫鬟不是丫鬟。在现实生活里，这类不上不下的二半吊子式的人物，也是时有所见的。你说她是主子，她知道自己不是主子，会认为你在拿她开心。你说她是"丫鬟"，她当然知道自己不是"丫鬟"，会认为你太小看了她。生活中的这种人很难侍候，开会她坐哪里，发言她排第几，吃饭她放几桌，乘车是硬是软，很难拿捏。高了不是，矮了更不是。而且，这类做盐不咸、做醋不酸的人，还不那么自觉，很以为自己是块料。

其实，赵姨娘是一个有她不多、无她不少的人物。

荣宁二府都这样看她，但她却不这样看，她认为自己重要，至少应该重要。无论如何，她是贾政的小老婆，小老婆也是老婆，她不会赞同公孙龙"白马非马"的逻辑推理。她要是写文章，肯定从理论上求证是可以与王夫人分庭抗礼的。因为王夫人万一得了心肌梗死死了，她是最有资格升为正老婆的，而正老婆是所有小老婆毕生追求的至高境界。如果不是这个贾政老婆的特殊身份，而是别的什么人，譬如那个撒酒疯的焦大老婆，譬如那个卖假药的王一贴老婆，也许觉得没有必要这样向命运抗争了。

唯其不平，才要革命。在中国，最爱革命的是农民，历史上无数起义，都是地里种庄稼的"泥腿子"，把锄头一扔，就铤而走险去把皇帝拉下马了。因为革命的道理千千万万，不平等是最值得革命的。愈处于底层的，愈受到压迫的，愈感到不公平的存在，也就愈能找到揭竿起义的充足理由。

虚名这东西，对正常人来说，有它不多，无它不少，但对某些类似农民的人来说，简直性命交关，他觉得应该当上什么闲职，而没有当上，他觉得应该得到什么空衔，而没有得到，其实是镜花水月的事，也当真得要命，于是，便会亢奋为一股虚火。劲儿一上来，比内分泌失调还难受，不安，折腾，出虚汗，心跳过速，一副天丧予的德性，一定要压倒谁，一定要摆平谁，一定要争到什么名目、地位，才肯安生。否则，只能是寝食不安，上闹下跳，左右作践，到处活动，东奔西跑，诉苦鸣冤，这也是实在没有办法的事情。文化人尚且如此，何况赵姨娘是这样一个不甘于不重要的状态，而要改变自己命运的绝不肯安分的女人呢。

哪里有压迫，哪里就有反抗：为大义者，曰革命；为小惠者，曰折腾。男人之折腾，因不安分；女人之折腾，同样因不安分。男人折腾，成则为王败则寇；女人折腾，尤其瞎折腾，十之八九，无不以出丑告终。赵姨娘在荣国府里，老是做出不顶屁用的反弹，老是弄出些贻笑大方的举止，老是搬起石头砸自己的脚，甚至"辱亲女愚妾争闲气"，折腾来折腾去，结果招来更多的屈辱，便成了一个经常出丑而讨人嫌的角色。

妙玉的迷失之一

当隐士，说得容易，真要实行起来，可是很难很难的。因为隐士也是人，既然是人，就有七情六欲，即如妙玉来说，这样一位"才十八岁"的妙龄少女，别的同龄人在那里卿卿我我，耳鬓厮磨，男欢女爱，恣情享乐，她能无动于衷吗？从曹雪芹不止一次地点到了府里演过《思凡》这出折子戏的细节，按照这位文豪习惯于"草蛇灰线，伏笔千里之外"的文章铺排，焉知她的结局和这出戏没有什么关联呢？妙玉何尝不想在"寿怡红群芳开夜宴"的热闹中，在靠炕的一边，挨着黛玉，有她一个席位呢？她和薛林二位是一样的"官宦小姐"，一样的"文墨也极通"，一样的"模样儿也极好"，当然也一样地有着少女追求爱情的向往之心。那么，她为什么就不该得到这份年轻人的欢乐呢？她当然想参加这次怡红院的生日派对，可她这个隐士怎么好意思贸贸然地前去叩开院门；宝玉内心也许有这个邀请念头，但碍于宗法礼教，未必胆敢一试。既然不曾发出请帖，我们就难猜出妙玉怎么在栊翠庵里一面青灯古佛，静心禅坐，一面还能了解到宝玉的动静。她到底不甘无声无息，被人遗忘，于是送去了一张生日贺卡，抚慰一下自己那颗实在不肯平静的心，这就是不彻底的隐士们最可怜的悲哀了。

八十回后高鹗续的有关妙玉的章节，当然不能一概否定。第八十七回"坐禅寂走火入邪魔"，把一个受压抑的青春女性的性心理，描绘得淋漓尽致。从贾宝玉出现在她身边看棋时起，女性的本能超越了一切障碍，这位隐士再也无法隐下去了。隐是一层外壳，本来就并不彻底的隐，这薄薄的外壳几乎不用揭开，就露出本相了。于是，这位美丽女尼伸出了试探的触角。"久已不来这里，弯弯曲曲的，回去的路头都要迷住了。"那位多情公子立刻欣然相应："这倒要我来指引指引何如？"

好了，一个说不识来时的路了，这编谎的水平未免差一点；一个说要指点迷津，也过于自告奋勇。惜春算是知趣的小姑娘，没有打发一个小丫头送，于是成全了两"玉"单独相处的机会。妙玉这时已忘了她是"槛外人"了，而是一个充分把握机遇的求偶女性，巴不得有这样一次结伴同行的机会，连忙道："不敢，二爷前请。"甚至贾宝玉提议进到黛玉的屋里，她都以"从古只有听琴，再没有看琴的"理由给拦住了。"二人走至潇湘馆外，在山子石上坐着"，这不正是这位少女所期求的魂牵梦萦的一刻吗？

这一天只有他和她的近距离接触，使得妙玉久久处于激动亢奋之中，再也无法禅定了。"那时天气尚不很凉，独自一个凭栏站了一会，忽听房上两个猫儿一递一声厮叫。那妙玉忽想起日间宝玉之言，不觉一阵心跳耳热"；"怎奈神不守舍，一时如万马奔驰，觉得禅床便晃荡起来，身子已不在庵中"。

这种在睡梦中所反映出的性苦闷，和弗洛伊德的《梦的解析》简直是不谋而合。

妙玉的迷失之二

　　《红楼梦》这部杰作，之所以具有百科全书的意义，就因为它是一幅古往今来的中国社会的缩影。凡大千世界，芸芸众生，无不在曹雪芹写真的笔下得到反映，就连隐士这样一种少见的社会现象，也逃不脱那支巨椽似的大笔烛照。就在大观园里，也住着一位隐士，而且还是一位女隐士，就是那位栊翠庵里出家修行的妙玉。通过她，这位大师画出了千古以来隐士难为的尴尬形象。一位美丽的女尼，要远离尘世，要清心寡欲，要禅房入定，要静如死水般地生存在那样一个充满了感情、爱恋、欲望，乃至罪恶的世界里，心路历程之繁复，之起落，之煎熬，之度日如年，是可想而知的。她既无法超凡脱俗，立地成佛地割舍一切，也不能心如古井，槁木死灰般封闭自己，情丝不绝如缕，天性欲罢不能，于是，她的隐，就不如别的隐士那般轻松了，而是一种痛苦的折磨心灵的隐。

　　也许隐士总多多少少有他的难言之隐，否则，干吗要隐呢？

　　在大观园里叫"玉"的女性，只有林黛玉和她，加上唯一叫"玉"的男性，显然，这三"玉"都非一般的人物，可见妙玉在曹雪芹创作构思中的位置，绝不是现在一百二十回本中那样简单。否则，她不会列入金陵十二钗正册之中，而且从她的谶语"欲洁何曾洁，云空未必空，可怜金玉质，终陷淖泥中"判断，

293

她的命运肯定有着强烈反差的戏剧性变化。可以设想曹雪芹的原意，妙玉身上情节上跌宕发展，也许有牵动全局的作用。他在开卷前几回，已经参照系地刻画了一个俗而又俗的叫智能儿的小尼姑，按照曹雪芹习惯对比的写法，妙玉必是一个与此大相径庭的人物。她渴求爱情的强烈欲望，和她必须心如止水有自律自约，所构成的扭曲的人生状态，一旦失去平衡，所产生的爆炸性后果，非兰墅先生所能想象。所以，他只好像路边摆摊的测字先生，只是表面地根据四句谶语的启示，最后让妙玉被海盗劫去做压寨夫人，了结了她。这肯定不会是妙玉的结局。第一，妙玉绝非高鹗续写的这般无足轻重。第二，妙玉的结局绝非高鹗续写的那般肮脏。第三，妙玉之死，很难说是谶语反讽的黑色幽默，与曹雪芹贯穿前八十回的美学思想，毫无共同之处。另外一位也是"终陷淖泥中"的秦可卿死亡，写得那样有声有色，即使是肮脏的死，也不一定非写得那样肮脏不可的。妙玉之死，说不定是一次更美丽的死亡，也未可知。有什么办法呢？高鹗"闲且惫矣"，一个作家在这样衰竭的精神状态下创作，也就该谅解他只能进行浅层次的思考了，不必指望他爆发什么灵感的。让强盗抢走，不知所终，在他看来，没准还以为是一种干净利索的下场呢！

　　这就不必苛求高鹗了，但曹雪芹的"欲洁何曾洁，云空未必空"，却是所有生活在浊世中，希望不被污染者难以逃脱得了的悲剧。

刘姥姥的来历

　　刘姥姥不姓刘，显然是随其夫姓而如此称呼。她在书中三进荣国府，身份始终如一，戏码有所不同。第一次打秋风，第二次女清客，第三次救世主。但她未必很穷，是肯定的，否则不会有舍出老脸一说。要真是穷得揭不开锅，还会在乎脸吗？看她后来给巧姐找到婆家，竟是一位体面乡绅，说明她和她的姑爷王狗儿，在乡间还算得上是人物，也是她有这点底气，才闯进贾府里从容扮演一个穷亲戚而应付自如。曹雪芹从来不写元妃在宫里到底是快活还是不快活的生活细节，他也不大写四大家族背后，在王朝权力斗争中成王败寇的隐秘猫腻。第一，这是他的谨慎，命运之跌宕起伏，家族之荣枯盛衰，已成基因的那种恐惧，借他胆子也是不敢犯忌的。第二，也是他的自审，那些他不深知、不熟悉的领域，他不愿涉足。对当下那些"人有多大胆，地有多大产"的作家来说，有什么不敢写的呢？曹雪芹要是复活，睹此盛况，只能甘拜下风。关于贾元春，曹雪芹只说过一句，"你们把我送到那不得见人的去处"，也就仅此一句而已，到底是大师啊！"不得见人"，只是四个字，字字千钧，留给后人多大的想象余地啊！

　　但刘姥姥，他必须写，一定写，无论如何，他早年富过，见识过上门巴结的穷亲戚。后来，他穷了，也曾放下身段，手心向上，求托过阔人家。而且，他落魄在黄叶村食粥赊酒的时候，大概也短不了领教过这类老虔婆的热心或者冷眼，因此，习惯于对比写法的他，自然要她一而再，再而三地出场了。对比，则有反差；反差，则有区别；区别，则有分野。这就是为什么有林黛玉，就有薛宝钗；有袭人，就有晴雯；有王熙凤，就有李纨；有赵姨娘，就有周姨娘……因而，有城里的贵族府邸，就有乡下的务农人家；有福寿富贵、儿孙满堂的贾母，就有奔波诉苦、求贷哭穷的刘姥姥。

　　刘姥姥是精明人，精明不是属于有知识的人的专利，哪怕大字不识几个，也能拥有人情练达、世事洞明的能力。她也许不懂得豪门大族的礼法规则，也根本学不来富贵人家的生活方式，但是，有一条她明白：你们是强者，我就装弱小；你们很高贵，我就装卑贱；你们高大上，我就低小下。唯有如此满足你们的虚荣心、好奇心，你们才会掏腰包。所以她第一次来，讨饥荒，她第二次来，其实也还是讨饥荒，而且第二次收获百倍于第一次，从实效来讲，她才是真正的成功者。她说："姑娘说那里话？咱们哄着老太太开个心儿，可有什么恼的！你先嘱咐我，我就明白了，不过大家取个笑儿。我要心里恼，也就不说了。"刘姥姥的清醒、达观、自知之明，跃然纸上。这样，她第三次来，不再为钱，只是关心出事的贾府，并帮了巧姐一把，让她脱离险境，你还认为她是丑角吗？

卑贱者最聪明

第四十一回，"贾宝玉品茶栊翠庵，刘姥姥醉卧怡红院"，前者高雅，茶香器美，后者村俗，鼾屁共鸣，曹雪芹最爱用这种正反对照的手法，以强烈反差冲击读者，留下深刻难忘的印象。刘姥姥和妙玉，看起来毫无共同之处，但究其实际，她俩同为贾府庇护和关照下的获益者，刘姥姥得到的是慷慨施舍，妙玉得到的是一方净土，在这一点上，她俩是相同的。在这个世界上，权力和财富的周围，乞食者的蚁附现象，从来是大量存在的。这其中，有的是投靠的，有的是不得不趋迎的，有的不顾自己的人格体面，如"老刘老刘，食量大如牛"，以出丑娱乐大众的刘姥姥；有的多少还能保持一点尊严，如"独你来了，我是不能给你吃的"，妙玉对贾宝玉如此说，以示她的清高自尊。

"卑贱者最聪明"这句名言，在这两个人物身上充分体现出来。刘姥姥很清楚，她在狗儿、板儿面前，是一位有尊严的长者，但到贾府，则是合府上下开玩笑逗乐子的工具，她既不怕出丑丢人，也就不在乎大家笑话。她对鸳鸯说，咱不就哄老太太开心吗，说明她的清醒、她的聪明：发现贾母不愿听这一话题，连忙转换频道；发现这些养尊处优的城里人对于农村的无知，便编造乡土文学满足他们的猎奇心理。刘姥姥看似无知浅薄，其实心净如水，统统明白。她没文化，很粗俗，没教养，很村野，但是，她懂得，你若不付出一些什么，你也休想得到一些什么，这就是大智慧了。

妙玉的智商，要比刘姥姥不知高出多少，然而，她的临场表现，就相当不及格了。她至少应该明白私下请吃茶的三位，是主人和主人的至亲，而她不过是这府的寄居之客。反客为主，失去分际地拿大，一错。这三位，可不是刘姥姥，她竟然说"只怕你家还拿不出来这件俗器"，一而再，再而三地卖弄高档茶具，借以炫富，二错。刘姥姥喝了一口的那只成窑五彩小盖盅，说不要就不要了，以示自己的高洁，妙玉的这种显示，对浅薄眼馋者，也许起到作用，而林黛玉未必受用，当下就坐不住了，三错。保持矜持，不失庄重，是可以的；过分卖弄，表现出格，则是失却自尊自敬的浅薄了。也许聪明如妙玉者，当不致如此把握不住分寸，只是见了宝玉这样一位美男，本来多情的她，有点失控了。

那只成窑茶盅，颇让一些红学家做足文章，延伸出去没边没沿的可笑想象。其实他们也不是不知道，大清王朝那时候，无论怎样稀罕的珍玩，只要是产品，宫里有的，琉璃厂就会有，而琉璃厂有的，宫里未必有。若一只成窑五彩小盖盅便能惊动上峰，以至特勤局出马，也太小看康雍乾这三位大国之君了。这使我想起一则笑话：下雨天，无法下地干活，一农妇对其夫曰，若宫中娘娘如此，当干些什么呢？必定要拿盆、和面、剁馅，包饺子了。

知之不广，贻笑大方，这就是上述农妇见识般的红学家不断出洋相的原因了。

贾芸的效忠信之一

你可以不忠，但不能不效，这是效忠者的普遍心态。忠，是一种内心状态；效，是一种表面现象。在中国，忠和效忠，有时候是一回事，有时候也不是一回事。你可以忠，不一定要做出效的样子；同样，你可以在肚子里不忠，但在大面上你必须做出效的表情。所以，当面信誓旦旦，背后另结新欢；表示无限忠诚，不妨一仆二主，这都是在历史上和现实中屡见不鲜的事情。

对有骨头的人来说，忠是第一位的，效不效，无所谓；对无骨头或软骨头的人来说，忠不忠，真忠和假忠，一心一意的忠和三心二意的忠，无所谓，效是第一位的。因为，你若是不效，别人抢在你前面先效了，得到实惠的是他，而你想得到，必须加倍努力，因此，欲效则趁早，要效就大效，这也是中国一有什么风吹草动，划分势力范围，排队站位，确立主从关系时，效忠者风起云涌的缘故。

效忠者多，那个社会，必完蛋；效忠者比着谁更效忠，那个时代，必黑暗。在一个政治空气不正常的社会里，人们就必然进行着谁比谁更效忠的比赛。还记得"文革"后期，那些其实也可怜的文人，写的那些够卑鄙的告密信吗？

这个贾芸，在袭人眼里，是个"有些鬼鬼头头的……心术不正的货"，很看不上。也许因为他一直处于这种不得志的"囊锥"

状态之下，东投西靠，到处钻营，求职心切，难免情急，于是，抓耳挠腮，心急如焚，龇牙咧嘴，死乞白赖。所以，他一到园子里，一定是一副贼眉鼠眼、溜溜湫湫、极其不自然的样子。但从他亲笔写的那封顶呱呱的效忠信，一心一意要给比他年纪小的贾宝玉当儿子的言行来看，高鹗循着这个人物身上的恶本质写下去，最后无法遏止，写成了渣滓，也不是说不过去。

但在"痴女儿遗帕惹相思"的小红眼里，他却是"生的容长脸儿，长挑身材，年纪只有十八九岁，甚是斯文清秀"的年轻男性。这个小红，不可小觑，在曹雪芹笔下，一出场颇有出彩表现，而且得到凤姐赏识，将她从怡红院调到手下，做贴身使唤丫鬟。根据曹雪芹的写作风格，这个力求改变自己命运、大胆追求异性的女孩，应该会有后续的故事，不然不会大费笔墨。可以想象得到的是她和贾芸的这段情缘，必然会有一个结果；更可以想象成为凤姐的左右以后，她为这位贾府的顶梁柱奔走，必然会有产生全局影响的情节，是顺理成章的事。在曹著八十回的后部，一是这位大师似乎将她忘了，二是得不到机会让她"草蛇灰线"露面一次。而高鹗接下来的四十回，千头万绪，未能尽善尽美，遂出现这种百密一疏的败笔，小红出局，贾芸变坏，显然有悖曹的原意。不过也好，倒也证明有关高的续书，所谓依据曹的遗文佚稿一说——将其续得好的地方，算在曹的头上，而抹杀高鹗续书之功——也就不攻自破了。

贾芸的效忠信之二

　　《红楼梦》是一部伟大的小说，其中也夹杂着很多小说以外的文体，诗、词、曲、信札、请柬、药方……无所不备。正如俄罗斯人赞美普希金的《叶甫盖尼·奥涅金》，称作斯拉夫语言文字的百科全书一样，曹雪芹的这部不朽之作，也是中国语言文字的宝典。"廊下住的五嫂子的儿子芸儿"，是《红楼梦》里的一个小角色，小得不能再小，唯其小，所以要改变现状。第一，他没有太多的学问，第二，他没有太大的能耐，第三，他没有足以依赖的靠山，于是他琢磨，学问没有，一时恶补也补不上来，能耐不足，三天两天也难锻炼成熟，只有巴结两府里称得上是爷的人物，也许是他求生的一条捷径。贾芸在贾府，是近支，并非嫡系，有势无力，名贵实微。他的地位既比不上管尼姑的贾芹，更比不上管戏子的贾蔷。他后来明白了，投靠贾琏，犯了路线错误。"早知这样，我一起头就求婶娘，这会子也早完了"，改走凤姐的门子后，虽然捞到一项季节性的种花栽草的营生，充其量也就是一个小单位的头儿，内心其实是并不十分满意的。

　　这个贾芸，可是一个不怎么肯安分的人。不安分，便要有所动作。于是，写了那封给宝玉的效忠信。

　　贾芸的信，与探春给宝玉"谨启二兄文儿"的信并列三十七回，显得十分粗俗。但作为效忠信，却是一篇范文。

第一，脸皮真厚，厚到了十分无耻的程度。一起首，贾芸一声叫板，肉麻透顶。"不肖男芸恭请父亲大人万福金安。男思自蒙天恩，认于膝下，日夜思一孝顺，竟无可孝顺之处……"着实让人敬佩这位芸哥儿张得开嘴、叫得出口的"勇气"，如此做小伏低，曲意逢迎，低三下四，自轻自贱，无耻之至，也可悲之至。

第二，想方设法地巴结讨好，努力标榜忠诚不贰，做出恨不能肝脑涂地、死而后已之态，这一点表演得也很充分。"前因买办花草，上托大人洪福，竟认得许多花儿匠，并认得许多名园。前因忽见有白海棠一种，不可多得，故变尽方法，只弄得两盆。"他在强调此花之难得，表示他的一片孝心时，将成就归功于大人的洪福，马屁实在拍得够响的。

紧接着第三，图穷匕见，就该流露心迹了。"大人若视男是亲男一般，便留下赏玩。因天气暑热，恐园中姑娘们妨碍不便，故不敢面见。"其实，他是很想挤进园子里去，很想攀附上贾宝玉的。他并不安心当他的包工队头儿，在他看来，他之所以不如贾蔷、贾芹混得顺手，是没有靠山的缘故。这个有野心的家伙，急于改换门庭。所以，病急乱投医的贾芸，想抱贾宝玉的粗腿。可聪明过了头，反倒坏了事，他找到的却是根本不在意拍马，不需要拍马，拍了也不会起作用的贾宝玉门头。他这封效忠信和那两盆白海棠，并未起到多大的作用，白给人家当了一回儿子。

香菱的悲剧

　　小说家给作品中人物命名，是煞费踌躇的事。而一定设法在这个名字中注入寓意因素，也是惯用手段。大家都在玩，没有一个作家例外。不过，曹雪芹玩得有点出格，有点上瘾。这成为他的"必杀技"。不但人物姓名，甚至诸如"万艳同杯"（杯即悲）、"千红一窟"（窟即哭）等词语，也弄得像谜语似的令人费解，就有点过分了。曹雪芹在写书的时候，根本没想到他的这部小说将会进入世界文学之林，当然更不会考虑他的这种文字游戏让译者感到多大麻烦。香菱，这位在书中最早出场，一直坚持到全书结束的女性，姓甄，原名英莲。曹雪芹以其谐音"真应怜"来概括金陵十二钗的非常值得同情的不幸命运。但译者要想使洋人弄明白甄英莲的"真应怜"的内涵，除了加上一大堆注释，别无他计。俄国作家契诃夫亦有此好，其短篇小说中许多人物的名字，其俄文词根都会隐含人物的性格成分，俄国人一看就懂，中国读者则懵懂。所以，汝龙翻译的二十七本《契诃夫小说选集》，只好在正文外加以注释。但"真应怜"这个谐音，我估计中国读者绝不会马上能够悟解。

　　香菱的悲剧，可谓书中全部美丽女性所遭遇不幸的集大成者。被拐，变卖，为奴，做婢，抢婚，命案，做妾，家暴，妒妇，悍婢，蹂躏，打骂，砒霜，难产，病重，殒亡……别的女孩子没有经受过的罪和孽，她都一一挨了过来；而她吃过的苦和难，流过的血和泪，也不是那些同龄女孩子所曾遭遇过的。所以，我一直有这样一种直觉：在曹雪芹设计中，这位音容笑貌、神态形影酷似《红楼梦》中最美女神秦可卿的香菱，在八十回后，其踪影一定不会拘束在那梨香院的范围内，而是要在大观园，甚至超越大观园的兴衰，在荣宁两府走向没落毁灭过程中，串演更为重要的角色，在她的身上，必然还有更曲折的故事、更离奇的戏剧。

从她的判词来看，在副册首页上，画着是一枝桂花，下面有一方池沼，其中水涸泥干，莲枯藕败，后面书云："根并荷花一茎香，平生遭际实堪伤。自从两地生孤木，致使香魂返故乡。"现在来看后四十回高鹗续文，只能用"中规中矩"四个字来评价。第一，曹雪芹的前八十回，千头万绪，陷阱无数，有多少自作多情的续作者死在其中而不觉。第二，续作的难度要大大难于初创，高鹗走进迷宫，能够出得来，就不必求全责备。如果说，小红这个人物被他写丢了，是他实在太粗心的结果，那么，香菱这个人物被他忽略了，则是他实在不细心的失误。因此，对高后来续写的香菱，错吗？说不上；好吗？则未必。

但高鹗应该明白，这个香菱，是秦可卿死了以后的秦可卿，应该能够想象曹雪芹为什么首先让她出场，又最后让她退场的道理，对这个贯穿始终的人物，应该多费一点笔墨才是。

"空心大老"

第十七回"大观园试才题对额"那场面，最能看出贾政的嘴脸了。他自己腹中空空，没能拟出一条对额，让自己风光风光，但老先生对自己儿子那才华横溢、应对捷智的表现，竟忘记了做父亲应该具有的自豪，妒火中烧，不能按捺。除了摇头、贬斥，便是骂街、否定；那歇斯底里的跳踉，简直是不可理喻。鲁迅曾经用过"空心大老"这个词，来形容以德自居，而德不见其彰，恃才自任，而才不见其著的人物。这些老爷们看起来正襟危坐，不苟言笑，道貌岸然，一言九鼎，做党国栋梁、朝廷柱石状，挺像那么一回事的，而实际上，不但少才，尤为缺德，做官唯知哼哼哈哈，为民了无半点政绩。不在其位，不谋其政时，尚能遮人耳目；一在其位，一谋其政，就洋相百出了。《红楼梦》里的贾政，说句不恭的话，恐怕就是这种处于尴尬状态中的典型形象。在古典文学作品的人物画廊中，还很难再找到这样一个严肃正经、煞有介事的无能、无为、无用、无聊赖的"四无"人物。

贾存周本想凭个人努力，正经从科甲考个出身，好像未能如愿，谁知是考砸了呢，还是压根就没敢去考，结果靠老子死后奏上一本，蒙皇上的恩典，补了一个工部的额外主事。而且不久又升为郎中，接着借调出来，放了一任学差，可谓圣眷日隆，但书中只字未提他官做得如何。因此，贾政这么快地捞到一个实缺，到江西任粮道，主管漕粮这个肥差，完全是上赖祖荫，下靠他女儿是皇妃娘娘的裙带关系。

在荣国府，从上到下，是把贾政当作真的"圣人"看的。要不然，"代理家长"这个头衔，不会落到他身上。本来，袭了祖宗的官的是他哥，又兼长房长子，理应这位贾赦为一把手才对。可出头露面是贾政，当家主事也是贾政（虽然实权在王夫人和凤姐手里），这多少有点怪，也许贾府成材的男人实在太少，这个贾赦胡子一把，还要打老太太身边丫鬟的主意，可见是一个多么不能倚重的老花花公子。至少，贾政能做出一番道德文章的正经样子，所以，他就代理这个家长职务了。不过，他代理得也并不怎么样，赫赫扬扬的贾府，最终还不是在他手中一败涂地？所谓："身修而后家齐，家齐而后国治，国治而后天下平"，可他，老婆管不了，儿子管不了，成天躲在书房里下棋，家都管不好的人，给他一个单位，给他一个部门，又能有多大作为？

但这种人从不承认自己不行，总是错误估计自己，认为既然把我摆在那个位置上，我也就必然成了内行、专家。于是半点也不害臊地指手画脚、说三道四，还要别人敬礼如仪、洗耳恭听。再加上一帮抬轿子吹喇叭的，马屁拍得山响，这样，他就更不清楚自己是吃几碗干饭的。缺乏自知之明，恐怕是"空心大老"的最大特色。

黛玉的闺蜜

　　闺蜜，是比女友还要亲密的闺中好友，黛玉和紫鹃，看起来是主子和奴才的关系，实际上却是生活在一个屋顶下的姐妹。黛玉比紫鹃略大，她叫她妹妹，紫鹃比黛玉略小，却更像姐姐。在平等的社会里，不觉平等之可贵，而在不平等的社会里，与所有人同等同样，没有高低贵贱之别，便是志士仁人为之革命的目标了。在搜检大观园的整肃运动中，三小姐敢伸出手来，给搜查小组组长王善保家的一记响亮的耳光，作者痛快，读者称快。她凭什么动手？因为她是主子，她有打的权力，而王善保家的尽管有两位太太发给她的尚方宝剑，但对探春，她不具反抗的资格。在五十七回中，紫鹃解释和黛玉为什么好？"我并不是林家的人，我也和袭人鸳鸯是一伙的。偏把我给了林姑娘使，偏生他又和我极好，比他苏州带来的还好十倍，一时一刻我们两个离不开……"而离不开的感情基础，就是这两个人在互看对方的时候，是平视的。没有你高我低，没有我尊你卑，人生得一知己足矣，我认为这一对年轻姑娘，是这样相依为命的。虽然现在，大家生活在一个平等的世界里，但由于这样或者那样的差别存在，不能平等待人而产生的精神压迫，也还是依然故我的社会弊端。

　　穿着弹墨绫薄棉袄，外面只穿着青缎夹背心的紫鹃，几乎总是把自己关在潇湘馆里忙碌着，她身材窈窕，俏丽动人，秀眼里透着聪慧，手脚下显得伶俐，既没有晴雯那种咄咄逼人的张扬，也没有袭人那种绵里藏针的深沉，甚至连曹雪芹也舍不得多费笔墨来形容这个人美而心更美的女孩子。写过长篇小说的人都懂，明示不如暗示，写景不如写情，浓妆艳抹，未必比素面朝天更耐看，用心刻画的主人公，未必会比寥寥数笔的小角色更成功。

《红楼梦》的男性读者，几乎没有人动过紫鹃的念头，因为她太爱她的林黛玉了，她似乎就是为林黛玉来到这个世界。这位难以夺志的紫鹃，最后随惜春而去，也许是她唯一的去向。王昆仑对她的评价极高："紫鹃是一位秉性善良、多情而深思的丫鬟，她自始至终地看见宝黛关系的演变与惨败，于是酿成自己长期的忧郁的情结。"还说："虽然她没有亲身经历这样的摧折，但她饱看了别人的痛苦而深刻体会到一切不能自己掌握命运的人，必然得到悲剧的结局，于是对现实人世生活绝了希望。"

安徒生童话《卖火柴的小女孩》中，在那个凄寒的夜晚，小女孩只能赖着一根火柴的光亮，温暖她的心。而林黛玉到了贾府以后，因为她懒与人共，孤芳自赏，不擅应酬，无依无靠，其实她是相当孤独、孤苦，甚至孤立的，所以，在潇湘馆里，紫鹃就是她一生中能给她不多热量的火柴。火柴虽小，却有一颗金子般的心。

在《史记·吴太伯世家》中，那段"季子挂剑"的故事，能够深入人心，流传千古，就是因为季札对徐国国君的并没有承诺的承诺、定要兑现的死不变心。心灵美的紫鹃，就是这样实现承诺的。

完美的紫鹃之一

在黛玉临终时刻，紫鹃伤心欲绝。九十七回，"好容易熬了一夜"，第二天，黛玉似乎缓过来一点，谁知"又咳又吐，又紧起来，紫鹃看着不祥了"，要去回报贾母，但到了贾母上房，扑空，"紫鹃已知八九分"，"越想越悲，索性激起一腔闷气"，再到怡红院，扑空。等她回到潇湘馆，门口小丫头正等着她，"紫鹃知道不好了"，找来黛玉的奶妈，本想"仗个胆儿"，结果王奶妈"一看，他便大哭起来"。这对紫鹃来说，此时此刻，真如天塌下来一样。然而，紫鹃真是黛玉的好姐妹，林黛玉生命马上就要结束，在这个世界上，也就只有紫鹃送她最后一程，尽管痛苦万分，尽管慌乱无主，天塌，紫鹃不能塌，她不能丢下死在顷刻的亲人不管。黛玉还有亲人吗？所有亲人都抛弃了她。紫鹃这才想到李纨因为孀居的缘故，也许要回避宝玉的婚礼。终于等到李纨赶来，紫鹃自己也再支撑不下去，一头躺在外头空床上，"颜色青黄，闭了眼只管流泪，那鼻涕眼泪把一个砌花锦边的褥子已湿了碗大的一片"。尽管理智在告诉她，得让她这个最亲最亲的人干干净净地离开，然而听了李纨的话，一发止不住痛哭起来。"李纨一面也哭，一面着急，一面拭泪，一面拍着紫鹃的肩膀道：'好孩子，你把我的心都哭乱了，快着收拾他的东西吧，再迟一会子就了不得了。'"李纨这句"好孩子，你把我的心都哭乱了"，生离死别写到这样极致境地，真是令人感叹。

《红楼梦》为什么能够千古不朽？是它写出了这个贵族之家盛极而衰，走向灭亡的必然吗？是它写出了那个没落社会，那鲜亮表面背后的污秽吗？是它写出了那无所事事的男男女女，坐吃山空的腐朽崩溃吗？应该是，但不全是。文学是人学，最全面表达人的感情，最完整地体现人的心灵，最深刻剖析人的思想，最透彻反映人的欲望，才是最好的文学。

人的感情极其丰富，也是文学得以驰骋的广阔空间，如果说，曹雪芹的前八十回铺开来一片情天恨海，那么，高鹗的后四十回，则以死别生离的情殇来结束这个诗篇。曹雪芹是不可复制的，所以，不能以曹雪芹的高度来褒贬高鹗。同样，高鹗也是不可复制的，除了他，在这个世界上，过去，现在，将来，也不会再有一个人能将续书写到如此珠联璧合程度。

一百一十三回，宝玉在宝钗一番话不投机的胁迫式劝导以后，便靠在桌上睡去，宝钗也不理他，自己却去睡了。于是，"宝玉见屋里人少，想到紫鹃到了这里，我从没和他说句知心话，冷冷清清撂着他，我心里甚不过意"。于是，"悄悄的走到窗下，只见里面尚有灯光，便用舌头舐破窗纸，往里一瞧，见紫鹃独自挑灯，又不是做什么，呆呆的坐着"。对这位思念黛玉的姑娘来说，该是一个多么凄楚欲绝而又空虚寂寞的长夜啊！

人生在世，若能拥有一位如紫鹃般的挚友，那岂不是一份难得的幸福吗？

完美的紫鹃之二

　　林黛玉在贾府，其实很孤独。算来算去，也就只有三个人将她放在心上，一是贾母，二是宝玉，三就是紫鹃了。贾母疼爱她，但老人家操心的事太多，经常顾不过来。宝玉爱恋她，可终究只是老太太和这对年轻人的一厢情愿，并未定谱。所以，她离开扬州，来到外婆家，只有这位紫鹃，是全天候保护着她的美丽天使。上帝真慈悲，没准是可怜她吧，让她在这"一个个像乌眼鸡，恨不得你吃了我，我吃了你"的险恶环境中，有一个安全的避风港。

　　有些红学家谈论紫鹃，一激动，就用"忠"和"义"这类封建时代惯用的字眼来形容她，有点旧，也有点酸。在这个世界上，固然乌眼鸡很多很多，但不全是乌眼鸡，人与人之间的感情联系，也是有极真诚和极纯洁的，不全是出于功利主义的考量。紫鹃和林黛玉，就是这样的一种关系。虽然，一个是丫头，一个是小姐，在等级森严的贵族之家，这界限相当清楚而且不许僭越，然而她俩跨越了这道分际线。紫鹃说过："一时一刻我们两个离不开。"黛玉在生命的最后时刻，所说的那番肺腑之言："妹妹，你是我最知心的，虽是老太太派你服侍我这几年，我拿你就当我的亲妹妹。"就更说明心气相通情性相契的紫鹃，是她在人世间唯一可以托付的人了。

就在林黛玉临终那刻，林之孝家的来传贾母和王熙凤话，借紫鹃过去使唤。"李纨还未答言，只见紫鹃道：'林奶奶，你先请吧。等着人死了我们自然是出去的，那里用这么……'说到这里，却又不好说了，因又改说道：'况且我们在这里守着病人，身上也不洁净。林姑娘还有气呢，不时的叫我。'"连那个林之孝家的也被噎住了。李纨不得不说："当真这林姑娘和这丫头也是前世的缘法儿……我看他两个一时也离不开。"如果林黛玉此时此刻还有一点点知觉的话，有了紫鹃这番凛然抗命的话，她可以闭上眼睛走了。

黛玉之死，在高鹗笔下，写得催人泪下，写得凄惨哀绝，写得世态炎凉，写得沉冤难雪，而正是紫鹃，一个极弱小极无力的小女子，敢于直面这天大压力，敢于反抗这层层主子，她知道人家要掐死她的话，比用指尖捻死一只蚂蚁还容易，但她愿意为她所深爱所心疼的姑娘付出自己。在曹雪芹的前八十回中，她只是"慧紫鹃"而已，到高鹗的后四十回，这个深情的紫鹃，就不是一个"慧"字所能概括得了的。

林语堂在《平心论高鹗》中说："这一点，适之及俞平伯都没有看到。紫鹃最出色二事，都在后四十回。一为宝玉要把玉还给和尚，紫鹃听见跑出来，连同袭人两人硬把宝玉抱住不放。一为黛玉死后，宝玉夜中求见紫鹃，紫鹃还是不肯原谅，连开门请他进来都不肯。紫鹃无此二事，则亦平平人品而已。"

不认真读书者，必人云亦云。

自知之明

　　平儿，在《红楼梦》读者的心目中，是人气指数较高的。她在荣国府中，上上下下，老老少少，口碑也是最好的。贾琏偷腥，凤姐泼醋，情急之下，扇了平儿两记耳光，事情惊动了贾母。第一，派琥珀去传达对她的平反决定；第二，让贾琏两口当面向她赔礼道歉。虽然受了委屈，但老太太出面，"平儿自觉面上有了光辉"。次日，贾琏向她赔了不是以后，老太太"又命凤姐来安慰平儿"，平儿先就"上来给凤姐磕头"，并没有等着凤姐开口，先说"奶奶的千秋，我惹了奶奶生气，是我该死"。凤姐忙一把拉起来，不免惭愧。平儿太了解这位主子了，对方怎么能承认自己的不是呢？而且平儿明白，说出这句话，和不说这句话，她还是她。有这句话，没有这句话，一切照旧。于是，还不如让她体面下台。"我服侍了奶奶这么多年，也没弹我一指甲。就是昨儿打我，我也不怨奶奶，都是那娼妇治的，怨不得奶奶生气。"

　　在写作《红楼梦》的那个时代，主子对付奴才，除杀头犯法外，殴打、斥骂、卖掉、逐出，是正常行为。平儿作为嫁妆的一部分，随凤姐而来贾府，本来是四个陪房丫头，现在只剩她一个，可以想见王熙凤这个女人的淫威。因此，她能够不失体面、不现奴性地保持人格尊严，以公平待人、宽厚包涵的谨慎行事方式，赢得大家尊敬，委实不易。

紧跟着四十五回，李纨为她打抱不平："给平儿拾鞋也不要，你们两个很该换一个过儿才是。"看起来是玩笑话，其实是这位不常表态的稻香老农，用玩笑的口吻在讨伐王熙凤。平儿连忙声明："奶奶们取笑，我可禁不起呢！"她为什么要落实到取笑上呢？因为她是当事人，因为她太有逆境中生存的自知之明了。

　　自始至终，她知道自己应该做什么，不应该做什么；什么可以伸手，什么不可以伸手；什么时候该走到台前，什么时候该退居幕后，那是很难把握的。

　　由此想到唐代名将尉迟敬德，为李世民登上帝位，立功颇大，自我感觉特别良好。"贞观六年，累迁同州刺史，尝侍宴庆善宫，时有班在其上者，敬德怒曰：'汝有何功？合坐我上！'任城王道宗次其下，因解喻之。敬德勃然，拳殴道宗目，几至眇，太宗不怿而罢。"为争座次，把劝架人的眼睛差点打瞎，也实在太过分了，难怪唐太宗一甩袖子离席而去。

　　不过，李世民将此事冷处理了，对他说："朕览汉史，见高祖功臣获全者少，意常尤之。及居大位以来，常欲保全功臣，令子孙无绝。然卿居官辄犯宪法，方知韩、彭夷戮，非汉祖之愆。国家大事，唯赏与罚，非分之恩，不可数行，勉自谨饬，无贻后悔也。"从此以后，这位老兄像变了一个人似的，"笃信仙方，飞炼金石，服食云母粉，穿筑池台，崇饰罗绮，尝奏清商乐以自奉养，不与外人交通，凡十六年"。所以，他平安地活到七十四岁去世，给自己画了一个圆满句号。

　　自知之明，在任何时代、任何社会，都是一个人的处事立世之本。

莺儿的使命之一

　　宝钗的丫头莺儿，心灵手巧，善编织。她是她主子的心腹。第八回的"识金锁""认通灵"，莺儿扮演了很重要的角色，"金玉良缘"的出现，她是始作俑者。薛宝钗进京候选才人无望，转而图谋得到宝玉，这当然是明智的选择，但林黛玉在先，她要后来居上的话，必须要有硬件配合，于是，金锁问世。出身皇商的这位小姐，既有商人利之所趋而不择手段的狠，也有她"读书识字，较之乃兄竟高十倍"的稳，锁和玉是相配的，但若錾上相对应的八个字，这就更坐实是老天的安排了。

　　宝钗这一手，着实厉害，对宝玉压力很大，甚至在梦中都喊出"什么金玉姻缘，我偏说是木石姻缘"的强烈抗议，这样太具现实主义风格的梦话，真令人怀疑怡红公子是真睡还是装睡。

　　莺儿显然揣摩透主子的想法，自然也就按她的心思行事，这才破天荒地第一次公开对宝玉说出金锁，说出锁上錾的字，说出是一个癞头和尚给的，从此，满府上下，无人不知宝钗的这副金锁，接下来，这个故事就越编越圆，将来这个戴锁的姑娘，必然要嫁给一个佩玉的公子，也就广为人知。这个最早的金锁宣示，必须要对贾宝玉说，可谁说呢？宝钗自己不能说，薛蟠也不可能说，她妈妈倒有可能说，但老人怎么启口对宝玉讲女儿的私生活呢？只有这个从南方带来的贴身丫头莺儿了。由她透露出这个信

315

息，再恰当不过。薛宝钗当然不会对莺儿和盘托出她的策略，这种与下人同谋做扣的行径未免下作，主子的尊严不允许她对莺儿张嘴。但是，有意识地让莺儿知道她有金锁，知道锁上的字和来历，是可以通过逐步灌输的方法，使其入脑入心。莺儿不但机灵，而且是喜欢揽事的女孩，能不心领神会地配合演出吗？

人们都知道，相声演员，出名者，领衔者，必是逗哏者，捧哏者无论怎样出色，滴水不漏，锦上添花，也只位居其后，做永远的老二。在"金玉良缘"从造势到成功的整个过程中，莺儿是这样一个表现最棒的捧哏者，最后"金玉良缘"实现，她也成为宝二奶奶的陪嫁，进入贾府，这是对她最高的奖赏了。

她真是卖力气啊，试看第三十五回，她甚至对贾宝玉如此赤裸裸地挑逗："你还不知道我们姑娘有几样世人都没有的好处呢，模样儿还在次。"因为在她这种直白表达之前，贾宝玉也已经放肆在先，大有吃豆腐之意，嘴馋这对漂亮主仆："我常常和袭人说，明儿不知那一个有福的消受你们主子奴才两个呢。"曹雪芹的伟大，就是他登峰造极的语言艺术，他通过这两个人的对话，先行营造出一种氛围，什么"世人都没有的好处"，什么"那一个有福的消受"，是很容易让人往色情、往肉欲方面想入非非的。

正要接着往下探讨时，宝钗来了，开门见山，她说"倒不如打个络子把玉络上呢"！于是，莺儿的这个金线编成的络，络住宝玉的玉，不就是"金玉良缘"的印证吗？薛宝钗的用心良苦，可谓极致矣！

莺儿的使命之二

　　因为宝钗日日夜夜戴着这把锁，所以，她也时时刻刻惦着那块玉，进了怡红院的门，第一句话，不问宝玉的病，不问袭人的好，劈头就说起来玉，认为莺儿编织的络子这样美观，何不先编一个网住那块总挂在脖子上的玉呢？网住这块玉，是她一生奋斗的目标。当宝玉问她，只是配个什么颜色（的线）才好，她不假思索："等我想个法儿，把那金线拿来，配着黑珠儿线，一根一根的拈上，打成络子才好看。"薛宝钗是个极高明的人，她应该懂得，有些话当讲，有些话不当讲，讲得人家听来舒服的，讲得人家感到受益的，讲得人家听了等于没听，不对你反感的，无妨多讲；让人家能听出来你心思的，能感觉到你嘴不对着自己心的，能体会到你私底下见不得阳光的，那就最好少讲或者不讲了。对于宝玉的玉，尽管你非常介意，在人前最好表现得淡一些才是。也难怪林黛玉讽刺：宝姐姐对别人戴的东西，就是如此上心。看来，人的潜意识，往往是不受理智控制的，即使沉着冷静如薛宝钗者，也有把握不住自己的时候。

　　莺儿尽管是跟她从南方来的，却和主子风格相反，行事张狂，为人跋扈，甚至有些霸道，有些嚣张。她能被宝钗倚重，很大程度是因为她是这位守拙装愚的主子用以展示其性格另一面的工具：她不便说的话，莺儿会说；她不便做的事，莺儿会做。六十七回，莺儿送东西回来，向宝钗汇报："刚才我到琏二奶奶那边，看见二奶奶一脸的怒气。我悄悄的问小红，说刚才二奶奶从老太太屋里回来，叫了平儿去，唧唧咕咕的不知说了什么。倒像有什么大事似的。"可以想象，府里的新闻，各处的动静，宝钗需要她广泛联络，四处行走，起到前者眼睛和耳朵的作用。二十回，贾环和莺儿掷骰子，这是宝钗广结人缘的一个措施，她甚至睁一只眼闭一只眼，容许那些老妈妈、老婆婆在她那里摸牌赌博，这也是无人不说她好的口碑来历。她当然不喜欢贾环，便放手莺儿跟这位三爷口角，然后使其负气而去，若无莺儿，宝钗怎能请走这位不请自来的客人？

五十九回，莺儿信手在路边采了些枝条花叶，想编织个奇巧玩意儿，送给姐妹，没想到触犯了承包者的利益，演出了一场"柳叶渚边嗔莺叱燕"的闹剧。由此看到这个莺儿可不是一盏省油的灯。因之推论宝钗对她这个首席丫鬟的纵容，不是不加约束，也不是不能管教，而是有意放任她的。大观园里发生这样一桩因莺儿而起的吵闹殴打事件，没见作为主子的薛宝钗有一点动静，只做充耳不闻状。

因为她在荣国府、在大观园，时时刻刻，是以楷模状态出现在众人面前的，言谈举止，合乎原则；思想情操，合乎规范；品行教养，合乎标准；礼尚往来，合乎身份。对一个年轻女性来说，这种清教徒的日子，肯定会感到很压抑、很沉闷、很无聊，也很虚伪。所以，这个莺儿，其实就是她精神上的一个出气阀。

黛玉情未了

中国现当代文人，好《红楼梦》者很多。人民文学出版社原古典部的聂绀弩，是一个。在他谈《红楼梦》几个人物的文章中，这样说过："《红楼梦》在我国历史上发生的巨大而良好的作用，主要的一点，就在于反封建。""也就是赞同恋爱，反对没有爱情的包办婚姻、名分婚姻；反对封建家庭、封建道德、封建婚姻制度。"指出这一点非常重要，如今红学家大都"功夫在书外"，或者以为读者明白此书的反封建主题，无须再三再四重复。其实不然，除极少数"钗党"外，大多数读者皆持拥林贬薛态度的根本原因，正是由于林黛玉追求自由恋爱，而失败身亡，薛宝钗却是包办婚姻、名分婚姻、封建婚姻制度的得益者。虽然聂绀弩接着写了许多薛宝钗的好："宝钗岂止不是坏人，而且是个十全十美的人。"不买账的读者也确实相信薛宝钗不是坏人，同时还确实并不喜欢林黛玉的小性子、甚至有点尖酸刻薄的性格，然而，依旧拥林贬薛不止，这就是读者在大节上的选边站了。弄清楚这一点，才明白林黛玉为什么是这部书的灵魂，也懂得林黛玉为什么必然要成为这部书的第一主角的道理。

这是没有办法的事情，人类对于自由的向往，并不会因为自身的不自由而减少或削弱。大众对于幸福的追求，也不会由于身陷不幸而丧失或绝望。天性使之然耳。同样的原因，因自身的不自由，而特别同情与他处境相似者，因自身的不幸福，而能够理解为争取幸福在斗争中的人，这也是大多数人正常和正当的反应。聂绀弩在此文之前，写了一首《咏黛玉》的诗："窈窕临风林黛玉，猖狂痛哭贾长沙。痴男怨女此心死，碧海青天何处家。若问渠侬多少恨，数完庭树堕飘花。一声你好香消后，别院笙箫月影斜。"

"此心死"，从诗面上看，当然是指林黛玉，同时兼指汉代才华盖世的贾谊，别称长沙的悲剧人物，然而，何尝不是晚年人称聂公的自况呢？

"一声你好"，是指"黛玉在宝玉成婚之时，直着脖子喊了一声：'宝玉，你好……'话未说完，香消玉殒"。每读《红楼梦》，我总是反复揣摩这省略号的丰沛意蕴。黛玉临死时要对宝玉说什么呢？说"宝玉，你好狠心"，"宝玉，你好绝情"，还是其他？都是，或者都不是？这省略号的丰富，实难补述。黛玉在隐隐喜乐声中坚定赴死，首先是因为心死了。贾宝玉成婚之日，正是她在潇湘馆心碎泪尽之时。那一刻，她对心上人贾宝玉肯定是有怨恨有怨言的，但她又不忍心去真正责备他。她内心翻滚的五味杂陈是无法用语言来准确表达的。所以，这话说了一半，就停住了，永远停住了。

这一半的话却成了千古情话之至，每每能引起人内心无涯的想象和无尽的伤痛。我对高鹗续作最满意的，就是这半句话。

第五辑 | 虚花悟

黛玉之死一

　　情景交融，是文人笔下努力追寻的境界。曹雪芹写黛玉葬花，就是一个成功范本，有人认为他为林黛玉写的这首《葬花吟》，受到明人唐寅影响，这个判断大抵是正确的。二十六回薛蟠说他看到一幅春宫画，画家为庚黄。蠢货胡说，大家一笑，但可证明作者熟悉唐寅，自然知道这首《葬花》。原诗为："不堪秋节满庭霜，香残委尘收绣囊。风雨迟来葬花早，零落苦吟两悲伤。"但《红楼梦》一出，多少读者为《葬花吟》嗟叹林黛玉命运，诗篇风靡一时，唐寅的咏桃花组诗若干首便不大被人注意。"江山代有才人出，各领风骚数百年"，这种文学竞赛中的淘汰，是无法避免的。然而曹雪芹的强势还不在后来居上，而在于他蹈袭了前人诗意之后，推陈出新，遂垄断为自己专有。从那以后，"年年岁岁花相似，岁岁年年人不同"，但没有一位骚人墨客，再以葬花为题写诗。因为写得再锦字绣句，不可能再写出一个葬花的林妹妹来。王国维说："文学中有二元质焉：曰景，曰情。"王夫之也说："情景名为二，而是不可离，神于诗者，妙合无垠，巧者则有情中景，景中情。"《葬花吟》岂止情中景，景中情，更是主人公林黛玉的一生写照，"侬今葬花人笑痴，他年葬侬知是谁"，还是她最后结局的预示。

　　一百二十回，七十多万字的《红楼梦》，实际是围绕着林黛玉这个主角展开。故事开始于她的出现，故事终结于她的死亡。她在，书在；她不在了，书也可以掩卷了。所以，黛玉之死，是本书重中之重，是本书的高潮，也是本书的生命线，写好了，写对了，这部书就活了；写不好，写不对，这部书就产生不出如此强大的活力。这也是一百二十回本出现以前，那八十回手抄本只能在小范围中流传的缘故。

现在，几乎可以肯定地说，平步青也好，甫塘逸士也好，他们所见到或听说的旧时真本中，没有钗婚黛死这样一种同时并行的戏剧场面，也就是说，曹雪芹八十回后的断篇残章中，也没有这样一个让多情人哭到死的情节。这应该是高鹗续书的伟大创造，有了林黛玉这一完整形象，这本书站在世界文学之林，毫无愧色。这也是晚年俞平伯认为高鹗续书有功于《红楼梦》，而他与胡适割裂《红楼梦》有罪的忏悔所来。

从这里，我们也似乎能够了解为什么曹雪芹在前八十回完成后，收尾工程迟迟不能定稿的秘辛。他必定写过黛死在先，钗婚于后，变故丛生，家破人亡的结局，必定也让几位亲友知己传阅过，必定得不到如前八十回那样口碑载道，遂有点心灰意懒。那时，既没有版税，也没有合同，写得出来，他不多什么，写不出来，他不少什么。从前八十回完工，至其逝世，将近十年，他找不到一个结束这部书的最佳办法，尤其找不到一个写黛玉之死的上好之策，他又不允许自己怠慢"当日所有之女子"，更不能辜负"闺阁中历历有人"，就这样将时光蹉跎过去，终成绝响。

黛玉之死二

曹雪芹在这首《葬花吟》中，预示了林黛玉的结局。与曹雪芹同时代的闲散官员兼文墨之士镶黄旗人富察·明义，在他的《绿烟琐窗集》中，有一组《题红楼梦》的绝句，也认为《葬花吟》"似谶成真"。乾隆年间大文人袁枚编《随园诗话》，摘明义这组诗的两首，并欣然接纳明义"大观园"即"随园"的说法。明义的这组诗，大概是现在能找到的早期《红楼梦》文献之一。诗前有序："曹子雪芹出所撰《红楼梦》一部，备记风月繁华之盛。盖其先人为江宁织府，其所谓大观园者，即今随园故址。惜其书未传，世鲜知者，余见其抄本焉。"诗云："伤心一首葬花吟，似谶成真自不如。安得返魂香一缕，起卿沉痼续红丝？"显然，他看到的版本，是有黛玉之死这样重要情节的。明义这首诗末句，"起卿沉痼续红丝"，说明黛玉死于病，也说明她死时宝玉未婚，否则续什么红丝呢？

黛玉之死于病，曹雪芹从她一进府的第三回就开始铺垫："知他有不足之症，因问常服何药，如何不治好了呢？黛玉道：'我自来如此，从会吃饭时便吃药，到如今了，经过多少名医，总未见效。'"三十四回黛玉题诗时："觉得浑身火热，面上作烧。走至镜台，揭起锦袱一照，只见腮上通红。"三十五回："紫鹃笑道：'咳嗽的才好了些，又不吃药了。如今虽然是五月里，天气热，到底也该还小心些。'"四十五回："黛玉每岁至春分秋分之后，必犯嗽疾，今秋又遇贾母高兴，多游玩了两次，未免过劳了神，近日又复嗽起来，觉得比往常又重。"五十五回："犯了嗽疾"……按有些聪明过头的考证，有说上吊而亡的，有说投水自沉的，若真是如此，曹雪芹这一路的草蛇灰线，岂不都是无用功了吗？

高鹗接手，沿袭前八十回的病情，是对的。八十二回："只见满盒子痰，痰中好些血星，吓了紫鹃一跳。"接着，八十三回王太医诊病说道："六脉皆弦，因平日郁结所致。"随后开了一个方子，一开头写的也是"六脉弦迟，素由积郁"，一个"郁结"，一个"积郁"，说明弱不禁风的林黛玉本来就有不足之症，加上内外压力，其忧郁症病情因上呼吸道感染而加重，必然会出现这些症状。但是，血丝和血星，究竟有着程度上的差别，高鹗显然是按照旧时称为肺痨，现在称为肺结核的症状来写，便略嫌夸张了。而曹雪芹在前八十回，没少写她的咳嗽，都是点到为止，因为《葬花吟》中"质本洁来还洁去"，是他为这个牵动他心的人物，保持始终完美形象的原则。而高鹗则没有这方面的精神负担，他很像将一部小说改编为影视的职业编剧，他的任务，就是要把林黛玉的病情逐步加重，让她的身体逐步衰弱，然后在一个外界的强刺激下，体力和精神两不支而香消玉殒。他没有曹雪芹那份特别眷顾呵护之心，因此，就出现"满盒子痰"这样既不雅也不洁的词句。

黛玉之死三

　　黛玉之死，若在曹雪芹笔下，肯定是一个情景交融的美丽死亡。但他没有写，或写出来不满意毁了，便是永远的遗憾。关于黛玉之死，有些专业的和业余的红学家做了几种别开生面的猜测。这就是曹雪芹的伟大了，这部不朽之作，留下很大的想象空间，他笔下的重要人物，很有点像贾瑞手中的那面风月宝鉴一样，正面看是一个样子，背面看又是一个样子，足够这班红学家绞尽脑汁的。文学形象，最忌单线条而应力求多面表现，最忌刻板化而应尽量丰富多彩，最忌平铺直叙而无起伏曲折，最忌竹筒倒豆而无隽永余韵。所以，曹雪芹倾力烘托出的林黛玉，看上去更像是多面晶体组合而成的瑰丽形象，那闪光的、耀眼的一个个棱面，既有今天的她，也有明天的她，更有昨天的她。不但有令人心仪迷恋的她，还有让人摇头不迭的她，也许这就是生活中每一个人不同于他人的文学复杂性了。

　　譬如，有人根据《葬花吟》中的"独倚花锄泪暗洒，洒上空枝见血痕"推断，黛玉生命的结局是自缢身亡。可第一，秦可卿是吊死的，鸳鸯是吊死的，连一个三流作家也不会一而再，再而三地左手抄右手，曹雪芹会如此没出息，让林黛玉也吊死吗？第二，林黛玉以病弱之身，能将白绫带挂在树杈上，将自己的脖子放进那个圈套里吗？她连在床上翻身坐起都需紫鹃扶持，做这种上吊自杀的事情，总不能找紫鹃帮助吧？

譬如，有人根据凹晶馆联诗的"寒塘渡鹤影，冷月葬诗魂"，论定林黛玉终于还尽了眼泪，自沉于大观园的水中，了结凡俗的一生。可是，林黛玉之所以要葬花，就是因为贾宝玉将落花投入溪水中，随波而去，落花流水人去也，天上人间，虽然也是蛮诗情画意的，但黛玉不这么看。"撂在水里不好。你看这里的水干净，只一流出去，有人家的地方脏的臭的混倒，仍旧把花糟蹋了。那犄角上我有一个花冢，如今把他扫了，装在这绢袋里，拿土埋上，日久不过随土化了，岂不干净。"唯美主义者林黛玉认为，即使将花瓣投入水中，任其自行流逝，也十分不妥。那么，她能愿意自己清白身子漂浮在水面上，流到脏的臭的混倒的有人家的地方，任人践踏侮辱吗？

1927年6月2日，一代学人王国维——那时，他是紫禁城里溥仪小朝廷的南书房行走（四品衔）——雇了一辆黄包车，从清华大学来到颐和园。然后，在排云殿西石舫附近跳入湖中自沉。毛泽东有诗云，"莫道昆明池水浅"，他跳进去，便一头到底。事实上他并非溺毙，而是被淤泥朽草塞满七窍，以致窒息而死。想到把他从湖底拉上来，那拖泥带水、污秽不堪的样子，我真为这位大学问家悲哀。

但王国维说过："《红楼梦》者，可谓悲剧中之悲剧也。"这是对这部小说的最高评价。而这场悲剧中最为悲剧的场面，莫过于黛玉之死。

冤枉的小红

　　《红楼梦》第二十四回里，宝玉喝茶，小红给他倒，这区区小事，竟成一次风波，足以反映中国人奴化意识之久、之深、之不可救药，也说明了大清王朝统治中国近三百年，提倡奴才思想，巩固奴才意识，规范奴才行为，可谓成效卓著。怡红院里的丫鬟小红，是级别较低的奴才，虽同属奴才，也有三六九等之分。给主子倒茶，轮不着她，然而天赐良机，她给宝玉倒了这杯茶，而应该倒这杯茶的没倒成，小红为她的这次僭越行为，遭到一场讨伐。起因是贾宝玉想喝茶，叫了几声，怡红院里没有人答应，他只好自己动手。小红本是外围的丫头，这一次，碰巧了，级别较高的奴才如袭人、晴雯，次高的奴才如麝月、绮霞，都不在，级别低于次高的奴才碧痕、秋纹，去拎洗澡水了。于是，小红出现在主子面前，进了主子的视线内。那贾宝玉不认识他的奴才，便笑问道："你也是我屋里的人么？"那丫头笑应道："是。"宝玉道："既是这屋里的，我怎么不认得？"那丫头听说，便冷笑一声道："爷不认得的也多呢，岂只我一个。从来我又不递茶水，拿东西，眼面前儿的，一件也做不着，那里认得呢？"

　　她也许有更多的酸溜溜的话要说，一个不比别人差的女孩子，容貌标致、身材姣好、口齿清楚、手脚麻利，尽管是奴才，也是有权利与别人比一比的。既然我不比她们差，为什么我就不如她们？因而不平，是正常的。碧痕、秋纹提水回来，见她在宝玉跟前，大不自在，便找到她，问她方才在屋里做什么。小红道："我何曾在屋里呢，因我的帕子找不着，往后头找去，不想二爷要茶喝，叫姐姐们一个也没有，我赶着进去倒了碗茶，姐姐们就来了。"不管她怎么解释，碧痕、秋纹就是不信，奴才最能欺侮低他一等的奴才，正如都是狗，大狗总是要欺侮小狗。秋纹兜脸啐了一口道："没脸面的下流东西！正经叫你催水去，你说有事，倒叫我们去，你可抢着这个巧宗儿！一里一里的，这不上来了么？难道我们倒跟不上你么？你也拿镜子照照，配递茶递水不配！"

整个大清王朝，小奴才是大奴才的奴才，大奴才是更大奴才的奴才，比更大奴才还要大的奴才，就是在紫禁城里给皇帝当差的文武百官了。他们面对皇帝，一张嘴，必是"奴才"二字，然后跪在地上磕头。当时的中国人，一言以蔽之，统统是皇帝的奴才，同时又是所有高自己一头的人的奴才。一部中国封建史，也是一部中国奴才史。

有人认为《红楼梦》是写贵族生活的书，说白了，应该是一部写大奴才和小奴才的书。中国封建制度能够维系数千年，也就是这种堂而皇之地当奴才、理所应当地当奴才、视作再正常不过地当奴才、毫不以为悖异地当奴才的惰性，在起作用。因此，中国封建了多久，中国人做奴才的历史也多久，甚至，封建社会已成为历史，这种奴才惰性的绪余，继续在起作用。

牺牲品晴雯

晴雯，一个很阳光很明亮的女孩子，也是大观园里最美的女孩子，曹雪芹没有明确这样说过，可是他以王夫人之嘴讲出来的"水蛇腰，削肩膀，眉眼像极了林妹妹"这一句，其实就是这个意思了。贾府有许多美丽的女孩子，纤细文弱型推林黛玉为首，丰腴圆润型以薛宝钗领先，晴雯像极了林妹妹，说明她真的很漂亮，很出色，很有性格，很具魅力。所有读过《红楼梦》的人，都不约而同地持这样的看法，而且，健康的、直率的、心口如一的晴雯，要比病态的、脆弱的、小性子的黛玉，拥有更多的人气和更高的支持度。当然，走进大观园，触目皆是美女，犹如在花卉博览会上，人们很难挑出花之最美者的道理一样，苏东坡有句诗，曰"只缘身在此山中"，审美疲劳，便目迷五色。不过，在前八十回中，曹雪芹有始有终写出结局的女性，除了秦可卿，就是晴雯，值得关注。对秦可卿，曹竭尽渲染夸饰之能事，对晴雯，则抖擞出全部精神气力。从神游太虚境那首关于她判词的好评，到越过袭人排在十二钗又副册之首的高看，以及那篇凄艳悱恻的《芙蓉诔》——专为她写的高规格悼文，都足以说明曹雪芹对这位美女之钟爱有加，之呵护备至，即使最粗心的读者，也能看得出来。

在贾府中，史太君是最高统治者，王熙凤是实际执政者，但夹在其中的王夫人，却是一个"修昔底德式"的反对派。"心比天高，命比纸薄"的晴雯，不幸成为第二统治者与第一统治者角力的牺牲品。宝玉择偶，是薛是林，做母亲的和做祖母的，各有各的战略考虑。然而，王夫人的厉害在于她不正面挑战史太君，更不明确排斥林黛玉，而是以卫道士姿态，举起纯洁意识形态的旗帜，逼老太太就范。为什么要拿晴雯祭刀？宝玉哭着问过袭人："我究竟不知晴雯犯了何等滔天大罪！"心虚的袭人只能支吾地回答："太太只嫌他生得太好了，未免轻佻些。太太是深知这样的美人似的人必不安静，所以恨嫌他，像我们这粗粗笨笨的倒好。"其实，宝玉问袭人，是怀疑这位首席女侍做了什么手脚的。袭人未必那么坏，但也未必那么好，作为王夫人在怡红院的眼线，打小报告是肯定的，否则怎么平白无故地给她涨工资呢？

宝黛之间，宝晴之间，晴黛之间，只看晴雯死后，宝玉对黛玉说过"素日你又待他最厚"这句话，便大堪寻味了。"厚"而且"最"，其中隐藏着的故事，我们不得而知，但王夫人会从袭人那里获知的。三十四回宝玉挨打以后，要将两块帕子悄悄让晴雯给黛玉送去，以通消息，晴雯成为两玉之间的使者，便可想而知，而宝玉特地将袭人支走，看来早有防范之意了。

晴为黛影，不仅眉眼上酷肖，形象上相似，这两位美女，在心境上，在精神上，也是灵犀相通、惺惺相惜的。王夫人的这次"扫黄"，可谓一箭双雕，大获全胜，不叫的狗更能咬人，晴雯之死只是黛玉之死的序幕罢了。

到不了的地方

《红楼梦》第五十八回，贾宝玉病后，喝火腿鲜笋汤，让芳官为他吹凉一点，随后，曹雪芹所写出来的几个级别的奴才，那神态，那语气，那表演，那狼狈，便可知道在中国人的心目中，这种奴才的等级观，是如何的根深蒂固了。芳官依言，果吹了几口，甚妥。她干娘也端饭在门外伺候，忙跑进来笑道："他不老成，仔细打了碗，等我吹吧！"一面说，一面就接。晴雯忙喊道："快出去！你让他砸了碗，也轮不到你吹。你什么空儿跑到里榍儿来了？"一面又骂小丫头们："瞎了眼的！他不知道，你们也该说给他。"

小丫头们都说："我们撵他不出去，说他又不信，如今带累我们受气，这是何苦呢？——你可信了？我们到的地方儿，有你到的一半儿，那一半儿是你到不去的呢！何况又跑到我们到不去的地方儿还不算，又去伸手动嘴的了。"一面说，一面推她出去。阶下几个等空盒家伙的婆子见她出来，都笑道："嫂子也没有用镜子照一照，就进去了？"

芳官干娘先被晴雯啐斥，后遭小丫头们数落，当然是活该，这比《红楼梦》里自认为是贾府第一忠心耿耿奴才的焦大被塞一嘴马粪，更不值得同情。焦大的自我感觉好得不得了，认为他抬起一条腿来，也要比别人高出一头，他忘了在等级社会里，你奴才的那条腿抬得再高，高不过比你大的主子。

就以作者曹雪芹的祖父曹寅来说，他给康熙上奏折，也是自称奴才的。元妃省亲，按理，贾政应是国丈，但他得跪在那儿口口声声称臣。称臣又如何，不还是奴才吗？贾府的管家赖升，这个全府奴才的大总管，在他自己的家里，也是众多奴才侍候的老爷，很牛很牛，不但钱多到连贾政都找他家借贷，甚至有一个比大观园小，管理得比大观园好的园子。然而到了贾府，赖总管还是奴才。贾府何其赫赫扬扬，荣宁二府，奴才足有数百，前呼后拥，神气活现，一见了宫里来人，哪怕是个太监，连忙低三下四。到得一睹天颜的时候，更是一脸一身的奴才相。

在封建社会中，中国人全是奴才，奴才哲学的精髓，以做到高一等的奴才为贵，以戕害低一等的奴才为乐，这也就成为奴才生存的价值法则。

最令人心冷的，就是小丫头的话了："我们到的地方儿，有你到的一半儿，那一半儿是你到不去的呢！何况又跑到我们到不去的地方儿？"这等于说，你要心安理得地当奴才，必须懂得你妈把你生在哪个"一半儿"，你就永远属于哪"一半儿"。你要逾越了这"一半儿"的等级限制，轻则叫作"不安分"，叫作"不识相"，重则叫作"躐等"，叫作"僭越"，分明是给自己找不痛快了。

这使我想起鲁迅的话，做奴隶也许并不可耻，以做安分守己的奴隶为荣，以张扬奴隶听命精神为荣，以制造别的奴隶痛苦为荣，这就十分可恶了。

晴雯之死一

　　抄检大观园，是这个贵族之家崩溃的开始。任何事物，都有一个生长、发展、没落、衰亡的过程，而从没落到衰亡，其中的临界点，往往是由于突然事故的发生，起到催化作用而加剧衰亡的进程。从十三回秦可卿之死，到三十二回金钏儿之死，再到七十七回晴雯之死，跨度为六十四回。而从七十七回晴雯之死，到九十五回元春之死，再到九十八回黛玉之死，跨度为二十一回。随后，一百一十回，贾母死；一百一十一回，鸳鸯死；一百一十二回，妙玉死；一百一十三回，凤姐死，"烈火烹油，鲜花着锦"的豪门贵族，便走到尽头。所以，晴雯之死，成为贾府走向覆灭的转折点，这应了三小姐探春的一句话："可知这样大族人家，若从外头杀来，一时是杀不死的，这是古人曾说的'百足之虫，死而不僵'，必须先从家里自杀自灭起来，才能一败涂地！"

　　太虚幻境那金陵十二钗又副册的判词，如此写她，一是"心比天高，身为下贱"，一是"风流灵巧招人怨，寿夭多因诽谤生"。她之死，皆因此。任何社会，任何朝代，在生长期的朝气、成长期的勇气过后，接下来必是没落期的暮气、衰亡期的死气了。在这个充满暮气和死气的集体堕落环境中，蝇营狗苟的人们，最害怕最防范的是超过他们的人，特别嫉妒特别仇恨原来和他们差不多，甚至还不如他们，现在却超过他们的人，"木秀于

335

林，风必摧之"，晴雯这个十六岁的女孩，就活生生地在谣言、陷害、污蔑、诽谤、告密、栽赃、围攻、强胁之下，不堪重辱，匆匆结束了一生。

她真心爱贾宝玉，并不因为他是主子，她的爱是纯洁的、清澈的，而且是平等的。她和宝玉，更多是性情上的相契，心灵上的吸引，形神上的爱慕，气味上的相投。她也许没有林黛玉那种书香魅力、睿智才思、灵秀美姿、天生丽质，但她的刚直、她的能干、她的活泼、她的野性，其实也是贾宝玉觉得可爱的地方。然而，这也使晴雯的不幸之中，有代人受过的一面。所有在乎她的人，所有视她为障碍为劲敌的人，所有看她不顺眼的人，同样，也是对林黛玉不友善、不亲近，甚至仇视的人。晴为黛影，人们也许还不敢难为黛玉，但对黛玉的影子，却是逮到机会就践踏的。

在这个拥挤的世界上，一平方公里只有一个人，另一平方公里的那一个人，会对你笑脸相迎；而一平方米里有好几个人，空气到了缺氧的程度，一个个就再也笑不起来。怡红院里拢共不到二十个年轻女孩，只有她，我行我素，心底雪亮，出言无忌，肆无惮畏，不但公开鄙视她的乐于做奴才的同伴，更直接嘲笑行苟且之事，求得当候补姨娘的袭人。而且她恃宠而娇骄并存，颐指气使，不可一世。这样，怡红院大多数人在心底里视她为敌。她的命运也就注定要失败的。

虽然，那是一个不明目张胆吃人的社会，但不停搬弄口舌，也能致人死命。这一手，直到今天，也仍然有效。

晴雯之死二

在《芙蓉诔》中，有这样怒不可遏的诗句："诼谣謑诟，出自屏帏，荆棘蓬榛，蔓延户牖，岂招尤则替，实攘诟而终。""呜呼！固鬼蜮之为灾，岂神灵而亦妒，钳诐奴之口，讨岂从宽，剖悍妇之心，忿犹未释！"我想，写下这几句诗的贾宝玉，当时，给他一支冲锋枪的话，肯定会"突突"几个人的。应声而倒的人中，第一必为诐奴（"诐"，古代汉字，现在无人使用。本义作偏颇、谄佞解），第二必为悍妇。那么，诐奴为谁，悍妇为谁，也就成为《红楼梦》读者关注的事情。当然，根据"诼谣謑诟，出自屏帏"推断，诐奴所指，非袭人莫属，那么，悍妇，也应该是王夫人了。而按照"今犯慈威，复拄杖而遽抛孤柩"的"慈"，宝玉诔中的这个悍妇，显然另有所指，即使他再不满意其母的措置，做儿子的怎能以悍妇称之呢？因此，另一说法，诐奴为那个傻大姐，悍妇为那个王善保家的，话说回来，傻大姐有可能偏颇、谄佞吗？而王善保家的被探春扇了耳光，连屁都不敢放，焉谈还手，悍从何来？作为一个文学大师，他的作品，如同一潭澄澈透明的池水，你认为你已经看透水面上的涟漪，读懂了他，其实你的目光，永远也到达不了那深不见底的所在。一部小说，刚看头，就知尾，浅到让你一眼看透，你还有兴趣读第二遍吗？只有既可以这样理解，也可以那样体会；既觉得作者所指为谁，而不是谁，又觉得作者所指不是谁，而似乎又是谁，这才是大师的手段高明之处。所以，只有曹雪芹，只有《红楼梦》，才具有看不完看不尽的永远魅力。

但晴雯之死，王夫人手上沾有的鲜血，是她不能辞其咎而洗脱罪恶的。金钏儿，是死在她手上的，晴雯，是死在她手上的，林黛玉，实际也是死在她手上的，甚至她的宝贝儿子贾宝玉，也因她种下的恶果而离家出走。"剖悍妇之心，忿犹未释"，如果宝玉用这个词是泛指的话，也包括他母亲在内吧?他母亲一而再，再而三地扼杀他的爱，对他所钟情的女孩采取极端手段，甚至将晴雯的遗体也送到烧人厂里给火化了，也太歹恶、太凶悍了吧? 能将活生生的十六岁少女逼上死路，并且还将她烧成灰，可见对青春，对美丽，对朝气，对性感，对一切充满生命力的女性，那种变态的仇恨到了何等可怕的地步。

我不大相信袭人会那么坏，但她确实不那么好，也是事实。她对王夫人的密报，是曹雪芹写的，贾宝玉对她的怀疑，也不是无的放矢。也许，袭人是出于本能保护自己，在逐鹿先得的竞争中，为了已经到手的鹿，而打击排斥对手，她是绝对下得去手的，可她并无杀害晴雯之心。然而她密报的一切，在变态的王夫人心里，立刻放大，成为绣春囊上两个光着身子的妖精缠在一起打架的场景。这样，一害了晴雯，二害了黛玉，后果真是不堪设想。

晴雯之死三

政治，是无处不在的，权力斗争，也是无处不在的。在贾府，权力中心的贾母、王夫人、凤姐的三层架构，夹在中间的王夫人最不是味：上不能影响贾母，下不能左右凤姐，真让她管这个家，她没这份能耐，不让她插手管事，她又不甘寂寞。而她和先生只是名义上保持夫妻关系，生活起居全归赵姨娘照应。一切心理变态，通常由性变态开始，她恨这个长得比她顺溜得多的赵姨娘夺走了贾政，因此憎恶所有漂亮女人，一律视之为妖精。而她尤其痛恨的，她生的儿子她做不得主，她希望自己妹妹的女儿嫁给自己的儿子，而老太太却安排自己的外孙女嫁给自己的孙子。一切矛盾均由此起，晴雯不过是这场权力斗争的牺牲品罢了。老太太的底线，是林黛玉，老人必须要把可能危及她外孙女的邪火压下去，于是，交出孙子心爱的丫头，任其宰割。

其实阅人无数的老太太堪称权力场中的行家里手，王夫人根本不堪一击。她早早给孙子贾宝玉安排了自己贴身的两个丫鬟，晴雯和袭人，针插不进，水泼不进，让王夫人对儿子无法施加影响。晴、袭二人，在老太太心目中，是有差别的，因为老太太是个审美水平超高的鉴赏家。晴雯被卖到贾府，才十岁光景，老太太就看中了这个美人坯子，而且她聪明伶俐、手脚灵敏，之所以派给宝玉，老太太当然也是希望能够得到她孙子的第一手消息。

王夫人何尝不想塞进自己的人，作为安排在宝玉身边的眼线呢？

晴雯之死，就在于她那"心比天高"的个性，她不想辱没了自己的天性，她更看重自己的本真，虽出身下贱，但灵魂高尚，为追求自由，不甘卑鄙，别看她没有读书，然而深知大节。她如果懂得一点人情世故，腿勤快点，嘴巴结点，作为老太太派来的人，多往老太太那儿讨个喜欢，报告一点她孙子的近况，让老人家开心，岂不也能背靠大树有阴凉吗？然而心高气傲的晴雯不屑为之，这也是王夫人在处置她以后，老太太不肯伸出援手的原因。袭人虽与她一起由老太太派来，但她明白自己和晴雯在老太太眼里孰轻孰重，便神不知鬼不觉地和王夫人建立起热线联系。宝玉很奇怪，我们私底下说的话，怎么太太就知道了呢？她被问住了，只能支支吾吾，说明袭人还没有坏到家，也说明王夫人的变态已经到了不可理喻的程度——至于要把晴雯立时三刻就焚尸扬灰吗？

在这个世界上，聪明的人常败于高明的人，就因为聪明的人，智商高而适应能力不高；高明的人，智商高之外，适应能力也非常之高，所以总能稳操胜券。林黛玉败于薛宝钗，如此；晴雯败于袭人，亦如此。

多一点政治，少一点自我，至少，以政治对政治，切勿以感情对政治，方为生存之道。贾宝玉活到最后，也没弄清这个道理，他只好出家。

元妃之死

　　贾元春之死和王子腾之死，紧挨着在九十五、九十六回。前者死于甲寅十二月十九日，后者死于乙卯年正月十七日之前。"虎兔相逢大梦归"，这是曹雪芹的原意，而王子腾暴死于上任途中，则是高鹗的安排。不足一月，贾府最重要的两座靠山相继垮倒，钟鸣鼎食的贵族之家敲响丧钟，故事也就趋近尾声。女儿死，兄弟亡，王夫人岂止智商低，情商也低，这种如山坍塌的相继噩耗，也未见她哀哀欲绝、恸不能生，只是挂牵她那呆傻的儿子宝玉所丢的玉。她之所以地位突出，很大程度上是女儿撑腰，娘家给力。贾政之所以能在工部升职，由员外郎而郎中，王子腾肯定会对当局力荐。但两家无来往，贾宝玉去面谒过北静王，却从未见他去看望这位亲舅舅。当王子腾升了九省统制，奉旨行边之后，宁国府长媳病故，大办丧礼，吊客盈门，出殡路祭，好不风光，不见这位九省统制的留京家眷莅临，王熙凤何等爱出风头，能不邀请这位姻亲吗？王子腾，始终暗写，曹雪芹怎么结束他，不知道，高鹗这样来了结他，不再节外生枝，他也没有能力节外生枝，倒也算是交代。

　　贾元春是入了薄命司的，有画一幅，词一首，歌一阕。画上是一弓一橼，护花主人的剖解：弓，乃宫阙之宫；橼，乃元春之元。曹雪芹不傻，如果弄得很艰深，绕好几个弯，还解不开，读

341

者要骂娘的。据其他判词，如一簇鲜花、一床破席的花袭人，如几缕飞云、一湾逝水的史湘云，老派红学家的解读，大概是对的。而新索隐派红学家就很可怕了，非要把简单的事情弄复杂，把复杂的事情弄混乱，非要把贾元春之死弄成一出"宫心计"。这都是中国人沉迷政治、习惯斗争的思维定式，在这些人眼里，小说不是小说，而是一个树欲静而风不止的厮杀世界。于是，贾元春死了，高鹗生怕这些人想得太多而胡编乱嘀，八十三回"省宫闱贾元妃染恙"先行预告。但这班胡适自传说阴魂附体的红学家，总想着康熙红人曹寅之子以及曹寅的姻亲李煦被雍正抄没的史料，便编出与《红楼梦》风马牛不相及的贾元春之死，她成为朝廷上下山头林立、派系冲突、你死我活，皇宫内外蛾眉见妒、椒房争宠、刀光剑影的牺牲品。

其实，清代立国之后，吸取前朝教训，至少在早期，对于后妃干政，是十分警惕的。而且，贵妃品级在后宫地位不高，也不止一位，贾元春在这不得见人的所在，既没有发挥其能量的着力处，也没有施展其作为的工作面，她居然成为"宫心计"的主角，也太高看她了。小说要是这样误人子弟的话，真还不如弃了小说去读历史，起码不至于荒腔走板到如此不堪地步。鲁迅说过，看"黛玉葬花"这一节时，你最好先排除掉梅兰芳博士演的那个角色在脑海中留下的印象。这就是说，当你再读《红楼梦》的贾元春时，马上涌来玄之又玄、谬之又谬的胡说八道，还能获得一个完整的形象吗？

鸳鸯之死

在《红楼梦》的第五回中写："诗后又画一座高楼上有一美人悬梁自尽，其判云：'情天情海幻情身，情既相逢必主淫。漫言不肖皆荣出，造衅开端实自宁。'"护花主人评："第十一幅是秦氏，鸳鸯其替身也。"这是妄说，判词的结束两句的荣宁兴衰、后裔堕落，与鸳鸯这样一个奴才，能有什么关系？显然这段判词是此书的前身《风月宝鉴》中的秦可卿的结局，移植到《红楼梦》后，没有删掉。高鹗在续书时，他的原则可能是轻易不动前作，鸳鸯最后死殉贾母自缢，可能是散佚原稿中已有情节，高觉得这第十一幅画和判词，勉强可以与鸳鸯对应得上，就保留不动了。长篇小说的创作过程中，一气呵成者少之又少，改来改去者多之又多，因此，数稿以后，仍有顾此失彼、按下葫芦又起瓢的错讹，是可能的。鸳鸯姓金，其父在南京看守房产，其兄嫂也在贾母房下为奴才。八十八回鸳鸯奉老太太命，送纸和香给惜春抄写《心经》时，惜春问她："你写不写？"鸳鸯道："姑娘又说笑话了，那几年还好，这三四年来，姑娘见我还拿了拿笔儿么？"这就说明她自学成才，努力上进，下了功夫，付出心血。这样，她是荣国府中很少见的识得字，还写得字的丫鬟之一，大概除了凤姐的秘书彩明，就数着她了，这是她不同于平儿、袭人、彩云的地方。而且，从她谈《金刚经》和《心经》的关系；从她看贾母和李纨打双陆，"李纨的骰子好，掷下去，把老太太的锤打下了好几个去"，她"抿着嘴儿笑"；从她在宴席上为令官，熟谙酒令并威风八面来看，她的知识面、读过的书、懂得的学问，要大大高于侪辈，更远胜王夫人、薛姨妈，甚至王熙凤。这可不是老天爷给她的，而是她一点一滴从做小丫头起，到现在成为众丫头中的佼佼者止，勤苦积累起来的。曹雪芹没有写，高鹗写了，于是，我们知道贾母一刻也离不开她，不仅因为她的忠诚、她的精细，也是因为她的知书明理、她的聪明才智。最可贵的，她并不因为是贾母的丫鬟，就恃宠拿大，就张扬跋扈，她很亲和，很理性，她姓金，有一颗金子般的心，所以，主子们不敢怠慢她，侪辈们不敢小看她，何况她很美丽，脸上有几粒俏皮的雀斑，要不然，那个老色鬼贾赦不会打她的主意。

　　一个如此有才华、有才干，既懂事，也会来事的女孩子，其抱负必然很高，对自己的期望值当然也不会低，可她是家生子，即奴才生下的奴才，注定了她生来的不自由。"人生识字烦恼始"，所以，她不甘如平儿、袭人那样，以做姨娘为人生最高目标，也不屑像司棋、潘又安那样，行出那种幽会偷情的苟且之事。可怜的鸳鸯，二十左右的女孩，却不知何处寄托她的爱。而老太太一旦不在，她知道一定逃不出贾赦的报复，她又没有本事插翅飞出荣国府，也就剩下自缢一途了。

　　假如她不识一个字，假如她不知道那么多，她有这么多烦恼吗？

史湘云的结局之一

　　史湘云，曹雪芹笔下最有个性色彩、最具青春活力的人物形象，生生被脂砚斋和畸笏叟及他们的衣钵传人，给糟蹋得不成样子。对文学作品进行考证，是大煞风景的事情。虽然，中国有"红学"，英国有"莎学"，作为显学，"莎学"要比"红学"早得多多，但"莎学家"是不是也像"红学家"那样钻牛角尖，进入猜谜解谜文字游戏的怪圈中，我们不得而知。也许会有的，不过，没有翻译过来，这真是谢天谢地。否则，我们读《哈姆雷特》，有人考证出他是私生子或他有私生子；读《罗密欧与朱丽叶》，有人考证出朱丽叶虽然复活了，罗密欧却死了，她嫁给了莎士比亚，诸如此类的无聊考证，该是多么败坏读者的兴致，多么影响读者完整的审美享受啊！

　　考证，用于史学，是善莫大焉的功德。譬如清代钱大昕的《二十二史考异》、赵翼的《廿二史札记》、王鸣盛的《十七史商榷》，剔微钩沉，改谬订讹，辨正纠错，澄清史实，仁者见仁，智者见智，厥功甚伟，为人称颂，有益于当世，垂功于后代。而文学作品，则是真实生活的抽纯、提炼、凝缩、融混而成的再制品，镜中月，水中花，虚之又虚，空之又空，绝非板上钉钉、实实在在的研究对象，偏要将其坐实，将文学人物对号入座于生活中人，这种费力不讨好的无用功，不但误人，更是害己。《红楼

345

梦》即是一例，从胡、俞腰斩《红楼梦》以来，有多少红学家沉迷脂评而成走火入魔的失心疯。

史湘云，何其不幸，她成为红楼人物中倒霉之最。先被册封为脂砚斋首席评论员畸笏叟，后被指派成为贾宝玉最后一个妻子。当我们在曹雪芹笔下，读到这个醉眠芍药裀、女扮少男装、啖膻烤鹿肉、寒塘渡鹤影的动人形象时，在她身后重叠这两个阴魂不散的影子，一为残病老朽的畸笏叟，一为沦为更夫的贾宝玉，只能令人作呕。试想，这个与林、薛鼎立的史湘云，那一份浑然自成的美感，还能读得出来吗？

从三十一回回目"因麒麟伏白首双星"看，史湘云的结局，曹雪芹怎么写，不敢悬拟，但比高鹗这种应付差事的写法，肯定更有看头。但可以断定，因麒麟为媒，嫁给卫若兰，是脂砚斋自说自话。曹雪芹智商再低，也不会重复袭人与蒋玉菡的松花汗巾老套路。若果如脂砚斋说，前八十回中，为什么卫若兰只在秦可卿丧礼上出现一次，此后再也没露过脸？这不符合曹雪芹习惯的草蛇灰线、伏脉千里的手法。所以，"展眼吊斜晖，湘江水逝楚云飞"，恐怕只是她一个人的重头戏了。因为，按照长篇小说的写作习惯，当已经完成一半或一半以上篇幅时，作者通常不会另生枝节，尤其不会出现新面孔。

因此高鹗续书，侧面写她嫁了一个"长得很好""文才也好"的不知姓氏的人，婚姻美满，然而好景不长，她成了寡妇。故事大概是对的，但写得语言乏味、情节干瘪，成为他续书的最大败笔。

史湘云的结局之二

"终久是云散高唐，水涸湘江"，史湘云的结局，必然是这样一个嫠妇穷愁、孤苦老死的悲剧。晚清文史大家平步青说：《红楼梦》"初仅钞本，八十回以后佚去。高兰墅侍读鹗续之，大加删易。原本史湘云嫁宝玉，故有'因麒麟伏白首双星'章目；宝钗早寡，故有'恩爱夫妻不到冬'谜语。兰墅互易，而章目及谜未改，以致前后文矛盾，此其增改痕迹之显然"。接下来，一位名叫甫塘逸士的文人，在其《续阅微草堂笔记》载："《红楼梦》一书，脍炙人口，吾辈尤喜读之，然自百回以后，脱枝失节，终非一人手笔。戴君诚甫曾见一旧时真本，八十回之后皆不与今同。荣宁籍没后，均极萧条，宝钗亦早卒，宝玉无以为家，至沦为击柝之流，史湘云则为乞丐，后乃与宝玉仍成夫妇。故书中回目有'因麒麟伏白首双星'之言也。"这两位都不曾亲眼看到八十回后佚失的原件，平步青以"增改痕迹之显然"而断定的，甫塘逸士则以别人"曾见一旧时真本"而立论的。持类似说法的野史演义还有多种，但所有作者都是间接得知，非第一手铁证。

曹雪芹还健在的时候，他的未完成稿，即在亲友中传阅。后来，好之者众，遂有抄本。当时，抄书是一门足以啖饭的行业，乾隆开四库馆时，抄手成百上千，业余时间抄一部《红楼梦》，数十上百两银子到手，也是置地造屋的不菲之资，何乐不为？抄本多了，遂有加评，遂有续书，无非增加卖点，借以推销而已。不是所有抄书匠，都能誊录《四库全书》的，孔乙己还抄书呢，吃这碗饭者，也是良莠不齐，甚至错别字连篇的，譬如脂评诸人。

己卯本和庚辰本的第三十一回脂评，大概受到平步青和甫塘逸士的启发，于是"后数十回若兰在射圃所佩之麒麟，正此麒麟也，提纲伏于此回中，所谓草蛇灰线，在千里之外"就出笼了，这就是为史湘云先嫁卫若兰，延续高续后四十回，夫死再归贾宝玉造势，非让她出任曹雪芹妻兼脂砚斋主的舆论先行。更为滑稽者，顺着脂砚斋这第三十一回的谎，还挖空心思编出史湘云并没嫁给卫若兰，而是因史家被充没，她被罚往王公贵族家为奴，因卫若兰腰间的金麒麟，才得以和沦落的贾宝玉相见，而后成亲的特别弯弯绕的故事。

说到底，抄书匠脂评诸人吃准买家好奇心理，必须做熟知黑幕、了解秘辛、掌握内情、深谙底细的知情人状，才能将他们的手抄本卖出大价钱。思来想去，什么身份最好呢？莫过于扮演曹雪芹的妻子最为合适了。恰巧高鹗续书，给脂评留下可钻空子的史湘云。于是，让她嫁给曹雪芹，起到卧底作用。后来，还是觉得绕嘴，干脆就史湘云即脂砚斋，脂砚斋即史湘云，不但插嘴评论，还要指导创作，而作为大师级的曹雪芹，竟听命于她，令删就删，令改就改。这在世界文学史上，也是独一无二的怪现状了。

这些人问过贾宝玉吗，他愿意接受他们这样的混账安排吗？

史湘云的结局之三

　　主张宝、湘最后结缡的脂评本也好，还是多部野史的作者也好，甚至尔后的红学大家，看来都不大懂得文学作品的故事情节是不可以违背人物性格逻辑的发展规律，这种最起码的常识，使得在大师曹雪芹的笔下，史湘云和贾宝玉的结合过去不可能，后来则更不可能。男女相爱，有许多制约因素，志同道合，志不同道不合，常常起到两个人能不能产生爱情、能不能结成连理的推力或阻力的非同小可的作用。贾宝玉和薛宝钗是走进婚姻殿堂的，最后强扭的瓜不甜，不还是一甩手当和尚去了吗？曹雪芹对林黛玉、薛宝钗、史湘云三位女性的描画，最用力者为林，次用力者为薛，史湘云则又次之。但比之林、薛相对不多的笔墨中，其风风火火的情致、肆意张扬的作风、直率无忌的性格、美丽动人的外表，尤其醉卧芍药裀那一节，一个活泼可爱的疯丫头形象，跃然纸上。而且写她父母双亡的寄居之苦、家境日下的拮据之难、又不得不强打精神的内心之窘，是用一种体己怜惜的心情，点点滴滴地写出来，对她的才情、捷智、文采、聪颖，也不吝笔墨地大肆渲染。

　　曹雪芹虽然很眷恋、很关照他笔下的人物，但对这个女孩子跟在宝钗后面，鹦鹉学舌地啰嗦什么男儿应当建功立业、金榜题名、走仕途经济之路，与薛宝钗沆瀣一气的功利主义、道德说教、封建思想、世故世俗之心，是相当反感的，所以，通过宝玉不得不请她到别的姑娘屋里去坐的决裂，写出了大观园中的年轻人的精神世界，史湘云和薛宝钗，是站在贾宝玉和林黛玉的对立面上的。前者卫道，后者叛逆；前者维护封建社会的既得利益，后者为了得到个性自由宁可破釜沉舟。所以，她一巴掌打落宝玉要吃的胭脂，显出她的道学面孔；当着宝玉，赞扬薛宝钗，攻击林黛玉，显出她的势利心态；当她在大观园长住下来时，坚持要住到宝姐姐的蘅芜苑去，显出她们俩同声共气。

其至她的诗，如《咏白海棠诗》《菊花诗》《柳絮词》，也和薛宝钗气味相投，意趣一致，而在"芦雪亭对雪联句"中，从李纹的"寒山已失翠"、邢岫烟的"冻浦不生潮"看，这些年轻人已能感到封建家族没落衰颓之势，但史湘云却还"煮酒叶难烧""瑞释九重焦"地充满幻想，尽力颂圣。她的这种卫道口气、仕进心理，与贾宝玉的反抗精神、叛逆思想，是多么格格不入。他曾经说过，要是林妹妹与他说过类似薛宝钗、史湘云劝喻的话，早就和她生分了。因此，贾宝玉、林黛玉才是志同道合的一对，而贾宝玉与薛宝钗、史湘云，根本就不是一条路上的人。

而史湘云在前八十回中，并没有任何改变，她依旧是原来的她，这两个志不同道不合的人，对世界、对人生的看法，绝对对立，对爱情、对生活的态度，截然不同，怎么能走到一起呢？怎么能够共同创作这部封建家族衰亡覆灭的不朽史诗呢？

主子和奴才之一

一般说来，应该先有主子，然后才有奴才，但是，若是没有奴才，又从哪儿来的主子呢？这是一道先有鸡还是先有蛋的难题，好像很不容易找到答案。但是，在封建社会中，奴才，或者奴才习气，主子，或者主子威风，是一种被认为天经地义的正常现象。当然，在推翻了封建社会以后，从理论上讲一律平等，但不等于不存在隐性的主奴关系，不等于不存在奴才思想、奴才观念，以及奴颜婢膝、低头哈腰、唯命是从的哈巴狗、跟屁虫。在这个世界上，人们最在意的，一是不公，一是不平，只要存在着不公和不平现象，就会出现奴才和主子。做主子的不在乎不公和不平，做奴才的无所谓不公和不平。于是我们在《红楼梦》一书中，看到荣宁二府中有那么多当主子的，没有那么多做奴才的侍候，寸步难行；同时，我们也看到有那么多做奴才的，没有那么多的主子驱使，也会寸步难行的。正是这些混账主子和麻木奴才构成的共同体相安无事，封建社会得以在中国延续数千年。

什么样的人，才叫作奴才呢？一是以人身依附哲学安身立命者。二是以卖身投靠，效力主子，为其主要谋生手段者。三是基本上无自己独立人格可言，主子的好恶便是其价值取向者。四是，一方面不断在灵魂上进行自我拘役，以求奴性达到十足的程度；另一方面，又要具有审时度势的能力，不失时机地改换门庭，重新投靠新的主子。中国经历了漫长的封建社会，历朝历代的统治，实际建筑在由总主子—分主子—大奴才—小奴才—受压迫老百姓的宝塔形架构上。康熙曾经笑谈明朝皇宫里豢养十万太监，却没有想到大清王朝，培养百万奴才。所以，奴才学比较发达，奴才思想比较普遍，奴性之恶比较泛滥，所以，奴才，算得上是中国的一项土特产品。

当然，外国也不是没有奴才，《汤姆叔叔的小屋》里的主人公，就是一个屈从于命运安排的奴隶。但那个黑奴，比起咱们《法门寺》里的贾桂，那奴才水平可是差得太远了。《巴黎圣母院》里的那个卡希莫多，其实，也是神父豢养的一个奴才，不过，他最后为了艾丝米拉达，为了爱情，决定不做奴才了。

《红楼梦》的描写对象，正是这个处于由盛而衰过程中的封建社会。那是一个主不成其为主，奴也不成其为奴的变动时代。那焦大敢敞开嘴骂："那里承望到如今生下这些畜生来！每日偷鸡戏狗，爬灰的爬灰，养小叔子的养小叔子，我什么不知道？""你也不想想，焦大太爷跷起一只腿，比你的头还高些。二十年头里的焦大太爷眼里有谁？别说你们这一把子杂种们！"可见赖以不坠的封建纲常，已经开始动摇，主奴关系的超稳定结构，基本接近解体。《红楼梦》正好写的是这个时期的主子和奴才，就具有更本质的深刻意义。

主子和奴才之二

"奴才"二字，典出久远，《晋书·刘元海载记》："颖不用吾言，逆自奔溃，真奴才也。"至明清两代，始盛行，而且也不以詈词视之，因为阉官对皇帝自称奴才，谁敢小看"奴才"二字，有的人甚至卖身投靠，隐名埋姓，给人家当奴才呢！最典型的奴才，就是宫廷中非男非女的特殊奴才——太监。因此，凡奴才，不一定都有非男非女的变态心理，但一定会有久在人下所养成的阴暗心理。由于阴暗、鬼祟、残忍、忮刻，在一部《二十四史》上，宦官之祸，可谓恶迹昭彰。而且这等人中，几乎没有一个好东西。最可怕的，他们将奴才思想贯穿数千年的封建社会，为害匪浅。中国太监之多，莫过于明朝，连康熙都看不过去，在康熙四十八年（1709）谕告大学士曰："明季事迹，卿等所知，往往纸上陈言，万历以后所用内监，曾有在御前复役者，故朕知之独详。明朝……宫女九千人，内监十万人。"

一个社会有十万奴才，能不乌烟瘴气吗？直到李自成破北京时，"中珰七万人皆喧哗走"。崇祯吊死煤山，只有一个名叫王承恩的太监跟随，可见奴才这类货色，是靠不住的。你胜时，跟着狐假虎威的，是他；你败时，第一个拔腿开溜的，也是他。有人说"十万太监亡大明"，是说到点子上的。明朝灭亡，和如此众多奴才作祟，不能说了无关联。

清代太监，都自称奴才。康熙说，清朝的太监大大少于明朝，其实也不尽然。大清王朝的奴才政治，达到中国历史顶点：先是八旗近臣，以及旗籍蒙籍官吏，被视为家奴；归降的汉族人士，剃掉头发，留起辫子，也一口一声奴才。整个中国只有一个主子，那就是皇帝，剩下的，无一不是奴才。一直到辛亥革命以后，溥仪在紫禁城里做逊帝，还有一班遗老遗少朝他磕头请安，以尽奴才之责呢！

　　凡奴才思想泛滥，奴才与权力勾结，奴才和主子沆瀣一气，主子离不了奴才的社会，那必然是政治上腐败衰朽、经济上停滞倒退、文化上严酷桎梏、空气被毒化得令人窒息的社会。整个清朝臣民，对皇帝来说，统统视作家奴，写禀帖、上条陈，都是一口一个奴才，以示绝对的谦卑恭顺，磕头跪拜，一下子矮了半截，那是典型的奴才姿势。所以像《红楼梦》那样的贵族家庭，别看主子们耀武扬威，但对皇帝来说，仍是奴才，锦衣军查抄宁国府时，一样是屁滚尿流，叩头如捣蒜。谓予不信，请看那个骄横跋扈的王熙凤，在查抄宁国府以后，一败涂地，两手空空，由于贾母给了三千两银子安家费，便在枕上与老太太磕头，情愿自己当个粗使的丫头，尽心竭力服侍老太太，可见她骨子里也是有潜在的奴才思想。

凤姐和来旺儿之一

　　王熙凤横行无忌的时候，有一个叫来旺儿的奴才，他称得上是王熙凤的爪牙，王熙凤的许多坏事，基本上是通过他的手实现的，地地道道的一个帮凶，可等她最后失败，积蓄抄没入官，收缴充公，还要追查罪责，我们并未见到这个奴才跟着王熙凤一块儿倒霉吃官司。看来，中国这类聪明而又狡猾、作恶而不担责的奴才，要比那个汤姆叔叔被主人卖来卖去，强上百倍。来旺儿在《红楼梦》一书中，不是一个重要角色，统共出现不过十次，还包括他的媳妇。在贾府奴才行辈里，资深的赖嬷嬷一张嘴，王凤姐也不得不买账；论陪房资格，周瑞又高他一个台阶。但不能小看此人，在两件三条人命案里，他有脱不了的干系，双手沾满了尤二姐、金哥和守备之子的鲜血。所以，他是王熙凤信得过的奴才、委以重任的奴才，当然，也是为王熙凤赤膊上阵打天下、独撑半壁江山的奴才。他在替王熙凤为非作歹、贪赃枉法、放利盘剥、欺压良民方面，也是敢把坏事做尽、好处捞够的一个刁奴。

　　《打渔杀家》里，正因为有那个恶少，才会有那个教师爷；《法门寺》里，唯其有刘瑾那样大奴才，才有贾桂那样小奴才。而若没有朱厚照那样的混蛋皇帝，也不会有刘瑾这样的奴才头子。这说明什么人和什么人结合在一起，有其物以类聚的必然性，是在一种腐败堕落的局面下，汰优存劣、单向选择的结果。

所以王熙凤这个恶主，少了来旺儿夫妇这对得力的刁奴，无法实现其恶；反之，这对奴才夫妇要没有王熙凤这样的主子，也难发挥其刁。在生活中，像民间有句谚语所说，"不是一家人，不进一家门"地臭味相投，狼狈为奸，是并不罕见的。

《红楼梦》十一回，来旺儿家的一出场，就是给凤姐送三百两利息银子来的。十六回，接着出场，被平儿遮掩过去的，也仍是来送利银。据此收利频率与利银数量判断，高利贷盘剥够狠够毒的，不亚于莎士比亚笔下的夏洛克。来旺儿夫妇显然是王熙凤地下经济的代理人，具体业务运作则是由来旺儿媳妇承担，大概是毫无疑义的。按照"夫唱妇随"的常理，这个媳妇肯定也是一个和来旺儿匹敌的刁奴。有一次，凤姐在舆论压力下，对她说："旺儿家的，你听见了，说给你男人，外头所有的账目，一概赶今年年底都收起来，少一个钱也不依。我的名声不好，再放一年，都要生吃了我呢！"来旺儿媳妇回答道："奶奶也太胆小了。谁敢议论奶奶？若收了时，我也是一场痴心白使了。"可以看出她左右主子的分量和介入的深度。

主子和奴才之间，虽有等级尊卑之分，但在作恶时，由于利害相关、祸福互系，便惊人地一致起来，往往亲密无间、不分上下，那种沆瀣一气的会心程度，令外人简直不能理解。

凤姐和来旺儿之二

　　王熙凤接受了馒头庵净虚的贿赂，要去包打一场官司，拆散一门婚姻时，当然是要派来旺儿办理的。她"悄悄将昨日老尼之事说与来旺儿"中的"悄悄"二字的亲昵，以及"旺儿心中俱已明白"的"明白"，那种无须道破的默契，曹雪芹只用寥寥数笔，就生动地表达了这种恶主与刁奴之间的精诚合作。凡在利益高度统一时，即使不该联手、有等级之分的双方，也能罔顾尊严而称兄道弟、朋比为奸。效忠与反戈，投靠与背叛，本来就是奴才的一个特点。利之所趋，什么事都做得出来。至于主子换来换去，是鬼是人，根本无所谓的。等到后来王熙凤要收拾尤二姐时，这个来旺儿里挑外撅，那一副奴才嘴脸，真是可怕了。他当然知道贾琏偷娶尤二姐，但任何一个奴才，都不把自己绑在一棵树上吊死的。他忠于王熙凤，但为贾琏也留了一手。事犯以后，"知道刚才的话已经走了风了，料着瞒不过，便又跪回道：'奴才实在不知……'"，把责任推个一干二净。等王熙凤审另一个奴才兴儿时，他又成为掌嘴的打手。等兴儿出去，"凤姐又叫：'旺儿呢？'旺儿连忙答应着过来。凤姐把眼直瞪瞪的瞅了两三句话的工夫，才说道：'好，旺儿很好！去吧！外头有人提一个字儿，全在你身上！'旺儿答应着，也慢慢地退出去了"。这眼神中，失望和希望同在，警告与勉励并存，当然也包含了记下这笔欠账以及看你如何立功自赎的多层意思。

来旺儿权衡利害，自然要站在王熙凤一边，该抛弃谁的时候，奴才是绝不念旧情的。贾琏不是没给过他好处，他后来要给他不成材的儿子娶彩霞为妻，还是贾琏出面，由此可见待他不薄。他现在却是要洗清自己，与王熙凤合谋，狠狠对付贾琏了，一点也不留情的。不但瞒得合府里纹丝口风不透，而且把尤二姐的底细也探听确实，连有首告资格的起诉人，那个无赖张华，尤二姐有婚契的未婚夫，他都给保护在自己家里。奴才要歹毒起来，也真是无恶不作，配合上王熙凤这种主子那一肚子坏水，必置人于死地的蛇蝎心肠，尤二姐这条小命就算交待了。

当都察院来传他的时候，看他那份得意神态，主动迎上去要求五花大绑押往官衙。反正有人替他做主，他干吗不乐得为主子卖命呢？主子要作恶，奴才就是他（她）延长的手，这也是奴才始终不绝如缕的原因。

不过，奴才的忠诚，永远是有限度的，一旦涉及个人安危利害，对不起，马上就会止步。所以，只见中国历史上一朝一朝地换旧君、立新主，但奴才跟着遭殃者不多。明朝的太监，不也可以当清朝的奴才吗？若是那些往日宠信有加、得了好处的刁奴，背过脸去，保不齐在划清界限之余，落井下石给老主子一点好看，也不是没有可能。到那个时候，主子也只好怪自己当初眼瞎了。可这种教训无论怎样不断重复，恶主与刁奴之间的把戏，大概是永远不会终止的。

梅香拜把子

《红楼梦》第三回"冷子兴演说荣国府"中的这位古董商，对贾雨村大讲特讲荣宁两府的来龙去脉，如数家珍，不免令人生疑，他怎么知道得那么多？到第七回周瑞家的替薛姨妈给姐妹们送宫花，曹雪芹才给读者揭晓冷子兴原来是周瑞家的女婿。因为吃了官司，女儿跑来找她妈想借贾府的威风摆平这桩案子。于是，我们得知，冷子兴对贾雨村所讲的独家新闻，当系从他岳母那里获得的第一手资料。周瑞家的说过："我们男的只管春秋两季的地租子，闲时只带着小爷们儿出门子就完了。"看来，她丈夫不是什么重要角色，因此，她之如此熟知贾府情况，绝对因为她是王夫人的陪房，属于有权有势的实力派，且是个能干又凶悍的女人，便出头露面，张罗上下，为王夫人、凤姐办事，从而掌握家底虚实、财务盈亏。

至于"百足之虫，死而不僵"这样的警句，当然不是周瑞家的讲的，甚至也不是冷子兴讲的。中国传统的章回小说，作者跳出来直接演义，或者借助人物之口讲作者的话，与现代小说格格不入的写法，是常有的事，不必见怪。

周瑞家的、王善保家的、来旺儿家的等陪房，都是随夫人嫁到贾府来的奴才，从理论上来讲，她们属于嫁妆的一部分，但由于是娘家人，有夫人庇护，遂有点特殊。只要夫人在，慢慢地也就找个奴才成家，慢慢地也就成为小奴才的主管，慢慢地也就熬到了自己拥用奴才的有头有脸之人。赖嬷嬷，就是这类陪房的最高境界，不但其孙子当上干部吃公粮，家中甚至还有一座略小于大观园的园林。中国的封建社会之所以能够维系数千年，很大程度上就是在奴才体系的运作上非常成功，反复灌输这些大大小小的奴才：一是认准自己是奴才而不作他想，二是死心塌地为主子卖命而不悔，三是努力沿小奴才爬到大奴才这条路奋斗到底。所以，怡红院里的芳官，对赵姨娘说，梅香拜把子——都是奴儿，就很有一点觉醒和叛逆了。至少她意识到自己不过是个奴才，至少她不以当个奴才为荣，至少她不那么尊重这位资深奴才的威严。所以，她在后来抄检大观园的清查肃纪运动中，与晴雯一起，被"驱逐出境"。

而奴才思想最为关键的，还有其四，那就是鼓励这些奴才们，要不遗余力地打击、排斥、铲除，甚或消灭你的同类同行。只有如此，你的竞争者才能少一个，你的前途就光明一点。所以，周瑞家的奉王夫人之命来逐司棋，立马凶神恶煞一般："你如今不是服侍小姐的了，要不听说，我就打得你了。别想着往日姑娘护着你，任你们作耗！"气得宝玉说："奇怪，奇怪，怎么这些人只一嫁了汉子，染了男人的气味，就这样混账起来，比男人更可杀了。"宝玉当然不明白，这不是嫁了男人的缘故，而是其奴才思想决定了的。

最怕胡庸医之一

　　秦可卿病得很重，请来名医张友士，诊脉以后说道："今年一冬是不相干的。"这番话的意思，连傻子也听明白了。可到底害的是什么绝症？医生不说，作家也不说。曹雪芹将张友士所开的这份平安药方，抄在自己的作品中，使这位始终是谜团一样的女人，保持她永恒的完美。一个极美丽，又是极成熟的女人，对正处于性觉醒期的少年，那诱惑力是难以抗拒的，这药方很可能是他一次心碎的早恋记录。

　　虽然，秦可卿之死，其场面，其声势，其奢华，其堂皇，是这部史诗中胜过元妃之死、胜过贾母之死的最辉煌的篇章，然而，惊鸿一瞥，流星消逝，魂梦依依，人琴两亡，唯余将这张存有伊人芳泽的药方保存下来的愿望，对这位爱恋得太深的作家来说，那重要性是可想而知的。固然这是作者私衷的表露，但如能给读者一个想象空间，何尝不可呢！小说是语言的艺术，但也不尽然。有的，可以用语言表达；有的，只能意会不能言传；有的，像国画上的空白，是用来做无边无垠想象的。与阅读同时的浮想联翩、思绪万千、心潮起伏、感情升腾，那也是一种奇妙的艺术享受。

　　可敬的红学家们，几十年来使《红楼梦》变成作者信史的努力，干的正是这种大煞风景的事。"包法利夫人，就是我"，这是遐迩皆知的、法兰西文学大师福楼拜的夫子自道，但没有人去研究一个严谨的法国老头为什么能和风骚的法国娘们儿画等号，而中国的红学家，却下定决心要把曹雪芹坐实为他作品中人物贾宝玉。我很奇怪这些人为什么非要把一部伟大的文学作品，变成一本家族或个人的传记？在中国，足以向全世界骄傲的历史著作和史学大师，有的是，但能够进入全球文学视野中的不朽作品和文学大师，实在是屈指可数。好容易有这么一个曹雪芹，好容易有这么一部《红楼梦》，结果，被无数死去的、活着的食客们，生生鼓捣成一部支离破碎的传记作品。经他们大卸八块的《红楼梦》，鲜活的诗一般的灵韵化为乌有，美学成分全部蒸发得干干净净，像一只榨干了的柠檬，剩下的只有索然无味。

所以，性灵游动的文学特质，就怕庸人们在那儿一一坐实，尤其怕乱施虎狼药的胡庸医式的评家，文不对题，瞎扯乱说，有时候，不仅毁了作品，还会毁了作家。

曹雪芹生前万万不曾想到，他的书能养活这么多人。红学，成为一个行业，不仅可以立足谋生、赚钱养家，还可以沽名钓誉、欺世盗名。如果大师地下有知，一定会感叹：我播下的是龙种，谁承想收获的却是跳蚤。

最怕胡庸医之二

　　这位经冯紫英介绍来的医生，望闻问切以后，提起笔来，开了一张药方，共十四味，外加两味引子。对中医药了然无知的我，曾经拿着这方子求教过认识的大夫，那也是《红楼梦》的一个读者，他说，这应该是一服既治不好病也吃不死人的安慰剂，作为医生，总是要聊尽人事的。很惭愧，早先读到这张药方，总是一掠而过，从不思量。后来，我也学着写些东西，懂得写作的"惜墨如金"和"一字不易"的道理，便揣摩到作家的每个构想，都具有其个性化的特质。一笔一画，一字一句，尤其那些特别要写出来的东西，必然带着有迹可循的个人色彩。我便对大师的这份执拗，感到好奇。他为什么要这样做，难道他不知道大多数读者不会介意这张药方吗？

　　不晓得在西方文学作品中，有否于文字中插入一纸处方者，因读书不多，所知有限，不敢断言其无。但中国有小说以来，唯见兰陵笑笑生《金瓶梅》第六十一回，李瓶儿丧子以后，哀毁成疾，西门庆曾经请了一位赵太医来给她看过病，出现过药方。但那仅是几句顺口溜，作不得数。不像曹雪芹郑重其事，将一张正经八百的药方，堂而皇之地条列作品之间。如果能够上吉尼斯纪录，估计《红楼梦》为独一份。"良工不示人以朴"，他这样做，必有他的道理。尽管红学家多如过江之鲫，但很少有人悉其用心之苦，不由得为大师的寂寞一叹！那个最为絮絮叨叨、最为婆婆妈妈的脂砚斋，居然保持缄默，让我意外。

家道败落，生活困厄，弱妻病子，潦倒西郊，"茅椽蓬牖，瓦灶绳床"，大师的那一份艰窘，可想而知。穷，当然不好过，也不是不能过。假设他早年不曾"锦衣纨绔，饫甘餍肥"，也许躬耕自娱，粗茶淡酒，甘苦其中，无怨无悔，不是不能将就一辈子的。可富"过"以后再穷"过"，那盛世辉煌、钟鸣鼎食的记忆，对生计艰难、穷困潦倒到如此田地的他，重温锦绣年华的绮丽往事，除去羞悔交织、惭恨相继，还有什么呢？这种熬煎的痛苦，折磨的滋味，对于诗人心灵上的戕害，甚于"饔飧有时不继"的饥馁，甚于"举家食粥酒常赊"的拮据。所以，儿子痘殇，新妇飘零，伤感成疾，泪尽而逝，是他也是他这既贫且病的一家子的必然结局。

在书中，贾宝玉赞美煎熬中药的那股气味胜过世间一切的香，恐怕也是曹雪芹长年离不开药罐的体验。因此，药方虽区区不足道，一定寄托着大师的相思之苦、怀念之情、难言之隐、心头之痛。无论如何，这位最早启发了贾宝玉性觉醒的女人，这位第一次使他尝到禁果滋味的女人，这位在他情爱途程的起跑线上起过催化作用的女人，成为他心灵的守护神，是可想而知的。那么，焉知这张药方，不是曹雪芹和他生命中最关键、最密切，也是最难忘怀的那位女性的一份盟约呢？

最怕胡庸医之三

不知曹雪芹是有心，还是无意，他写的"张太医论病细穷源"中为秦可卿看病的张友士（第十回），给贾母看病的家学渊源、两代悬壶的王御医（第四十二回），"胡庸医乱用虎狼药"中的那位未必就姓胡、给晴雯看病的胡庸医（第五十一回），"王道士胡诌妒妇方"中那个插科打诨、贫嘴聒舌的江湖郎中王一贴（第八十回），这四位医生，在一定程度上，倒可以看作是文学批评家的肖像写照。人有病，要治，文有病，要评，治和评，这两者，工作对象不同，工作性质却是相同的。不过，治人病者曰医生，曰大夫；治文病者曰批评家，曰评论家，称呼上有所不同罢了。评家对作家的帮助，某种程度上类似医生的救死扶伤、治病救人。

正如医生有高低之别，评家也是有好差之分的。遇到高明的医生，药到病除；遇到低劣的医生，聋子治成了哑巴。同样，文学评论家也是不同的，或点石成金，剖璞见玉；或一针见血，弹不虚发；或隔靴搔痒，不着边际；或买椟还珠，射不中的。遇到好样的评家，如醍醐灌顶；遇到差劲的评家，一锅糨子，越搅越糊涂。

深通医道、有儒者风度的张友士，作为评家而论，这是对作家最有帮助的，因为他说真话，行，或者不行，虽然他说得很技巧，你能明白。而且他对毛病所在及其成因并不隐讳，敢于坦陈他不敢苟同于别人的见解，既不附和，也不排斥，只是切中实际地提出自己的看法，商量着解决的方案，这就难能可贵。牌头不小、身份很高的王御医，自是大家风范。这样的评家，多泛泛之谈，好原则指导，喜旁敲侧击，你别指望他在一些具体的问题上能答疑解难，但他言谈中的智慧火花对作家的撞击，说不定山重水复以后，忽有柳暗花明的启发。

而王一贴式的评家，就等而下之了，他那"疗妒方"，按他所讲"吃过一百岁，人横竖要死的，死了还妒什么，那时就见效了"，这就很像经常在作品讨论会碰到的，发表一些不咸不淡看法、不荤不素意见的评家，对作家而言，多么有用说不上，多么无用也说不上，但没有王一贴的口若悬河、口吐莲花，会场气氛还真是热烈不起来。至于穿着白大褂、拿着听诊器的胡庸医式的评家，来给作家治病，倘若允许我选择的话，我不会挂他的号，不是怕治不好，而是怕被他治死。

医生给病人诊治，批评家指出作品毛病，医坛和文坛的道理大致相似，老批评家、大批评家和老医生、大医生，都比较拿势，资格摆在那里，人们不得不尊而敬之。年轻批评家、新秀批评家和刚出医学院的医生、挂着实习医生胸牌的医生相似，倘非很了解情况的，一般都对他们缺乏信任感。清人唐甄在《潜书》中说："一饮之而不良，再饮之而无效，三饮之而疾不去者，必庸医也。"文学家对于评论家的指点，不论他字号多老、名头多大，也要具有一点最起码的清醒。

最怕胡庸医之四

据张大夫为秦可卿诊病，所说出"或以为这脉为喜脉，则小弟不敢闻命"的话来推测，曹雪芹在《红楼梦》中塑造的最完美女性，即将香消玉殒，而且甚至活不到来年开春，再高明的医生，对秦可卿的不治之症，也回天乏术了。平心而论，人之垂危，是很值得同情的，无论以往有多少不是，也不应该苛责了。清末的王希廉，即护花主人，最早的《红楼梦》评点家之一，在大夫阐讲病情一段，于书眉批上"一副色欲虚怯情状"的评语，是有欠厚道的，无论如何，已是行将就木的人了！

评点，是具有中国特色的文学批评。李卓吾、金圣叹、李渔、毛宗岗，为其佼佼者，在古典小说批评史上，具有很重要的位置。评点式批评，及时跟进，随感而发，嬉笑怒骂，生动活泼，是其优点；只见树木，不见森林，就事论事，忽略全局，是其缺点。因此，长于"后顾"、短于"前瞻"的手术刀式的评点，作用于文本的意义，要大于对文学运动、现象、潮流、思潮的探讨与研究。中国的文学评论家或批评家，之所以"事后诸葛"者甚多，"高瞻远瞩"者甚少，恐怕和评点的这种弊端有关。积习相沿，旧风不改，也是当代中国大师级评论家难产的原因。

虽然不少人自命为大师，或被徒子徒孙尊为大师，那是小圈子里的室内清唱剧，纯属自娱自乐。这位王希廉，大概也是有

"大师感"的人，在那里信马由缰地开评。北京有一句俗话，形容某个人瞎说八道，叫作"真敢开牙"，他就是一个。其实，此公倘不是依附在《红楼梦》的字里行间，谁会知道他是老几呢？谁会在意他说的那些昏话呢？

这也是《红楼梦》问世以来，招来不计其数的食客，一个个吃得肥头大耳的缘故。凡树大，底下乘凉者必多；凡显学，赖以蹭饭者必众；凡本主儿长眠地下无法从棺材里爬出来辩白，那些"真敢开牙"的家伙必蜂拥而上，这就是大师难逃的悲剧命运。中国有句俗话，坐着说话不嫌腰疼，当下那些红学家不说白不说，说了也白说，反正有票子可拿，有位子可坐，曹雪芹没有后人，即使有，也失去知识产权保护，近三百年来，一部《红楼梦》成了这班红学家的造币机、银联卡，不需投钱，即可取息，何乐不为？

"护花主人"得风气之先，是较早啃红学得了便宜的一员，称得上是时下所有捧"红学"饭碗者的前辈。他这"雅号"，自作多情，倒也罢了，问题在于他那假正经令人讨厌，他那自以为是讨人嫌。而随后的脂评，则登堂入室，冒充曹雪芹的三亲四戚，挤在《红楼梦》的书缝里，这儿露一鼻子，那儿出一眼睛，将一部不朽之作竟说成是在他们指导下写的。无论古今，对不怎么样的批评家来说，都患有这种胎里带的臭嘴病，很难治愈。怀有太多的一己之私，必假正经；凡罔顾客观自说自话，必自以为是。于是，一张油脸，一双鼠眼，满嘴喷沫，口臭熏人，就这样成了气候。

贾宝玉挨打之一

《红楼梦》第三十三回，"手足耽耽小动唇舌，不肖种种大承笞挞"，描述了贾宝玉因"在外流荡优伶，表赠私物；在家荒疏学业，逼淫母婢"等原因，挨他父亲贾政痛打屁股的全过程。凡是做老子的人，到了必须诉诸体罚手段，来教育他的儿子，只能说明他的无能，而动不动用拳头与儿子对话的家长，我敢肯定，大概是生活中的失败者，才借打孩子来撒气的。作为老子的贾政，固然有充足的理由打贾宝玉，但根本上来看，他的这一次滥施淫威，导火线是一回事，发泄他久已有之的积怨，存心对保护贾宝玉的力量进行挑战，是另一回事。前者提供了寻衅行凶的口实，后者才是他的真正泄愤的动机。贾政情不自禁地亲自掌板，打他儿子，显然是长期处于失衡状态之下，精神压抑的结果。所以，一遇机会，逆反心理，加上报复欲望，便按捺不住地要爆发出来。如果研究一下贾政在这个大家庭里扮演了一个什么样的角色，便知道他的这股无名毒火从何而来。贾政在荣国府，也包括宁国府，名义上他是家长，可党政财文大权，没他的份儿。他只是虚有其名、在其位而不谋其政的领导干部：地位尊崇，不过牌位；名义当家，实际傀儡；做官一任，差点革职；为文一生，狗屁不成。他在众人眼里，有名无实，有威无权，治学无能，为官失职，是个既没有朋友，更没有知己的独行者。年轻人办诗社，

369

宁肯邀大字不识几个的王熙凤当监社御史，也不让他来指导指导，连空衔顾问也不给他；大观园题对额，按说是他一次露脸的机会，可才思匮乏的他，一无佳联，二怕出丑，不得不任由着他儿子着实狂了一回，享足风光，能不让政老爷受刺激吗？这样一种尴尬状态，他内心能够安宁吗？

因此，他恨处处事事抢了他风头的贾宝玉，一见他就像西班牙斗牛见到红布似的暴跳如雷。他的儿子，活得痛快，过得舒坦，想躺想卧，悉听尊便。他呢，却要一天到晚一本正经坐在那里，做灶王爷状。他儿子的周围，尽是一些年轻貌美的女孩子，倚红偎翠，履舄交错，好不滋润。他呢，却只有一个歪瓜裂枣的赵姨娘，味同嚼蜡，索然无味。满府里，从老太太起，到丫鬟小厮，谁不把贾宝玉当成宠儿，看作明星。这小子不论走到哪里，都受欢迎，连北静王也成为热烈的追星族。他只有枯坐在书房里，饱受凄冷，这种被摒弃在热闹以外的孤独感、失败感，说使他老人家有万箭穿心、痛不欲生之感，也不为过。他跟他的儿子贾宝玉，简直不共戴天的仇敌一样，一见面不怒目相向，就是大声呵斥，因此，在犯了在他看来是欺君灭国之罪的情况下，他一过激，自己先精神崩溃，遂弄得不可收拾。

曹雪芹不愧为语言大师，这段打屁股笔墨，是中国文学作品中不多见的精彩篇章。舍此之外，中国文学史上，还能找出一篇屁股吃板子的文章吗？

贾宝玉挨打之二

贾宝玉之所以挨老子痛扁，罪状实际有二：一是将同性恋的男伴勾引出来，并加以隐藏；二是对他母亲的女婢进行性意识的挑逗，以致其自杀。就这位年轻公子而言，在成长期间，这种情欲的萌动、性爱的表现，比之贾赦、贾珍、贾琏之流的滥淫，比之茗烟按住小丫头干警幻仙子所授之事的荒唐，真是算不得什么。贾母，是位绝对明白的老封君，早参悟出来，哪个男人不偷鸡摸狗？贾政者，"假正"也，却小题大做，上纲上线，一上来就将此事的性质定作敌我矛盾处理，大有不杀不足以平民愤之意。其实，事态并未严重到必须动手弹压的程度，因为还有可以使用的整顿收拾令其改正的办法，如说服教育、警告防范、隔离疏堵、没收禁绝、晓以利害。贾政完全没有必要如此大动肝火，这第一，说明做父亲的这个人水平太低，已经无计可施；第二，他存心要把事情闹大，一下子搞得天翻地覆，有一种重振雄风的因素在内。所以，旧恨新仇，积愤难消，无名火起，也就不怕破釜沉舟地往死里打了。这回好了，女婢投井，王府讨人，环三告密，血口喷人，得到这样一个有把的烧饼，能不抓起板子将他儿子往死里打吗？我们知道，所有借机泄愤者，都会找到冠冕堂皇的说辞。贾政口口声声，替天行道，也说明他有见不得人的心虚，否则就不会威胁下人说，谁传消息出去，就跟谁算账。所以，贾政说不能等酿到将来有一天杀父弑君才管，不过是幌子——一心报复，才是他的真实思想。

　　老子出了气，儿子受了罪，"只见他面白气弱，底下穿着一件绿纱小衣，一片皆是血渍。禁不住解下汗巾去，由臀看至腿胫，或青或紫，或整或破，竟无一点好处"，贾宝玉挑逗金钏、私藏琪官，为这些发自于性萌动行为，付出了苦楚的代价。这顿肉刑，贾政的宣泄只是痛快了片刻，很快败在他儿子面前，再也管不了他。而贾宝玉，痛苦一时，得到了更多的自由。这一打，成了千呵万护的大众情人，整个贾府，上上下下、男男女女，都围着贾宝玉转。慰问团一拨一拨，志愿者一批一批，想吃什么就做什么，想要什么就有什么，点着名让姐姐妹妹过来陪他，真是好不得意。而贾政惨透了，先跪下来忏悔，后向老太太求饶，终于被逐出现场，栽了很大的面子以后，只好灰溜溜地躲在书房里，连头也不敢伸出来。

　　老太太怕他反攻倒算，甚至下了道死命令："以后老爷要叫宝玉，就回他说，我说了，一则打重了，得着实将养几个月才走得；二则他的星宿不利，祭了星不见外人，过了八月才许出二门。"政老爷发动的这次重建权威的内战，本以为能挽回自己的精神颓势，大树特树自己的英雄形象，结果，他倒像被打了屁股似的，灰头土脸，丢盔卸甲，落荒而逃，以彻底失败告终，那位臀部留有棒疮疤痕的公子哥儿，却获得了前所未有的大自由、大自在。

似曾相识

　　若是问没有红学家头衔的读者，谁是《红楼梦》中的主角？你会得到异口同声的回答：贾宝玉和林黛玉。至于那位薛姑娘，一般不在考虑之列。其实你要问作者曹雪芹，他也会这样答复。因为，他为这两位主角的第一次面对面的接触，专门在第三回"接外孙贾母惜孤女"中花费了笔墨。而随后薛宝钗随其母兄投奔贾府，曹雪芹就没有另辟篇幅，讲述贾宝玉和薛宝钗初见情景。轻重主次，分得很清。所以，到了第五回开头，这部书最早的评点者东洞庭护花主人急了，忙问："宝钗住居梨香院，何与宝玉尚未谋面耶？"这就是红学家与文学家的区别所在了。而《红楼梦》落到如今被踩躏、被糟蹋的不堪地步，最根本的一个原因，是红学家不懂文学。也许你会有异议，近代红学宗师胡适难道不是文学家吗？No！说实在的，他还真算不上文学家，因为他几乎没有什么重要文学作品传世。准确地说，他，第一是政治家，第二是文艺理论家，第三是抛出"脂砚斋重评《石头记》"、创"自传说"的红学家。一对有情人的第一次直面相对，四目相视，那必是火花四溅的灵魂相撞，对于出现在他和她面前的，那苦苦等待、蓦然而得、费心寻觅、不期而会的惊喜，其震撼，其激动，可想而知，所以才有贾宝玉那句忘情而出的话："这个妹妹我曾见过的。"经贾母提醒"可又是胡说"后，他更明确指出：

"虽然未曾见过他，然看着面善，心里倒像是旧相认识，恍若远别重逢的一般。"我记得张贤亮一部小说，题名《男人的一半是女人》，一时脍炙人口。其实这说法出自《圣经》故事：上帝看到他造的第一个人亚当很寂寞，趁他睡觉的时候，取走他的一根肋骨，造就了夏娃。所以女人为男人的另一半，而这两个一半，即使相隔千山万水，即使历经艰难险阻，也要会合到一起。这就是爱情和婚姻的缘分。

情侣初会的惊艳场面，是历来爱情小说的重头戏。在曹雪芹之前，我们知道祝英台与梁山伯的第一次见面，是邂逅路遇；崔莺莺与张君瑞的第一次见面，是西厢琴挑；而杜丽娘与柳梦梅的第一次见面，是魂梦相依。这些也应该是大师耳熟能详的故事，他在书中不止一次地提到《西厢记》和《牡丹亭》，在王实甫和汤显祖之后，曹雪芹看似平淡的、平常的这两句话，却道出了人类最本质的认知天性。这天性，像密码锁一样，只是等到他心中的那一半出现时，才豁然明朗，因为这一半，既是唯一的、不变的，也是熟知的、先验的，所以才产生"旧相认识""远别重逢"的感觉。

作家与作家的竞赛，是高低；大师与大师的比较，是不同。这也就是说，不哗众取宠，不制造噱头，不耸人听闻，不低级趣味，从平凡中写出不凡，从世俗中写出不俗，这才是真功夫。

宝钗的金锁

据周绍良《红楼梦系年》，贾雨村上任应天府，徇情了结薛蟠夺婢杀人的命案，应为丁未春初。那么，薛姨妈入京依傍贾府，住进梨香院，是这年春天的事。但薛宝钗奇缘识金锁，却是这年冬天的事，因为刘姥姥来贾府求助，书上明白写着"秋尽冬初"，至少有半年到八九个月的这期间内，贾宝玉和薛宝钗经常在一起，竟然与宝姑娘的金锁缘悭一面，是说不过去的。第一，我们知道贾宝玉对这位"任是无情也动人"的宝姐姐，绝不会无动于衷，因此，他不可能对她身边的一切不感兴趣不好奇。第二，我们也知道贾宝玉对于男女之大防，不是那么在意的，而越轨的行为、超常的举止，他也不是做不出来，因此，如果早听说这副金锁的传闻，这位公子哥儿肯定不会迟至今天才饱眼福了。所以，按照周作人一首写《红楼梦》的长诗，涉及薛宝钗的"蘅芜深心人，沉着如老狯。啾唧争意气，捭阖观成败"这几句看，这个"罕言寡语，人谓装愚；随分从时，自云守拙"的宝钗，说她使阴谋，也许言重了些，说她有心机，大概不过分。宝玉之所以未能早睹金锁，因为薛宝钗一是需要制造舆论，二是需要制造此物，制造是要花时间和功夫的。薛宝钗本来的目标大得很，要备选"才人、赞善"等宫中女官，若能进一步侥幸天恩，得以侍主椒宫，那就是第二个贾元春。所以她一开始并未将贾宝玉纳入考虑的范围之内，可这位外地姑娘一进京，才了解宫中选才人，一是旗籍，二是官员。出身皇商的她，门儿也没有，遂降格以求，身边正好有这样一个小她三岁的贵族子弟，嫁给他，也许是她当时的最佳选择了。

贾宝玉的宝玉，是从娘胎里带来的，而薛宝钗的金锁，是银楼工匠打出来的。前者，举世无双；后者，你只要有钱，想做多少有多少，想做怎样就怎样。从薛蟠为讨好其母，说妹妹的金锁也该炸一炸（炸，是金饰品的除垢抛光工艺）了来看，皇商薛家拥有制作出售金银首饰的银楼，是必然的，其方便也是可想而知的。然而，金锁上錾的"不离不弃，芳龄永继"八个字，与宝玉上的"莫失莫忘，仙寿恒昌"，如此吻合，如此匹配，绝非银楼里那些工匠所为，而应该是有点学问的薛宝钗，才有可能琢磨出来，为框定"金玉良缘"注入"天意"。所以，她入京以后，那是春天，没见她戴金锁；到了夏季，大家都穿单衣薄衫的时候，也没见她戴金锁；到了"秋尽冬初"，贾宝玉才知道宝姐姐戴有金锁，而且一定坚持要看一看。她不让他看，他偏要看，于是，她的图谋如愿以偿，"金玉良缘"就这样敲定了。

其实，我们知道，薛宝钗的个性不尚浮华、不好奢侈，尽量内敛，不喜打扮，曹雪芹从来不多描写这位宝姐姐穿什么、戴什么，但她却一天到晚戴着这副金锁和元妃送她的红麝串，满园子走来晃去，是女孩子的爱美之心呢，还是给"金玉良缘"打广告呢？也许只有天知道了。

爱的差别

　　曹雪芹写薛宝钗，很难。深了不是，浅了也不是。鲁迅在《中国小说史略》中，认为曹雪芹笔下的宝钗"无一贬词而情伪毕露"，其实，人们还是读出来作者的倾向性的。虽然，"一个是阆苑仙葩，一个是美玉无瑕，若说没奇缘，今生偏又遇着他"，这他，应该是她和她。林黛玉和薛宝钗不同的地方，就在于一个她是百分之百地爱，另一个她是不够百分之百地爱。贾宝玉对薛宝钗的爱，只能说相当部分，而不是他的全部。薛宝钗的薛，与雪谐音，故而判词中有"金簪雪里埋""空对着山中高士晶莹雪"等字句。贾琏的小厮兴儿向尤氏姐妹介绍他所见到的府里情况，说到薛宝钗时："有一位姨太太的女儿，姓薛，叫什么宝钗，竟是雪堆出来的。"而雪，则意味着冷，正是这冷，使贾宝玉无法从她那里感受到热烈的爱。男女之爱，从来都是相互作用的，他和林黛玉就不是这样，哪怕口角、争吵、赌气、发火，正说明两颗心是滚烫的。唯其热，才互相反射。在这个世界上，温度很重要，正是有温度，这才有空气的流动，云层的起伏，风雨的形成，雷电的产生。然后，便是阳光的普照，大地的回春，绿色的景致，和谐的气氛。贾宝玉能从林黛玉那里得到这些热，而在薛宝钗那里只能得到冷，所以，"冷香丸"，某种意义上说，是薛宝钗的象征。

　　冷，是一方面，太过完美，则是另一方面。试想，从贾母起："我们家四个女孩儿算起，全不如宝丫头"，到赵姨娘止："真是大户的姑娘，又展样，又大方，怎么叫人不敬重"，薛宝钗能将上下左右、四面八方的各式人等统统摆平，试为贾宝玉想，觉得她可爱呢，还是可怕？他也许不会这样想，但不能说他没有一点点感觉。第四十九回，宝玉突然问黛玉："是几时孟光接了梁鸿案？"因为他觉得蹊跷，林黛玉什么时候与薛宝钗亲近到如此程度？他的狐疑，说明这位怡红公子对于宝姐姐，是存在着一丝警戒之意的。

林黛玉到贾府以来，大家一直认定她是和宝玉天生的一对，她自己也是这样有恃无恐的。但当她发现宝玉为宝钗雪白的一段酥臂，刹那间竟魂灵出窍那样，被她讽刺为呆雁的时候，贾宝玉这种不那么专情的表现使她的爱情危机从此开始。经过正面的、侧面的、公开的、隐晦的交锋，"金兰契互剖金兰语"后，黛玉笑着回答宝玉："谁知他竟真是个好人，我素日只当他藏奸。"

老实说，一个挑不出一点不是的人，一个简直把握不住其嘴上说的话是否就代表着其内心真实想法的人，你可以拜之为师，并保持距离，切不可引以为友，倾心相与。因为他支持你时，很可能也支持与你相左者；他帮助你时，说不定也在帮助你的反对者。这也是我们大家在人生道路上，短不了会碰上的事情，所以，多想一点动听故事里面的暧昧，多看一点表面文章背后的复杂，也许没有坏处。

多情贾宝玉

　　贾宝玉素服出城，祭拜跳井身亡的金钏儿，这一天，正是她死后的第一个生日。曹雪芹在《红楼梦》中，对于时间和空间，是故意采取模糊策略的，所以，显然位于北京城的荣宁两府，他却分明写出金陵、长安字样来混淆视听。同样，有好多种《红楼梦年表》，都是自说自话，各执一词。也许曹雪芹追求的正是这个效果，你不是看人物的悲欢离合吗？至于哪月哪天哪时哪刻，有那么重要吗？宝玉出城祭拜这天，正是王熙凤的生日，正因为如此，提醒宝玉这一天也是金钏儿的生日，在贾府，谁和谁生日同一天，这种巧合很难得，大家必然要当回事的。曹雪芹只点明是初二，没有说哪月，大某山民推断为壬子年九月初，有人说是八月，从吃过成熟螃蟹来算，应是秋后季节，大体不错。那么，贾宝玉挨打时，贾母来到，贾政连忙说大暑热天惊动您老人家，可证金钏儿跳井是在夏天，距今两个来月，所以贾宝玉郑重其事，提前关照茗烟，一定要到城外去遥祭这位因他而死的金钏儿，大概还有另外一层原因：按照传统风俗，逝者的七七，在其亲属的心目中是看得很重的，多情的贾宝玉，怀着歉疚，来送她最后一程。就看他回到府里，"一径往花厅上来，耳内早隐隐闻得箫管歌吹之声，刚过穿堂那边，只见玉钏儿独坐在廊檐下垂泪"，自然因为生日的缘故，她想念她死去的姐姐，才躲开热闹，避开欢乐，在这儿暗自伤心掉泪。而"宝玉陪笑道：'你猜我往那里去的？'玉钏儿把身一扭，也不理他，只管拭泪"，说明他和她对这天是什么日子，是默契的。然而，她不原谅，"宝玉只得快快的进去了"。

有些红学家，断言金钏儿最淫荡、最风骚，就因为她挑逗贾宝玉来吃她嘴上新搽的胭脂，还把脸迎上去，有色诱未成年人的嫌疑；就因为她对贾宝玉说，金簪子掉进井里，有你的只是有你的，是一种公然的性暗示。甚至还有评家说贾宝玉和金钏儿有私情，其实贾宝玉喜欢吃比他大一点的成熟女孩子嘴唇上的胭脂，也不只是金钏儿，连鸳鸯也被这位少爷歪缠过的，甚至喊袭人管管。第一，他喜欢年轻女孩，尤其喜欢漂亮的年轻女孩。第二，对于这位全家的宝贝、风度翩翩的美少年，这些女孩，特别是有些姿色、有些身份的丫鬟，终究也在青春期中，对他心仪不已，产生感情，也是可以理解的。男女之间有一点亲昵接触，不必戴上有色眼镜去看。而且，在封建社会中，一个美丽的女奴隶，是难以拒绝主子（不管是老主子，还是小主子）的要求（不管是正当要求，还是不正当要求）的。第三，那时的中国，并不实行一夫一妻制，贾宝玉爱林黛玉，不等于他就不能动其他女孩的念头，在他那个时代，这种行为是不存在什么道德问题的。

鲁迅说，道学家在《红楼梦》中看到了淫，其实，《红楼梦》非《金瓶梅》，贾宝玉非西门庆，很多红学家，为什么偏要往歪处看邪处想呢？

爱情和婚姻

在四十五回"金兰契互剖金兰语"中，黛玉对宝钗说你们家"这里又有买卖土地，家里又仍旧有房有地"，认为"无依无靠投奔了来"的自己无法和宝钗相比。然而她为什么不想一想，这位有房有地的宝姐姐，干吗跟她一样，非要待在贾府，赖着不走呢？仅仅就因为亲情吗？当初，薛家从南京迁到京都，薛蟠表示不愿寄居在姨妈家，他母亲答应他"挑选宅子去住"，她是要与王夫人"厮守几日"的。这就是说，薛姨妈也没久住的盘算。后来，元妃省亲，大兴土木，原来她家进京落脚的梨香院，要给小戏班子用，"薛姨妈另迁于东北之一所幽静房舍居住"。我们知道，梨香院是一所十来间的独立院落，可以肯定现在搬进的"幽静房舍"，必不如前。尽管如此，还是放着自家的许多宅子不住，偏要在亲戚家里碍手碍脚。我们还知道，薛蟠早就表态不住贾府，薛姨妈只是"厮守几日"而已，一家三口，两个人都无长期久住之打算，那么执意坚守的宝姐姐，究竟为了什么呢？薛家到京都来，薛蟠是为游览上国风光，薛姨妈是为避开官司缠绕，薛宝钗是为待选才人进宫。但来到贾府以后，待选的事，再无下文，厮守几日，成为空话，省亲拆迁，让他们从梨香院搬到幽静房舍，倒不一定是逐客令，任何一个知趣的人，都会明白是该识相离去的时候。不搬，自是薛宝钗定下的方针。这一家人，薛宝钗是主心骨，当她将贾宝玉锁定以后，作为占领目标，为进行有条不紊的包围战，必须坚决守住这个据点，是万万不能搬的。

如果没有林黛玉这样一个比她略占上风的情敌，她也许从容得多。可贾宝玉、林黛玉两人近在咫尺，她不能不紧张，所以，一、她不能撤出这个一墙之隔的据点；二、她还要深入敌后，进到大观园中，与他们比邻而居；三、她抛出金玉良缘说，制造舆论空气；四、各个击破式对贾府上下进行形象展示，示好每一个人，连众人避之不及的赵姨娘也都被她拉拢，予她赞誉。能被所有人叫好的人，你能不怀疑其中的伪诈吗？但人的视觉范围只是眼前的一百八十度，而背面便茫然无睹了。所以，薛宝钗的包围战大功告成之际，就有这场"金兰契互剖金兰语"的攻坚一战。

黛玉与她截然不同，她是爱情至上主义者，婚姻是随后水到渠成的事情；宝钗将婚姻看得很重，爱情有没有，倒在其次。黛玉在意的是贾宝玉的这颗心，而薛宝钗想得的是贾宝玉的这个人，这就是她俩的差别所在。宝钗并不知道，自三十二回"诉肺腑心迷活宝玉"后，林黛玉尘埃落定，得到了她想得到的心，从此，对宝玉再无猜忌，因而对宝钗也好，湘云也好，再无以前那种刻薄尖酸。所以，宝钗以玩笑口吻，试探性对她挑衅："将来也不过多费得一副嫁妆罢了。"哪知黛玉并无强烈反应。

得到了心，得不到人，是失败者；得到了人，得不到心，能算是一个成功者吗？

宝钗的败笔

在钗黛的这场竞赛中，读者的选边，大多数站在黛玉方面，同情弱者之心，人皆有之。但也有不多的人，觉得宝钗其实不错，甚至还有这样的论调：娶妻当娶薛宝钗，交友应交林黛玉。当然，这是饭后茶余的笑谈，不足为训，但也有论者好意提醒：你愿意娶薛宝钗这样不温不火、不喜不怒、不近不远、不可揣测的冷美人吗？你愿意交林黛玉这样争强好胜、压你一头、你不认输她更难缠的女朋友吗？婚姻，已构成契约关系；交友，不过是社会行为。契约，承担着义务和责任，不能随便解约；行为，则是随兴之事，处得来交，处不来不交。所以，论者做出忠告，对类似薛宝钗这样的女性，要动婚姻念头的话，应三思而行。

为什么？道理很简单，她天天在你眼前，却隔着一堵心墙。

这种状态，有如南朝宋的刘义庆《世说新语·排调》中所写："桓南郡与殷荆州共作危语，殷有参军在坐，云：盲人骑瞎马，夜半临深池。""危"或者"恐怖"，就在于这个薛宝钗以静制动，以点打围，以时间压倒空间，以真凭实据的金玉良缘压倒一厢情愿的木石前盟，一切都在不动声色地推进，一切都在按部就班地实现。对林黛玉而言，薛宝钗就是那位参军所说的危境了。

不过，话说回来，处于择偶年龄的薛宝钗，即使真的这样深谋远虑，从林黛玉手中将贾宝玉争夺过来，有什么品质问题吗？

尽管，宝钗出现在贾府以前，黛玉和宝玉至少也有两三年以上的恋情，然而这种属于青梅竹马式过家家的爱，宝钗作为第三者插入其间，有什么道德错误吗？她若成人之美，退出竞争，她得到的只是零；她若进入角色，构成三角，她得到的也许是一。她选一弃零的现实主义，有什么值得谴责的呢？贾母曾经说过：我们家四个女孩，都抵不上宝钗。所说四个女孩，应该不包括元春，而包括黛玉的。说明这位阅人无数的老太太，对于薛宝钗的认识是深刻的，这番评论中也有对自己外孙女的失望——黛玉之反应不够敏捷，行动不够积极，以为胜券在握，其实危机重重。

应该说，薛宝钗能够做到"罕言寡语，人谓装愚；随分从时，自云守拙"，证明她的战略是成功的。不过，这一回"滴翠亭宝钗戏彩蝶"，栽赃黛玉，洗脱自己，却成了她的滑铁卢。你可以努力追求，不可以不择手段；你可以保护自己，不可以反诬别人；你可以爱惜羽毛，不可以落井下石；你可以深藏不露，不可以嫁祸卸责。护花主人评曰："所谓卸罪于黛玉也，虽云急解，实有成心。脱卸而去，有飞行绝迹之妙，吾服宝钗，吾畏宝钗矣。"从这一个"畏"字，便知道大多数读者对薛林二姝的"投票"（假如有的话）为什么一边倒了。

我们常说，观其言而察其行，做的往往要比说的更能表现内心的真实。文学，是时代的良心，也是人类的良心，读文学书，也是有如何做人的道理值得借鉴的。

宝玉中举

鲁迅说过，他看到的所有《红楼梦》续书，"俱未契于作者本怀"。但红学家不看好的高鹗续作四十回，却得到与原书一并传世的殊荣，这就是历史的肯定了。虽然，在《中国小说史略》里，鲁迅对于高鹗"兰桂齐芳"的大团圆结局不很满意，但从他认为"奋起而补订圆满之"辈"大率承高鹗续书"来看，并不等于他全盘否定高鹗的续书。至少认定此公的努力，要比其他狗尾续貂者高明得多的。随后，一些红学家便变本加厉地越发刻薄高鹗，个别人甚至偏激到视他为《红楼梦》的血腥杀手，从笔墨中透出来恨不能将其食肉寝皮的仇恨，简直不可理喻。中国人之中的文人，要绝对起来，是挺可怕的。我真替兰墅先生担心，他要是活在现在，是不是腿上应该戴上护膝，要不然，真有可能被恨之入骨的红学家们咬上一口。

宝玉的最后中举，这是大家对高鹗最为诟病之处，也是最遭讨伐的靶子。一、让反对仕途经济的斗士走上他反对的科举应试之路；二、让叛逆者居然中了乡举，并封为文妙真人。而且说，若曹雪芹，绝不写。其实，七十八回"老学士闲征姽婳词"中，曹雪芹透出一点松动的口风，这段文字如下：

"近日贾政年迈，名利大灰，然起初天性也是个诗酒放诞之人，因在子侄辈中少不得规以正路。近见宝玉虽不读书，竟颇能解此，细评起来，也还不算十分玷辱了祖宗。就思及祖宗们，各各亦皆如此，虽有深精举业的，也不曾发迹过一个，看来此亦贾门之数。况母亲溺爱，遂也不强以举业逼他了。"

可能因为高鹗觉得这和他后来应试中举冲突，所以在程甲本中删掉了。

若循着贾宝玉的心路历程来看，在前八十回中，他反对科举应试，反对追求功名，是一贯的，这既是他叛逆性格所致，也是他厌恶道学所致，既有他对人文精神的向往、不受压迫拘束的反抗，也有他崇尚性灵的文学兴趣、拒绝子曰诗云的枯燥说教，所以，他谢绝宝钗的劝导，婉拒湘云的批评。贾政对他施压，压力愈大，反弹愈甚，挡不住贾宝玉作如此想：您老人家做不成的事，为什么偏要我来完成您的夙愿呢？所以，高鹗删掉以上这节文字，其思路过于单线条了。他未能把握住死硬派贾政望子成龙观点改变这一点。为什么坚抵应制参试、反对猎取功名的贾宝玉，就不会让步呢？按常理说，上了年纪的人脑细胞僵化，再加上面子、架子下不来，其转圜圆通的能力，要逊于年轻后生，而等到林妹妹不在了，"调包计"，忍受了贾宝玉去应个试，画个句号，让他们得到他们想要的一切，就是别再想得到他，对他来讲，去考场走一趟，不也是对贾政让步的一种回馈吗？高鹗认为留下那节文字不妥，其实，他临出门时，仰天大笑说出几个"了"："走了走了，不用胡闹了，完了事了"，也是这个历经世变、看透人生的贾宝玉最后的了结，这正是人在不停变化之中的辩证法。

北静王路祭之一

在办理秦可卿丧事的出殡途中，北静王设路祭，此人虽贵为王爷，却并不摆谱，考虑到两家通好，遂降尊纡贵，先是到府上拜祭了，接着，又设路祭，虽然给足了面子，但当时号称东、南、西、北四大王中的三位，没有亲自到场，只派了代表致奠，并非由于交情不够，大概由于对贾府一个年轻媳妇的死进行路祭，多少有些不得体，才不与北静王同步行动。后来贾母过生日，南安太妃亲临荣国府祝寿，与众姐妹见面时，其慈爱亲善，其赞美褒扬，一点也不生分。从续作一百零五回"锦衣军查抄宁国府"中看，西平王也是尽力周全贾府，以至带队查抄的堂官老赵背后称他为酸王。可见诸王与荣宁两府交往相当密切。而北静王这次路祭，大大满足了贾府的虚荣心。怎么说，王爷的爵位要比宁荣两府主子的官位高出不知多少！在封建社会中，这种炫耀是具有政治意味的示威行为，王爷玉趾亲临，最是他们求之不得的了。其实，北静王这次到场路祭，一定要见见贾宝玉，未必不是其动机之一。

《红楼梦》是一部写女人的书，而且还是写美丽女人的书，但曹雪芹在书中除了怡红公子这位美男子外，秦钟而后，就轮着描写这位北静王了。这次路祭，是他们首次见面。在宝玉眼中，这位雍容华贵的王爷"戴着洁白簪缨银翅王帽，穿着江牙海水五爪坐龙白蟒袍，系着碧玉红鞓带，面如美玉，目似明星，真好秀丽人物"。而在北静王眼中，这位神采耀人的公子哥戴着束发银冠，勒着双龙出海抹额，穿着白蟒箭袖，围着攒珠银带，面若春花，目如点漆，于是笑道："名不虚传，果然如宝似玉。"男人和男人的互相钦佩，往往惺惺相惜；美男子和美男子的彼此倾慕，常常一往情深。北静王爵位崇高，年岁不大，而且相当文青，马上就褪下自己腕上的一串蓁苓香念珠，权做见面之礼。后来，贾宝玉将这串念珠当作宝贝似的送给林黛玉，谁知这位小姐不领情，知是哪个臭男人戴过的，扔了回去。

其实，林黛玉不了解情况，北静王可不是臭男人。其自道："小王虽不才，却多蒙海上众名士凡至都者，未有不另垂青目。是以寒第高人颇聚。令郎常去谈会谈会，则学问可以日进矣。"一是由此可知某些红学家一脑门子宫廷阴谋，总觉得到处都是裴多菲俱乐部，如果稍稍了解权相明珠及其子，清代第一词人纳兰性德，其府上经常出入的高江村、徐乾学等名流，就明白大清一统江山，不是那么危机四伏、人皆为敌的。二是由此可知《红楼梦》中，在曹雪芹笔下，固然臭男人很多，但像北静王、贾宝玉、柳湘莲，以及那个甄宝玉，确实是出类拔萃的美男子，即使如蒋玉菡，如秦钟，如贾蓉、贾蔷、贾芸等，也是一表人才，拿得出手，说得过去的。

曹雪芹笔下的美男，都被他笔下的美女夺了风头，而且，他着意写的美男，那种女性化倾向和男色风流，也是不足为训的。

北静王路祭之二

　　《史记》载楚霸王项羽的一句名言:"富贵不归故乡,如衣锦夜行。"用老百姓的话来说,谁有粉不往脸上搽呢? 秦可卿之死,贾府通过这次阔绰靡费、铺张奢华的丧礼,达到辉煌的顶峰,其社会影响,其政治意义,远大于稍后的只是局限于荣宁两府内部的元妃省亲。虽然,曹雪芹与贾宝玉不能画等号,但贾宝玉这个人物形象里,融入曹雪芹的个人因素,也是人所共知的。从第十四回的出殡和路祭,曹雪芹提供的那份吊唁宾客名单,真是不厌其烦地显摆啊!

　　"有镇国公牛清之孙现袭一等伯牛继宗、理国公柳彪之孙现袭一等子柳芳、齐国公陈翼之孙世袭三品威镇将军陈瑞文、治国公马魁之孙世袭三品威远将军马尚、修国公侯晓明之孙世袭一等子侯孝康、缮国公诰命亡故,故其孙石光珠守孝不曾来得。这六家与宁荣二家,当日所称'八公'的便是。余者更有南安郡王之孙、西宁郡王之孙、忠靖侯史鼎、平原侯之孙世袭二等男蒋子宁、定城侯之孙世袭二等男兼京营游击谢鲸、襄阳侯之孙世袭二等男戚建辉、景田侯之孙五城兵马司裘良。余者锦乡伯公子韩奇、神武将军公子冯紫英、陈也俊、卫若兰等诸王孙公子,不可枚数。堂客算来,亦有十来顶大轿、三四十小轿,连家下大小轿车辆,不下百十余乘。连前面各色执事、陈设、百耍,浩浩荡荡，一带摆三四里远。"文中的"堂客"，大概系指女眷，男女宾客加在一起，轿子和轿夫的总数，曹雪芹好像没好好算过。即使当下二十一世纪，你家门口突然来了一百部汽车，你能设想那场面吗？

当时，一抬大轿四个轿夫，一抬小轿两个轿夫，无论大小，其占地面积，都要大于现在的汽车。浩浩荡荡走起来，迤逦三四里地，是十分壮观的。然而我们知道，天子脚下的北京城，可没有停车（轿）场这一说的，而且，京城的胡同，宽不过三米，怎么装得下这百十余乘大小轿子，我估计曹雪芹在写作时，参考过他曾经历的类似场面，但那时的他，年纪尚小，身材不高，视线受限，所见不多，所以才产生童年记忆中的放大效应。如此多的吊客，荣宁两府能容得下；如此多的轿子，荣宁两府那条街上就装不下了。更令人纳闷的，为什么没有车，没有马？而车和马，是比轿子更为实用和流行的交通工具啊！一个最合适的答案——宝玉肯定和凤姐同坐一轿，所以，在他眼里看到的，也都尽是轿子。而曹雪芹写轿子而不及其他，因为轿子代表着威权，代表着品级，一直到清帝下台，民国政府开张，轿子退出舞台，汽车取而代之，其作用和性质还是代表着高高在上，代表着不可一世。于是，我们从曹雪芹的笔墨中，看到他写贾府这一派风光时，也透露出对于自家身世的骄傲。

当一个人穷到只剩下记忆的时候，你要是不听他倾诉，要是不让他宣泄，那是很残酷的。

未必高大上

读《红楼梦》，常令人产生一种误会，好像这个贵族之家，从上到下，从里到外，无一不高大上，其实不然。曹雪芹写书的时候，已经很没落了。一个没落的人，最留恋的莫过于他不曾没落的黄金时代。连阿Q都说"我的老祖宗也曾阔气过"，作为世家子弟的曹雪芹，在作品中炫耀一下美轮美奂的昨天，获得片刻的心理慰藉，也是情理中事。这比有的作家排转折亲，攀附名门望族，八竿子打不着，硬贴上大师鸿儒做关门弟子状，至少不那么恶心。

基于同样的原因，夸大渲染、美化张扬的同时，也就必然隐恶讳劣、遮丑掩短，那些不光彩、不体面、不名誉、不亮堂的黑暗面、灰暗面、阴暗面，就不必暴露于阳光之下，影响其高大上的完整性。王昆仑说过，曹雪芹写贾政、写王夫人，是以儿子写爹妈的心态下笔为文的，不敢放肆，更不敢亵渎，可谓慎之又慎。虽然，贾宝玉不等于曹雪芹，但曹雪芹确实有过与贾政和王夫人相同的双亲，是可以肯定的。所以，做儿子的，无论对父母有多少不快，甚或怨恨，在骨肉亲情面前，有什么不可以化解的呢？尤其当你也成为人之父母时，你还会记恨给你制造过痛苦的爹妈吗？

对于葬送晴、黛二人性命的王夫人，曹雪芹绝口不提她如何可恶，如何歹毒，却反复吹嘘其家族背景以及王子腾的官衔。因此，我不禁疑问，曹雪芹为什么不提邢夫人的来历？为什么不提尤氏和她两个妹妹尤二姐、尤三姐的来历？显然，邢夫人斤斤计较的小市民习气，尤氏姐妹那种接近卖笑人家的不拘形迹之放浪，其门户之低，其家族之微，其教养之差，其素质之劣，曹雪芹甚至连粉饰一下的可能都不存在。与其如此，不若无语。因此，我认为，由死了以后的一副好棺木，断定秦钟之姐秦可卿就有天潢贵胄的血胤关系，也禁不起推敲。第一，清代皇室为了保持其龙种血统的纯洁性，专门设置了宗人府这样的机构，来管理宗族的繁衍养育恩荫福庇事宜。就看清末才子龚定庵曾任宗人府主事，因与其上司贝勒奕绘（乾隆曾孙）的侧福晋顾太清有些暧昧的传闻，连夜逃出京城，终于被追杀于丹阳书院一事，可知宗人府有着极其周密的制度和严格的规则。第二，薛蟠基本上是一个二百五，满嘴跑火车，他说的话有多大的可信性，值得打个大大的问号。他一张嘴三千两银子不给，与紧接着为贾蓉捐龙禁尉的一千五百两银子实需一千二百两相比，其中必有一个数是不靠谱的。第三，就依焦大之说，贾珍敢对秦可卿行出禽兽之事，这位爷能不怕万一翻过天来，秦可卿成了正果，金枝玉叶起来，他有几个脑袋可掉，来尝这枚禁果呢？

所以，这位《红楼梦》里第一美人，也许与邢夫人、尤氏同样来历，并不那么高大上。

贾瑞的双面镜

在《红楼梦》第一回中，谈到著书缘起，曾有"改《石头记》为《情僧录》，东鲁孔梅溪题曰《风月宝鉴》"一说。然后，才有曹雪芹在悼红轩中"披阅十载、增删五次"的《红楼梦》，研究者认为其中部分保留了《风月宝鉴》内容，是有些道理的。写过长篇小说的人有这种体会，修改是比创作更为繁琐的系统工程，问题在于磨合诸多人物的年龄，不出差错，故事的年代必须准确，性格和语言不能前后矛盾，情节和细节不留丝毫破绽，时间和地点应该经得起推敲。尤其曹雪芹是将两书合二为一，难度自然更大，因之细心的读者，是能够觉察出文笔上的品位差别的。其中少量粗俗的部分，当系采自《风月宝鉴》，而相对优雅的主要部分，则是他费了十年心血的结晶。

为什么曹雪芹舍弃《风月宝鉴》而另起炉灶《红楼梦》呢？因为明末清初，像李渔《肉蒲团》之类以惩戒劝善之名，行海淫海盗之实的俗小说，已经满坑满谷，没有市场了。曹雪芹最初写《风月宝鉴》，不排除出于糊口的目的。但他是有抱负、有自尊，当然，也是有才华、有思想的文人，而且他和差不多同时的法国思想家卢梭一样，有着写《忏悔录》的冲动，遂煞下心来，守着穷困，写他这部"知我之负罪固多"的小说。

贾瑞，应该是来自《风月宝鉴》的人物，秦可卿同样，这些人物从那本书中移到这本书中，通常都是没有后文的。尤二姐、尤三姐亦如此。不但没有后文，连前文也没有，毫无任何铺垫，突然跑出这姐儿俩及其老娘，然后便再无声息。我认为，《红楼梦》里，与风月有关的人物，无一不是从《风月宝鉴》中拷贝过来。其实，要是将他们的故事情节全部剥离出去，对这部书的整体结构并无大碍。

　　所以，这个贪淫好色的贾瑞写得如此不堪，近乎花痴，显然是曹雪芹将《风月宝鉴》糅进《红楼梦》时，缺乏仔细打磨的结果。试想，一个色情狂，公然挑逗这个大家族中年轻美丽能干泼辣的主妇，是不可能的。出身四大家族的王熙凤，不但不会降格与贾瑞虚与委蛇，连靠近的机会也不会给他。试想一下，国民党时期的四大家族之一孔祥熙之女孔二小姐，敢有人这样调戏她吗？近人何其芳这样疑问过："贾瑞固然是个肮脏的人，但凤姐为什么要那样处心积虑地设毒计害死他呢？"问题在于现在书中贾瑞和王熙凤的故事，是从《风月宝鉴》而来，但在《红楼梦》里，凤姐抬高了，贾瑞贬低了，原来大概平等的叔嫂关系，变得相当不平等，因而贵族出身的她不会与下三烂贾瑞有什么交结。那个一定要害死贾瑞的，是《风月宝鉴》里的他的嫂子，也许叫王熙凤，也许不叫王熙凤。

　　但焦大骂了"爬灰的爬灰，偷小叔子的偷小叔子"，这话应该也是来自《风月宝鉴》。曹雪芹为了印证此语，便保留了这个只能背面看，不能正面看的"风月鉴"。

元春省亲

在胡适论《红楼梦》系作者自传说的文章中，引用清人袁枚在《随园诗话》中的记载，如此说："康熙间，曹练亭（练当作栋）为江宁织造，每出拥八骑，必携书一本，观玩不辍……其子雪芹撰《红楼梦》一书，备记风月繁华之盛。"袁枚为乾隆朝人，离曹寅的康熙朝，至多相距百年，应该"其孙雪芹"就讹为"其子雪芹"，可见史料之不可尽信。但无论如何，自传说后来被否定了，但曹雪芹这部呕心沥血写出来的《红楼梦》，是取材于其家族盛衰这样一个大背景，大致是可信的。曹寅成为康熙亲信，受到重用，并给予江宁织造这桩肥差，实际上他是皇帝特派到江南起耳目作用的地下工作者。而康熙为什么起用原是御前侍卫的他，而非他人？除去曹寅的母亲曾经是玄烨的奶妈，决定因素是曹寅之女曹福金嫁给了宗室，即后来的王妃曹佳氏，这就是元妃的人物原型。普通贵族与当朝天子建立紧密联系，一下子进入勋贵阶层，曹雪芹从他出生那天起，就被反复灌输这份无上荣光，到了没落潦倒时，皇亲国戚又曾是精神上的支撑。设置贾府出了一位娘娘，有可能是曹雪芹对于这位姑妈的纪念。我认为，曹雪芹固然是微言宏旨的惯家，但他笔下写的那句"当日既送我到那不得见人的去处"，只是写实，并无深意。

但"不得见人"这四个字，很多版本的《红楼梦》中作"见不得人"，次序调换了一下，词义大变。这"见不得人"成为将《红楼梦》索隐成为宫斗戏的兴奋剂，元春成为控诉宫廷黑暗的奇女子，曹雪芹成为反帝（皇帝）反封建的圣斗士，经这班人的妄想奇思，一部《红楼梦》成为地雷阵，到处机关，遍地障碍，比刘伯温的《推背图》还要复杂诡奇。但"不得见人"，则是由于内宫妃嫔不允许随便见到外人的皇家规矩，历代如此，清代尤严，以孟森《八旗制度考实》中所引"满洲老档秘录大福晋获罪大归"为例，一位福晋为了巴结大贝勒，深夜私自出府，而受到重罚，差点送命。豪门尚且深似海，何况帝王家，因"不得见人"，才有元妃省亲之举，这不是一个正常的人正常的理解吗？

偏要颠倒一下，"见不得人"，就意味着皇宫是一个充满污秽肮脏的所在，否则，有什么见不得人的呢？试想一下，元妃即使有这种革命精神，敢当着全家人，还有随她来的太监、宫女在场，讲出如此非议当朝、抹黑宫廷的话吗？再说回来，一直感激皇恩浩荡的曹雪芹，有这种口出不逊的胆子吗？他之所以要写元春这个人物，只不过是他的自作多情。说到底，文学大师也是人，也有七情六欲，历尽坎坷的他，在写作中的怀旧之情、感伤之心，"一把辛酸泪，都云作者痴"，是可以想象得知的。因此，一点点虚荣、一丝丝卖弄，甚至有些夸饰、有些炫耀，也是能够理解甚或可以同情的。

若是撇开她带给荣宁二府的光环，元妃确实是一个可有可无的人物。

薛蟠的酒令

二十六回，贾宝玉走出荣国府大门，方知上了薛蟠和茗烟的当，饭桌上冯紫英以"不幸中之大幸"为扣，接下来的二十八回，就有了冯紫英、薛蟠、贾宝玉、蒋玉菡以及云儿喝花酒的聚会，于是，就有了薛蟠爆粗口的酒令。史湘云曾劝说贾宝玉读书上进，不要老在"我们"队里混，说明贾宝玉大部分活动在大观园的姐妹中间。曹雪芹将他从荣国府拉出来，让我们看到这位富贵公子生活的另一面。上海的开明书店二十世纪三十年代曾经出版过一本洁本《红楼梦》。茅盾在为此书写的序中，认为《红楼梦》的问世为"中国小说发达史上的新阶段"。同时，他还认为后来出现的续作，"没有一个人依了《红楼梦》的'写实精神'来描写当时的世态"。世态，是现实主义作家最为关注的重点。《红楼梦》说到底，是一部爱情小说，然而，小说主人公并不生活在太虚幻境中，大观园不是上帝的伊甸园，不食人间烟火是活不下去的。所以，现实主义的作家、评论家，以及"重要"读者，就在这部爱情小说中看到了以"写实精神"所描写的当时世态。而薛蟠，就扮演着这个半真空的大观园与那个世态下外部社会的联系人角色。

薛蟠开始并不乐意住进梨香院，生怕受到姨父的管束。后来发现梨香院与大观园虽然有一扇小门相通，但荣宁二府的影响能

397

由这扇小门传过来者很小，而梨香院朝街的门外，嘈杂市井、热闹人群、喧嚣车马、繁华景象，都无遮无挡地展现眼前。"谁知自此间住了不上一月，贾宅族中，凡有的子侄，俱已认熟了一半，都是那些纨绔气习，莫不喜与他来往。今日会酒，明日观花，甚至聚赌嫖娼，无所不至，引诱的薛蟠比当日更坏了十倍。"所以，这等粗口酒令，出自他的名下，也就不足为奇了。

曹雪芹笔下的女性，尤其是那些豆蔻年华的青春少女，无一不被他写得钟灵毓秀、玲珑剔透、金雕玉琢、美不胜收。但《红楼梦》中的男性人物，就应了贾宝玉男人是泥做的理论，污浊不堪。正经者，多为假正经；不正经者，则是大大小小、老老少少的薛蟠，吃喝嫖赌，五毒俱全，不务正业，为非作歹。从贾府的贾赦、贾珍、贾琏、贾瑞看，只是有程度不同的差别罢了。贾宝玉现时还是涉世未深的文青，但也是过了见习阶段的纨绔，不管他愿意还是不愿意，早早晚晚，也会走上这条路。帝国虽在盛世，贵族却已溃烂，在这种秽恶的社会风气下，出污泥而不染，几乎是不可能的，这就是世态。

会酒观花的花，聚赌嫖娼的娼，是一回子事。所以冯紫英做东，有个叫云儿的妓女在，也是喝花酒的例规。对宝玉而言，并非初会，而且他参加这类派对，绝非一次，否则云儿也不会了解宝玉房中有个叫袭人的丫鬟。贾宝玉很快与蒋玉菡相契，很快与这个名叫琪官的名优互换礼物，说明他也是风月场合中的惯手，不过他还达不到薛蟠那样的恶质化罢了。

薛蟠的泪水

　　柳湘莲，世家子弟，自称"一贫如洗，家里是没有积聚的，纵有几个钱来随手就光的"，但从他活得洒脱，"酷好耍枪舞剑，赌博吃酒，以至眠花宿柳，吹笛弹筝，无所不为"来看，大概也不是一个穷光蛋。第一，"他最喜串戏，且都串的是生旦风月戏文"，这是要大把花钱的，明末的张岱、李渔家养戏班之靡费，清中叶诗人黄仲则因为玩票，穷到跟伶人一块儿乞食，便可想而知。第二，"前日我们几个放鹰去"，那就是更阔绰的游戏了，比之当代高尔夫球玩家的入会费，投入要多得多。这个"读书不成，父母早丧，素性爽侠，不拘细事"的游侠人物，究竟依靠什么养活自己，就费人推敲了。在所有社会中，总有阳光照不到的角落，有点阴暗，有点污秽，正是这类吃白食者赖以生存下来的所在。一个正常的社会，这种乱七八糟的苟且要少一些，而一个不正常的社会，这种见不得天日的肮脏就会多一些。曹雪芹只写了他风光的一面，没写他还有不风光的一面。其实，柳湘莲与那个红顶中介冯紫英一样，周旋于上层，往来于权贵，干谒于官衙，游说于金主，是差不太多的。因此，这班浮浪子弟，场面上，最活跃，最抢镜；私底下，做交易，吃回扣，也是忙得不亦乐乎。于是，饭局饮宴，他是老饕；花街柳巷，他是常客；呼卢喝雉，他是行家；吟诗作对，他是高手。比起上海滩穿香云纱的白相人，多了些风雅；比起意大利西西里的黑手党，少了些杀气。所以柳湘莲收拾薛蟠，给他留了条命。否则，贾蓉在城北水塘里连薛蟠的全尸都找不到。

这一顿"胖揍"，倒让薛蟠"改邪归正"，跟他家的老伙计张德辉出远门做生意去了。谁知半路遇劫，身陷绝境，在命悬一线之际，想不到这个恨不能食肉寝皮的柳湘莲突然出现，不计前嫌，出手相助。当下拜了把子，结为兄弟，并准备回京后为他办理婚事。结果因宝玉一句话，柳湘莲悔婚，尤三姐自刎。他自己眠花宿柳，却要求人家守身如玉，悔恨莫及的他，被一个道士度化出家，再也无影无踪。薛蟠"一听见这个信儿，就连忙带了小厮们在各处寻找，连一个影儿也没有，又去问人，都说没看见"。所以薛姨妈和宝钗说话间，"薛蟠自外而入，眼中尚有泪痕"。

这奔走，这寻找，特别是这泪水，让我们看到这个纨绔子弟的另一面。

曹雪芹写人物，力求丰满、多彩、突出、完整，即使这样一个不可救药分子，也不是从头顶到脚底流脓，烂到不可收拾。薛蟠眼中的泪水，和当年样板戏的创作原则——正面人物必须要一无瑕疵，反面人物必须是一无是处——是不相符合的。然而，红极一时的样板戏已经烟消云散，被人忘却；细水长流的《红楼梦》却润物无声，长存人间。

什么事都怕绝对化，文学创作亦如此。

冯紫英的鹘鹰

鹘鹰（书中称兔鹘），即海东青。玩鹰人喜欢的猛禽。王世襄考证，鹰的排泄物曰"条"，从唐代起，一直到民国他玩鹰时没变，说明中国人不但有久远的玩鹰史，还始终保持传统。因此，玩鹰者不外三类，一是猎户，一是纨绔，一是混混，自古以来，也是大抵如此。神武将军之子冯紫英，因老父健在，他未袭职，应是第二类。放鹰逐兔，驰猎山林，是有钱、有势，还要有闲人家子弟的时髦游戏。正如当下烧包土豪、劣质高官、有钱老总、高级皮条，竞相出没于高尔夫球场一样，既是富贵的表示，也是身份的象征。

读《酉阳杂俎》，我们知道唐代好几位帝王出猎，臂上是架着鹰的。1949年我初到北京，还能在隆福寺小市偶尔见到架着鹰的玩家，蹲在店内大板凳上嘶啦嘶啦喝豆汁。可想而知冯紫英脸上的幌子，是"青伤"而非后来改成的"轻伤"——站立在主人肩上的鹘鹰，为保持平衡，时常要展开翅膀，剐到了这位官二代的脸颊。后来有人据此演义成一场宫廷派系的血拼，想象力也实在是太丰富了。

冯紫英系贾府常客，为秦可卿诊病的那位张友士，就是他介绍给贾珍。曹雪芹似是无意，其实有心补了一笔："今年是上京给他儿子捐官，现在他家住着呢。"这就点明了，冯紫英是进行这类官场交易的中介，从贾蓉捐龙禁尉，官价一千五百两，径送到家可省三百两看，这个活跃的官二代，肯定是在灰色地带干这等事游刃有余神通广大之人。

冯紫英在书中不是什么大角色，介绍名医、出席葬礼，都是暗写。正式出场，一次吃花酒，一次搞传销。估计在曹雪芹计划的后四十回里，也许还要露脸一两次，不会对故事情节的整体产生重大影响。可曹雪芹死了，高鹗也顾不过来，遂留下空间，让无品文人胡编乱造。要知道，一、他不是神武将军，而是神武将军之子。二、即使其父神武将军，曹雪芹为他取名冯唐，中国人读《汉书》者不多，读《滕王阁序》者不少，就注定是个退居二线或三线的过时人物。三、冯紫英以传销宰熟之道对付贾府，说明他并不深知此府内囊早已尽了的虚实，曹雪芹用这个闲角，插科打诨其间，是在让读者明白，荣宁二府已非护官符罩着时的不可一世，虽然还有北静王等爵位很高的权贵照应着，可这些大人物身上几乎看不出来康雍乾时权臣的影子。虽然他们家出了一位娘娘，可若知道皇帝有多少正式或非正式的娘娘，也就能够体会到贾府在当时统治阶层中的地位是很低的，所以，连这个带有痞气的冯紫英都视若上宾。回到现实，在金陵的江宁织造府，冯紫英能如此大摇大摆吗？

衰退，是一个过程，从轰轰烈烈，到狗也不登门，有一个过渡期。作家的本事，就是用许许多多的外部因素，不动声色地将这个家族颓败的趋势，一点一滴地表现出来。烘托，固然是绘画之法，但也是写小说者常用的手段。

宝玉失玉

通灵宝玉贯穿全书，它就是贾宝玉，贾宝玉就是它，在精神上合二为一，在现实生活里一分为二，但必须系在脖颈上，失去是不行的。所谓通灵，有它时贾宝玉有灵气，无它时贾宝玉就成为孤独症或自闭症的患者。甚至在《毛泽东选集》里，居然也有对此玉的注释："据说贾宝玉生时口里含着一块玉石，这玉石是他的命根，系在颈上一时也不能离开，如果丢了便会'失魂落魄'。"可见这块通灵宝玉在中国人当中影响之大，除了大嘴胡适质疑外，无人相信其有，也无人相信其无，这就是陶渊明"好读书不求甚解"的最佳示范。读《红楼梦》，不能以现代科学观点来校准，更不能按当下的现实状况、生活真相来衡量，以一半神话一半现实、一半志异一半正统的观点，来理解这部中国文学史上的不朽之作，才能领略其美不胜收之价值。在中国文学史中，志异体文学从来占领着半壁江山，而在小说演义、稗史杂俎、话本传奇、讲史说经等领域，更是有全面覆盖之势。志异体的这个"异"，是有别于正统、传统、道统的"异"，因而也就不能以"三统"的眼光来看待这部不但空前，甚至绝后的《红楼梦》。

"五四"新文化运动最大的缺失，就是将志异体文学打入十八层地狱，因而白话文的新文学，九十多年来，只有正而无异，只有实而无虚，始终处于一种不完全、不完善、不完备，因而也就不完美的跛足状态之中。在世界文学之林至今无法成为一种强势文学，不能不为之遗憾。中国人的矫枉过正，把自己毁了。无神论是科学的规律，但绝不应该是文学的宗旨。"五四"运动的德先生和赛先生，将中国文学本应最出彩、最绚丽的一面彻底否定。在当下世界，人们对中国文学最多驻足而看的现状，最根本的原因，就在于此。

大嘴胡适的话是最好的证据，他说："我写了几万字考证《红楼梦》，差不多没有说一句赞颂《红楼梦》的文学价值的话，只说了一句'《红楼梦》是一部自然主义的杰作'。其实这一句已是过分赞美《红楼梦》了。"

给高阳谈《红楼梦》的信中说："书中主角是赤霞宫神瑛侍者投胎的，是含玉而生的——这样的见解如何能产生一部平淡无奇的自然主义的小说……"

有研究者认为："《红楼梦》写贾宝玉系神瑛转世，衔玉而生，是文学创作多见的象征或隐喻之法，也是全书预设的'烟云模糊'处，其内涵与魅力自可做立体浑圆的阐发。而胡适偏偏不解其味，竟以为曹雪芹是在宣扬怪力乱神，并以此来否认《红楼梦》的写实品质，委实属郢书燕悦，让人哭笑不得。"

一位过河卒子式的文化政客，一位被膜拜为"当代圣人"的胡适，与之谈《红楼梦》，真有对牛弹琴之感。

李十儿的牛皮之一

第九十九回"守官箴恶奴同破例"里，高鹗写的一个名叫李十儿的门子，实在是个很精彩的小人形象。贾政到外省上任，从府上带去的随从人等中，就有这个原来在门房（也就是传达室）内呼外应的李十儿。我估计，他在贾府当门房时，属于一般打杂人员，到了贾政任粮道的江西，虽然仍旧管门，但因为是跟着老爷赴任，来头大，牌头也就硬。旧时称这些衙役为"门子"，也指服务于某位官员的公务员或勤务员，是一份地位不高，油水却不见得少的差事。这些人，不一定有编制，不一定吃公饷，无所谓官衔顶戴，更无所谓学问、资历，官不官，民不民，有官府罩着的威权，没百姓讨生活的艰辛。

休看他是小人物，却能起到大作用，所谓"四两拨千斤"也。

他们拥有着得天独厚的资源，由于与所侍候的官员全天候地保持着零距离的接触，老爷的一举一动、一言一行，时刻在他的视野之内，了如指掌。老爷的兴趣爱好、生性脾气，也在他脑子里装着。一个得力的、有用的门子，既是老爷的耳目，又是老爷的膀臂，做事绝对恰如其分，言谈绝对投其所好，行为绝对十分乖巧，马屁绝对拍得充分。要没有这等见机行事的敏捷、心领神会的聪明、手疾眼快的利落、无耻卑鄙的行径，这碗饭是吃不好的。

要是老爷觉得不顺心、不顺手、不周到、不懂事，就会将其打发走了。

所以，门子与老爷的关系密切程度，也许仅次于老爷与妻子、与情人、与子女的关系。如果说，家庭成员是官员的第一道包围圈，那么，门子，包括跟班、长随、秘书、参谋、厨子、保姆、家丁、奴仆，则是家庭与公堂之间的第二道包围圈。

因此，门子门子，真像一扇门那样，让你进来，你才能进来，不让你进来，你还真是敲不开，除非你有赞见之礼，而且足以打动他心。小小不言，三文两文，他连眼皮都不抬的。由于门子能在第一时间内，获得老爷的第一手信息，在这个老爷管治下的大小官吏、办事衙役、士农工商、黎庶黔首，还真得视门子的脸色行事。所以，口语中有"走门子"这一说法，就是想办法以最短的途径，以最快的速度，找到最关键的门子，才能见到能解决你问题的那位官员。

可以想象，这位坐在椅子上、跷起一条腿的李十儿，那副狐假虎威、狗仗人势、吆五喝六、神气活现的德性。别看他不过是个门子，但此时此刻，他比老爷还老爷。他把住这门口，真有一夫当关，万夫莫开的气概。

《红楼梦》是一部小说，但文学从来都是现实生活的反映。知一反三，也就可以知道中国封建社会中，操门子这个行业的小人，对官员来说，是祸福成败、命运所系的关键，身边人，好也是他，坏也是他，真是要慎之戒之的廉政重点呢！

李十儿的牛皮之二

"阎王好见，小鬼难搪"，这是一条千古不变的官场法则。衙门衙门，把守在衙门口的那个人，就叫门子，这是一份古老的职业了。官场的门难进，并不完全是由于门槛高。高是一个因素，连续的高，让你像跨栏运动员那样，才是真难。因此，官场的门，其实是长长的、由重重叠叠的门连续组成的通道。进得了第一道门，未必进得了第二道门，哪怕进了第三道门，你也不见得就算登堂入室，能拜到要拜的菩萨。《红楼梦》中贾政外放为官时，从京都带到外省粮道衙门的李十儿，之所以牛皮，就因为他是一个门子，专门管门。如今已经没有门子了，正如没有了老爷一样，但是，类似老爷的人物仍在，那么类似门子的角色，当亦不能少的。

八百年古都北京，留下来最多的地名，就是门，可见门对中国人的重要性了。记得我1949年来到北京，那时的西直门，是可以开关的，从城外到城里，有门隔着，那么，在大清王朝，那紫禁城的门，更是不好进的了。

五千年来的中国人，进过无数次的官场的门以后，总结了一条经验：最好的入场券，是银子。用白花花的银子（当然，黄澄澄的金子更佳）做敲门砖，官场的任何门，无不可以敲开。美利坚合众国的总统，又如何？那白宫的门又如何？你掏出五千美

407

元，可以在大草坪上同他合影；你甩出一万美元，可以在圆柱大厅与他共进晚餐。所以，民谚"官府衙门八字开，有理无钱莫进来"，是中外古今的一针见血之论。

那则阿里巴巴和四十大盗的故事中，要想打开他们藏宝的窟门，只消念一句咒语"芝麻开门"，那门立刻就打开了。这是神话，而在现实生活中的"芝麻开门"，就是银子。在封建社会里，你只要将银子放到站在官府门口的那位门子手里，这门就让你进去了。

《红楼梦》之所以被称为不朽之作，之所以被称为中国封建社会的百科全书，就在于它简直无所不包地写出了那个时代的众生相，以及形形色色的人物。曹雪芹一共写了将近六百个人物，男女各一半，至少十分之一，是活生生的，至少六分之一，是有影有形的，至少有二分之一，是说得上名字和身份的。

甚至像门子这样无足轻重的人物，有他不多、无他不少的人物，也没有被《红楼梦》遗忘，而在其中有一席之地，真是令我们这些后来者想学也学不成的。写过长篇小说的人都知道，写到十个或十五个以上人物，还不手忙脚乱，尚能游刃有余、操纵自如者，可谓绝无仅有。

薛姨妈的厚道

薛姨妈与王夫人为姐妹，但不是一个模子刻出来的。曹雪芹是大师级的写小说能手，他不会写了A版王夫人以后，再写一个B版王夫人式的薛姨妈。他的高智商不允许他干这种蠢事。双胞胎还性格各异呢！文学最怕雷同，作家最忌重复，即使这两姐妹基因完全相同，皇商的商，贵族的贵，生存条件的不同，人文环境的不同，人物都会出现微小或明显的差异。所以，薛姨妈趋向温和厚道，王夫人比较刻薄寡恩，是有可能的。同样，认为有其女必有其母，看薛宝钗滴水不漏、步步为营，为夺取宝二奶奶位置的战略部署，以为薛姨妈必是同谋，那也是一种误判。

作为宝钗的母亲，她当然愿意贾宝玉成为东床快婿，但她显然不同意宝钗所采取的诸多不太光明的手段。金锁，是其一，第八回中宝钗本人和她的丫鬟莺儿第一次爆出来，薛姨妈在场，没有附和，因为她知道宝钗在张罗金锁，不知何用，现在明白了。即使她觉得自己应该与女儿同一立场，但来之前没说过，来之后又没马上说，至少半年，甚或更多日子以后，拿出金锁来，是不是有点不合情理？金玉良缘，是其二，第二十八回，"宝钗因往日母亲对王夫人等曾提过金锁是个和尚给的，等日后有玉的方可结为婚姻"，"王夫人等"，显然是王夫人等而下之的人，不包括贾母，而起到决定性作用的这个人物，薛姨妈并未按照她女儿的意思去游说过。持消极态度的薛姨妈，连台词都和她女儿对不上，说好了和尚送的是字，到薛姨妈嘴里，成为送锁。而到了薛蟠嘴里，也许一时情急，说是他妈说的，这金必须拣个玉才能嫁出去。和尚闪了。怪只怪他们家没有很好彩排，这才有荒腔走板的纰漏。这也难怪，作为导演的宝钗，终究是姑娘家，也是不好意思拉下脸，打开窗户说亮话的。还有最重要的一点，旧时人家为女择夫，通常不可以主动营销，那是很没面子的，即使嫁到人家，也会被一辈子瞧不起的。薛姨妈不是王夫人那种狠角色，她是个老派人，更是个老实人，从那次在她那里吃了鹅掌鸭信以后，与贾宝玉再无类似的亲昵接触，便可得知。相反，她对林黛玉表现出更多的关心、关怀，直至关爱。

"宝玉本来心实，可巧林姑娘又是从小儿来的，他姊妹两个一处长了这么大，比别的姊妹更不同。这会子热剌剌的说一个去，别说他是个实心的傻孩子，便是冷心肠的大人也要伤心。"她发表这番感想的时候，她的女儿宝钗也在现场，可从始至终没有一句话。五十七回，薛姨妈竟然说出："我想你宝兄弟，老太太那样疼他，他又生的那样，若要外头说去，老太太断不中意，不如把你林妹妹定给他，岂不四角俱全?"

"四角俱全"，完美无缺，这等否定"金玉良缘"的话语，从她口中说出来，正好说明了薛姨妈不但和她姐妹，甚至和她女儿，也不是一路人。

第六辑 ｜ 好事终

文学的《红楼梦》之一

文学的目的，是审美。审美的意义，在于美感的享受，在于心灵的满足，在于见识的提高，在于精神的陶冶。阳春三月，万紫千红，赏心悦目，美不胜收，读一部好的小说，如同面对这大好春光下的花海一样，感到清新，领受惊奇，产生震撼，收获意外，也就足够足够了。孔夫子早说过，文学这东西，不宜看得很重："虽小道，必有可观者焉。致远恐泥，是以君子弗为。"但是放下了书，意犹未尽，有重读的欲望，犹如美好河山、锦绣风光，令人流连忘返，那就是一部很好的小说了，《红楼梦》应该就是这样值得一读再读的文学作品。时下，红学成为饭碗，成为争权夺利和猎取名望的工具，弄得好端端一部《红楼梦》脂鬼附体，阴魂不散，前后脱节，支离破碎。

如果说旧红学还只是停留在索隐派、反清排满的政治附会派和滥情品评派的小圈子里的文字游戏，与普通老百姓是毫不相关的，等到新红学出现，这部不朽作品就遭遇厄运，走向歧途，愈陷愈深，难以自拔。由胡适的自传说，随之而派生出来曹学、李学、脂学、秦学，以及新索隐派、续作、改写……更是兴风作浪，波潮迭起，若胡适从坟墓中爬出来，他也会目迷五色，不知所以。这些歪学邪说，弄得普通读者也放下文学，进入考证，猜谜的、挖宝的、窥私的、胡侃的，不一而足。

413

这一切的错，都源自胡适的自传说，这世界上有过自传体小说，也有过小说化的自传，但《红楼梦》不是。

第一，小说由真实而来，但真实到小说，有一个非常复杂的化蛹为蝶的过程，鲁迅写过小说，他从来不采信胡适此说。

第二，真实生活中永远也不会产生完整的小说，即使化为小说中的一部分，也不再与原来的真实生活有某种藕断丝连的关系。

据胡适说，当然都是胡说。"《红楼梦》明明是一部'将真事隐去'的自叙的书。若作者是曹雪芹，那么，曹雪芹即是《红楼梦》开端的那个深自忏悔的'我'，即书中的甄贾（真假）两个宝玉的底本！懂得这个道理，便知书中的贾府和甄府都只是曹雪芹家的影子。"这个结论，便是臆断，为什么隐去的真事，就必是曹雪芹家，而不是另外什么人家呢？

胡适说："《红楼梦》里的贾政，也是次子，也是先不袭爵，也是员外郎，这三层都与曹𫖯相合。故我们可以认贾政即曹𫖯；因此，贾宝玉即是曹雪芹，即曹𫖯之子。"照猫画虎，是小说；照虎画虎，是传记。胡适如此考证《红楼梦》作者，由"自叙""半世亲见亲闻"，进而把曹雪芹当成贾宝玉，把曹𫖯当成贾政，把曹家身世和贾府命运联系起来,将虚构的小说当成真实的自传。这位新文化运动旗手之一的胡适，虽是一位文化大家，但他偏偏不会写小说，竟说出这种令人笑掉大牙的门外文谈。

中国人有种迷信：大人物说的话当然不会错。其实胡适当年胡说，种下今日红学恶果，遗患无穷，实在害人不浅。

文学的《红楼梦》之二

　　在所有新红学的早期名人当中，只有俞平伯是把《红楼梦》当成小说，而不是当成历史进行研究的。1978年，俞平伯撰写的《乐知儿语说红楼》一文，表明他研究《红楼梦》的思路、观点及其方法，发生了变化。在其晚年提出了一个令人震惊而且全新的学术观点，即"人人皆知红学出于《红楼梦》，然红学实是反《红楼梦》的，红学愈昌，红楼愈隐"。到了1985年，俞平伯在《关于治学问和做文章》一文中，更是直截了当地说道："我看'红学'这东西始终是上了胡适之的当了。"

　　后来，端胡适饭碗继续吃下去的新红学派，很不满意俞平伯的觉醒，可也觉得自传说太臭，因其牵强附会，难以自圆其说，连最基本的生卒年月、籍贯所在都搞不清楚，焉谈其他。加之大佬们宗奉不一，利益所系，各执一词，混战不休，各集党羽，互相攻讦，自传说成为一锅糊涂糨子，那些还想捧胡适衣钵混饭吃的红学家，为脱身计，遂闭口不谈自传说，而改为读《红楼梦》还是要考虑到曹雪芹的身世，还是离不开新红学的"圣经"脂评本，有什么办法呢？胡毒太深，病入膏肓，他们哪有俞平伯晚年变法的大智大勇，更没有大师敢于否定自己的革命精神。小师在乎饭碗，大师追求真理；小师但愿苟安，大师敢于决裂。

　　俞平伯让《红楼梦》回归文学，提倡读百二十回《红楼梦》，不上胡适的脂评本当，这才真是苦口良心的警世之言。

一般来说，凡阅读，目的有二：一、求知；二、消闲。求知也好，消闲也好，是可以并行不悖的。求知未尝不具消闲的功能，消闲未必不收到求知的效果。鲁迅在文章里引用过"人生识字忧患始"，对识文断字的中国知识分子而言，读书，在某种意义上说，打开知识之门的同时，也就打破了自身的平衡。知道不足，遂有追求，感到欠缺，努力弥补，懂得宇宙之大，认识个人的渺小，明白芥豆之微，知晓自身之价值。所以，活一天，学一天，学无止境，虽是老生常谈，但确实是真理。对我这数十年的颠沛生涯而言，还有其三：每本书，都是一个独特的天地，当你沉埋在这个用文字建造起来的虚幻世界里，就是对于身外一切纷扰的遁逃。这就是在"文革"中也未禁止的《红楼梦》带给我的阅读愉悦。还记得1957年的春天，二十出头年纪，从东安市场的旧书摊上淘到十六册本的万有文库版的《石头记》，初初起步尝试写作的我，如醉如痴地沉浸其中，将其视作临摹的法帖，将其看成作文的范本。

因此，只要打开一本书，总会给你带来学问，多少和大小的区别罢了。有的书是大学问，有的书是一般的学问，有的书未必有什么学问，甚至连教益也谈不上，但能使我获得阅读的片刻愉悦，那也是我于孤独中的最佳伴侣了。当许多人都把背冲着你的时候，书籍不抛弃你，与你为伴，便是极其可贵的朋友了。

所以，回到文学的《红楼梦》，方是正道。

曹雪芹的梦魇

　　红学，时下为一门显学。但据说胡适晚年，对其红学滥觞，也意兴阑珊。而俞平伯，却有了最后的觉醒，发出振聋发聩的智慧之声，使人在红学研究的迷雾中，看到了一丝希望之光。在二十世纪二十年代开始的这场红学大戏中，俞平伯曾经为第二号人物，是抬轿子的主将，嗣后的红学研究，无不源起于胡的《红楼梦考证》和俞的《红楼梦辨》。在二十世纪五十年代的批判运动中，对远走高飞的胡适，鞭长莫及，无计可施，唯能缺席审判。悲剧在于俞平伯代人受过的同时，其实他对《红楼梦》系作者自传说的看法，早已与老拍档胡适分道扬镳。到了二十世纪的最后二十年，不知是"人之将死，其言也善"呢，还是觉得再不说，也许永远没机会说了，1978年俞平伯对余英时说："你不要以为我是以'自传说'著名的学者，我根本就怀疑这个东西，糟糕的是'脂砚斋评'一出来，加强了这个说法，所以我也没有办法。你看，二十年代以后，我根本不写曹雪芹家世的文章。"后来又有："我看'红学'这东西始终是上了胡适之的当了。""胡适、俞平伯是腰斩《红楼梦》的，有罪；程伟元、高鹗是保全《红楼梦》的，有功。大是大非。""千秋功罪，难于辞达。"这些石破天惊的话，和他一百八十度的急转，使得那些赖红学、曹学、脂学谋生的人，沸反盈天起来。

数十年来，有了红学，客大欺店，也就完全削弱了《红楼梦》；有了脂评，喧宾夺主，也就冲淡了曹雪芹。我记得利希滕见格的《格言集》里这样说过："世上有关莎士比亚作品的研究工作，大多已由莎士比亚本人完成。"据《歌德谈话录》的作者爱克曼说，歌德盛赞莎士比亚，这位大师承认："不过，我们对莎士比亚简直谈不出什么，谈得出的全不恰当。"然而在中国，没有一位红学家（俞平伯先生除外）表现出这种求实求真的精神。

应该看到，胡适倡"自传说"，认为小说的内容与作者个人的生活经历有某种联系，但从未断言字字有据、事事皆真，从未肯定《红楼梦》即曹雪芹的家传，可当信史来看的。而创史湘云为脂砚斋说的俞平伯，也始终未敢大言不惭其猜想百分百的准确。这两位，固然是红学家，其实更是文学家（胡适姑且也算吧，这一点非常非常的重要），红学家可以想当然，文学家则懂得作家的写作，与照相馆里按快门的师傅有着本质上的区别。

我不知道当下的红学大佬，是有意识回避，还是完全茫然于这个属于常识性的问题，真正的文学作家，其创作过程是极其个性化、私密化的。曹雪芹在写作《红楼梦》的过程中，不可能有一个全天候包围着他的脂砚斋集团，那是笑话。所以，《红楼梦》是一部文学作品，而非曹雪芹自传。如果你患上胡适的红学病，染上脂评的考证癖，轻则荒腔走板，重则走火入魔。

红学滥觞

咸丰年间，有个叫孙桐生的文人，别出心裁，倡贾宝玉即明珠之子纳兰容若、贾雨村即高江村之说，大概是最早索隐派之一。如果说，此前的评点诸家，如王希廉、姚燮、张新之、诸联等，也算是红学一派的话，还能就文论文，阐发己见，至少离书不致太远，此风一开，小说本身只是一个载体，琢磨的尽是文外之意，《红楼梦》便成为拆字先生手下的俎上肉，可以随意地大卸八块了。接着，王梦阮、沈瓶庵、蔡元培、邓狂言将索隐推向极致。除了将明珠之门的文人幕客如姜宸英、严绳孙、陈维崧索隐成十二钗的纳兰性德家事说外，又有更邪乎的清世祖与董鄂妃故事说，到了蔡元培，更创康熙朝政治状态说，《红楼梦》成为一部反满的民族主义作品。想象力过分张扬，便定有违背最起码情理的悖谬，而且还执迷不悟，那也是没有办法的事了。红学至此，不堪言状，曹雪芹肯定是欲哭无泪，唯有摇头不迭了。

这些人，只有蔡元培先生，有其自身的辉煌。不过，其他诸公，还真是亏了他们的索隐，附骥于这棵大树上，才使后人在谈论红学时，偶尔提到他们的尊姓大名，否则，早湮没无闻了。

自胡适《红楼梦考证》与俞平伯《红楼梦辨》之后，索隐之风寝息，自传之说火炽，曹雪芹个人仍是个不解之谜，几乎没有什么发现，即使"发现"一些什么，也都形迹可疑。但与曹雪芹有关的曹氏家族的资料，卷帙浩繁，如同山积。于是，自传说的求证认知，就成为红学研究的主流，一直到二十世纪八十年代。六十年来，虽然有派别之争、观点之异、门户之见、真伪之辩，但在贾宝玉即曹雪芹、红学即曹学的这一立足点上，大家是认同的。沸沸扬扬，大半个世纪的红学，就被自传派牵着鼻子，离《红楼梦》一书走得更远了。

批评索隐派、持自传说的红学家们，一定要把《红楼梦》里故事、人物，与曹氏家族的成员、史实对榫起来，不厌其烦地钩沉史料，不无牵强地排列组合，只言片语地引证求解，弃本逐末地钻牛角尖，其实，也是一种索隐。虽然，从生活体验到文学创作的实践过程来看，自传说比早期的索隐派有一点进步，但持自传说的红学家，将作家的创作简单化理解为一位乡村照相师的工作，实在是给我们敬重的曹雪芹大师抹黑。

所以，奉劝那些"特种"学者，研究《红楼梦》，回到文本方是正途。

林语堂论《红楼梦》之一

二十世纪五十年代，林语堂写了《平心论高鹗》一文，对后四十回续书，表明一个小说作家的看法。之所以特别加上小说作家的衔头，正是今天红学出了问题的根本所在。胡适写过小说吗？俞平伯写过小说吗？可以这样说，胡俞的新红学，是这两位不懂小说或不太懂小说的人来谈《红楼梦》这部小说，多少有一点近似没有生过孩子的女人在大谈特谈如何怀孕、如何保胎、如何临产、如何新生命呱呱坠地，有些滑稽。至少，胡适之算是圣人，俞平伯已为先贤，说上一二，也还可以。而后来的红学家，对小说创作，门也不入，一窍不通，他们谈《红楼梦》这部小说，基本上就等于一个石女开讲育儿经，那则更为荒唐了。林语堂曾经想将《红楼梦》译成英文，事未果，但他后来写过与《红楼梦》风格近似的《京华烟云》，创作过长篇小说的林语堂，深谙其中三昧，所以，他能够平心静气地来议论《红楼梦》。他说，胡适的新红学，"名为小心求证，实是吹毛求疵。因此愈考证愈甚，闹得满城风雨，结果扑了个空"。这就是脂砚斋评《石头记》造下的孽了。脂砚斋造假，很有可能是书商雇几个抄书匠，为了骗钱所干出来的。第一，苏雪林说脂砚斋"三行必出一别字"，真是一针见血，揭了老底。江宁织造楝亭先生的府上，会有白字连篇的子弟吗？曹雪芹周围，如敦诚、敦敏兄弟，如张宜泉，会是文句不通的朋友吗？第二，对于缮写刻印时的缺笔，出版家和抄书匠有着一种职业的敏感，那是要杀头的，咋个不怕？康雍乾大兴文字狱时，有很多文人、生员，都因为疏失于缺笔而吃官司、掉脑袋。红学家以此为据，居为奇货，殊不知像《红楼梦》这样的传奇、演义，以及平话、鼓词，当时根本不上台盘，相当于今天等而下之的地摊文学，没人当回事，缺笔如何，不缺笔又能如何？更何况曹雪芹并未写竟，更未付梓，缺笔何从谈起？所以，越是缺笔，倒越有做贼心虚的可能。第三，写过小说的作家都懂的，在你伏案写作的时候，最怕的事，莫过于外界干扰。小说创作并不神秘，但其构思、落笔、成文、修改的全过程，属于个体行为，具有相当的私密性，是必然的。因此，如脂砚斋这样全面介入、插手其中、全程追踪、直接干预的现象，简直不可思议。尤为可笑的，这支队伍有男有女，有老有少，人人发声，七嘴八舌，一位文学大师，需要这些唠唠叨叨的辅导员吗？仅一部甲戌本，就有1587条评语，这使人想起二十世纪曾经风行过的领导出思想、群众出生活、作家出技巧的"三结合"集体创作，那也达不到这样的热闹。

那个叫作"畸笏叟"的"老朽"白日做梦，说他让芹溪删掉一回的三分之一，将回目重新换过。即如其说，曹雪芹果真照办的话，岂不太弱智了吗？

林语堂论《红楼梦》之二

　　林语堂说："裕瑞开漫骂之风，周汝昌继之，俞平伯攻高本故意收场应如此不应如彼，全是主观之见，更以'雅俗'二字为标准，不足以言考证。"早期，俞平伯贬后四十回，以一百零一回中巧姐年龄忽大忽小为例来否定高鹗，在《平心论高鹗》一书中，林语堂以玩笑幽默的口吻反驳之。他在此书中还说道："至如俞平伯怪最后收场，宝玉要做和尚，大雪途中遇见父亲，作揖一下，以为辞别，认为肉麻，令人作恶。俞平伯意思，这宝玉决不应赴考得功名，以报父母养育之恩，又在雪途中，在出家以前，最后一次看见父亲，与他诀别，应当不拜，应当是掉头不顾而去，连睬都不一睬，这样写法，才是打倒孔家店《新青年》的同志，才是曹雪芹手笔。何以见得十八世纪的曹雪芹，必定是《新青年》打倒孔店的同志？假定与老父诀别一拜是肉麻，何以见得高鹗可以肉麻，曹雪芹便决不会肉麻？我读一本小说，可以不满意故事的收场，但是不能因为我个人不满意，便'订'为小说末部是'伪'。这样还算科学的订伪工作吗？

　　"这样讲起来，程伟元及高鹗才是曹雪芹的功臣，天下万世爱《红楼梦》的读者，应该感激他们保存这名著残稿及补订编勘刊印流传之功。不然连宝玉是娶黛玉或娶宝钗，我们还不知道。程伟元甲本畅销，不到一年又肯再排印乙本。这是普通牟利的书商所肯为的吗?"

《平心论高鹗》问世于二十世纪五十年代，林语堂当然不能预知二十年后，俞平伯改变早期否定高鹗的观点："胡适、俞平伯是腰斩《红楼梦》的，有罪；程伟元、高鹗是保全《红楼梦》的，有功。大是大非。"其中功罪之说，联系林语堂的这部书，便知道其来有自，肯定老先生垂暮之年，看到或者听到林语堂的程伟元和高鹗为《红楼梦》功臣说，才有这番感慨吧?

但林语堂接下来说："文人自初稿至杀青的时候，尤其在这样的巨幅，经过十年苦心经营，易稿再四，作者到了收场，应当与初稿拟定略有不同，或有删削。作者应有此权力。这不足为后四十回为高鹗'作伪'之证。"而他却以"脂砚斋本'畸笏'已经明明说有几回，因人家借阅而散佚，当时的情形可见"来坐实其判断，说明林语堂在脂砚斋本的看法上，仍受胡适的影响。

正是胡适从魔瓶中释放出了妖魔，从此，《红楼梦》正如俞平伯所说："我尝谓这书在中国文坛上是个'梦魇'，你越研究越觉糊涂。"

续书面面观之一

1921年胡适的《红楼梦考证》问世前，绝大多数国人，只看一百二十回本《红楼梦》，而知道八十回本《石头记》存世者，少之又少。1923年俞平伯的《红楼梦辨》出版，接着各种脂评本陆续出现，于是，新红学出现。大众遂了解《红楼梦》原来有前八十回与后四十回的界分。这样，也就有对后四十回的评价产生。很明显，后四十回弱于前八十回，但后四十回能够存在，并被认可，是因其承续了前八十回的主旨梗概、故事情节，并保持原作风貌，而将悲剧结局贯彻至终，这是后四十回成为续书，登堂入室，怎么打也打不倒的原因，也是后来那些狗尾续貂者怎么闹也闹不成的原因。所以，我相信程伟元从鼓担儿和琉璃厂搜罗来的《石头记》手抄本中，肯定有前八十回后的一些断章残篇。不是有无的问题，而是多少的问题，否则，不会说补。正是由于这些断章残篇必有许多漏洞罅隙，必须要将其连缀起来，才敦请高鹗予以细针密线地加以缝补。

林语堂认为曹雪芹的八十回后是有散佚遗稿的，并说胡适也持同样见解："适之已承认曹雪芹确有未定稿，曹死之时，去前八十回脱稿九年。适之曾问过，这九年间，他干什么呢？这已见于适之的考证文字。我问适之：'他写不出来吗？'适之说：'大概也是穷到潦倒不堪了。'我说：'这样他不能算为小说大家。'

适之说：'其实他不能算为小说大家。大概他描写人物，的确是天才本领，但若真正写八十回，在故事结构上，伎俩实太差了。'但适之是认为必有未定稿的。我想雪芹死后，家中必有残稿，家破人亡，自然没人去理，或者遗失散佚都难说。二三十年后，琉璃厂程伟元留心文献，搜求残稿，由高鹗补订而成一百二十回本，都在情理之中，有什么不可能？"

不过，胡适认为曹雪芹"在故事结构上，伎俩实太差了"，则是张狂之语了。如同他后来给苏雪林的私信中说："我向来感觉，《红楼梦》比不上《儒林外史》；在文学技术上，《红楼梦》比不上《海上花列传》，也比不上《老残游记》。"都属于胡适嘴大的毛病，这既是他自身的秉性，也有大家宠惯的成分。嘴大的人必爱说，爱说的人必出错，这是真理。试想，能将数百个人物、数十年历史，糅合在一起，层次推进，有条不紊，没有强大的故事结构能力，能玩得转这部长篇小说吗？因此，高鹗于一堆搜集来的手抄本，根据曹雪芹所写的八十回后的那些未定稿断片，续补成书，更值得赞颂。曹雪芹八十回后究竟有多少，我们不得而知，现在的后四十回中哪些是曹著，哪些是高补，我们无法分辨，但不能不钦佩高鹗的故事结构能力，也就是胡适所谓的"伎俩"。

前八十回是放，后四十回是收，放易收难，难就难在结构上，必须前后照应，必须不留破绽，何况前面不是高鹗所作，说得俗一点，这是替人擦屁股，真是很难为他的。

续书面面观之二

《红楼梦》第八十一回起，到卷终，就是高鹗续作的了。鲁迅认为："后四十回虽数量止初本之半，而大故迭起，破败死亡相继，与所谓'食尽鸟飞独存白地'者颇符，唯结末又稍振。"（《中国小说史略》）"宝玉之终于出家""即使出于续作，想来未必与作者本意大相悬殊"。（《〈绛洞花主〉小引》）这是对高鹗续书的最权威肯定。而在杂文《论睁了眼看》中，鲁迅对后四十回的宝黛悲剧结局，更给予了相当的好评。

在中国古典文学作品中，最被人关注、最引发争论的，最没完没了，难以取得一致意见的，莫过于《红楼梦》了。这证明这部不朽著作，确实是中国文化界一个永远的热点话题，而且总能引起反响。这就不得不叹服伟大的艺术作品永葆青春的强大魅力了。在这个世界上，无论什么事物，难免有过时之虞，流行的会落伍，时兴的会消沉，热闹过了，仍会冷清，风头一去，便成乌有，名人会过气，美女会憔悴，佳作会滞销，好歌会听腻，只有这部《红楼梦》，不管时隔多久，总能焕发出常新的精神，令人注目，就因为它是说不完的。

正由于这是个中国文学中最大的谜，因此所有想在《红楼梦》上扮演一个把话已经说完，不准他人赘言的权威角色者，好像都有笑得太早的弊病。

记得那部电视连续剧刚上演时，京师满城说《红楼》，掀起的一阵《红楼梦》热中，胡适发现的这个脂本，是出足了风头的。对后四十回按照脂评改动的结局，其实民众是很不买账的。所有研究《红楼梦》的专家，看法是否都保持一致，不得而知，作为一种很主观很武断的试验，把一直梦寐以求的脂评线索搬到荧屏上，一定令某些膜拜脂砚斋的红学家有长舒一口气的痛快，那大概是可以肯定的。

真遗憾，胡先生仙逝了，没有这个眼福。如果，他看到了，是点头呢，还是摇头，恐怕要两说着了。因为他曾经说过："我们平心而论，高鹗补的四十回，虽然比不上前八十回，也确然有不可埋没的好处。他写司棋之死，写鸳鸯之死，写妙玉的遭劫，写凤姐的死，写袭人的嫁，都是很有精彩的小品文字。最可注意的是这些人都写作悲剧的下场。还有那最重要的'木石前盟'一件公案，高鹗居然忍心害理的教黛玉病死，教宝玉出家，作一个大悲剧的结束，打破中国小说的团圆迷信。这一点悲剧的眼光，不能不令人佩服。"

所以，老百姓，也就是绝大多数读者和观众，似乎对贾宝玉不去当和尚，不披那件猩红色的斗篷，不在白茫茫的雪地里飘然而去，深不以为然；看到这位怡红公子破衣烂衫，最后落魄潦倒的终结场面，都瞠目结舌。估计这些不甚赞成的意见比较普遍、强烈，正好说明老《红楼梦》何其深入人心。无可奈何的红学家，也只好装聋作哑、偃旗息鼓。

于是，我想，九泉下那位灰溜溜的兰墅先生，可以把头抬起来了。

续书面面观之三

　　袁枚自诩过《红楼梦》中的大观园即是他的随园。俞樾对此书的创作背景做过诸多推测。可见《红楼梦》一经问世,不胫而走,立刻被有识之士把它与那些流行的才子佳人小说区别开来,另眼相看。袁枚、俞樾何等人也,都是江南文坛的领袖人物、雅文学的大师,都想附丽于这部当时怎么说也是俗文学的《红楼梦》,是挺有意思的一件事。说得好听一点,这些大文人,认为《红楼梦》是一部有价值的俗书,比附不致玷污自己的名声;说得不那么好听,也许看出这部书比起自己的诗文会更加不朽些,难免有一点沾光的想法吧?

　　高鹗生于1758年,比曹雪芹小四十多岁,应该说是一代之隔,所以他比后来的续作者更了解曹雪芹生活的那个年代,特别在细节上,是拥有绝对优势的。出版商程伟元请他整理一部完整的有头有尾的《红楼梦》,当看到摆在书案上所搜集到的佚失不全的各种手抄本时,中举后正春风得意的高鹗欣然应命。第一,他是才子,做这件事,非他莫属;第二,他是情种,对这部书深为眷注。大概用了半年多工夫,乾隆五十六年(1791),中国第一部印刷出版的一百二十回《红楼梦》问世,是为"程甲本"。1792年,再次出版,是为"程乙本"。其实,"程甲本"和"程乙本"并无太大的差异,这是程伟元的生意经,以增删添补、改错纠讹来吸引读者、扩大销路而已。从此，这部一百二十回《红楼梦》一统天下二百多年。续，继续的续，只要是延续原书的宗旨大意，或补或作，或增或删，或订正，或修改，都可以称之为续。不能以续作的所占比例而定，百分之几十以上为续，不够百分之几十不能为续，汉文化数千年来，续书不可胜数，从未有过数量比例的硬性规定，凡使一部残缺散佚的作品成为完璧，都视为续书，约定俗成，已是惯例。而到了二十一世纪，《红楼梦》出版快二百多年了，竟闹出"曹雪芹著，无名氏续，高鹗整理"的天大笑话，就是这些吃饱了撑的红学家捧脂压高的丑剧了。

林语堂著《平心论高鹗》说："适之的考证，最要是张问陶说后四十回高鹗所'补'一句话。我想这'补'字，是说'补订''修补'之补，与高序所言相符，却不能拿定说是'增补'……关于后四十回的发展，有四五处与前八十回所暗示不符（雪芹曾有一百二十回的回目），如史湘云的'金麒麟伏白首双星'的话等。谁也应该知道，文人自初稿至杀青的时候，尤其在这样的巨幅，经过十年苦心经营，易稿再四，作者到了收场，应当与初稿拟定略有不同，或有删削。作者应有此权力。这不足为后四十回为高鹗'作伪'之证……经过高鹗的整理补订才有个眉目连贯。这真是文学史上一件大事，我们不应作求全之毁，因为有些小出入而断定后四十回是'伪'。况且所谓脱节不符的，不是大处，是比较不重要人物（小红狱神庙等小节）。重要人物收场，都有极精细的、有根据的脉络可寻（贾府被抄的原因，原为极小的事，读前八十回者，谁也不会注意。李纨为黛玉死时唯一陪她的人，又后来说'车也有借得的吗？'也是极精细之笔）。"我想，这是公道之论。

高鹗只是遗憾这部脍炙人口的书"无全璧，无定本"，"以波斯奴见宝之幸，遂襄其役"，所以，他得到"读者"和"时间"这两位文学的最高评判的认可。黑格尔有句名言：存在就是合理的。它存在于读者心目中，它就是合理的，这是没有办法的事。虽然根据脂砚斋言之凿凿的提示，知道书中一些人物命运的最后结局，和高鹗续的满不是一回事，但老百姓并不在乎那些纰漏。百二十回本《红楼梦》，赚了多少痴男怨女的眼泪啊！所以，他享受这部杰作的三分之一的荣誉，是当之无愧的。

续书面面观之四

高鹗那"闲且惫矣"的形象，成了他固定的脸谱了。一些现代红学家，对于高鹗续作的否定尤为激烈，以至于恨得咬牙切齿地声讨，我始终以为有欠公允，好像不应该如此诋毁后四十回的。这后四十回存在的本身，被人接受和认可，便是它的价值所在。谁要不满意，谁可以放开手去狗尾续貂，没有人拦着的，原作者曹雪芹没说过版权所有，续作者高鹗也不曾说过他续了以后，就成了他的禁脔，不容别人置喙。但自从胡适之先生发现了甲戌本《石头记》，不少红学家便把高鹗视为《红楼梦》的杀手，这实在也太过分了些。中国人喜欢随大流，喜欢抱粗腿，喜欢"矮人看戏，随人短长"地人云亦云，喜欢"一犬吠影，百犬吠声"地起哄架秧子。在红学领域中，很有一些浮浅轻薄之徒、一知半解之辈，簇拥着认为把话已经说完，不准他人赘言的权威，啸聚山林，划地称王，实在是令人讨厌的。在我看来，高鹗是位了不起的《红楼梦》的功臣。正如曹操所说：要不是我拒绝称帝，不知天下有多少人想当皇帝。若不是他来续定这部书，还不知有多少自作多情的和下三烂的文人来糟蹋这部不朽著作呢！

假定依据程甲本或程乙本的序中所说，曹雪芹的原书散佚，后来又从鼓担儿上找到了一部分，书商程伟元请求这位兰墅先生予以补缀而成，那么，不得不承认高鹗确是一位修补高手，这是一。如果依照发现的脂评本子，《红楼梦》只有八十回，完全是高鹗凭想象硬续上后四十回的话，那么，他即使不胜过曹雪芹，也至少是不亚于曹雪芹的文章巨匠，这是二。非此即彼，而无其他。所以，将高鹗对于《红楼梦》和对于曹雪芹的贡献一笔抹杀，是不那么令人心服的。

无论红学家怎么说他的后四十回比前八十回在艺术成就上有着天壤之别，他在续作中，敢于违背中国人喜好大团圆结局的欣赏习惯，虽然有"兰桂齐芳"的世俗之气，但能保持悲剧气氛到底，就是一位了不起的大手笔。"钗婚黛死""查抄宁国府"以及"宝玉出家"，到整个家族的衰败，那效果毫不逊色于前八十回。

高鹗续书的大手笔，是应该得到文学史家的大书特书的。

如果，曹雪芹丢失的或未竟的书稿，并非现在这样的悲剧结局，那么，他向这位续作者脱帽致敬，将不是什么奇怪的事。后来那么多的续作《红楼梦》者，无不一一败下阵来，让曹雪芹的英灵足足笑了个够。一直到今天，还有兴趣出丑者，没有一个不闹出一屁股笑话而销声匿迹。这足以说明高鹗的续书是谁也不能逾越的高峰。但在职业红学家眼中，他的命运并不见佳，几乎绝大多数人对他持非议否定的态度。而那个多少有些自恋的，还多少有些多情的，当然还有些倚老卖老的脂砚斋主人，一直被红学家置于尊崇的位置，是有点莫名其妙的。

433

续书面面观之五

　　高鹗续书，有点类似替补队员上场，头一脚就踢飞了，一上来就被人叫了倒好。如果说"四美钓游鱼"有点俗，尚可原谅，那么"两番入家塾"中黛玉说"况且你要取功名，这个也清贵些"，让性急的球迷忍不住朝他扔可乐罐、汽水瓶了。

　　认为续书写得好的部分，属曹雪芹的原作，写得不好的部分，为高鹗的补作，是不公平也不公正的。焉知在曹雪芹笔下，林黛玉不会在此时此刻说两句违心的话呢？第九回"训劣子李贵承申饬"中，初次入塾，黛玉还说过："好，这一去可是要蟾宫折桂了。"文学人物的刻画，最忌单线条、平面化，中国读者在中国作家那种劣质产品的长期训练下，已经不能接受人物性格的多元、多样、多变、多彩的复杂性、层次感，觉得一个叛逆者怎么可能改变立场，向封建科举制度投降呢？他们不明白，人之适应环境的能力，胜于这个地球上一切生物。环境变了，人就得跟着变。当年说"蟾宫折桂"，重点是下句，"你不去辞辞你的宝姐姐来"。如今说"要取功名"，很大程度是要为贾宝玉最后走入考场做铺垫。曹雪芹之所以对八十回后所写的部分没有定稿，或许是因为这位大师尚有不满意处，譬如二次入塾，譬如黛玉相劝，他也觉得有些不妥，才搁置下来的吧？

　　若我为高鹗，肯定一上来先写"省宫闱贾元妃染恙""病潇湘痴魂惊恶梦"，悬念有了，惊疑也有了。高鹗干吗偏要去写四美钓鱼、两番入塾呢？显然，这是曹雪芹的未定稿。中国文人对于逝者的遗文，有一种很高尚的敬慎情怀，鲁迅为牺牲的瞿秋白出书，就是最好的例子。高鹗必然尽最大可能保留曹雪芹未定稿的原文，表示晚辈的谦诚。另一方面，出版商程伟元不能不考虑销售，这些未定稿已在坊间流传，保留得愈多，愈接近真本。

八十二回，高鹗始显不凡身手："只听得外面淅淅飒飒，又像风声，又像雨声。……觉得窗缝里透进一缕冷风来，吹得寒毛直竖，便又躺下。正要蒙眬睡去，听得竹枝上不知有多少家雀儿的声儿，啾啾唧唧，叫个不住。那窗上的纸，隔着屉子，渐渐的透进清光来。"八十三回，黛玉病中，"觉得园里头平日只见寂寞，如今躺在床上，偏听得风声、虫鸣声、鸟语声、人走的脚步声，又像远远的孩子们啼哭声，一阵一阵的聒噪的烦躁起来"。八十七回："这里黛玉添了香，自己坐着，才要拿本书看，只听得园内的风，自西边直透到东边，穿过树枝，都在那里稀里哗啦不住的响。一会儿，檐下的铁马也只管叮叮当当的乱敲起来。"高鹗只是通过七八种十来种声音的交响，来营造气氛。这几节情景交融的文字，不但写出大观园人稀屋空、霜寒肃杀的凄清冷寂，也写出林黛玉沉疴难愈、噩兆惊魂的哀伤苦痛。连护花主人读至此，也不禁提笔评曰："黛玉之夭亡，于斯已决。"

对高鹗这个替补队员及其续书，你还抱着成见，视之为寇仇吗？

续书面面观之六

　　续书，各式各样，续自己书者多，续他人书者少。而续他人书者，如史料、方志、常识、词语、考据、研究、汇编、典故等者多，而续文学作品者少。唯古典通俗小说例外，除《三国演义》外，《红楼梦》《水浒传》《西游记》都有续作，以《红楼梦》最夥。俞平伯说："虽明知八十回是未完的书，高氏所续有些是错了的，但决不希望取高鹗而代之，因为我如有'与君代兴'的野心，就不免自蹈前人的覆辙。我宁可刊行一部《红楼梦辨》，决不敢草一页的'续红楼梦'。"所以，他的结论，续书是不可能的，还有下一句话，他没有说出口：尤其是好书，更是不可续。这是老先生的谨慎，为什么还有浅薄之徒，至今还在做这种吃力不讨好的事呢？往好里想，胸有块垒，不吐不快；往不好里想，一是唯利是图，二是不怕丢脸。所以，明知咬钩死，偏有咬钩鱼，非要以身试法了。应该说，程高二人，也是有利益驱使的成分，这也不必为其讳言，甚至这两位先生也无让这部书进入中国文学史的奢望，只是觉得市场有这个缺口，读者有这种需求，一拍即合，马上动手。虽然木板印刷，不比铅印数量大，五百部，尚可保证字迹清晰，若一部售价如野史所说为十两银子，五千两银扣掉纸张、印刷、人工等费，到手两三千两银子，何乐不为？程伟元是一个很有眼光的出版家：第一，他选题选对了；第二，他找人找准了。他物色到高鹗这样的续书人，这是曹雪芹死后，直到今天，唯一堪当此任的续书者。

高鹗的学问、识见、阅历、文字，无论当时，无论后来，在清代文学史，从来也不是第一流的。当然，第一流的未必就是续书能手，而且第一流的文人，未必愿意隐姓埋名续这部书。俞平伯在《论续书的不可能》一文中说："作者有他的个性，续书人也有他的个性，万万不能融洽的。不能融洽的思想、情感，和文学的手段，却要勉强去合做一部书，当然是个四不像。"他指的就是这样有个性的第一流文人，但并不适用于高鹗。高鹗从决定与程伟元合作续书起，就没有以此立身扬名的打算。如果不是程伟元在"引言"中提到高鹗的名字，我们到今天也许并不知道后四十回与高鹗的关系。曹雪芹也如此，从八十回手抄本，到百二十回印刷本，都不设版权页，只是在第一回正文中写："后因曹雪芹于悼红轩中，披阅十载，增删五次……"才得知他的名字和书的来历。

在中国文化传统中，《汉书·艺文志·诸子略》载："小说家者流，盖出于稗官。街谈巷语，道听途说者之所造也。"小说，不但读者不当一回事，作者也是不当一回事的。所以，高鹗在续书的时候，知道谁是主角，谁是配角，他这个续书人也有的个性，就非俞平伯所说的"万万不能融洽"的了。因之，高鹗不在乎署名问题，程伟元在"引言"里特地写他，也无关知识产权，只是用这位名士招牌促销罢了。

续书面面观之七

　　曹雪芹壬午年死后，前八十回或后续部分，在小范围里流传过，但是不是1927年胡适发现甲戌（1754）本以后，接着出现的己卯（1759）本和庚辰（1760）本以及其他脂评本呢？我认为不是。第一，这三个本子好像约定了似的，接连出现，显然，出自一个操盘手、名叫脂砚斋的人所为，为呼应胡适的"自传说"。最不可理解的，那个拥有甲戌本的胡星垣，为什么长期保密，为什么等他死了以后，不能发声时，才公开这个秘密？第二，程伟元所搜集到的佚文遗作，为什么没有野史笔记里所载为人耳闻目睹的后续情节，而脂评本却在评语的字里行间透露。这就是说，野史笔记在前，脂评透露在后，而野史笔记之所以提到后续情节，系百二十回程高本出版流行之后的反诘。第三，那么，是否可以说，曹雪芹死后小范围流传的，并非脂评本？所以，在脂评本中标以甲戌、己卯、庚辰字样，这是最低层次的作伪造假者都懂得的入门常识，不能据以为证。第四，程伟元交给高鹗的手抄本中，没有脂评本，也没有野史笔记所说后续情节的散佚篇什。如果有的话，按照程伟元尽量保持原汁原味的想法，高鹗自然会保留。因此，高鹗能将续书作到这等完善程度，虽有不足，也就难能可贵了。林语堂在《平心论高鹗》中认为："后四十回对于前八十回的伏线，都有极精细出奇的接应，而此'草蛇灰线，重见于千里之外'的写作，正是《红楼梦》最令人折服的地方。"
"高本的人物能与前部人物性格行为一贯，并有深入的进展，必出原作者笔下；高本作者才学经验、见识文章，皆与前作者相称；高本文学手眼甚高，有体贴入微、刻骨描绘文字，更有细写闺阁闲情的佳文，似与前八十回同出于一人手笔。"

林语堂还说："续《红楼梦》书是不可能的事。这是超乎一切文学史上的经验。古今中外，未见有长篇巨著小说，他人可以成功续完。高鹗是个举人，后来成为进士，举人能当编辑，倒不一定能写小说。除非我们见过高鹗有自著的小说，能有相同的才思笔力外，叫他于一二年中续完四十回，将千头万绪的前部，撮合编纂，弥缝无迹，又能构成悲局，流雪芹未尽之泪，呕雪芹未呕之血，完成中国创作文学第一部奇书，实在是不近情理，几乎可说是绝不可能的事。"

这就是说，他比所有续《红楼梦》的勇敢者，高出一大截子。

鲁迅说他曾有过创作长篇小说《杨贵妃》的计划，为此，他还亲自到西安实地考察了一番，后来，他搁笔了。他说他到了西安以后，那已经不是唐朝的天空，他怎么去写唐朝的小说呢？高鹗晚于曹雪芹一代，此前此后，乾隆一直在位，他们曾经生活在同一个天空下，同做过这位皇帝的子民，同呼吸过那个由盛而衰的王朝空气，这就是嗣后所有狗尾续貂者无法得到的现场感了。

现场感，是文学鲜活生命力的源头，高鹗续书成功的优势，也就在这里。

话说脂砚斋之一

在《红楼梦》一书中，前八十回经常出现医生，后四十回不大见到医生。前八十回的医生可圈可点、有根有据，后四十回的医生面目模糊、似是而非。对这些可谓很简单的文本上的对比，独是少见红学家发表什么高见，进行过什么考证。更不见脂砚斋的旁批对医生、对治疗，发表过什么看法，说明这组冒充指导过曹雪芹创作的抄书匠，对于曹雪芹贫病交加的境遇疏隔淡漠、不关痛痒，才会出现这种为贼不慎的失手。在前八十回中，第十回"金寡妇贪利权受辱，张太医论病细穷源"，由冯紫英介绍来的张友士，是书中第一位出现的医生。

曹雪芹为秦可卿这位美丽的女人的死去，一步一步铺垫过来，先是那个金寡妇一百八十度转变态度，留下悬念，后是仆妇们的窃窃私语、纷纷议论，再加深印象。然后，这方子、这医生，读者就能得出结论，秦可卿患了不治之症。紧接着，凤姐和宝玉探访病人。紧接着，秦可卿托了一个很具道学气味的梦，颇有一点政治遗嘱的味道。再紧接着，云板一响，便是丧音，读者百分之百地接受了她的死。

张友士一上来就说："大奶奶这个症候，可是那众位耽搁了。"接着又说："或以为这个脉为喜脉，则小弟不敢闻命。"开过药方后，秦可卿的丈夫贾蓉迫不及待地问："这病于性命终久有妨无妨?"先生笑道:"大爷是最高明的人,人病到这个地位,非一朝一夕的症候了,吃了这药,也要看医缘了。依小弟看来,今年一冬是不相干的,总是过了春分,就可望全愈了。"贾蓉也是个聪明人,便不往细问了。

张友士这位儒医,竭全力,尽人事,说真情,这次诊治过程,善于运用语言,讲出来应该讲的话,堪称有超一流的表现。第一,他不说秦可卿患的是不治之症,而是说"那众位耽搁了"。第二,"今年一冬是不相干的,总是过了春分,就可望全愈了"。所谓"全愈",不过是死亡的另一种说法,坦诚以告,家属也就领会熬不到来年了。第三,他说:"依我看来,这病尚有三分治得,吃了我的药看,若是夜里睡得着觉,那时又添了二分拿手了。"有懂中医的朋友研究这个方子,绝对吃不死人,但也治不了病。他尽力而为,拟出一个大家体面下台阶的方案。第四,顺带辨正,让大家千万别抱什么希望,又对"那众位"也就是别的医生同行的论点,予以质疑。

张友士为秦可卿看病,是本书重中之重。曹雪芹把药方写在书中,不管你看懂看不懂,也不管你爱看不爱看。有的手抄本,有药名,还有分量;有的手抄本,只有药名,而无分量。这不光是大师的自信,也是他对这位性启蒙女神的特别眷注。脂砚斋和那班红学家,能悟解得到吗?

按照"命芹溪删去"的气概,也许会对这张方子有什么评点?我找出脂评本《石头记》,果然,保持异样的沉默。这伙与曹雪芹了无关系的抄书匠,哪里懂得秦可卿对于贾宝玉的重要性,怎能有感同身受的切肤之痛呢?

话说脂砚斋之二

　　中国旧式的章回小说，所形成的评点之风，应该是属于中国特色的一种文学评论，自明中叶起，夹叙夹议，或点或圈，三言两语、短促出击的评点，起拍案惊奇之效果，为自成一派的学问，很受读者欢迎。于是，如李贽，如毛宗岗父子，如金圣叹，成为此中翘楚。与作品共存并行的评点，是地道国货，洋人既弄不懂，也学不会。因为拉丁字母横排，有行距的限制，无汉字直排的上下自由伸缩的空间，所以，西方要加评注，只能在文末，连篇累牍、翻来覆去地查检，十分费事，而洋书皆厚，颇为吃力。也有安排在页侧，若不加大幅面，就得缩小边框，大概因为浪费篇幅，采用者少。中国式的评点，有其汉字直排的便利，得大发展。评点因作品而推广，作品因评点而行销。无名的评点者因作品的有名而名，一般的作品因大牌的评点而身价抬高，互相利用，抱团取暖，遂大流行。但脂砚斋有点特殊，他的这种把自己摆进去，俨然合作者身份的评点，从卖点上看确有票房价值，挺能蒙人，在混淆是非上，实在是遗患无穷。在这个世界上，人类最大的毛病，就是轻信。谣言重复一千次，会信以为真；谎话说到一千年，会变成史实。所以，胡适把这个红学怪物从魔瓶里释放出来，就造成一场红学灾难。

　　当年胡适倡《红楼梦》为作家自传说，为证实其论点，十六回脂砚斋本《石头记》很蹊跷地被发现，并奇而巧地落到胡的手中。1927年，此书送往上海新月书店，蹊跷的是，胡适竟然没有见到藏书人胡星垣，至于如何交易、是否买卖，一直不敢公开，长期讳莫如深。从此，这个脂砚斋就成了一个全天候的、对曹雪芹实施紧逼盯人战术的评论家。如果按红学家众口一词的说法：一、脂砚斋为曹雪芹所亲近；二、脂砚斋参与了曹雪芹的《石头记》创作；三、高鹗续书是不可信不可靠的，应以脂批为准。这样一来，中国的红学家，远离《红楼梦》文本，一头扎进脂批中。

据统计，甲戌本脂批总数为1587条，己卯本脂批总数为754条，庚辰本脂批总数为2319条，加在一起，共4660条，如果真有这样一位关爱你的评论家，对你的作品咬文嚼字做出数千条评点，当然不一定全部说坏，即使统统说好，这4660个好，那也实在是太恐怖太恐怖的事情了。我也一直不解，既然大师身边时有不少于八九位场外指导，如畸笏叟、棠村、梅溪、松斋、鉴堂、绮园、立松轩、左绵痴道人……这些不请自来的评家，指手画脚，一天到晚，海人不倦，满口蒜臭，这位文学史上的大师会不烦？会不在作品中流露一丝一毫的反弹情绪？但奇怪的是，曹雪芹在他的全部作品中，没有一点点关于如此亲密评论家的笔墨，哪怕暗示、隐语、哑谜、障眼法，都找不到。因而我敢下断语，脂砚斋在曹雪芹还活着的时候，是不存在的。

话说脂砚斋之三

　　甲戌本、己卯本、庚辰本，以及所有后发现的脂评本，都只到第八十回。若是真有这么一个了解曹雪芹的创作，以至到了能够和曹雪芹字斟句酌进行探讨的亲密程度，而且又最早认识到《红楼梦》的不朽艺术价值，以至曹雪芹死后，还在不断开掘这部小说的艺术成就，同时与曹雪芹有着某些血缘关系的脂砚斋主人，竟然忍心坐视这部书的散佚，看着它只有八十回而不加以任何匡救，实在是不可理解的。

　　因此，姑妄言之，也许实际上并不存在这个曹雪芹在写作《红楼梦》时的场外指导、半合作者兼总策划人的脂砚斋。

　　也许这个脂砚斋，是在曹雪芹成书并进入手抄本流通渠道以后，但在《红楼梦》活字排印本还未出现以前，某位或某几位评点家伪托的一个符号。若是他真的和曹雪芹在艺术上如此相知的话，到高鹗续书时，市面上尚能收集到断章残篇，而这位脂砚斋却只知道埋头批注，不去书肆逛逛或到鼓担子转转，努力找到一些散佚的原稿，是无法说得过去的。程伟元之说，固然也有虚晃一招之嫌，但脂砚斋却未道及自己对佚文的任何搜罗行动，是很值得怀疑的，他究竟是不是曹雪芹的朋友？而珍重亡友的遗文，不使失落，千方百计把它付梓出版，以免湮没，是我们中国文人的神圣义务。

从他的批注口气，此公性格是比较爱表现的。如果他曾经搜集过遗稿的话，他会不在评语里夸夸其谈他的功劳吗？但他曾经在批注中说过传阅原作时有散佚现象，并表示遗憾。他知道散佚却不补救的冷淡，证明他和曹雪芹的关系，并非如他批注中说的那样亲密，亲密到能够介入其创作过程。还有一处很露马脚的批注，即第十八回的"画出内家风范，《石头记》最难之处，别书中摸不着"这句夹批，似乎可以断定脂砚斋是乾隆年代的外来"北漂"。其实，"有十来个太监都喘吁吁跑来拍手儿"，对于长住天子脚下的京师人，是司空见惯的事。只有京外之人，才会对此大惊小怪。

那么，只剩下一种可能性，就是脂砚斋批注此书，已是在程伟元和高鹗收集遗稿以后，再难找到什么断章残篇的时候。这表明，他是晚于乾嘉年后很久的人。如此说来，批注中的什么"姑赦之，命芹溪删去"的长者口吻，就可能是变戏法的障眼法了。在中国，有些人特别爱当老爷子，有些人也就尽量不惹老爷子。他抓住了这一点，摆出一种老爷子的姿态，老三老四，让你坠其个彀而不觉。脂砚斋就是揣摸透人们的心理，在字里行间装老充老，糊弄大家。

红学家们一直据第十三回的这条批语，认定脂砚斋为曹雪芹家族中一个身份特殊的人，是直接进入曹雪芹创作过程中的知情者、指导者。如果不是曹雪芹，而是王雪芹、张雪芹，或许有这种遵命行事的可能，但像这样一位大师，能对这样一位连批语都写得不大通顺、别字连篇的脂砚斋俯首帖耳吗？

话说脂砚斋之四

　　《石头记》书成以后，出名以后，一部品相较好的手抄本，至少可以开价几十两或上百两银子，一伙文学瘪三才伸出黑爪子，想从这部走俏的作品中捞点什么。怪现象延续至今，脂砚斋，便成为中国红学界的镇山之宝，也是中国红学家的通灵宝玉。若是这个红学怪物一旦消失，估计中国的红学团体立马关门停业，作鸟兽散；中国吃红学饭的人，百分之九十九得歇菜，从此喝西北风。自有红学以来，派系林立，形同水火，山头分割，互不相能，可胡适的"自传说"，始终是他们的共同纲领，少有分歧。红学家们坐定曹雪芹的这部著作是他的回忆录，字字有据，事事可考，更坐定有这个脂砚斋，是曹的老婆，或曹的叔父，或竟是史湘云，其亲密程度超过经常到西山黄叶村串门的敦诚、敦敏兄弟。这是一种荒唐的推断，写过一点文学作品的人，都明白这个起码的常识：创作，是极其个人化，甚至是私密化的行为，不可能有几张臭嘴，在你写作的同时，晃来晃去，叽里哇啦，不停聒噪。

　　写过小说的钱钟书，写过小说的张爱玲，都认为《红楼梦》不过是曹雪芹依据个人经历写成的小说，绝不是回忆录。在全部红学研究中，真正触及文本而不左道旁门的王国维，早就觉察此说之荒诞不经，指出："所谓'亲见亲闻'者，亦可自旁观者之口而言之，未必躬为剧中之人物。"这是一位智者对文学真正理解的至理名言，但此后走火入魔的红学家从来是置若罔闻的。小学生学写字可能要描红，青年人初涉文学创作可能需要辅导，一位顶尖级的文学大师，能忍受这等下三烂的货色，告诉他怎么写和写什么吗？在当代文学史上，只有"文革"时期，领导出思想、群众出生活、作家出技巧的集体创作，出过这种可笑的事情。

"目睹亲闻"被红学家奉为圭臬，当成理解曹雪芹《红楼梦》的一把钥匙。可自有小说这东西以来，没有一部作品是像拍照似的，直接从生活中原样搬来。脂砚斋根本不懂得文学形象和生活真实是两回事，生活中从来不会有现成和完整的小说等你去写，那用不着作家，派个速记员就够了。作家的形象思维，是真实，又不是绝对的真实；是生活，又不完全是生活的拷贝。脂砚斋把两者机械地等同起来，违背了文学创作的基本原理。诸如"并非杜撰而有，作者与余实实经过"等只言片语的印证，纯属误导读者，如果文学创作就这么简单直接的话，一位大师所做的事，随便拉来一个低能儿，也可以干得了的。

话说脂砚斋之五

　　四十二回老太太看病，则是曹雪芹写他家族辉煌时的排场了，脂砚斋诸人，标榜自己与作者同流、同品、同际遇、同命运，其实也难掩他们实际上的寒酸出身，与因而表现出的见识狭窄、少见世面的孤陋寡闻。因为刘姥姥来，贾母陪着逛大观园，有点欠安。来给贾母看病的御医，为世代悬壶、家学渊源的高级保健医，脂砚斋竟然没有抓住这个机会，让自己也跟着水涨船高起来。对王太医给贾母和凤姐之女诊病开方，脂砚斋甲戌本残存十六回，为一至八回，十三至十六回，二十五至二十八回，无四十二回，无评。己卯本残存四十一回零九页，无四十二回，无评。庚辰本残存七十八回，四十二回有脂批四条，无涉及。

　　五十一回晴雯病了，按时髦一点的话来说，就是由于怡红院的首席女侍袭人——所谓领班小姐家中有事请假外出了，晴雯夜里起来服侍宝玉，偶感风寒，本没有什么大不了，伤风感冒之类的毛病而已，但富贵人家，虽是小病也很当回事。如果晴雯不在怡红院当丫鬟，值得大张旗鼓吗？她后来被开革，回到她那色情狂的嫂子家，病得那么重，连碗水都喝不着嘛！可此时此刻，贾宝玉便让人去请大夫，因为不敢惊动凤姐和王夫人，就"传了一个大夫，悄悄的从后门进来瞧瞧"。

　　脂砚斋甲戌本、己卯本，均无五十一回，无评。庚辰本五十一回有脂批六条，其中有一条，在"宝玉命把煎药的银吊子找了出来"下脂砚斋总算有了一句不关痛痒的夹批："'找'字神理，乃不常用之物也"。

第八十回"王道士胡诌妒妇方"，因系插科打诨、纯粹蒙事的江湖郎中王一贴，脂砚斋一口气连评数条：一、"哥儿别睡，仔细肚里面筋作怪。"庚辰夹评"王一贴又与张道士遥遥一对，特犯不犯"。二、"这茗烟手内点着一支梦甜香。"庚辰夹评"与前文一照"。三、"王一贴心有所动。"庚辰夹评"四字好，万生端于心，心邪则意射，则在于邪"。四、"宝玉犹未解。"庚辰夹评"未解妙，若解，则不成文矣"。五、"吃过一百岁，人横竖是要死的，死了还妒什么？那时就效了。"庚辰夹评"此科诨一收，方为奇趣之至"。

现在来看庚辰本这一回的脂评，陈词滥调，不痛不痒，泛泛而言，未见精彩。在前八十回中，张友士、王太医、胡庸医所治疗的对象，秦可卿、贾母及大姐儿、晴雯，是这部不朽之作中多么重要的人物，其牵涉左右，波及上下，影响深远，惊动前后，都是非同小可的，但在这些关节点上，脂砚斋却失语了。我很诧异，脂砚斋居然无屁好放，让我寻思良久。后来，我豁然贯通，也许未必没有屁，只是怕放不好，放得不得当，放得贻人笑柄，故而夹紧屁股。看来，脂评的评，是一种态度，其实，脂评的不评，也是一种态度。

到了八十回本的最后一回，脂砚斋终于夹不住，要开腔了。其实，他的这番即兴评点，纯系应付场面，浮笔浪墨，真不如免开尊口的好。

449

话说脂砚斋之六

　　老实说，要不是脂砚斋本的发现，八十回这个分水岭是不会露马脚的，清末民初的红学家，谁不是被高鹗结结实实地蒙在鼓里。而且，嗣后又不知有多少狗尾续貂者，无不败下阵来，没有一个人能够超越这位兰墅先生。他续编的四十回，已和前八十回原作连成整体，密不可分，为世所公认，谁也无法拆开。舒芜为《周绍良论红楼梦》一书作序，说到"文革"中他和周绍良在咸宁干校谈到这部著作时，周绍良这位学问大家说得非常清楚、非常明确："我从来谈的是《红楼梦》，不是《石头记》。"所以，舒芜顿有"豁然开朗"之感。接着，舒芜这样写道："我们总还是要读一百二十回的《红楼梦》，不想用未完本的《石头记》代替它。也听说有人抛开原来四十回而重续四十回的，迄今为止，还没有看到成功的，并且不相信其为可能，这是普通平凡之见，然而也是牢固难破之见。我坚信，对于任何小说，特别是成为传世经典的小说的评价，千千万万的普通平凡读者，永远是最高最后的裁决人。"正是由于高鹗和程伟元合作，把曹雪芹大概未写完，或写到差不多，但后半部尚散佚着的《红楼梦》，按他自己的想法，或许按曹雪芹的原意，有增有删，或改或动，弄出来一部半真半假的一百二十回的《红楼梦》，可把读者，尤其那些红学家，足足蒙骗了一个世纪。直到脂砚斋评八十回本《石头记》出现，行里人才明白上了高鹗一个大当，因为居然没有人能够早早识破他续编的把戏。于是，那些怀有洁癖的红学家，一定要把高鹗的续书部分从《红楼梦》中剔抉出来，一分为二。然而，努力了半天，老百姓，也就是绝大多数的读者，硬是合二为一，把这两部分视为一体。

因此，说高鹗是曹雪芹先生的"最佳拍档"，也许比较准确。自古迄今，除他以外，谁能具有他的这份才情和勇气，续出这说不上天衣无缝，但也足以遮人耳目的后四十回呢？这也是使脂砚斋本发现后所有红学家都感到被调笑、受愚弄，一悟之后，才对后四十回这个"骗局"愤愤然而深恶痛绝的原因吧？

话说脂砚斋之七

　　自胡适蹊跷地得到十六回残本脂评《石头记》以后，这些年来，名堂还真是不少，一幕幕红学闹剧，令人眼花缭乱。胡星垣给胡适这部手抄本，就是这出闹剧的序幕。第一，买卖双方，不谋一面。第二，不知是否胡适另有隐衷，一直闪烁其词。第三，直到好几十年以后，胡星垣弃世仙去，胡适也垂垂老矣，才公布这部手抄本和来历。从1927年甲戌本出现起至今，陆续有十余个手抄本出现，我估计，按照中国人的山寨能力，应该还会有新的手抄脂评本，给红学家制造死水微澜的机会。

　　若是从地底下挖到一具夏商周的青铜器，别看时代久远，但那铭文或许能佐证一个什么论点。可一部手抄本，即使用乾隆年间的御制宣纸抄写，也未必就能据此断定抄书者必是乾隆时人。伪造青铜器，赝品遍天下，做一本伪书，会那么困难吗？直到前不久，在某大学图书馆发现一部脂评本，有位红学大佬断言如何如何，结果抄书的人还活着。有位红学大佬作了一首诗冒充曹雪芹，另一位红学大佬证实其真，而作诗者却道出实情。因此，什么事情都宜适可而止，一旦虚火上升，一定要"语不惊人死不休"，势必牵强附会，左道旁门，歪曲事实，胡说八道，那肯定会弄出一些贻笑大方的名堂。

　　大佬如此，小佬也不闲着，有的穷极生疯，弄虚作假，瞒天过海，不时闹出些新鲜花样，耸人听闻，结果不过子虚乌有。有的于《红楼梦》的版本或脂砚斋的评注里看出什么背后文章，找到什么蛛丝马迹，狗尾续貂，余波不已，但无一不是在糟蹋圣人的同时，使自己出名。有的附会八卦太极、阴阳风水，一个个都通灵似的得曹雪芹真传，写出连索隐派都叹为观止的《红楼梦》，让人笑也不是，哭也不是。有的在尘封的曹寅、李煦的档案里寻寻觅觅，恨不能在上几个世纪的灰尘中找出几根毛发，证明乃曹公雪芹的DNA，别看洋洋洒洒、连篇累牍，但风马牛不相及，基本上属于无效劳动。有的更做王二麻子状，独此一家，别无分号，但大旗独竖，而从者无人。有的罔顾最基本的常识，言者渺渺，应者寥寥，纯系自说自话、自卖自夸的卖瓜老王者流。这就是鲁迅先生在《谈金圣叹》一文中所说的："这余荫，就使有一批人，堕入了对于《红楼梦》之类，总在寻求伏线，挑剔破绽的泥塘。"

在泥塘里挣扎的红学家，离《红楼梦》文本已十万八千里了。

话说脂砚斋之八

　　曹雪芹生不逢时，没赶上现代印刷术，加之囊中羞涩，雇不起抄手缮写，只好孤本子传，这样，便给文贼留下可乘之机。脂砚斋评八十回《石头记》应运而生，但因抄手的缮写水平参差不齐，加之职业道德，高下不一，在抄录过程中，自视高明，改正为错，甚至随意增删、信笔擅改，是家常便饭。脂砚斋抄本，甚至比孔乙己还要差劲，有的甚至改成一口东北话，真是亵渎圣贤。

　　我最初接触到脂评，也是颇感新鲜的，觉得其读书视角颇异常人。后来，读多了，那评书人老三老四的口气，就令人生厌了。作家与评家的关系，从来就是马与车的关系，马先车后，马拉着车，岂有车先马后，车拉马的颠倒过来的道理。中国文学自明以后出现比话本更文雅一点的章回小说，就有李贽、金圣叹、毛宗岗父子的等评家进行评点。这种马前车后的次序，是正常的。到了《红楼梦》，风水变了，车跑到马前，曹雪芹的书案旁，左边坐着畸笏叟，右边坐着脂砚斋，越俎代庖，婢作夫人。畸说该如何如何，不该如何如何。脂说这一节要删去，那一节要添上。不禁令人哀叹作家命运之乖舛，怎么总也摆脱不掉这班不请自来的指导员呢？

　　后来，在脂评中多次出现"阿凤正传"字样时，便产生既眼熟又眼生的观感。在曹雪芹全书中，未见他将"阿"与主要人物

454

挂钩，所以没有阿凤、阿黛、阿钗等小市民的惯用昵称。冠以"阿"，然后是排行，如阿三、阿四，为吴语地区惯用。但请注意，稍有身份者，只是童年偶尔用之，成年以后便不会再用，以示自重。脂砚斋这类抄书匠，哪里懂得倒下的骆驼比马大，贵族这两个字并不完全意味金钱、爵位，还有其精神上的，甚至血统上的矜持和高傲。脂砚斋，特别是那个畸笏叟，以为叫一声阿凤，就是曹雪芹的叔叔或者大爷了吗？其实"阿凤正传"之所以眼熟，是因为马上想到《阿Q正传》，反而露出马脚。

"正传"这个词，多见于章回小说。鲁迅借以为他的不朽之作题名，还特地做了解释："但从我的文章着想，因为文体卑下，是'引车卖浆者流'所用的，所以不敢僭称，便从不入三教九流的小说所谓'闲话休题言归正传'这一句套话里，取出'正传'两个字来，作为名目，即使与古人所撰《书法正传》的'正传'字面上很相混，也顾不得了。"如果抄书匠没有发现这个用语时代和地区的局限，而冒充乾隆时代人的词语，这条遮不住的狐狸尾巴，就让人逮个正着。

我也很惊讶某些红学大佬的无知和霸气，竟然说脂评人还兼有一定程度的作者的身份，兼有小说情节和人物的素材的身份。看来其嘴之大，不亚胡适；看来其不懂小说创作，也和胡适相似。只因霸气和无知，才敢这样信口雌黄吧？这真应了人有多大胆，地有多大产那狂飙年代的昏热症了。

话说脂砚斋之九

很难想象在黄叶村伏案疾书的曹雪芹，身边有脂砚斋这样一个小舰队的事实。为什么当下的红学家会如此确信不疑呢？我认为，这不是红学家的错，半个世纪以来，当代文学中实行的抹杀个性的集体创作方式，也把红学家们迷惑住了。我在工程队劳动改造那阵，曾经在苦水区修过路，当地老乡喝到我们深井打出来的甜水，咂咂舌头，倒觉得没有什么滋味似的不以为意。这就是惯性，谬误被习以为常以后，正确就会被视作反常。他们以为纠合几个笔杆子，关在宾馆或者招待所里，进行集体创作，以为领导出思想、群众出生活、作家出技巧的"三结合"，是天经地义的创作方式。

样板戏就是这样炮制出来的，《朝霞》时期的什么《虹南作战史》等昏热作品，也是这样出笼的。"大跃进"那阵的《红旗歌谣》，更是早期集体英雄主义的"胜利赞歌"，除了郭沫若、周扬这两位编者的大名外，绝大部分的作品，不知作者为谁。在过去五十年里，小说、戏剧、诗歌，很多都是这样以集体创作署名。好一点的，加上一个括号，括号内写上某某某执笔字样，就是了不起的恩典了。

汪曾祺在新时期文学中，成了被膜拜的圣人，可他当年在样板戏的写作班子里，连在括号内露一露脸的资格也没有。正因为如此，到了讲求版权的后来，集体创作就成了一笔缠夹不清的糊涂账。汪曾祺差点被告上公堂，就因为他觉得自己是堂堂正正的样板戏《沙家浜》的作者。他这样"觉得"也的确没有错，样板戏《沙家浜》主要是他写的，但《沙家浜》前身《芦荡火种》却是上海沪剧团集体创作，而且是标有执笔人名姓的。汪曾祺不写明这孩子是抱来的，就认定为自己嫡生，编入文集之中，难怪要起纠纷了。

这都是集体创作害的，也害了红学家，他们以为这种泯灭创作个性的做法是理所应当的正确行径，想当然曹雪芹也应该接受这样的安排，做一个括号里的执笔者，因而也就想当然《红楼梦》是曹雪芹和脂砚斋天衣无缝的合作成果。为什么会出现这样匪夷所思的念头？归根结底，红学家是学问家，不是文学家，在其基本上不甚谙熟文学创作的规律，不甚了然形象思维是怎么一回事的基础上，曹大师堕落成为普通写作机器，而脂砚斋却是有权"命芹溪删去"的主创人员。

幸好，五十年的文学实践，集体创作的名声已经一蹶不振，尤其在小说领域里。有的合作者，最后弄得反目成仇，有的夫妻档，最后索性各干各的。看来，别的艺术门类也许能够精诚团结，文学，大家很难坐在一张写字台前，而小说这一块，恐怕更不能集体创作的。因此，很难想象在黄叶村曹雪芹的家里，坐着畸笏叟、棠村、梅溪、松斋、鉴堂、绮园、立松轩、左绵痴道人等七八个爷们儿，在那里评头论足、说三道四。那时，很穷的曹雪芹恐怕连茉莉花茶都供应不起，光这些批评家磨嘴皮的口臭，也早就把我们的大师熏死了。

话说脂砚斋之十

　　曹雪芹在香山脚下写《红楼梦》，那时，中国的文学理论家或文学批评家，尚未形成队伍，不成气候。即使有所著述，多属个体行为。所以，我不相信红学家们的妄想——似乎在曹雪芹身边，有一个类似团契性质的脂砚斋，构成某种批评家群体，在指导着他的创作。按时下红学家们的演义，这个脂评集团，人数应该有七八个或者更多一些的样子，有男有女，有老有少，如果曹雪芹有义务要管他们饭的话，这一桌食客真够他一呛。也许我们这班小角色需要指导，而且也有人乐于指导，生怕我们没有指导，会产生缺氧的高原反应而休克，所以，这一辈子，指导员的谆谆教诲不绝于耳。这真是一种很"幸福"的痛苦，也是一种很痛苦的"幸福"。但曹雪芹，这位文学史上真正的大师，还需要别人告诉他怎么写和写什么吗？那真是岂有此理。如果他也像芸芸众生的我辈，一天到晚向各种身份的指导员，其中不乏这类不三不四的文学理论家、文学批评家，鞠躬致敬，诺诺连声，他还是个大师吗？这种原本虚妄、逐渐坐实的附会，无论红学家们怎样自圆其说，也是对一代大师的亵渎。

　　胡适虽然敢于"大胆的假设"，认为评者与作者可能有着某种关系，但并未确证，只是心存疑窦而已。而他的门徒、门徒的门徒，牵强附会、弄假成真的能力，远胜于胡。积五十年的鼓吹，加之这一时期中国社会中"人有多大胆，地有多大产"的狂悖心理的影响，言之凿凿，神乎其神，最后造成假象，好像这班人都进入了《红楼梦》的写作班子，好像那个叫作曹雪芹的"菜鸟"，是在他们的帮助下，才一字一句、一笔一画，完成了这部不朽之作。连绝顶聪明的作家张爱玲也一时糊涂起来，"近人竟有认为此书是集体创作的"，看来她也被此说迷惑了。

这才是埋葬大师最恶毒的手法。

文句不通，白字连篇，蚁附于《红楼梦》的书眉和正文夹缝之中，眼泪鼻涕，滥情不已；假戏真做，扑朔迷离；只言片字，望风捕影；装疯卖傻，若有其事。极具欺骗性的脂砚斋，剔不走，抠不掉，还拿他真没办法。正如盲翁陈寅恪治史的名言那样，证明其无，要比证明其有，更难。所以在红学家久而久之煞有介事下，大家也就将信将疑地认可脂砚斋与曹雪芹的联系。脂批才是真正的"附骨之疽"。

其实，文学史告诉我们，天才是无法复制的，也是不能重复的，更是不能狗尾续貂的，尤其不能凭片言断语的一知半解，对不朽之作妄行猜测。那些《红楼梦》的续作，除了被红学家非议的后四十回能够站住脚之外，所有想从大师身上捞到便宜的小人，都被唾弃和不齿扫进历史的垃圾堆。曹雪芹笔下"天籁自成"的高度升华了的艺术境界，不是后来者仅凭借努力就能达到的。

所以，某些红学家煞有介事地写出《红楼梦》的"真故事"，纯粹就是痴人说梦。

功夫在书外

　　功夫在书外，这是从有《红楼梦》研究起的一条歧路，一条永远走不到头的路，也是离《红楼梦》文本越走越远的路。我们仔细回想红学研究中的几个大热门，诸如索隐派和自传说，脂评本和线索探秘，程甲本和程乙本，曹雪芹身世和生卒年考，江宁织造和李煦家族，敦诚敦敏兄弟和香山，辽阳包衣和丰润曹氏，曹雪芹著作和手迹，西山故居和通县张家湾墓碑，等等，都和《红楼梦》这部小说本身无太大的关联。即或是秦可卿天香楼的疑窦，贾宝玉与史湘云的结合，怡红院夜宴座次排列的推算，《风月宝鉴》与《石头记》的残迹，两套年龄体系的谬误，列藏本、蒙古王府本的差异，八十回本和百二十回本的脱榫……也与作家"满纸荒唐言，一把辛酸泪"的高度艺术成就无直接的干系。但所有红学家仍孜孜不倦地发掘，都希望挖出一个金元宝来，无不乘兴而来，扫兴而去，或者，从此在红学迷宫里走不出来，一直到死拉倒。

　　我一直怀疑，埃及图坦卡蒙王陵里的法老诅咒，也是那些所谓的"红学家"的丧钟吧！

　　在古老的埃及，历代法老的陵葬是盗墓者最爱光顾的。独有图坦卡蒙王陵，始终保持完好。二十世纪初，英国富豪卡尔纳冯勋爵和考古学家霍华德·卡特第一次对这座王陵进行发掘，经过长年的艰苦工作，终于在1922年找到了墓穴。当这些如愿以偿的掘墓者打开石门，准备进去时，他们发现墓穴的门楣上有一行铭文："死神奥西里斯的使者亚奴比斯，将会用死亡的翅膀接触侵扰法老安眠的人。"这就意味着任何盗墓者都将永远遭到法老的诅咒。

法老的诅咒，之所以挡不住掘墓者的脚步，是因为卡特可能出于考古学的研究目的毅然走进墓穴去；至于卡尔纳冯勋爵，那位富翁，恐怕是被陵墓中的稀世宝藏点燃了欲望之火，才义无反顾向前的。那么，涉足红学领域的各色人等，被承认为家也罢，不被承认为家也罢，好像他们投入的目的性，也不外乎考古学家式的、勋爵式的，或这两者兼而有之地前仆后继。

掘墓者一笑置之，根本未把法老的警告当回事。但是，从打开王陵，取出木乃伊起的三年零三个月里，与掘墓有关的人员，先后共有二十二人神秘地死亡。直到1972年，有位从事这座王陵展览会的政府官员，也突然不明不白地死去。

法老的诅咒，遂成了世纪之谜。

于是，我不禁想起《红楼梦》第一回里的那首诗："满纸荒唐言，一把辛酸泪，都云作者痴，谁解其中味？"是不是也寓含着这种类似法老式的警告意义在内？"谁解其中味"这五个字，是不是可以理解成曹雪芹先生早就料定了，后来会有勇敢者企图来"解"他的身世之谜，和他的这部堪称世界之谜的《红楼梦》？然而，他这句诗，或许就是他留下来的预言，应该没有一个人能够掌握解开谜语的钥匙。

前后俞平伯

早年俞平伯，执着于新红学派的偏激。晚年的俞平伯，承认自己早年的作品"采用胡适的作者自传说加以发挥"，但当《红楼梦辨》出版不久，就宣称"最先要修正"的是"《红楼梦》为作者的自叙传"。又说："胡适本来是拿'脂评'当作宝贝来迷惑青年读者的。我的过信'脂评'无形中又做了胡适的俘虏，传播了他的'自传说'。"1973年在致毛国瑶信中写道："历来评'红'者甚多，百年以来不见'脂砚'之名，在戚本亦被埋没，及二十年代始喧传于世，此事亦甚可异。"1979年的《乐知儿语说红楼》一文中说："《红楼梦》好像断纹琴，却有两种黑漆：一索隐，二考证。自传说是也，我深中其毒，又屡发为文章，推波助澜，迷误后人。这是我生平的悲愧之一。""然红学是反《红楼梦》的，红学愈昌，红楼愈隐……""笔者躬逢其盛，参与此役，谬种流传，贻误后生，十分悲愧，必须忏悔。""（考证派红学）下笔愈多，去题愈远。"在《旧时月色》中说："我仅是读过《红楼梦》而已，且当年提起红学，只是一种笑谈，哪想后来竟认真起来……"

1985年对《文史知识》谈话："我看'红学'这东西始终是上了胡适之的当了。现在红学方向就是从'科学的考证'上来的，'科学的考证'往往就是繁琐的考证。《红楼梦》何须那样大考证？又考证出什么来了？"这一连串的苦恼，终于导致了去世前的大彻大悟："胡适、俞平伯是腰斩《红楼梦》的，有罪；程伟元、高鹗是保全《红楼梦》的，有功。大是大非。""千秋功罪，难于辞达。"从当年强迫"喜欢并家过日子"的曹雪芹、高鹗"分居"，到最后的觉醒而自我否定，达到智慧的高境界，从这位老人身上，可看到中国称之为"士"的那些大文人崇尚真理、纠正错误、敢说真话、反对悖谬的铮铮风骨。

鲁迅论《红楼梦》

　　没有人把鲁迅列入红学家之流，但他对于《红楼梦》的看法，却是最文学的。而文学，才是我们阅读《红楼梦》的主旨。这就是说，自有红学以来，虽然对于这部不朽之作研究极广、探讨极深，旁枝末节，无不涉及，称得上贡献巨大、影响深远，但那些形成一家言者，无不偏颇于文学本身，离题愈来愈远，钻进牛角尖，将读者引入歧途，是很不可取的。

　　1921年胡适的《红楼梦考证》问世，遂出现与之前索隐派红学不同的新红学。一、他认为"《红楼梦》这部书是曹雪芹的自叙传"；二、他认为"《红楼梦》是一部隐去真事的自叙，里面的甄贾两宝玉，即是曹雪芹自己的化身，甄贾两府即是当日曹家的影子"。鲁迅却说："如果作者手腕高妙，作品久传的话，读者所见的就只是书中人，和这曾经实有的人倒不相干了。例如《红楼梦》里贾宝玉的模特儿是作者自己曹霑，《儒林外史》里马二先生的模特儿是冯执中，现在我们所觉得的却只是贾宝玉和马二先生，只有特种学者如胡适之先生之流，这才把曹霑和冯执中念念不忘的记在心儿里，这就是所谓人生有限，而艺术却较为永久的话罢。"鲁迅还说过："人物的模特儿也一样，没有专用过一个人，往往嘴在浙江，脸在北京，衣服在山西，是一个拼凑起来的角色。"

胡适认为《红楼梦》在思想见地上比不上《儒林外史》，在文学技术上比不上《海上花列传》，还比不上《老残游记》。而鲁迅则认为："至于说到《红楼梦》的价值，可是在中国的小说中实在是不可多得的。其要点在敢于如实描写，并无讳饰，和从前的小说叙好人完全是好，坏人完全是坏的，大不相同，所以其中所叙的人物，都是真的人物。总之自有《红楼梦》出来以后，传统的思想和写法都打破了。——它那文章的旖旎和缠绵，倒是还在其次的事。"

高鹗的续书，为胡适新红学传人深恶痛绝，但鲁迅认为："后四十回虽数量止初本之半，而大故迭起，破败死亡相继，与所谓'食尽鸟飞独存白地'者颇符。"他给续书的结论为"颇符"，是公正的，也是公平的。因为他说《红楼梦》"与在先之人情小说甚不同"，因"全书所写，虽不外悲喜之情，聚散之迹，而人物事故，则摆脱旧套"。而"摆脱旧套"，其实是后四十回高鹗之敢于悖传统之大团圆写法所致。不过，他对续书"唯结末又稍振"是有微言的。不过，鲁迅也能理解："其补《红楼梦》当在乾隆辛亥时，未成进士，'闲且惫矣'，故于雪芹萧条之感，偶或相通。"

他谈《红楼梦》很多，但从未提及新红学家赖以为生的命根子脂砚斋，值得注意。但在《南腔北调集》的《谈金圣叹》一文中，有一句很重要的话，似可看出一点端倪："这余荫，就使有一批人，堕入了对于《红楼梦》之类，总在寻求伏线，挑剔破绽的泥塘。"这显然是有所指的。

不读红楼也无妨

　　红学家一多，就容易生事。有人做了调查，居然有对《红楼梦》死活读不下去的读者，红学家知道便不很开心了。其实，对一本书死活读不下去，是谁都会碰上的阅读现象。有的人喜欢读节奏明快的文学作品，有的人喜欢读耐咀嚼、耐品味、余韵悠长的文学作品，有的人喜欢文学作品中"孤舟蓑笠翁，独钓寒江雪"的实实在在，有的人喜欢读完一部作品后，所享受的"曲终人不见，江上数峰青"那空灵邈远绕梁三日的感觉。有的人喜欢《水浒传》的砍砍杀杀、血飞肉溅，不一定喜欢《红楼梦》的卿卿我我、你侬我侬；同样，喜欢《红楼梦》里那种缠绵精致、妩媚婉约的，肯定受不了《水浒传》里的大块吃肉、大碗喝酒。

　　萝卜青菜，各有所爱，这是最起码的真理。为求知，阅读的选择面可能较小，给你哪本就得读哪本，譬如教科书。而消遣，那就等于进入了大展手脚的广阔天地。尤其到图书馆，若能进入书库，根据自己的兴趣、爱好、习惯、脾胃，愿意挑哪本就读哪本，那是何等快乐！然后选中三本五本，背回家去，或坐或躺，读得下去就读，读累了放下，那种选择的自由，恐怕就是消遣读书的最高境界了。

　　我能理解那些读不下去《红楼梦》的读者，他们肯定有他们难以卒读的隐衷。因此，能将《红楼梦》读下去，享受那份阅读的美感，是好事。如果你不想当红学家的话，当然也不必非读五遍不可——认为这部书好，必须读五遍，不读五遍，连荣宁二府的门也没进去，那就是矫情了。至于读不下去《红楼梦》，享受不到这份美味大餐的读者，也不必遗憾。这天底下，好书有的是，失之东隅，收之桑榆，只要阅读，开卷有益，是一定的。

死活读不下去的，并非只是这部《红楼梦》，名著类似的命运，中国有之，外国亦有之。司马光倾二十年之力所编纂的《资治通鉴》，篇幅庞大，三百多万字。他就说过，好多朋友慕名而来，借阅此书，事后，他发现所有这些借走阅读的人，除了一位以外，都未真正读完。我还记得曾经拥有过一本英国作家查尔斯·兰姆的《莎士比亚戏剧故事集》，这本书当年在英国出现，说明像莎士比亚这样的大师名著，肯定也是有人死活读不下去的，才有人编写这类故事梗概式的读物。

因此，我是不大赞成"必读书"这样一种提法的，道理很简单：那些从盘古开天辟地以来，一直到这部"必读书"问世之前的中国人，不也好好赖赖地活过来了吗？所以，清代有《红楼梦》，是清代文学史的光荣，唐宋元明诸代，没有《红楼梦》，它们的文学史照样辉煌。如果我们未能在《红楼梦》这部书中领略其美学价值，往前，唐宋元明，往后，民国当代，甚至眼下很多人颇为鄙视的网络小说、手机小说，同样也会让我们寻找到阅读的愉悦、欣赏的满足、心灵的呼应、情感的充实。消遣阅读，得此四美，夫复何求？

《红楼梦》，能读最好，不读无妨。